U0662390

大 学 问

始 于 问 而 终 于 明

守望学术的视界

龚鹏程 著

文心雕龙讲记

广西师范大学出版社
GUANGXI NORMAL UNIVERSITY PRESS
·桂林·

图书在版编目（CIP）数据

文心雕龙讲记 / 龚鹏程著. --桂林：广西师范大学
出版社，2021.1（2024.3 重印）
　　ISBN 978-7-5598-3179-8

　　Ⅰ．①文… Ⅱ．①龚… Ⅲ．①《文心雕龙》－古典
文学研究 Ⅳ．①I206.2

　　中国版本图书馆 CIP 数据核字（2020）第 166271 号

广西师范大学出版社出版发行

（广西桂林市五里店路 9 号　邮政编码：541004）
（网址：http://www.bbtpress.com）

出版人：黄轩庄

全国新华书店经销

广西广大印务有限责任公司印刷

（桂林市临桂区秧塘工业园西城大道北侧广西师范大学出版社
集团有限公司创意产业园内　邮政编码：541199）

开本：880 mm × 1 240 mm　1/32

印张：15.625　　字数：350 千

2021 年 1 月第 1 版　　2024 年 3 月第 2 次印刷

定价：98.00 元

如发现印装质量问题，影响阅读，请与出版社发行部门联系调换。

開明三景惟道為尊無文
不生無文不度無文不成其文
不立無文不明其文不光

即為文化雕龍題之　龔鵬程

自　序

　　疏，这种文体起于魏晋南北朝，乃汉人说经之体的延伸，形式上也吸收了佛教徒讲经的若干办法，与汉代较偏于文字性的章句训诂分庭抗礼，故多口义。盖汉朝文字系统大昌，魏晋则口谈复炽，清谈之外，《语林》《笑林》《世说》之类语言系统的记录渐盛，讲疏义疏即为其中一脉支流。其实例，部分已收入《十三经注疏》，想必大家早已熟悉。

　　近人演讲或授课之记录，多学西洋人的办法，径称为演讲集、演讲录或某某某多少讲。虽然明确，却不免有些质木无文。故佛教界仍多沿用讲记讲疏之称，大儒如徐复观先生，其著作《公孙龙子讲疏》亦用此，那是他在东海大学授课的讲稿。我这一本，则是2010年9月至次年5月在北京大学中文系为研究生讲的。

　　《文心雕龙》说，论文，要先"释名以彰义"，以上就是了。

　　北京的九月，秋风已渐起，木叶黄脱之后，雨雪继至。我的课排在早晨八点，往往六七点即须出门。因雨雪泥涂，交通不便，而北方玄冥，天尚昏昧也。听众并不都是北大的，他们由四方跋涉而来，听我肆口而谈，或以为奇。因为我桌上仅一张白纸，写着几条提纲罢了。如此讲了一年，录音下来，就成了现在这样。

所以这全是与课堂结合之物，聊示涂轨，无当著述，内容很是零杂。换个时间空间讲，当然又都不一样。但凡事贵乎机缘。因缘可念，趁兴而谈，当机而作，也是可纪念的。反倒可惜了从前所讲，唾咳随风，皆已散失。

《文心雕龙》在我国地位崇高。近世被推为文学理论、文学批评之圣典，注释、诠析、研究者多如过江之鲫。但树越大，阴影就越深；名越高，误解也越多，凡物皆然，此书亦不例外。而我的讲疏之所以还值得出版，却又得益于此。——若非以前的诠释多有可辩之处，哪还需要我再来替它辩解呢？

辩解一词，易生误会。古人已矣，谁来理会读他书的人都读成了什么样？所谓"身后是非谁管得，满村听说蔡中郎"。写《熹平石经》的大文豪蔡邕，为何竟变成了人人唾骂的负心男蔡伯喈？谁也不知是何缘故。因此听到村社间传唱其事时，无非苍然一笑，觉得辩不胜辩，辩亦无益。如真要辩，也不是替蔡邕去说什么。而是针对村墟男女，告诉他们理解人、时、物、事都不能这样。也就是说，古人不需你振刷名誉，今人才值得怜恤，须教他如何开明眼目。

因此讲《文心雕龙》，目标不在书上，不为谁做功臣孝子。只是以这本书做个例子，教人如何读书、读人、读世、读理。《易·大畜》曰"君子以多识前言往行，以畜其德"，此之谓也。

其次，历来如何读这本书、这个人、有多少读法、优缺点各如何、为何读出那些结果，乃我们的前车之鉴。其可资借鉴者为何，正宜借此探而究之，以为自己之龟针，学点防身的本领。

我所讲，大抵即依此原则。首明研治专书之基本方法，次则知人、论世，详其书之义例，定其书之宗旨。

《文心雕龙》的宗旨是什么？文与道共生，故须宗经征圣，不谬于圣人。刘勰个人的志趣如此，又生逢经学礼法昌盛之季，忧末世文衰道丧，故呼吁写作者由末返本，还宗经诰。这是他与时世的相激相协，故我要介绍他这种经学礼法传统下的文论及其脉络。依此宗旨，他在文学观、文学史观、文体论、文势论等各方面之主张各如何？渐次亦须一一说明之。最后再比较它与《文选》《诗品》之异同，和后世文学理论之关系。

刘勰这个人生平极为简单，《文心雕龙》的内容也不复杂。因为宗旨朗晰，一眼可以看穿。但不幸蔡邕碰上负鼓盲翁，有理说不清，生生被唱成了一出"嘈嘈切切错杂弹"的《琵琶记》。或以为他是唯心论，或说是唯物论，或曰秉老庄之自然，或曰以般若为绝境，或误以为是总集，或尊以为不刊，或曰依佛经之体式，或曰效楚辞而趋新，或谓与《文选》相表里，或谓资玄言以华赡，或讥文体之浮靡，或云篇次甚是可商……

兼以古今人情不相及，末流变异，所失实多。当年建安逢疫，王粲有《七哀》，曹操有《短歌行》《蒿里行》，所谓"对酒当歌，人生几何！譬如朝露，去日苦多""生民百遗一，念之断人肠"。现在则有什么？有某省作协主席阻止湖北人入境，仰望天空，担心"九头鸟飞过"；有各村镇小区"进村打断腿，还嘴打掉牙"之类的布条。孔子曾喜有朋自远方来，现在则问："口令，有朋自远方来。"答："必诛之。"这样的时代，刘勰抗志希古的意量、直探道源的用心，又如何能获体谅？

养蜂人站起来，会显得特别魁梧，因为他身上总沾满了蜂子。而现在还加上了污泥。要驱走并清洗这些蜂子和污泥，才能见着其本来。故原先几句话可以讲完的书，居然讲了一年，还讲成了这一本书。自己想想，亦不禁莞尔。书以生书，读者谓其因言遣言可也。

二〇二〇年，立春
写于燕京稻香湖畔

目　录

过去研究《文心雕龙》，问题太多了，真相都遭了遮蔽。此书身世沧桑，久不受古人重视，明朝后期才渐有人关注，但认知水平很低。清朝整理者多起来了，也受骈文家推重，但关心的主要是其文采与文体写作，民国以后才转到文学批评方面。今日读之，则当知古今异谊、中外异理，并观其要、知其蔽，以避免前辈之误导。

史书对刘勰的身世记录不详。关于其名氏籍贯，后世异说纷纭。实则他家几代都信奉道教，只是持续没落，到刘勰时，几乎无以为生，只好依附僧祐，在定林寺整理佛教文献。后来替皇室做秘书，写了《文心雕龙》也没人过问。然后梁武帝又派他回到了寺里继续整理佛经，最终出了家。如此平淡的人生，却颇引起人们对他和佛教义理、昭明太子关系亲密的想象。

刘勰经历过的宋、齐、梁三代，乃南朝文武鼎盛之际。但当时政治混乱，君王道德和政治手段皆不可问，南北方的军事冲突及文化竞争也越来越剧烈。文学上，沈约创立"四声八病"的学说，裴子野作《雕虫论》。刘勰七岁时梦到踩着彩云往天上走；刚过三十，又梦执礼器，随孔子南行，故发奋写《文心雕龙》。可是他与社会和文人集团缺乏互动，主要为僧团服务。

刘勰虽然名位不显，然其文论却可算是主流之一，与裴子野相呼应，强调经学、礼法、复古。今人多以为魏晋南北朝盛行玄学与老庄，其实当时最重礼法门风、经史传家。以《隋书·经籍志》考之，经部高达七二九〇卷。其中礼学最盛，春秋学次之。史部更从《春秋》独立出来，有书一六五五八卷。刘勰就反映了这个时代风气。

刘勰想继承孔子，但不能像经生那般也去注解经典，于是

改而论文，写《文心雕龙》，借此发扬圣人思想。故其文论是
与经学紧密结合的。所有的文体都推源于五经，五经也是最高
的写作典范，对各文体，则依古文经学的讲法做阐释。这不但
反映了当时的经学环境，也是汉代扬雄、班固等经学家文论的
嗣响。

　　扬雄、班固已不满当时文风，希望文学能跟经学结合起来
发展。其后挚虞《文章流别论》、李充《翰林论》、裴子野《雕
虫论》继续阐发此旨。刘勰亦然。但他更能细致地发掘经典的
文学性，这也是他不满陆机和颜延年的缘故。这种以文学观点
或文学性来处理经典的方法，到明朝蔚然大盛，经典全面文学
化。刘勰即其先导。

　　学界谈《文心雕龙》常自相矛盾：一方面，夸此书是一本
伟大的文学理论著作；一方面又说它谈的多半不是文学。其实，
纯文学、杂文学之分，是个假命题，从来找不出分的界线。而
"文"在中国，又是最复杂也最重要的一个字，不能用西方的、
现代的观念去乱解。《文心雕龙·原道》以文为道，上承《周
易》，可谓得其正解。

时代，有两部体系完整的文学批评史论著，史上并不多见，所以大家喜欢把它们拿来对比。这是批评史上重要的论题，相关的论述也很多，都可参看，这里只就几个问题做些与众不同的说明。

第十五讲　　文心余论　/　432

本讲补谈若干问题。例如《文心雕龙》专家对校勘和版本的处理各有意见。结构方面，或认为它体大思精、结构完密，或对它的组织结构不满意。评价呢？文学理论是要解决时代问题的。问题解决了，后人就不需要再处理，故对后代人来讲，它便没价值了。时代变迁，问题也可能消失或转移了，后人亦不需要再面对它。所以适当的评价也很必要。

【第一讲】

《文心雕龙》导读

> 过去研究《文心雕龙》，问题太多了，真相都遭了遮蔽。此书身世沧
> 桑，久不受古人重视，明朝后期才渐有人关注，但认知水平很低。清朝整
> 理者多起来了，也受骈文家推重，但关心的主要是其文采与文体写作，民
> 国以后才转到文学批评方面。今日读之，则当知古今异谊、中外异理，并
> 观其要、知其蔽，以避免前辈之误导。

　　近代讲《文心雕龙》这门课，一般认为最早是在北京大学，算是北大一个老传统。当时黄侃先生主讲，并发表过著名的《文心雕龙札记》。乃中国学术史上将《文心雕龙》正式带入文学批评领域的划时代专著。

　　不过，沈兼士、朱希祖两先生曾有一份听讲《文心雕龙》的笔记原稿，只有前十八篇。两君皆章太炎弟子，故是听章氏所讲。章先生在日本国学讲演会和晚年在苏州都讲过《文心雕龙》，今存稿本是在日本讲的。另外，在黄季刚之前，刘师培先生已在北大讲中古文学，后来罗常培先生更发表了刘氏的讲记《汉魏六朝专

家文研究》。此书与刘先生《中古文学史》中都有很多与《文心雕龙》相关之处。刘先生也讲过这门课，但是完整的讲义已不得而详了；我们现在能掌握的只是罗常培先生所记的《诔碑篇》《颂赞篇》笔记，取名《左庵文论》，收在西南联大中文系所编的《国文月刊》里。章刘黄一派之外，桐城古文家姚永朴1914年起就在北大教书，他的《文学研究法》，多处称引《文心雕龙》，对其文体论部分尤为关注，我们也不应忽略他。

姚、刘、黄三先生以后，北大中文系讲《文心雕龙》自成传统，颇有名家。不过近几年似渐寥落了，所以让我来继续。我曾在台湾淡江大学就读，该校于1970年即成立研究室，专治《文心雕龙》；我担任系主任以后，也整理了一份《文心》的所有图书论文文件。我硕士博士读的是台湾师大，更是章黄学派的传承，历来有讲这书的传统。故如今我希望可以综合两岸前辈之成果而有所开展。

一、治学的态度、方法及进路

今天第一讲，权且作为导论。首先我要简略介绍治专家之学的态度、方法以及进路。

讲《文心雕龙》这本书，我将它视为专门之学。就像"文选学""杜诗学""红学"一样，《文心雕龙》也被称为"龙学"，海峡两岸甚至国际上都召开过多次"龙学"会议。这什么什么学，就叫作专门之学。

何谓专门之学？比如钱锺书先生曾在其《管锥编》里谈楚辞、

谈左传、谈老子、谈易经、谈上古秦汉三国六朝文献，令人惊其浩瀚。钱先生的学问非常渊博，但并非专家之学。他什么都能谈，可是当你翻看过他的议论后，会觉得虽然都很精彩，却好像对那本书或那个论域并不当行、没太大帮助。不当行，不见得不精彩，所以陈后山说东坡词虽极天下之工，却非本色。

什么叫"不当行"呢？读兵书，而赏其文辞、夸其章法、比较它与戏剧的关系，就叫作不当行。因为在每一行学问中，都有其特殊关注和要解决的问题。钱先生虽也论《楚辞》《老子》《易经》等，但主要是谈他喜欢的、觉得有意思的东西，然后牵联着相关知识谈下去，而不是处理这本书在历史研究中所遇到的盘根错节的问题与传统。

一本重要的书或一位重要的作者，在历史上通常会引发很多长期的争论。我们要能认识这个研究传统，并能进入之，才能称为专家，才能当行出色。

专门之学，当然首先要熟读文本。既然我们的研究对象是这本书，首先就要熟悉它的"身世"。

关于书，有什么身世要谈呢？每本从历史上传下来的书，都不是我们现在看到的样子。很多书在传承中就已中断，比如《墨子》。如果没有清末孙诒让以及他前后一批学者，现在《墨子》仍是不能读的。先秦时期，杨墨之学虽遍天下，但尔后墨家并无传承，也没有人再做墨家的研究。墨子书若存若亡于天壤之间，且基本上无法阅读，旁行斜上，错乱不堪。直至后来经过了清朝人的整理，我们今天才能讨论墨子学。

《文心雕龙》也是这样。我们现在读到的《文心雕龙》，其身世甚为苍凉。这么重要、这么有名的书，在历史上却没什么人研究。

传说宋代有位辛楚信，写过《文心雕龙》注。但这只是个传说，因为没人见过，明朝就已失传了，更不用说现在。北大藏了一本明万历七年的张之象本，序说"是书世乏善本，讹舛特甚，好古者病之"，可见原先也几乎是没法读的。我们现在能读《文心雕龙》，缘于明朝嘉靖万历年后人们开始关注这本书、开始做整理，再经由清朝、民国以及现在的研究，所以才能够来谈它。

对这本书，现今所知，实大胜于古人。为什么？因为我们现在还有敦煌唐写本、元刊木及明朝的本子等这些清人没见过的东西。黄侃弟子范文澜所做《文心雕龙》校注，汇聚诸本，校勘已颇精审；其后还有杨明照、王利器、潘重规、刘永济、李曰刚、詹锳及日本学者多人不断校正，所以我说现在读《文心雕龙》，跟古代实不可同日而语。

我们讲文学理论的人，一般不注意目录学、版本学、校勘学、训诂学，也较少相关的知识。但是假如我们要研究《文心雕龙》，便不可不知文献学的相关知识。因为《文心雕龙》的版本复杂，虽然不至于像《红楼梦》那样，有众多抄本残卷等错综复杂的关系，但是整理起来也挺不容易。光是北大所收，就有嘉靖汪一元私淑轩刻本十卷、徐校本汪刻三册、嘉靖畲诲刻本、张之象本、万历胡维新《两京遗编》本、崇祯《奇赏斋古文汇编》本、顾千里与谭谳合校本等。

《文心雕龙》版本大体有这些：

唐写本残卷（或称敦煌本）：现藏大英博物馆，斯坦因藏卷第5478。从《原道》第一"赞"的第五句"体"字起，至《谐讔》第十五篇篇题为止，首尾完整无缺者仅从《征圣》第二至《杂文》第十四等十三篇。行、草相杂。赵万里谓"卷中渊字、世字、民字均阙笔，笔势遒劲，盖出中唐学士大夫所书"；杨明照则由《铭箴》篇"张昶"误作"张旭"推之，以为"当出玄宗以后人手"；饶宗颐则认为是唐末人草书。

至正本（或称元本、元刻本、元至正本）：元至正十五年乙未（1355）嘉兴知府刘贞刻本《文心雕龙》十卷，为今存最早之刻本。

弘治本（或称冯本）：明弘治十七年（1504）甲子冯允中刊刻于吴中之本。

活字本：明弘治年间活字本，黄丕烈《荛圃藏书题跋》有著录。

汪本：明嘉靖十九年（1540）汪一元私淑轩新安刻本《文心雕龙》十卷，有方元祯序。

佘本：明嘉靖二十二年癸卯佘诲刻本。

张之象本（或称张本、嘉靖本）：明万历七年（1579）张之象序本。有涵芬楼《四部丛刊》景印初刻或原刻本。

张乙本：亦出自张之象本，但与《四部丛刊》景印本略有不同。

两京本（或称京本）：明万历十年胡维新、原一魁序《两京遗编》本。

何允中本（或称何本、遂本）：明万历二十年何允中《汉魏丛书》刻本，卷首有佘诲序，盖由佘本出，每卷首题"张遂辰阅"

四字。

梅本：明万历三十七年吉安刘云刻于南京之梅庆生《文心雕龙》音注本，徐跋称为"金陵善本"。卷首有许延祖楷书顾起元序，序后为《梁书·刘勰传》，杨慎《与张含书》，并梅氏识语、凡例、雠校并音注校雠姓氏及目录；卷末为朱谋㙔跋。

训故本（或称王惟俭本）：明万历三十九年王惟俭《文心雕龙训故》刻本。

凌本（或称色本、闵本）：明凌云万历四十年五色套印本。日人户田浩晓称为色本，自注："五色套印本《文心雕龙》二册。曹（学佺）、闵（绳）二氏序、凌氏凡例、校雠姓氏、分卷等均与铃木博士《校勘记》中所举刘氏《文心雕龙》五卷（闵本）一致，且校语亦同。因笔者所藏本中诸家批点校语均用五色墨，姑称之为色本。"

合刻本：金陵聚锦堂板《合刻五家言》本。其《文心雕龙》出梅庆生万历本而比梅氏天启本早，当刻于明万历之末，有杨慎、曹学佺、梅庆生、钟惺四家评语，分别列于眉端。

梁本：明梁杰订正本。卷首题："梁东莞刘勰彦和著　明成都杨慎用修评点　闽中曹学佺能始参评　武林梁杰廷玉订正。"内容与金陵聚锦堂板《合刻五家言》本基本相同。

梅六次本：明梅庆生天启二年（1622）第六次校定改刻本。卷首顾起元天启二年序，卷一版心下栏前后有"天启二年梅子庚第六次校定藏版"十四字，是此本为天启二年梅氏第六次校定改刻者。此本序后增都穆跋一页，余皆如万历本，惟次第稍有不同，书名页左下方有"金陵聚锦堂梓"字样。

谢抄本：明天启七年谢恒抄本，卷末有冯舒朱笔手跋。

秘书本（或称钟本）：明钟惺评秘书十八种本，卷首有曹学佺万历四十年序，钟氏评语列眉端。

汇编本：明陈仁锡崇祯七年（1634）刻奇赏汇编本，底本为万历梅本而间有不同。

别解本：明黄澍、叶绍泰评选汉魏别解本，刻于崇祯十一年。

增定别解本：明叶绍泰增定汉魏别解本，刻于崇祯十五年，较别解本有所扩充。

胡本：明胡震亨本。

洪本：日人户田浩晓云："据铃木博士的《黄叔琳本文心雕龙校勘记》可知：所谓洪本，即指《杨升庵先生批点文心雕龙》（明张墉洪吉臣参注，康熙三十四年重镌，武林抱青阁刊）。"王利器则认为铃木所谓"洪本"，即洪兴祖《楚辞补注》本。

清谨轩本：清初清谨轩抄本。

冈本：日本冈白驹校正句读本。刻于享保十六年辛亥（1731），即清雍正九年，出自明何允中《汉魏丛书》本。

黄注本（或称黄本、黄氏原本、黄叔琳校本）：清乾隆六年（1741）养素堂刻黄叔琳辑注本。前有黄氏乾隆三年序及乾隆六年姚培谦识语。此本为清中叶以来最通行之版本，《四库全书》所收黄氏辑注文津阁本即此本。

王谟本（或称王本、广本）：清王谟《广汉魏丛书》本。刻于乾隆五十六年，由何允中《汉魏丛书》本出而间有不同。铃木虎雄《校勘记》曰："余所称王本，即指此书。诸家称王本者，王惟俭本也。"户田简称"广本"。

张松孙本（或称张本）：清张松孙辑注《文心雕龙》，乾隆五十六年刻本。

文津本：《四库全书》文津阁本，提要题"内府藏本"，不明何刻。

文溯本：《四库全书》文溯阁本，与文津本略有差异。

黄注纪评本：黄叔琳辑注、纪昀批本。道光十三年（1833）卢坤（两广节署）刻本，有芸香堂朱墨套印本和翰墨园覆刻本二种。荟萃各家校语和注释，是一部最通行的刊本。此本大多采录明梅庆生《文心雕龙音注》、王惟俭《文心雕龙训故》。范文澜《注》即以黄注本为底本。

崇文本：清光绪纪元湖北崇文书局《三十三种丛书》本，光绪元年（1875）开雕，成于光绪三年。

郑藏抄本：清郑珍原藏抄本，出于王谟《广汉魏丛书》本。

尚古本：日本尚古堂本（据冈白驹本刻）。

赵万里《唐写本文心雕龙残卷校记》，《清华学报》1926年第1期。

范文澜《文心雕龙注》，人民文学出版社1958年版。

郭晋稀《文心雕龙注译》，甘肃人民出版社1982年版。

张立斋《文心雕龙注订》，台湾正中书局1967年版。

潘重规《唐写文心雕龙残本合校》，香港新亚研究所1970年版。

刘永济《文心雕龙校释》，中华书局香港分局1972年版。

张立斋《文心雕龙考异》，台湾正中书局1974年版。

王叔岷《文心雕龙缀补》，台湾艺文印书馆1975年版。

王利器《文心雕龙校证》，上海古籍出版社1980年版。

李曰刚《文心雕龙斠诠》，台湾编译馆1982年版。

杨明照《文心雕龙校注拾遗》，上海古籍出版社1982年版。

詹锳《文心雕龙义证》，上海古籍出版社1982年版。本书以王利器《文心雕龙校证》为底本。

林其锬、陈凤金《敦煌遗书文心雕龙残卷集校》，上海书店1991年版。

铃木虎雄《黄叔琳本文心雕龙校勘记》，斯文会1929年版。

斯波六郎《文心雕龙范注补正》（1952年），收入《文心雕龙论文集》（于大成、陈新雄主编），西南书局1979年版。

桥川时雄《文心雕龙校读》，打印本。

户田浩晓《黄叔琳本文心雕龙校勘记补》，收入户田氏《文心雕龙研究》，上海古籍出版社1992年版。

所谓专家之学，首先就得了解这本书的版本字句等相关问题。因为各版本间差别甚大，如《比兴》篇："毛公述传，独标兴体，岂不以风通而赋同，比显而兴隐哉？"梅六次本、张松孙本"通"均作"异"，后来纪昀赞成"异"、黄侃赞成"通"。可是"通"跟"异"恰好意思相反呀！这样的情况，全书多得是。

明朝大批评家钟惺读《文心雕龙·诠赋》篇"赋也者，受命于诗人，招字于楚辞"时，对"招字"这两个字特别欣赏，打了好几个圈，并加批语道："招字句亦佳。"可是"招字于楚辞"到底是什么意思呢？谁也讲不清楚。唐写本出来，我们才知道：噢，不是"招字"，而是"拓字"！钟惺竟根据两个错字大兴赞叹，完全表错了情。

又如《辨骚》结尾，唐写本说："固知《楚辞》者，体宪于三代，而风杂于战国，乃《雅》《颂》之博徒，而词赋之英杰矣。"这是对《楚辞》的整体论断，十分重要。但怎么理解呢？博徒，是好博戏的浪荡子，以此来形容《楚辞》乃《雅》《颂》之不肖子孙是无疑问的，可是怎么又说它"体宪于三代"？"宪"是"效法"的意思，古人说儒家要宪章文武，即用这个意义；近人喜说大宪法、大宪章，更有准则规范之意。《楚辞》若体宪于三代，焉能说它不肖？故"宪"字，洪兴祖注《楚辞》时附载《辨骚》就已经改为"慢"了。苏东坡诗《林子中以诗寄文与可及余与可既殁追和其韵》中施注、朱兴宗本也都作"慢"。"宪"与"慢"，两个字，是两种理解。下句，"风杂于战国"的"杂"字，宋以后多作"雅"。"雅"与"杂"，也是两种不同的理解。

对《楚辞》有不同评价的人，对这里的校勘问题就会有不同的主张。因此，校勘文字也是我们不可忽略的。

不懂这些，就易闹笑话。例如近来风格（style）一词甚为流行，有位祖谔先生写了《刘勰的风格论简说》（载《热风》，1962年）一文说："用'风格'一词来评文，当以刘勰为始，刘勰在《文心雕龙》里两次使用了这一词。《议对》篇说：'汉世善驳，则应劭为首，……亦各有美，风格存焉。'《夸饰》篇说：'虽诗书雅言，风格训世，事必宜广，文亦过焉。'……显然是指诗文的风范格局而言的。"另外，舒直先生也说："刘勰是不是明白地提出来了'风格'的字眼呢？他这是提出来了的。……刘勰在这里论应劭、傅咸、陆机等作家的作品，认为是'亦各有美，风格存焉'……刘勰这样来明确风格的意义是十分确当的。"（舒直：《关于刘勰的风

格论》，载《文学遗产》1961第392期）

这些文章不但发现了中国文论"风格"一词的源头，而且也确定了刘勰对风格意义的见解。可惜他们不知道：《议对》篇的"风格"，其义与《章表》篇的"风矩"同义，却与当代文坛讲的"风格"迥异。至于《夸饰》篇的"风格"二字，"格"属误书，字应作"俗"，从上下文意来看，乃是"风俗训世"。如此这般就错字衍义一通，若把版本与字义弄清楚了再讲可能会稍好些。

版本之外的字义声韵部分，也有些可注意处。如《诔碑》篇的赞语："写实追虚，诔碑以立。铭德慕行，文采允集。观风似面，听辞如泣。石墨镌华，颓影岂忒。""立、集、泣"这三个字，《广韵》属入声缉韵；"忒"则是入声德韵。音值不同，无法通押。所以各本虽都作"忒"，却是错的。唐写本字形是"戢"的俗体字，"戢"亦属缉韵，可能才是本字。

又《奏启》篇赞语，以"禁、酖、浸、任"四字为韵，也有问题。因"禁、浸、任"都属侵韵，"酖"却是覃韵。这两韵，据王力先生《南北朝诗人用韵考》（《清华学报》，1936年第3期）考证，在南北朝诗人用韵中绝对是不通押的，侵韵皆独用。所以只有一个可能性，那就是刘勰用古韵。因为"酖"字古代确实在侵部，中古音才变入覃部。刘勰是位抗志希古的人，这样用韵，恰好就是一个小例证，只不过在当时就显得太例外了。

同样的情况，还可见诸《事类》篇赞语的"亘、邓、赠（去声嶝韵）"和"懵（上声董韵）"通押。因这四个字古韵皆属蒸部。刘勰的写法也与南北朝诗人不同。

其次，当然是有关内容的理解。内容的问题，因为需要更多讨论，下面会慢慢谈。

熟悉了版本、文字，并对内容有所掌握之后，即可以成为专家。成为专家倒也不是很难，稍下一两年工夫就可以了。大陆的学制与台湾颇不相同，大陆本来就是培养专家的。但是太专了又不是做专门之学的最终目的。专门之学最终是要干什么呢？为什么我们要在一本书上花这么大的功夫？专门之学，其实就是要以这本书为钥匙，要通过这本书而达到博通。

我们研究《文心雕龙》，也是希望把《文心雕龙》当作一扇门、一把钥匙，让你由此博通整个中国文学。

例如，横向来看，我们可以将《文心雕龙》与同时代的《文选》进行对比，通过这两本书来了解汉魏六朝文学以及当时的文学观念。六朝的经学、史学观念，亦能由此窥见。纵向来看，我们通过《文心雕龙》，往上可以谈李充的《翰林论》，往下可以通贯各种谈文章流别的文献，还能与后世的文论、文学批评、讨论作文方法的书结合起来，探讨彼此关系。

专门之学，不仅仅是在讨论这本书，还要讨论这本书与其他书，与其所处的时代及思潮关系，然后往下贯通与其他理论之间的关系。只有这样才能够达到博通的目的。好的专门之学，可以从一个点上无限展开，能够帮助我们了解中国文学乃至社会、思想等许多问题。

另外，横向上，我们跟西方的文论亦可以多作比较。这是做专门之学必须要注意的几点。

二、了解《文心雕龙》的原则

了解《文心雕龙》还有几个原则。

第一，古今异谊。

古人看《文心雕龙》与今人是不同的，甚至每个时代对它的理解也都不甚相似。

不要以为《文心雕龙》本质就是一本文学理论、文学批评的书。这是我们了解《文心雕龙》很重要的一点，要了解历史上各个不同的《文心雕龙》。

第二，中外异理。

大家谈《文心雕龙》，常会谈它与佛学、玄学等的关系，或用西方理论来解析它。我在三四十年前，亦曾用弗莱（Northrop Frye，1912—1991）的原型（archetype）批评来谈《文心雕龙》的《物色》篇，写了一部小书《春夏秋冬》。其后也有很多人用这样的路数，参考西方的文学理论来谈《文心雕龙》。但后来我很后悔，因为这个路子是错的。

刘勰的《物色》篇谈的是"春秋代序，阴阳惨舒"，因物象变化，我们的心态、感情也随之改变。这看起来跟原型批评很像，其实内容底子完全不同，弗莱甚或荣格（C.G.Jung，1875—1961）都不可能有中国的气类感应思想。我们谈《文心雕龙》，并非不能从中外理论上做对比研究；但要清楚两者的理论脉络，否则就会产生若干不恰当的比附。

以汪洪章《〈文心雕龙〉与二十世纪西方文论》（复旦大学出版社，2005年）为例。他认为比较《文心雕龙》和二十世纪西方文论，可从雕龙（形式论）和文心（意义论）两方面入手。现象学和阐释学的意识形态色彩很浓、哲理探讨力度很深，故这些文论流派可与"文心"对应；接受美学、读者反应批评较多关注读者的阅读、反应和接受，则可与"雕龙"对应。在有关文学发展史观、独有的艺术语言形式、比喻象征手法的运用、文学意象的有机构成、作品形式结构分析等方面，形式派文论与《文心雕龙》间存在许多类似的观点和主张，甚至表述方式也存在诸多异曲同工之处。在涉及文本的意义阐释时，刘勰比较看重读者从复意文本中阅读、理解得来的"意味"，则与海德格尔和伽达默尔的阐释学观点有相通之处。

此说极为不通!《文心雕龙》是一本书，有它自己的结构和宗旨，怎能既是形式批评又同时是现象学？刘勰论作品的形式，主要在其文体论。而每一种文体都推源于经典，风格也以经典为依归，西方形式批评有哪一家是如此说的？形式批评反对历史主义，刘勰却有浓厚的历史意识，岂能不顾其整体脉络，随意割裂比附？像这样的所谓中西比较，在我们学界处处皆是，诸位当引以为戒，勿复步其后尘才好。

很多人谈《文心雕龙》与佛家的关系也是这样，不懂佛教而比附字面。

第三，"观其要"，了解其主要的理论内涵。《文心雕龙》内在的结构比较严密，我们对其理论内涵要能掌握重点。

最后，也要"知其蔽"。

《文心雕龙》当然有其缺陷和局限。每本书都有其要解决的问题，也有其关注不到的地方。这个局限，并不是一般过去讲《文心雕龙》的人套用通俗马克思主义的那种说法：比如说刘勰有其时代与阶级局限，所以刘勰所主张的文学内容，只是儒家所讲的仁义道德，没有结合到社会现实。又比如说刘勰早期是文士，替几个王做秘书，后期又出家做了和尚。这样的人，脱离社会现实，也没有社会斗争的经验，所以论文主要谈的是自然而不是社会，跟社会现实和社会环境没有关系等观点。我说《文心雕龙》有局限是就《文心雕龙》在理论上有没有解决什么问题，或者内部有没有矛盾而言。

比如《文心雕龙·情采》篇，"情"是我们内在的感情，"采"是表现的外在的文采。我们写文章，内在的感情与外在的文采能够结合，才是好文章。这作为一个理论原则没有问题。但是在实际创作上，刘勰也知道有很多的文体并不是"为情造文"，而是"为文造情"的，比如受逝者家属所托而写的铭文之类。刘勰自己长期替人家做秘书，其工作就是代人家写文章。这些文章，情感都不是作者的情，而是为文造情、代人啼笑。

另外，《文心雕龙》所谈的某些文体，往往也与感情没有关系。比如史传的写法，主要就不是抒情而是叙事的；又如诸子，诸子论理，以立意为宗，也不主抒情。论说文亦是如此。至于诏策、代言等，皆不本于自己感情。

李商隐就是这样。他虽是唐朝的宗室，但生时家道已然没落，加之年幼时父亲便已过世，自幼就替人家抄写文字维生。稍微长大，跟着令狐楚，既做学生、秘书，又做幕僚。令狐楚死后，他考上进士，出去做官。做官不得意，则又回来替人做幕僚。李商隐的文集《樊南四六集》中所收录的文章，大部分都是代笔。这些文稿"代人啼哭""因人做笑语",文字与自己的感情都是分开的。但我们不能说这里面就没有好文章,只是写作形态不一样而已。

在《情采》篇中,虽然刘勰已注意到了这类情况,但是他把情采当作写作的总原则时,碰到刚才所说的情况,就会有些矛盾,出现讲不通,理论不甚圆通的地方。所谓"知其蔽",就是要明白这一类问题。详细之处,我们后面再说。

以上,大体就是我们在做一部专书研究时所要注意的原则。这不仅是做《文心雕龙》研究所应遵循的,其他的专书研究大抵皆然。

三、《文心雕龙》的流传及影响

(一) 从郭绍虞《中国历代文论选》选文谈起

在中文学界,讲文学理论用得最多的是郭绍虞先生编的《中国历代文论选》。很多学校都采用这套教材。这套书,选了《文心雕龙》的《原道》《宗经》《辨骚》《神思》《体性》《风骨》《通变》《定势》《情采》《声律》《比兴》《夸饰》《总术》《时序》《才略》《知音》与《序志》等。所占分量是所有文学批评文献中最多的,从中可以看出《文心雕龙》在中国文论中的地位。

但是我们要注意的,不只是其中的入选篇目,还有那些没有入选的部分。

《文心雕龙》的前五篇,一般称为文之枢纽论,是文章总的原则，或者称为文原论。这五篇开宗明义，把其书的宗旨、写文章有什么好处等都谈清楚了，方向也明确了。但是在这五篇之中，郭先生没有选《征圣》和《正纬》。

在谈完文原论之后，接下来是文体论，如诗、乐府等，从韵文谈到散体，一共有二十篇。《文心雕龙》凡五十篇，可以分成上下两个部分，上半部二十五篇，下半部二十五篇。而上半部的二十五篇又可以分成两个部分，前五篇与后面的二十篇。可是，这二十篇文体论，郭绍虞先生却一篇都没有选。这不是很有趣吗？

郭先生选的主要是《文心雕龙》的下半部。上篇除了总原则三篇，其他都没选。下篇的二十五篇中也有若干没有选的。譬如《镕裁》篇，《镕裁》篇谈的是文章如何斟酌损益。写文章时有很多好的想法，那么，该如何镕裁呢？就像打铁一样，各部分金银铜铁如何镕裁在一起，这是《镕裁》篇要谈的。郭先生没有选。还有像《章句》篇也没收。特别要注意的是，这个"章句"，与我们现在说的"章句"含义不一样。现在说"章句"，你会想到文章的章法和句法。刘勰所说的"章句"不是这个意思。章，宅情曰章。这个章，有点动词的含义，指安排思想感情和内容的单位。另外就是《丽辞》篇，主要谈辞藻对仗。还有《事类》篇，谈用典问题。《练字》篇，谈锻炼字句。以及《隐秀》《指瑕》等。以上这些，一般称为文术论或创作论，是谈文章写作的技术。这些篇目，郭先生都没有选录。

另外，《文心雕龙》最后五篇是综合起来谈作者的时代、作者个人的修养等问题。郭绍虞先生则没有收《养气》《附会》。《附会》

篇，其实是谈章法的。还有《物色》篇、《程器》篇，他也同样没有选。

这样选文，有趣之处在哪里？没有选《丽辞》与《事类》，其实与近代骈文的衰落有关。自胡适讲"八不主义"以来，大家就反对用典。用典与对仗的学问不受重视。另外，章句、练字、指瑕等，可能在郭绍虞先生这类讲文学批评的人看来，只是谈写作问题，且比较琐碎，也没有理论意义。

但是也有郭先生没收，另有人重视的。比如《镕裁》篇，王力先生曾为此篇做注，可能王力先生对此比较重视。如《隐秀》篇，也有香港的选本选录。陈望衡先生在《中国古典美学史》第十七章论《文心雕龙》时，只谈了其中几个问题，比如情采、风骨、神思、才性，还有就是隐秀。《隐秀》被他当作《文心雕龙》最重要的篇章来讨论。但是《隐秀》篇是假的，《隐秀》这篇其实老早就失传了，明朝人记载说有个人很怨恨钱牧斋，说牧斋借《文心雕龙》给别人抄的时候，把《隐秀》篇藏起来了。殊不知《隐秀》篇老早就缺佚了。现在这一篇，是明朝人补后黄侃又再补的。刘勰自己重视的许多篇，我们都不在意，却偏偏拿这一篇可疑之作来谈刘勰美学，不是很有趣吗？

综上来看，近代对《文心雕龙》较重视的是《中国历代文论选》中所选的部分；不重视的主要是文体论。这个态度，其实自黄侃已了然。

《文心雕龙札记》（北平文化学社，1929 年）就只有《神思》以下二十篇。黄氏殁后，武昌排印本才有论《明诗》《乐府》《诠赋》《颂赞》《议对》《书记》的部分，但是与他论下篇仍然不成比例。不但所论较少，态度与做法也不同，所以黄侃自己说："诠解上篇，惟在探明征证、权举规绳而已。至于下篇以下，选辞简练而含理闳深，若非反复疏通，广为引喻，诚恐精义等于常理、长义屈于短词。故不避骈枝，为之销解。如有献替，必细加思虑，不敢以瓶蠡之见，轻量古贤也。"

近人不选或不甚讨论的这些部分，真的不重要吗？没有文学理论意义吗？

我认为不然。今人不太谈文体论，可是古人论《文心雕龙》，恐怕更重视的恰好是上半部。刘勰自己在分上下篇时，也不是随便分的。他说："上篇以上，纲领明矣……下篇以下，毛目显矣。"上篇是纲领，下篇只是毛目，"纲"与"目"的区别是很清楚的，目像手指，纲才是手掌。可见刘勰自己也比较重视上半部。可是如今我们却不重视。之所以不重视，是因上半部分谈的是文体。

就算是近代，刘师培先生还专门针对《诔碑》篇有很长的讲义呢！要知道，有关碑的讨论，在古代是很重要的。梁元帝曾作《内典碑铭集林》三十卷，又据《金楼子·著书》篇知他还收录碑刻文字成《碑英》一百二十卷。可见专门集编碑文，在刘勰那时已开始了。后世对此越来越重视。《四库全书》所收元朝诗文评，一共只有四本，其中一本就是《金石例》。唐代的韩愈、柳宗元等人的文集都有大量的墓志、碑铭，说明这是古时很重要的文体。所以黄宗羲的《论文管见》，甚至只被放在《金石要例》之后当附录。按照我们现在的观念，应当是论文的范围大，论金石的小，应该倒过来。可是古人却不这样处理。

碑体在历代是有所演变的。刘师培先生就讲过：汉代以有铭者为碑、无铭者为墓志。诔都是四文有韵的，汉以后才变成楚辞体。铭和诔有什么不同呢？铭以述德，诔以致哀，前面往往有短序，这就是文章的体例。

谈起记，《岳阳楼记》虽然写得不错，但却不像记，体例上是存有争议的;《醉翁亭记》也如此。古人所重的更多是文章的体例，这与今人观念很不同。

还有些没有入选的篇目也颇为重要，譬如《物色》篇。物色涉及情景问题，情景问题在唐宋以后的文论中有很多讨论，如情景交融、上句情、下句景，情景相间，或律诗中的四句该不该用景语等。这些问题的讨论，《文心》皆启其端。

又如，《程器》篇讨论文人无行的问题。文人无行的问题自曹丕以来便很重要，而我们现在也不谈了。

这是由于现代人看《文心》是从一个很特殊的角度——以文学理论、文学批评的角度来看的，但古人未必。

古人可能是从为文的角度来看，认为《文心雕龙》讲为文之用心，谈的是怎样写文章，而不是评鉴文章。我们现在的所谓文学批评，跟看戏差不多，是看一出戏之后，讨论其优劣是非。古代文论，却常不是看戏评戏，而是说你要演戏的时候，这部书对你有何指导作用，如何帮你演好戏、写好文章。这样的角度，恐怕才是更主要的。例如给《文心雕龙》做了目前可见第一本注解的黄叔琳，既注也校，是《文心雕龙》研究的功臣。他在此书中有篇序，即说写文章若想要上追古人，《文心雕龙》就是津梁。

另外，《梁书·刘勰传》说《文心雕龙》主要是论古今文体的。史家在谈刘勰时候，觉得刘勰这个人并不重要，重要的是他写了

《文心雕龙》。所以《刘勰传》对于刘勰个人的问题，如生于哪一年、死于哪一年，什么时候出家等，都语焉不详，以致我们现在还争论不休。因为《梁书》实在太简略了。这也不能怪史家，从史家角度看，刘勰这个人确实无足轻重，是大时代的小人物，能名留青史，只因他写了《文心雕龙》。那么，《文心雕龙》是什么样的一本书呢？史家说：论古今文体。

换言之，古人在谈到《文心雕龙》时，谈的要么是文体、要么是为文。在《序志》篇中，刘勰说他之所以要论"为文之用心"，是因"君子处世，树德建言，岂好辩哉，不得已也"，要立言垂世。而其所论，似乎也重在为文之用心和文体，跟今人所谈不大一样。

第一位引用此书的是日本人空海，他在其书《文镜秘府论》第十四卷中引用了《文心雕龙》中的《声律论》。声律的问题，自南齐永明年间到唐朝初颇为人所关注，缘于这个时期恰是近体诗形成的阶段。可是今人对此，则无大兴趣。

（二）从《文心雕龙》历代著录情况可知古今之别

现在《文心雕龙》能见到最早的刻本是元朝至正本。唐朝的敦煌本是抄本，但是这个本子出现很晚。我们看版本，不能看版本原来的时代。早期版本可能面世得最晚，像黄叔琳在作《文心雕龙》注时，就没有见过唐写本。那他有没有见过元至正本呢？也没有。至正本，现藏上海图书馆，清代注家大体都没看过，用来校正的多是明朝的本子。

明本，我们现在可以见到的是冯允中的本子，藏在北京图书馆。但我们用来做研究的，最早只是梅庆生本，是个比较简略的音注本。它的年代已经很晚了，是天启二年（1622）。黄叔琳的注本在乾隆三年（1738），两个本子之间几乎隔了一个世纪。等到后人把纪晓岚的评语附进黄叔琳注本时，大概已是道光十三年（1833），这中间又晚了一个世纪。等到黄侃先生刊行《文心雕龙札记》时，则已经是民国十六年（1927）了，又是一个世纪。敦煌出土的唐抄本只是个残卷，保存的是《文心雕龙》的上半部，从《原道》篇到《谐讔》篇，下半部没有。或许如我上面所说，古人只重视上半部，故下半部可能根本就没抄，也未可知。

这是《文心雕龙》流传的大致情况。所以，《文心雕龙》之研究时段乃是从明朝晚期到民国，可以看成是清朝人恢复古代绝学的一部分。

这情况就类似前面介绍过的《墨子》。中国古代很多学问其实都失传了，例如现在一谈到诸子百家，听起来似乎很庞大、很丰富、很了不得，可仔细想来就知道诸子百家多半已不可见。先秦的农家就一本书都没有留下来。阴阳家也一样。名家，除了《公孙龙子》残篇之外，惠施的学问也只在《庄子·天下篇》中附见一小段。兵家，在山东银雀山竹简出土以前，所能见到最早的《孙子兵法》只是曹操整理本。而黄石公《素书》、太公《阴符》等，多半是伪造的。所以诸子学很多都没办法谈。清朝人辑佚补缺、校定整理，才恢复了许多古人的学术传统。而《文心雕龙》就属于被恢复的传统之一。

但我们也不能被这个新建的"传统"所惑。新恢复的面貌，未必跟它原来的样子一致。

原来的模样，亦非不可尽考。比如我们从历代的书目中，观察《文心雕龙》是怎么被记载的，就可以知道古人怎么看《文心》。

我们现在说《文心雕龙》是一部文学理论著作，且有不少人说这是中国文学理论中最重要的一部，体大思精、空前绝后，是中国文学理论的巅峰。那古人也这么看吗？

并非如此！最早著录《文心雕龙》的是《隋书·经籍志》。《经籍志》把唐初还能见到的书几乎都记录下来了。后来，《文心雕龙》也著录在《唐书·艺文志》中。但是，它们都把《文心雕龙》收录在"总集类"中。

什么是总集？总集就像《楚辞》《诗经》《文选》等，把各家的文集合起来才叫总集。可是，《文心雕龙》是一个人的专著，为什么这些官修史书，要将它放入总集类呢？推测编目者可能没真读过此书，或认为这是各家诗文集的评选，否则真无法解释为什么要将之放入总集类了。此时，《文心雕龙》显然不因文学理论意义而被人们欣赏，将之视为诸家诗文的总说，是对魏晋南北朝各家诗文综合的叙述和评说。

这是最早的评价，显然并不重视其独立的价值，只看成是读各家诗文集的辅助。从宋朝开始，情况才渐有变化。虽然《玉海》还是将其放入总集中，但是已经有放入别集类的了，如袁州本的晁公武《郡斋读书志》。放入别集，相当于表明这是一部个人著作。

也有放入子部的，可能认为其言说足以成一家之言，如《宝文堂书目》《徐氏家藏书目》等。

但子部的书目也有高下之别。有些子部书体系完备；也有虽列于子部，但只属于杂著、杂记。就像李商隐《杂纂》，便没有收在文集中，而是列于杂著中。《文心雕龙》在不少书目中就只被放入子部的杂著类，像《菉竹堂书目》《脉望馆书目》等。

明朝的《文渊阁书目》，把它放入文集类，当成刘勰自己的文集。

这些书目都承认了这部书独立的价值，但不从文学批评的角度来认知其价值。

另有一类书，是文学批评类的前身，叫作文史类。如欧阳修编的《新唐书·艺文志》就将《文心雕龙》放入文史类。《崇文总目》《通志》《遂初堂书目》《直斋书录解题》《文献通考》《宋史·艺文志》都是如此。

早期的目录学中并没有诗文评类。文史类所收的，大体上就是后来放入诗文评类里的东西。所以当把该书列入文史类中时，说明时人已经能看到《文心雕龙》在综论文学史上的价值了。等到真正放入文史类时，才肯定了刘勰此书是对文学进行评说的，这样做的有衢州本的《郡斋读书志》，还有明代的《玄赏斋书目》《绛云楼书目》等。《绛云楼书目》就是上面我们所提过的钱牧斋的书目，后来书被烧毁了，我们也看不到了。

前文所提的是将《文心雕龙》放入文史类中的情况，而真正将此书放入诗文格、诗文评这一类的是《好古堂书目》和《国史经籍志》。《国史经籍志》是明代万历年间焦竑所编。明代后期如《澹生堂书目》《述古堂书目》《读书敏求记》都已经把它放进诗文评类了。《四库全书》也是如此。

从《文心雕龙》的著录情况看，我们就可以看出一些问题。唐宋人多将此书看成是总集、别集，并不重视其文学评论的价值。宋朝开始放入文史类，到明朝才看成是诗文评。可见《文心雕龙》被看成论文之书是非常晚的事。

（三）从明以前的历代评论可知此书之地位和影响

从《文心雕龙》的评论上看，我们现在对它评价很高，古人则否。

杨明照先生曾花费了很大功夫，将历代古人评论《文心雕龙》与刘勰的文献全都辑录出来。当年没有计算机，做这个工作很费劲。前文已述，古人不大重视《文心雕龙》，所以《文心雕龙》才会若存若亡于天壤之间。从南梁、南陈到明代中期，《文心雕龙》的读者并不多，也很少有人会谈到刘勰。可是杨先生并不这么认为。杨先生辛勤工作的目的，就是想证明刘勰这本书在古代曾有重要影响。但是他搜集的材料却只能进一步说明：《文心雕龙》在古代确实没什么影响。

品评《文心雕龙》的第一个人是沈约。刘勰写完书之后，时人不贵，于是便想办法让沈约看。沈约看了之后很重视，于是这本书就不一样了。

可是，梁朝再也没有第二个人讨论过《文心雕龙》。大家知道，刘勰活到梁武帝时期，那是个文学很兴盛的时代，梁朝萧氏是继魏国曹氏之后最盛的文学家族，这个家族中每个人几乎都有文集。而且，刘勰跟萧梁王室的关系很亲密，做过几个王的秘书。

然而沈约之后，就再没人谈论他，刘勰在当时也毫无影响。有关沈约很重视刘勰之类的话，也仅仅是史书上的描述，沈约本人并没有这方面的文字记录，故亦不知其具体评论如何。

南朝齐梁时期，南方出现了"四声八病"说，这个理论传到北方，引起了一些讨论。隋朝有一个人叫刘善经，他写《四声指归》，因谈四声论的问题，所以引到了刘勰书。沈约重视刘勰，可能也是由于其《声律》篇。因为沈约谈"四声八病"，很多人反对。当时人不了解四声。四声是个新概念，中国古代人只讲五声：宫、商、角、徵、羽。很多人则将四声与五声混淆了，同时觉得讲四声可能没有必要。所以当沈约读到《声律》篇时，会觉得它好，或许是因为跟自己的理论很接近。人都是"喜其似己者"的，刘善经亦是如此，所以引了一段刘勰的话以为佐证。然而接着就讲，刘勰的说法虽然不错，但可惜是"能言之者，未必能行"，他自己的文章却写得不高明，"但恨连章结句，时多涩阻"。这是第二位评论者。

第三位，是初唐四杰之一的卢照邻。卢照邻是个倒霉蛋。初唐四杰，命运都不好，卢照邻个性幽闭，自号幽忧子，文集就叫《幽忧子集》。他写过一篇《南阳公集序》，讲古来文人都相互看不起。曹丕在《典论·论文》中已谈到过文人相轻。其实大家的才性不同，人不可能什么都会，以己之长去攻人之短是不对的。卢照邻亦是这个意思，说刘勰的《文心雕龙》便是属于此类批评别人且又没批评好的无聊之书："人惭西氏，空论拾翠之容；质谢南金，徒辩荆蓬之妙。拔十得五，虽曰肩随；闻一知二，犹为臆说。"评价显然也十分负面。

整个唐代，依杨先生收集的资料看，只有四个人提到过《文心雕龙》，即卢照邻、刘知幾、陆龟蒙以及一个叫神清的和尚。其实只有三个，因那和尚的话是宋代另一个和尚注解中引的，不该算唐代的文献。

宋代的情况也不乐观，只有四个人：一个是孙光宪，是五代时期《花间集》的词人；另一位是与欧阳修一起编《新唐书》的宋祁，还有黄庭坚和叶庭珪。

叶庭珪的《海录碎事》是一部类书。类书的性质就是收集各类材料，所以才会在文学部中收录刘勰的《文心雕龙》。黄山谷的评论则被后来的很多人引述。因为在明代之前，从来没有一位重要文人谈论过《文心雕龙》，所以大家都喜欢说：你看黄山谷都那么赞美刘勰呢！可是黄山谷是怎么说的？他写信给自己的晚辈王立之，说刘勰的《文心雕龙》与刘知几的《史通》这两本书你读过吗？这两本书，"所论虽未极高"，但是"讥弹古人，大中文病，不可不知也"。也就是说《文心雕龙》虽不很高明，但是批评古人比较中肯，是写文章的入门书，所以不可不读。

这是宋代的情况。从以上的介绍就明白为什么《文心雕龙》常被放在总集类、别集类等。

明朝讨论此书的人比较多了，但很多是不知所云。譬如，王文禄说，汉代郑康成已开训诂文之端，其文法文句，朴实刚健；唐代韩昌黎，已开八股文之端，"其篇达而昌"，文章通达流畅。到了宋元之后，训诂课试之文，则"弱而琐"，文章差了。这是在讨论八股文的写作问题，故上推其文体到郑玄、韩愈。可是他认为：汉到唐，中间也有"古文之妙者"，不可不取法。取法谁呢？

他列了八位：曹植、陆机、庾信、江淹等，还有一位就是刘勰。庾信、江淹、刘勰与古文有什么关系？明人不学，却常大言欺人，这就是一例。

还有一些明人的引述或评论，乃是杨先生从类书中钩索出来的，比如沈津的《百家类纂》等。这是明朝人喜欢刻的一种丛书，常杂选一些僻书。

另外明朝人还有些评论，杨先生没收，是在批本中显示的。

前面曾说到钟惺的批点，在他之前还有杨慎、曹学佺的。杨慎（升庵）是大学者，可能也是最早提倡《文心雕龙》的人，曾用五色笔评点过此书，目前可看到的批语还有三十三条。我看过祖保泉先生一篇文章，说杨慎"竟然不嫌麻烦，用五色笔。这无异告诉人们，他非常欣赏这部著作。同时也表明，他是在比较安逸的环境中从事这项工作的"。其实不是这样。用几种色笔圈识批点，乃明朝读书人之习惯，如归有光也以五色笔批过《史记》。当时书坊还常刊行五色套印的各家诗文集批本。杨慎批过的书很多，他当然也喜欢《文心》，但这只是他批过的书之中的一本罢了。

其体例是：人名用斜角、地名用长圈，偶俪之切，以青笔红笔圈之。如《文心雕龙·神思》中"积学以储宝，酌理以富材"，加黄圈。"然后使玄解之宰，寻声律而定墨；独照之匠，窥意象而运斤"，加白圈。"然则博见为馈贫之粮，贯一为拯乱之药"，加红圈。"至于思表纤旨，文外曲致"，加青圈。可见他所欣赏者，在于《文心》的文采而非理论，其文采还是以偶俪为重点的。

正因如此，所以杨慎解释风骨时才会说："左氏论女色曰：美而艳。美犹骨也；艳犹风也。文章风骨兼全，如女色之美艳两致矣。"这岂不是胡说八道吗？黄叔琳注本曾批评："升庵批点，但标词藻，而略其论文大旨。"你看他这种解释就知道：其实不仅是略其论文大旨，更是误会其论文宗旨呀！

刊印过梅庆生本《文心雕龙》的曹学佺，重视文采比杨慎更甚，且常注重句法字法。如《诔碑》篇"事光于诔"，批"光字妙"。《杂文》篇"甘意摇骨体，艳辞动魂识"，批"骨体亦佳"。这完全是以欣赏作品的方式在看《文心雕龙》，且看得非常琐细。然而不幸的是，他认为妙的字，其实常是错字。如"事光于诔"的"光"，乃是"先"之误；"甘意摇骨体"的"骨体"，乃是"骨髓"之误。其毛病，跟钟惺是一样的。

杨慎、钟惺这些人，皆明代文坛上大有名望者，而其对《文心雕龙》之理解不过如此。此书之地位和影响也就可见一斑了。

（四）《文心雕龙》与清骈文复兴

无论如何，明朝后期引述《文心雕龙》的毕竟渐渐多于从前了，清朝尤多。需要特别注意的是，清人重视《文心雕龙》的原因之一是目前讨论《文心雕龙》的学者们所没有注意到的：清朝骈文的势力越来越盛。骈文势盛之后，六朝的文集与作品水涨船高，常被重新抬出来讨论。所以，清朝很多重视《文心雕龙》的人，多是骈文家或者从骈文的角度出发来重视它。

譬如孙梅。孙梅编了本《四六丛话》，因他是阮元的老师，所以《四六丛话》中还收有阮元的后序，阮元则写过《文言说》。众所周知，六朝即有文笔之辨。但唐代古文运动后，力反六朝，以笔为文。到了清朝，阮元才重新恢复文笔论，认为文就应该是骈文，应该有对仗，这才是文章的正宗。骈文这个名词比较晚出，大概是清朝中晚期才有，之前只称为俪体、骈俪、四六等，其中"四六"是最稳定的称呼。就是柳宗元所说的"骈四俪六，锦心绣口"。孙梅的《四六丛话》中就有很多地方引用《文心雕龙》。

另外就是沈叔埏。他写过一篇很长的《文心雕龙赋》，用赋的形式来赞美《文心雕龙》，并总体概括《文心雕龙》的理论，所以这篇赋很重要。还有凌廷堪，他是经学家也是文学家，他的文集中有用楚辞体来纪念古代的文学家的，其中有一首就是纪念刘勰。

又，刘开有《刘孟涂骈体文》，其中说"宏文雅裁，精理密意，美包众有，华耀九光，则刘彦和之《文心雕龙》，殆观止矣"，认为刘彦和的《文心雕龙》是很棒的。

以上所列对《文心雕龙》的赞美，大量出自这批骈文家或者骈文的提倡者。像阮元，除了在《四六丛话》的序中对其赞美外，在《昭明文选序》中也对其有很多称赞。还有陈广宁的《四六丛话跋》中也有不少赞语。可是他们赞美的观点，常不是因为《文心雕龙》的理论，而是因其文章。而《文心雕龙》能被重视，也是因其能为骈文张目、提高骈文声望。

反之，可观古文一派对《文心雕龙》的评价。

前已介绍过自杨慎开始评点《文心雕龙》后，此书渐为人所知。可是，明代归有光、黄宗羲等古文家却未对《文心雕龙》发表过什么评论，清朝桐城派的方苞、姚鼐、刘大櫆等古文家，也对《文心雕龙》未置一词。到了清朝中叶之后，《文心雕龙》的地位日渐巩固，古文家不能再对它视而不见了，所以对其有所评述。

但这些评述，实与骈文家大相径庭。

譬如方东树是姚姬传的学生，他的《昭昧詹言》是非常重要的文评著作，他说：孟子、曾子以及后来程子、朱子等人讲说孔子之学，都还是不错的，因为境界跟孔子相去还不太远，"可谓以般若说般若"。后世小儒则不然，自己无真正体验，空描虚说，就不过是些空话，像陆机、刘彦和、钟嵘、司空图等人论文，就属于这一类。"不过知解宗徒，其所自造则未也。……既非身有，则其言或出于揣摩，不免空体目翳，往往未谛"，往往讲不实在。此评很有代表性，可见古文家对刘勰这本书一则不很重视，二则评价也不甚高。

这里还要特别介绍清朝李执中的《文心雕龙赋》，比沈先生的更长。

汉朝人开创了一种赋，是拟对体。以《答客难》为例：有客来，跟我讲了一通道理，然后我跟来人说道理不是你讲的那样，应该是这样的，如此如此，于是说服了对方。这是汉赋中常有的文体，是一场辩论。但这个辩论是假的，用假设的问题引发了正面的议论，故而是一种说服体。而这篇《文心雕龙赋》就采用了这种形式。

首先，说有朋友来大骂《文心雕龙》"讥文体之俳优"，说怎么能用骈文这种不高级的文体来写呢？且这么烂的书居然能流传下来？这书"辞纤体缛、气靡骨柔"，软趴趴的，风格还是停留在齐梁之间，注重打扮。五十篇，洋洋洒洒三万字，却是"实艺苑之莫贵，何撰述之能侪"，是艺苑所不重视的，也不能进入著作之林。之所以现在评价还不错，可能是"时无英雄，遂使竖子成名"

吧。然后主人展开辩护，认为《文心雕龙》的文章和理论都还不错，最后终于说服了客人。

这篇文章，充分显示了《文心雕龙》的价值在清朝中期还是有争议的。《文心雕龙》从"晦"慢慢到"显"，有人开始为之注释，有人开始为之赞叹；但同时也有古文家批评此书：形成了一定的争论。

这种争论的焦点，很大一部分不是我们现在所重视的文学理论问题，而常关涉其文章表现。《文心雕龙》乃骈文，其理论为骈文张目。从古文家的眼光看，其理论已经过时了。但是，讲骈文的人认为文章既叫作"文"，本就应该重视文采，从《易经·文言传》以来主流的文体就是骈文，古文只是一个支流而已，这当然会引起争论。

（五）引证《文心雕龙》之我见

杨明照先生还很辛苦地查到了古书中引用《文心雕龙》的例证，说引证《文心雕龙》的范围很大，遍及四部，可见该书影响巨大。可是，我所见与杨先生却完全不同。

最早引证的是刘知几《史通》中的两条，除此之外，再无唐朝人引用过。只有日本人空海到中国留学，在《文镜秘府论》中引过《声律》的内容。其他就是后唐刘存、南唐徐锴的《说文解字》注。

宋代也有七八个人引用过。但是，宋代引证《文心雕龙》的，大部分是注。比如注解杜甫诗、注解苏东坡诗时会引述到它。我们知道，注解引证材料本来就会比较多，不厌其烦。如李善注《文选》，就有人批评它释事忘义，光会引证资料来解释典故。因此在注解中用到《文心雕龙》不足为奇。尽管如此，在苏东坡、欧阳修、王安石、曾巩等人本身的诗文中，你绝对看不到他们对《文心雕龙》的引证，要看也只能从注中去找。

还有就是类书。中国的类书，跟西方百科全书是不一样的。西方的百科全书是知识性的，中国的类书是文学性的。中国类书自出现以来，最重要甚或唯一的目的就是为了写文章的方便。[1]类书的编撰，自曹丕《皇览》以来，如《玉海》《艺文类聚》《佩文韵府》等皆是文学性的。听听《艺文类聚》这种书名就知道，它是将与文学相关的东西都统统集编起来，便于写文章时查考的。在这样的类书里找到几条引述《文心雕龙》的材料，并不稀奇。

另外，如果拿《文心雕龙》与《文选》做比较。《文选》是《文心雕龙》之后不久出现的一部书。很多人觉得两书理论可相互印证，这个观点是错的。因为《文选》与《文心雕龙》是观念完全相反的书。《文选》很明确，经、史、子是不收的，所收只是"义归乎翰藻"的东西。《文心》恰好是要宗经、征圣。两家宗旨区分很明确。这是第一。

第二，两书在历史上的地位是不能比的。《文选》历来地位极高，成为"选学"，在唐代即甚明确。比如杜甫就说要"精熟《文选》理"，宋朝人强调《文选》要读得烂熟才会作文章、才有官做。

---

1 中国知识性的类书起源很晚，恐怕要到杜佑《通典》，或者是马端临《文献通考》等以后了。

同时，《文选》在唐代高宗时即有李善注六十卷，开元年间又有吕延济、刘良、张铣、吕向、李周翰等所谓"五臣注"。唐朝、宋朝、清朝还有庞大的"文选学"阵营，这都是《文心雕龙》比不上的。著作显晦因时，看起来当能令人生出些感慨！

以上所述应能使读者明确《文心雕龙》在历史上的影响。但一些读者可能对我所言颇存疑虑，若我所说为真，难道别人搞错了？

是的。平常我们说谁影响如何大、谁又影响了谁等等，都说得太平常、太轻巧了。殊不知影响研究是极难做的。1983年，我写那篇得罪了所有人的台湾博士论文评议时就指出过：研究者应注意他自己说的影响，究竟是发生在心理层面，还是美学层面？是表现于作家，还是作品？所谓影响，究竟是有实在关系的联系，还是包括了偶然的成分？与模仿相同还是相异？仅限于个别细节，还是某些意象及观念的借用或材料的来源，还是指深入结构之中、弥漫于组织之内的风格表现和精神特征？这些问题都是很复杂的，相关争论也很多，作品和美学层面的影响，有些人就不承认它存在；影响与模仿，一般也都是分开的。

当时我还引述了韦斯坦因（Weisstein）的说法，把影响分成两个层次。甲类包含借用、翻译、改编、模仿。模仿还分两类，一是严肃地，包括文体化（stylizatiom）；二是诙谐地，包括模仿讽文、歪曲模仿、戏谑。

乙类则有：彼此都是唯一的平行关系、平行关系、模拟（历史性的）、模拟（非历史性的，但有系统及/或有目的）。这里，一种是可显示为文学的常数，一种是可显示为人类学的常数。模拟（非历史性的，而且没有系统），有些还算是文学上的事，有些则根本不属于文学范畴。

甲类可以称之为影响，乙类则非。例如我曾批评过陈寅恪先生的中印文化交流影响研究，说他的论证方式常常是：我吃饭，你也吃饭，所以你是受了我的影响。指的就是：他讲的常只是人类学常数上的类似性。文学上的非历史性模拟，就更多了。如某位先生写了篇《〈文心雕龙〉对明清曲论的影响》。我看到题目后大吃一惊，心想竟还有这种影响，我怎么不知？看了文章，才晓得这位老兄的论证方式是这样的：明清期间《文心雕龙》已有许多人关注了，其中如杨慎等人都深通戏曲，所以《文心》对明清曲论深有影响。具体例子，如刘勰谈神思，汤显祖、李渔等人亦谈想象与构思，岂非受其影响乎？《文心》结构严谨，王骥德《曲律》也结构紧密，岂非又受其影响乎？《文心》论附会与镕裁，注意文章的结构，《曲律》《闲情偶寄》强调戏曲应针缕细密、要立主脑，岂非又受其影响乎？

过去研究《文心雕龙》，这样的问题太多了，哪怕是大家亦不能免，故真相往往遭了遮蔽，我们现在应该尽量避免才是。

今天这一讲，主要谈《文心雕龙》的流传与影响。这里涉及我们怎么看《文心雕龙》这本书的方法，不能仅从文学理论的角度来了解。我讲课，会特别提示方法论的问题，请各位留意。

【第二讲】

刘勰其人

　　史书对刘勰的身世记录不详。关于其名氏籍贯，后世异说纷纭。实
则他家几代都信奉道教，只是持续没落，到刘勰时，几乎无以为生，只好
依附僧祐，在定林寺整理佛教文献。后来替皇室做秘书，写了《文心雕
龙》也没人过问。然后梁武帝又派他回到了寺里继续整理佛经，最终出了
家。如此平淡的人生，却颇引起人们对他和佛教义理、昭明太子关系亲密
的想象。

　　我们这个课，希望大家准备范文澜先生的《文心雕龙注》。
这是近代较早且较完备的本子，这七十年，所有的《文心雕龙》
研究几乎都以它为基础。当然后出转精，考辨愈为繁复。如台湾
李曰刚先生的注就比范文澜多三倍，有 2600 页。大陆詹锳先生的
《文心雕龙义证》也有 1957 页。这也显示了《文心雕龙》可研究
的东西还很多，我底下也会谈些在其他注本、研究中所没有谈到
的问题。

一、刘勰身世之辨

（一）名字

上一讲谈了《文心雕龙》的流传与影响状况。现在来跟各位介绍作者刘勰和他写这本书的因缘。

范文澜《文心雕龙注》曾感慨："所惜本传简略，文集亡逸，如此贤哲，竟不能确知其生平。"的确，刘勰的传记资料很短，出自《梁书·刘勰传》，只有几百字。大致介绍刘勰，曰"字彦和，东莞莒人，祖灵真，宋司空秀之弟也"云云，《南史》基本相同而更简。

刘勰，字彦和。这本来是不用讲的，但是大家恐怕也没想到这其中还颇复杂呢！我就见过一位先生写了篇《〈知音〉篇的文情难鉴与西方阐释学异同比较》，乍看题目，令人惊讶，但他全篇都把名字搞错了，将刘勰写成了刘懿。

古人虽不至于如此离谱，却也不无疑义。唐朝初年颜师古写过一本《匡谬正俗》，"匡谬"就是匡正错误，"正俗"是对社会上的错误认知有所导正。其中曾这样评述《文心雕龙》：说它对于文章虽能"略述其理"，但"未尽其要"。评价并不太高。不过我们这里要谈的不是他的评论，而是《文心雕龙》这本书的作者。颜师古认为《文心雕龙》的作者是刘轨思。

唐朝有位和尚叫慧琳，编了一部佛教辞典式的大书，叫《一切经音义》。书里又记录："刘勰，梁朝时才名之士也，著书四卷，名《刘子》。"而这位刘勰，他说跟"刘螺"一样，都是皇家的宗室贵族。

实际上刘勰不是刘轨思。刘轨思是北齐时候的渤海人。何况，你看名字也就知道刘勰非刘轨思了。为什么？刘勰的"勰"字现代人虽很少用，可是它其实就是"协"字。"勰"在《尔雅》里也就是"和"的意思，本义就是"协和"。所以刘勰才会字"彦和"。才俊之士称之为"彦"嘛！古人的名与字是相呼应的，如端木赐，字子贡。故刘轨思不是刘勰，甚为显然。

要知道，颜师古乃唐初的大学者。祖父颜之推，先后仕于南梁、北齐、北周，终于隋，学识渊博，尤善《周官》《左传》，有文集三十卷，更写过著名的《颜氏家训》二十篇。颜师古的父亲颜思鲁，也以儒学显，撰有《汉书决疑》。颜师古曾注《汉书》，其兄弟四人：二弟颜相时；三弟颜勤礼即颜真卿的曾祖，颜真卿曾写过著名的《颜勤礼碑》，是写颜字的人必学的碑帖。可见颜师古出身显赫的学术世家，而连他都弄不清刘勰与刘轨思，可知刘勰名望不高，颜师古对他甚为陌生。

《一切经音义》说刘勰是梁时的才俊，写过一本《刘子》，有四卷，与刘蟒同样都是皇家宗亲。然而《刘子》是另一本书，乃北齐刘昼所写。从新旧《唐书·艺文志》起就弄错了，以为是刘勰写的。宋代陈振孙《直斋书录解题》、晁公武《郡斋读书志》才据唐播州录事参军袁孝政序，定为北齐刘昼撰。

诸子学的发展，汉代以后逐渐衰微，南北朝期间子书并不多。《刘子》是少数的几本之一，且是北朝人之作品，这在中国诸子学发展史上还是挺重要的。清卢文弨《抱经堂文集》卷二《〈刘子〉跋》曰："其书首言'清神''防欲''去情''韬光'，近于道家所言。"其实不然，卷一固然是道家观点，可是到卷四就大谈法术、赏罚、审名了。《法术》篇说："法术者，人主之所执，为治之枢也。术藏于内，随务应变；法设于外，适时御人。人用其道而不知其数者，术也；悬教设令以示人者，法也。人主以术化世，犹天以气变万物。气变万物，而不见其象；以术化人，而不见其形。"完全是申韩法术、循名责实那一路，也就是司马迁将老庄与申韩放到同一篇列传里的那种路数。这种路数在东汉以后已少见了，故此书非常重要。

但很可惜，它并非刘勰所作。《四库全书总目提要》考证说：《文心雕龙·乐府》篇称："涂山歌于候人，始为南音。有娀谣乎飞燕，始为北声。夏甲叹于东阳，东音以发。殷整思于西河，西音以兴。"此书《辨乐》篇称："夏甲作破斧之歌，始为东音"，与勰说合，"殷辛作靡靡之乐，始为北音"，则与勰说迥异，必不出于一人。又史称勰长于佛理，尝定定林寺经藏，后出家，改名慧地。此书末篇乃归心道教，与勰志趣迥殊。讲得已很清楚了。

《刘子》也非四卷，而是十卷。这本书现在还有流传，可以查看。八十年代，大陆文心雕龙学会第一任会长张光年及一些研究《文心雕龙》的朋友说《刘子》亦为刘勰所作，实是误会。王叔岷先生《刘子集证》考证精详，不必再辩。

那么刘勰是不是如慧琳所说，为皇家之宗亲呢？这也错了，因为此"刘"非彼"刘"。

由于南朝的"宋"是刘家天下，由刘裕所建，故慧琳误以为刘勰是刘宋皇室。虽然同样姓刘、同样是皇室，但是刘勰属于另外一个较古老的皇室，乃汉代刘邦的后人。刘邦一族，到刘宋时代，早已经没落，也不再是皇室了。

这是姓名与家世的问题。

（二）世系

《梁书·刘勰传》说刘勰是东莞莒人。各位都知道现在的东莞在广东。但当时这个东莞不在广东而在山东，广东当时尚未开发呢！

南朝的士家大族很多都是自北方南迁的，比如说王羲之那一族就是"琅琊王"。琅琊在山东，山东今天依然出产一种酒叫"琅琊台"。这些士族虽然南迁了，但基本上都保留着原来的老籍贯，称呼自己时，往往都还称旧籍。犹如1949年以后迁居台湾的人，说到籍贯，包括他们的儿孙辈都习惯称旧籍。像我，就常自称是江西吉安人。

可是刘勰的情况比较复杂。"东莞"并不是他的旧籍，乃是南迁以后政府在南方"复制"的东莞。是从行政建制上把北方的建制迁到南方来，把南方的地名也称作是"东莞"了。这种情况叫作"侨设"。

当时的士族有两大姓，一是"侨姓"，一是"吴姓"。侨，就是北方乔迁下来的大姓，如王、谢、袁、萧。吴姓，则是本地大族，如朱、张、顾、陆等。迁居南方的士族，不但姓氏是迁来的，地名也迁了下来。

这样不会搞混吗？当然会。不过人情恋旧，往往习惯如此。如台湾有很多地方，像高雄、美浓之类，原就是日本的地名。日本人占领台湾后，觉得某些地方很像自己的老家，因此设置县制时就如此称呼。台湾还有很多地名跟福建重叠，也是因为福建人移居后，起了跟自己老家同样的地名。这种情况很常见，但为了避免弄混，因此刘勰出生的东莞，一般被称为"南东莞"。其地在现今江苏镇江一带，当时又称京口。因为邻近金陵。史书上说他们家"世居京口"[1]，则是迁来好几代了。而所谓的"莒县"，只是原来山东的县，他却早已不是"莒"人，也不生在山东了。这就是他的地望问题。

这问题看起来简单，但在我们这个时代，有什么不会发生呢？刘勰他们明明迁到南方好几代了，刘勰也生于南方，可是现在山东省莒县浮莱山定林寺内居然就建了一处"刘勰故居"，还有文心亭之类配置。乃山东省革命委员会于1977年立，为省级重点文物保护单位。这不是搞笑吗？

或许你会以为这是他们弄错了，却又不然。因为这个定林寺就"相传始建于南北朝，今存建筑为清代重修"，可见是清代就错了。定林寺乃金陵名刹，后面我们还会说到。刘勰曾奉梁武帝之命，在寺中校阅佛经。梁武帝时，山东莒县归他管吗？他能派刘勰来吗？

回过头来再讲他的家世。王元化先生认为刘勰出身庶族，这是不对的。刘勰乃士族。他这一支，出自汉齐惠悼王刘肥，中间也不知传了多少代。到刘宋时，他们这一家仍算是一个大族，很兴旺，人才辈出。

---

1 其实史无此文字，杨明照笺注据《宋书》刘秀之、穆之传考订。

特别是刘穆之，官做到司徒，地位很高。他早期跟着刘裕打天下，起家比较寒微；后来做了官，有一种弥补的心态。每次用餐都很豪奢，一个人吃也要准备十个人的大餐，史家形容"食前方丈"。他跟皇帝这样报告：你不要看我很奢侈，我从前辛苦啊，总要补偿补偿嘛！但这是私人的奉养，虽有点过度，公私之分我还是会掌握清楚的。这个人有意思，不只好吃而已，学问也很好，博识群书，礼贤下士，名声还不错。

《梁书·刘勰传》又说："祖灵真，宋司空秀之弟也。"秀之是尚书右仆射，最后当到司空，也是很大的官。他和钦之、粹之、恭之、灵真这一支，出自刘爽一系，跟刘穆之那一系是分开的。刘勰的父亲叫刘尚。

刘勰世系问题，是历来考证上争论不休的。因《南史》没有"祖灵真，宋司空秀之弟也"这一句，故有些人认为《梁书》有误。我则以为不误，《南史》只不过减省文字以节约篇幅而已。

接着，就要跟各位解释一下他的家族。

首先，这是一个天师道的奉道家族，过去研究刘勰的人多未注意到这一点。

各位要留心，六朝人名，如王羲之、王献之、王凝之等什么什么"之"的，多是道名。只要看到名字是什么什么之，就大约可判断这是个信奉道教的家族。刘勰祖上这些钦之、秀之、粹之、恭之、虑之、贞之、式之等等，当然也就标示着他们家族的信仰状况。到灵真，更直接，不再是"之"了，直接叫"灵真"，"灵真"两字，道教气味更重。而穆之的字，则干脆叫作"道民"。所以这是个奉道的家族，几代传承都信奉道教，他们大概没料到后来有个子孙刘勰改信了佛教，还写了文章来攻击道教。

其次，这个家族在刘宋地位还不错。灵真这一支，大概是其中最差的。灵真是"员外散骑常侍"，官位还不错；但是到了刘尚，就只是"越骑校尉"。越骑校尉是汉武帝设置的官职，源于越人投降了，要来管理、安抚和安置他们。各位可以想见，这样职属四品的官，到了南北朝期间，特别是刘宋时代，会有什么实际作为？只不过是挂职的闲差罢了。

然而他父辈的其他人都还能袭爵或做有领土的大官；像刘穆之那一支，发展得还更好一些。魏晋南北朝是一个类似西周那样的贵族社会。钱穆先生《国史大纲》曾把它称为"二度贵族化的社会"。古代贵族从春秋以后，即渐次陵夷，变成平民了。但经过秦汉，到南北朝期间，社会又重新贵族化。父亲当大官，子孙便可以沿袭他的爵位、土地、庄园、奴仆等等，也往往可以自募部曲。

不过刘穆之这一支后来也衰弱了。传到刘彤，他拿刀杀老婆，闹得很大，结果被削爵，不能再继承家业了，爵位转给了他的弟弟刘虓。到齐，爵位又往下降。刘邕此人，各位一定知道他，他有"嗜痂之癖"，喜欢吃人家身上流血脓疮结成的"痂"，仆人身上烂的痂常常被他扒下来吃。另外，刘式之有一子孙，被贬到广州，不得意，常纵酒闹事，下场也不是很好。整个家族在持续没落，到曾孙刘祥就被人家骂为"寒士"了。

刘勰父亲的官位本来就不大，更不幸的是他在刘勰三岁时就过世了。父亲过世以后，可以想见，孤儿寡母的生活当然甚是辛苦。

（三）生平

现在我们研究刘勰生平的人，对于他整个家族的情况，并不是很了解；有谈到的，也只是说刘勰的家族已没落。没落是不错，但刘勰这一辈的同族兄弟，大体上都还是做官的，只有他们这一支最糟糕。因为孤儿寡母，家里又无长辈；在大家族中，不但不会得到庇荫，反而更会受到欺凌，以致家贫无以为生，几乎没有办法过活。

本传说，刘勰"早孤，笃志好学。家贫不婚娶"。不婚娶，到底是不愿意婚娶，还是不能婚娶？研究者也为之争论不休，或说是受了僧祐影响，或说信佛之故。

其实很清楚，不是他不愿意，而是没办法。六朝是个士族门第社会，结婚必要"门当户对"。不但不同阶层的人是不通婚的，士族间二品以上的高门第也不会跟低门第的人通婚。叫刘勰娶一个庶人，他不会这样做，没有任何一个士族子弟会娶庶人女子。娶贵族呢？娶不起，也没有任何贵族女子会嫁给他。贫到无以为生，这一点很像唐代的李商隐。

刘勰也出生在一个没落的家族，也家贫无以为生，也碰到了和令狐楚一样有势力的人。不过，这个人不是大官，而是个很有势力的大和尚。

这位大和尚，在佛教史上赫赫有名，本姓俞，法号僧祐。刘勰"依沙门僧祐，与之居处，积十余年"，跟着这个和尚一起生活了十几年，从少年到成人。僧祐住在寺院里，他自然也住寺院。

僧祐是当时僧界领袖，不但在各地讲经说法，还能够开坛授戒，皇室也非常尊敬他。梁武帝很信敬他，其妃丁贵嫔（昭明太子萧统的母亲）、其异母弟临川王萧宏等也都拜他为师。

这位大和尚又是个学问家，他收集了非常多佛教经卷予以整理。刘勰做他的助手，帮忙收集、整理文书，就像李商隐跟令狐楚的关系。我们现在看到的李商隐文集里的大部分早期文章，都是帮令狐楚写的，就肇因于此。刘勰的情况估计也一样，僧祐要到处去活动，整理文献的工作，大概多是刘勰等寺中徒众担任。所以本传里说：刘勰，依僧祐，与之居处十余年，"遂博通经论"。他的整个学问，可说都是在僧祐那里养成的。

僧祐收集了很多佛教的典籍，整理后编出目录，"区别部类，录而序之"。这个工作，史书上讲得很明确："今定林寺经藏，勰所定也。"也就是说在僧祐定林寺所藏文献目录，是刘勰所整理的。

定林寺是当时非常重要的寺院，里面不但讲佛经，也讲儒家经典。很多儒者讲经，都是到定林寺去讲的。它是当时重要的说法道场，刘勰的前半生都在该寺中生活。

刘勰是一个跨越齐、梁的人物。在齐活过了大半生，到了梁武帝天监中，才开始出来做官。他最早的官，叫"奉朝请"，这是个闲官，官阶也低，亦非实缺。但是这个官能让他这样一个没落的贵族重新恢复身份。

但他做官和在寺院里跟着僧祐也没什么两样，先是跟着中军临川王萧宏。萧宏是梁武帝第六个弟弟，曾拜僧祐为师。刘勰去做他的记室，也就是秘书，可能也是出自僧祐介绍。我刚刚为什么用李商隐来譬喻呢？因为他们的生平特别像，都是秘书出身。

做了一阵秘书以后，刘勰还出去做了独当一面的小官。大概在现今浙江金华一带，是个"令"。政绩还不错，很廉洁清明。之后又调回京城，再做南康王的记室，仍是秘书。南康王名叫萧绩，是梁武帝第四个儿子。

　　接着又做了东宫通事舍人。这东宫又是谁呢？就是文学史上鼎鼎有名的昭明太子萧统。现在《文心雕龙》的所有版本都写着"梁通事舍人刘勰著"，因通事舍人是刘勰所做过的官里职级最高的，所以就以这个职衔作为他的身份。其实刘勰也做过一些别的官，如他天监十八年时"迁步兵校尉"，在上林苑御林军中掌管禁军，但仍然兼着舍人。

　　东宫舍人虽然官位清显，但品级不高，当时像宰相、太傅、太宰这样的官，有十八班，而东宫舍人仅一班，差距可不是一星半点。武帝时也颇用出身低微的人士担任，但问才能，不限资地。

　　因为刘勰与昭明太子有这样一层关系，所以过去讲《文心雕龙》与《文选》的人，都很努力地论说他们之间如何密切，甚至说《文选》在编辑时，刘勰可能也参与了。

　　我上一讲已说过，《文心雕龙》与《文选》的观点完全相反，故刘勰不可能参与。而且，刘勰在当"东宫舍人"的时候，昭明太子才十六七岁，而刘勰已入暮年。这个时期，两个人的关系不可能有多么密切。《文选》里负责任最多的（它确实杂出众手，不是一个人编的）是太子的一个得力助手，也姓刘，但不是刘勰，而是刘孝绰。

　　这大致就是刘勰的生平。跟着皇家做官做事，做的是皇帝身边的事，如"东宫舍人"，或者是管理皇家禁卫军，做梁武帝弟弟、儿子的秘书等。他与皇室的关系很紧密，但是并未因此能在政治上、仕途上有更大的发展。反而最后大概是梁武帝觉得刘勰的学问很好，而他自己又信佛，于是派他回到了寺里。

普通元年（520），刘勰被派回到定林寺继续整理经典。完成了三次经卷校订的任务后，他上书皇帝说：干脆让我出家吧。梁武帝也同意了，因这位皇帝自己就巴不得出家，相传曾三次舍身同泰寺，大臣哭闹不止才把他抢回来，还要交赎金。现在皇帝一听说有人要出家，当然立刻就同意了。

但"出家"是什么意思？刘勰他本来就没有家，也没结婚。"出家"对于他来说，无非就是换上僧袍、把头剃了、改名叫作"慧地"罢了。

他出生于哪一年，死于哪一年，诸家考证，前后颇有几年的差别。不过其生平大概如此。所留下的著作，《刘子》已确定不是他写的；其他除了《文心雕龙》，还有两篇零散的文章：一篇叫《灭惑论》，另一篇是个寺院的碑。

有些研究刘勰的人，认为《灭惑论》针对的是范缜《神灭论》一类论调，实际上乃是道教与佛教的争论。因为道家"贵生恶死"，佛教则讲"三世轮回"，当时双方争论甚为激烈。《灭惑论》起而应战，所批评的是道教，不是儒家。佛教徒都很喜欢引用这篇文章来抵御道教界的攻击。据张少康先生研究，该文写于南齐，是在作《文心》以前，针对道士顾欢《三破论》而作。顾欢还写过《夷夏论》，是当时的反佛健将。

另一篇是《梁建安王造剡山石城寺石像碑》，当作于梁天监十五至十七年（516—518）之间，这个石像也是僧祐主持建立的。

建安王萧伟是梁武帝的异母弟。刘勰长期在僧界活动，他的文采，在僧界声名很高。僧人要盖寺院、刻碑、建塔，常常请刘勰来写碑文。刘勰写过很多，包括僧祐的碑。慧皎《高僧传》卷十二说和尚超辩死了，僧祐替他建墓塔，"东莞刘勰制文"。这样的记载还有好几处，可见刘勰当时为僧人写了很多碑，不过现在我们能看到的只有这一篇。

二、刘勰与佛教的关系

（一）常为僧人树碑立传

上面虽稍有考证，但大体只是介绍。下文我要略做些论述。

首先，刘勰常为僧人树碑立传。这不但可以作为《文心雕龙·史传》篇的参照，而且整件事应该看成是汉传佛教文学化的第一步。《史传》篇曾遭纪昀看轻，其实刘勰对写传、记是颇有经验心得的。

汉传佛教有很多的特点，其中之一是吃素，不吃肉。信佛教，在中国人的观念中就是出家、吃素，偷吃肉是要被嘲笑的，酒肉和尚如鲁智深、济公等，只是特例或反面案例。但其实全世界大部分信佛者都是吃肉的，只有汉传佛教，即中原地区，还有受中国影响的韩国、日本一部分人不吃。至于出家，日本和尚大部分是不出家的，既有老婆也有小孩。小孩长大以后剃了头、穿了袈裟，父子相承，继续做和尚。所以不要搞错了！把我们的特殊性想象成普遍性，误以为全世界都这样。

而且，汉传佛教早期不仅吃肉，许多和尚也有老婆。在刘勰出生之前，有几个大文豪，像谢灵运、鲍照、颜延之都过世了。鲍照有个妹妹鲍令晖，是文学史上少数有名的女作家。她的集子里面就有替和尚老婆代笔写的信。可见当时和尚不但吃肉喝酒，很多都还有老婆。刘宋时周朗写过一篇《上书献谠言》说当时和尚"延姝满室，置酒浃堂，寄夫托妻者不无，杀子乞儿者继有"，即指此言。直到梁武帝时期下了一道命令，叫作《断酒肉文》，说和尚都不准再喝酒吃肉了，情况才逐渐转变过来。

　　梁武帝虽是亡国之君，但他在佛教中的地位极高，现在汉传佛教里最大的法会还叫"梁皇宝忏"。"梁皇"就指梁武帝。他当时下《断酒肉文》，刘勰还上了一篇文章附和，说此举很对，就应该这样。而且不但僧徒不应喝酒吃肉，就是祭宗庙，也应改用鲜花素果。中国的祭祀，"祭"与"荐"是不一样的，"荐"可以用鲜花素果，"祭"则必须是肉，其字形就是手拿着肉祭神。真正祭祀用鲜花素果是从梁武帝开始，此前皆杀牲为祭。

　　汉传佛教另一特点就是文学化。诸位要知道，印度是语言体系文化，而不是文字体系。直到现在，印度也没有统一的文字。没有统一的文字就意味着没有统一的语言。我们中国，看起来方言很多，语言也不统一，但其实都包含在几个大官话体系中，与文字相配合的官话体系很大，只有少数几系方言不被包含。西南官话、西北官话、华北官话等，基本上都只是腔调略微有差异，语音体系及结构是一样的。印度就不同了，官方语言就有十几种，非常混乱。我们现在有许多学者喜欢讲佛经的文学性，其实都是从汉传佛教的角度回头去说印度而已。真正佛教在文学化过程中显现的文学性，是汉传佛教之特点。

其文学性又是个不断发展的过程。第一步是写碑。本来佛教徒死以后只造塔，如东坡诗所云"老僧已死成新塔"。塔上亦无铭记，最多只是简略写下塔里面是谁而已。汉代以后，中国人开始热衷写碑志墓；佛教徒受了影响，也开始写碑。所以刘勰帮很多寺、塔作了碑记，显示和尚们慕尚文采，要用一篇漂亮的文章来记录自己或寺院的一生。我们第一讲时曾说梁元帝辑有《内典碑铭集林》，可知当时信佛者皆极重视此道。

第二步是译经。六朝是文采很兴盛的时期，佛经的翻译及论述也跟当时文风有很密切的关系，文采斐然。如鸠摩罗什就极重视这一点，他曾感叹一般著译者不重文采，故译经难以卒读："改梵为秦，失其藻蔚，虽得大意，殊乖文体。有似嚼饭与人，非徒失味，乃令呕秽也。"这是翻译不仅要"信""达"还需要"雅"的宣言！其门下士僧肇的文采尤为杰出，文字是六朝第一等。因此汉文佛典不但可以做语言学的研究，还应当做文学的研究。可惜研究六朝文学的很多朋友，因对佛经不太熟悉，故不太能就六朝文学的发展跟当时译经做比较。如果能，对照一下，就可知道当时译经与文风是互相呼应的，可以作很多对比研究。这只能期待将来各位了。

第三步是僧人作诗。和尚们作诗不是到唐代才有，像注解过《庄子》的支遁等诗僧早已出现于六朝，尔后越来越多，遂形成了庞大的诗僧现象。

再一步则是所谓"文字禅"。文字禅是什么意思呢？禅宗六祖慧能本身既不识字，又强调要"不立文字"。这一派本来跟文学是

最没有关系的。但是不立文字的禅宗，发展到宋朝初年却出现了
《石门文字禅》。钱锺书先生就很推崇此书，说："僧而能诗，代不
乏人；僧文而工，余仅睹惠洪《石门文字禅》与圆至《牧潜集》。"
不过此书重要之原因，还不仅是他本身文采好，更是他大揭"文
字禅"之义，逆转了"不立文字"的宗旨。

晚唐以来，所有语录、公案，都引述大量的诗句来描述"悟"
的功夫与"悟"后风光。由于"悟"本身不太适合用逻辑性的语
言来说明，所以要用大量的譬喻、意象，或者干脆就引诗来说。
悟了以后的境界，同样是难以说清楚的。对还没有开悟的人，如
何让他们体会呢？只能用文学性的表述方式，让人得知！所以禅
宗的东西，它本身可能并不是文学作品，但常能让人感觉充满了
文学性。他们的对答、机锋，常运用诗或是类似诗的语言。——
这就叫作文字禅。唐代创立的禅宗，到了宋代就变成这样了，无
论诗偈、公案、语录，都充满了文学感。这是整个汉传佛教文学
化的过程。

《梁书》本传说，"京师寺塔及名僧碑志，必请勰制文"，就是
我刚刚所讲的文学化第一步。和尚们喜欢文学，要找文士来写碑
铭。刘勰在当时不是名人，然而是僧人熟悉的人群里最知名的文
人，所以多找他写。碑志虽然写了不少，流传的却只有一篇。

而且我们应特别注意：《文心雕龙》里有一篇是专谈如何写碑
的《诔碑》篇，但其中对于和尚们写碑的事，竟绝口未提。碑是
放在坟前的，让祭墓者知道墓里埋葬的是什么样的人；墓志铭则
是放在坟里面的。这两种都应该是史传的支流。可是刘勰在《史
传》篇里也同样没有提到和尚们写碑记、墓志一类的事。

第二讲 刘勰其人

51

在《文心雕龙》里，刘勰跟佛教的关系，其实大体如此，但你几乎看不出来。刘勰跟佛教，虽然从其生平上看，极其密切。但是在文章里，却分得这么清楚。

（二）整理佛教文献

其次再说说他帮助僧祐整理文献的事。

梁武帝不仅要僧人吃素，还选拔了有学问的人，不论僧俗，"释僧晃、临川王记室东莞刘勰等三十人，同集上定林寺，抄一切经论，以类相从，凡八十卷"。

这在佛教史上是非常重要的大事。过去，梁启超先生有一本《佛学研究十八篇》，其中有一篇叫作《佛家经录在中国目录学之地位》的长文，曾谈及此事。佛教目录在整个中国目录学中，是个独立的体系。各位如果去上目录学的课，教师一定是从刘歆、班固、李充、荀勖讲下来，讲到《隋书·经籍志》、四部分类、七部分类等。不太会专门谈佛教的目录。佛教目录是个独立的体系，这个体系在整个目录学中非常重要，可是大家却不太熟悉，主要是因为缺乏基础知识。梁先生此文是近代学术史上第一篇提醒我们要注意的文章，而且梁先生认为佛教目录甚至比我们传统的目录学这一套更高明。

梁先生的讲法有道理，但需要做点小小的修正。

佛教目录学，跟我国传统目录学相比，有几个优点。梁先生说：第一，历史观念非常发达，每一本书经过谁翻译，几次翻译，什么时候，什么地方，都记载得非常详细。我们的目录，常常就是后面直接抄前面的，甚至搞不清楚这本书在这个时代是不是还存在。如焦竑编《国史经籍志》里仍记着：宋，辛处信《文心雕龙注》，几卷。辛处信的注本，明朝早就没了，但是在明朝的书目里面却还记着。有人根据明代这个书目说明代还有这个书。其实不是的，他只不过根据以前的书目抄下来而已。我们编的书目，常都是这样，存佚之考订不是很严谨。

第二，辨别真伪很严。凡是可疑的书，都详审考证，别存其目。佛经是从印度、中亚翻译过来的，真伪难考。比如，说《易筋经》是般剌密谛译，原本是达摩祖师由印度带来，唐李靖还写了序，岳飞的部将牛皋也有一篇序。但是这个经根本就是伪造的。详情各位可去看我的《武艺丛谈·易筋经论考》(山东画报出版社，2009 年)。这类事情很多，所以真伪须有考订。

第三，比较慎审。凡一书或同时或先后有不同的翻译，一定详细讨论其异同得失。

第四，搜采遗逸。凡是遗逸的书，一定存其目，以供其采访。

第五，分类复杂而周备。有时以著、译的时代分，即按照这本书是什么时代写成，什么时候翻译的来分类；有时以书的性质分，性质里有时又以书的内涵分，譬如说既分经律论，又分大小乘；或者以书的形式分，一经多译，一卷多卷，等等。如《华严经》，有唐贞元中般若三藏译的《四十华严》、东晋佛驮跋陀罗译的《六十华严》、武周实叉难陀译的《八十华严》，前后翻译、时间都不一样。在佛教的目录里面，都要详细考论。梁启超说这些都是它比我们高明的地方。

他讲得虽然没错。但我们要注意，刘勰的时代，乃是佛教目录学刚刚兴起之时。再往下，到唐代以后，佛教目录学确实已经形成了像梁先生所讲的优点，但在刘勰那个时代，这些优点才刚刚开始而已，还不够精密。

佛教之所以有目录，是从晋朝道安法师开始的。《晋书》有"四海习凿齿，弥天释道安"，道安乃一代名僧。东汉佛教传入后译经活动就开始了，但流传下来的经文真伪杂糅，很多是后来伪造或假托的。例如《四十二章经》，号称是最早经由"白马驮经"，由迦叶摩腾、竺法兰翻译出来的中国第一部经典。但是其实整个故事是刘宋以后造出来的。经典传入的来源也很复杂，并不一定从印度来。道安法师第一个为这些文献分门别类，制成了《综理众经目录》。

道安法师做的目录已失传了。不过没多大关系，刘歆的《七略》也失传了，但后来有部书基本上把整个《七略》都吸收了，那就是《汉书·艺文志》。佛教的情况与它一模一样。道安《综理众经目录》后来也几乎被僧祐《出三藏记集》完全吸收。《梁书》刘勰本传里说的上林寺经藏，大概就是指这一部书。

《出三藏记集》是僧祐在南齐建武年间所编，也是目前所存最古老的佛教目录，亦为后来所有佛教目录的源头。刘勰曾参与过它的编辑。刘勰的功劳，史书也早已充分肯定了。

作为目前所存的最古老的目录，《出三藏记集》所受评价也极高。在它前后，佛教目录一是以年代来著录的；二是像道安法师一样，讲年代，又把没有翻译名称的放在后面。另外一些编法，例如专门编一个人的，或者是一个派别、一个地方翻译的目录。齐武帝时期有个人叫王综，编了一部《众经目录》。这是第一次在经典里面区分出大小乘的。也就是说虽在僧祐那时目录还不少，但其他目录都没有流传，所以僧祐的目录非常重要，影响到隋唐佛教目录的编撰，是建立佛教目录学传统非常重要的一步。

它分成了如下几部分。第一部分是"撰缘记"，即编撰的缘起、来历。讲印度时期佛经怎样结集，解释三藏、八藏等名称，解释胡汉翻译佛经音义同异。

第二部分是比较主要的本论，称之为"诠名录"。分四大块：第一块是新集经论录、新集异出经录。前者，是现在收集到的经典；后者，是同样一部经典的另外一传。第二块是新集安公古异经录，讲道安法师所整理的古代的经典；新集安公失译经录，讲道安法师所整理的失译经典，印度传来经典中没有翻译的，叫失译；新集安公凉土关中异经录，讲道安法师整理的关中、北凉经典；新集律部论，是讲戒律的经典。第三块是续撰失译杂经录。第四块是新集抄经录、安公疑经录、新集疑经录、新集安公注经及杂经志录。这部分多是收录道安跟僧祐都觉得可疑的。梁启超为什么对于佛经的目录特别推崇？因为他自己就是写《古书真伪及其年代》的人，深感吾道不孤呀，发现和尚那么早就注意到古书"真伪及其年代"了，所以大为赞叹。

第三部分叫作"总经序"，对所有经典做个提要，写一个序论。

第四部分是"述列传"，是传经人、翻译人的传记资料。

这就是僧祐的目录，我们也不妨把它看成是刘勰的著作。从目录上可以看出他整理的功夫。

不过学术上的事总是后出转精。后世对这本书，虽推崇其开创之功，却也有一些不满。不满之处在哪里呢？说它"大小雷同，三藏杂糅"，没有区分大乘小乘，而且经、律、论有时相混；又"抄集参正，传记乱经"，经、注常没有分开；所以"考始括终，莫能该备"，整个目录，不是特别完备。这话出自《众总经录序》，是法经法师对它的批评。

所以总体来讲，这个时候的佛教目录学，与从刘歆、班固以来的传统目录学相比还不能并驾齐驱，但对后来的佛经目录学的影响是很大的，有些缺点在草创时期也在所难免。

三、《文心雕龙》与佛教关系之辨

这部分可用来补充说明刘勰到底帮助僧祐干了些什么事。他们做了佛教史上一件大事——开创了佛教目录学的传统。

这是过去讲《文心雕龙》的朋友很少注意到的。过去研究刘勰的朋友，大多对佛学并不熟悉。这么重大的事，讨论却很少。

细看僧祐目录，也有助于澄清另一个问题。什么问题呢？研究《文心雕龙》的人，对佛教不了解，可是却充满了想象，老想让《文心》跟佛教扯上关系。

像范文澜在《序志》篇的注解里说，《文心雕龙》之所以叫"文心"，必与佛教有关。他引了慧远法师的《阿毗昙心序》"《阿毗昙心》者，三藏之要颂，咏歌之微言。管统众经，领其宗会，故作者以'心'为名焉"云云。引了这一段以后，范文澜便说《文心》之作跟《阿毗昙心》有异曲同工之妙。认为："彦和精湛佛理，《文心》之作，科条分明，往古所无。自《书记》篇以上，即所谓界品也；《神思》篇以下，即所谓问论也。"说其书结构完密，上半模仿了佛教的"界品"，下半又模仿了"问论"。结论是刘勰此书"盖采取释书法式而为之"。

范先生这段话，一把《文心雕龙》的"心"跟佛教结合起来；二说其体例受到佛教影响。这种观点开启了后来许多论述，如王利器说《文心雕龙》每篇后面的"赞"，就是佛家的"偈语"。台湾王梦鸥先生说刘勰每篇都"原始以表末、释名以章义、选文以定篇、敷理以举统"，正是模仿僧祐经录目录的缘起、诠名、总经序、述列传这四部分的。香港饶宗颐先生则说佛家喜欢以"心"为书名，"心"是众法之源，刘勰取名"文心"，即用此义。而且刘勰论心很透彻，可见他取佛教唯心论以立说，是本书命名为《文心》的缘由。凡此等等，前辈们论述甚多。

其实这些都是误解。僧祐做的是目录学的分类。《诠名录》里面讲的不是"释名以章义"，讲的是流传下来的有哪些是经典、哪些是道安法师记录下来的、哪些是失译的，这跟"释名以章义"并没有多大关系。"敷理以举统"，也并非一本书一本书地撰写提要，而是讨论整个文体，然后提出文体的统绪（原理），跟僧祐所做的"述列传"全不相侔。他们只看到了它的名目，便从其名称上去猜测，其实佛教的目录学是一套体系，这一体系与《文心雕龙》的体系架构毫无相似或相关之处。一本是目录学整理的书，一本则不是用目录学方法处理文学问题的书，怎能混为一谈？

那什么又是"界品"呢？界品是《俱舍论》的九品之一，讲诸法的体性。此论乃出于小乘说中的一部主要经典，但此书于南陈天嘉四年（563）才译出，比刘勰晚多了。该论之重点在破执见，其所谓"万法皆空"的"法"指各种事物。各种事物，见之为有，实际是空。所有桌子、你、我都是因缘聚合所生，例如教室本来没人，因为有课，大家集合在一起；课结束了，教室又归于空。一切人、事、物的聚合都是如此。教室、桌子、板凳、你、我等等，都是无数条件聚合起来而成了现在的样子。这种条件会慢慢改变甚至毁坏，最后消失。这就叫"成、住、坏、空"。所以任何东西皆无本质，如果一定要找它的本质，其本质就是"万法皆空"。"诸法之体性"就是说明这个空的道理。

《俱舍论记》里面说："界者，性也；性者，体也。"界，指的就是"性"，即"诸法无自性"的性。因此"界品"跟文体的分类毫不相干。一般人不懂，看到"界"字，以为是指一个区域、一块地方，所以会觉得好像跟文体的区分有些类似。不是的！界品讲的是："界者性也，性之言体也。此品明诸法体性，以界标名。"

何况，佛教讲的"诸法体性"与文体的"体"完全是两回事。文体是诔碑、史传、诗歌、乐府等等，有具体的体式。佛教的"体"却是一个"空体"，"诸法之体性"就是没有本体，是"空"。故曰"万法皆空""因缘所生法，我说即是空"。这跟文体又有什么关系呢？《俱舍论》里面还谈到系属于欲界、色界等各法的问题，那就更不能比附到《文心雕龙》二十五篇文体论的结构去了。

另外，范文澜先生又发现《文心雕龙》有许多"圆"组成的字词，如圆、圆通、圆该、圆照、圆鉴、圆览、圆备、圆周等等，因而认为这也是刘勰深受佛教影响之证，由佛教借来了圆的语汇。后来詹锳《文心雕龙义证》也因循其说。

可是日人兴膳宏说得对，"用于佛典并构成重要概念的'圆'

这一语，就是翻译时从玄学的古语中借来的"（此语出自《兴膳宏〈文心雕龙〉论文集》中的《〈文心雕龙〉与〈出三藏记集〉》）。早在《易经》《庄子》等书中就大量使用"圆"这个概念和词语了，《易经》有说方以智、圆而神；《淮南子·主术》也说智圆。魏晋玄风既扇，故常以"圆"字翻译佛书，岂能倒过来说用这个词乃是受了佛教的影响？

另外，还有周振甫、王元化等一大堆人说《文心》的结构和思维是受了佛教因明学的影响。因明，是类似亚里士多德逻辑三段论的东西，与《文心》能有什么相干？且因明学在我国佛教中根本不重要，也一直盛不起来，其重要性与在印度、西藏不可同日而语。即使到了唐玄奘，他自己虽精擅因明，并带回三十六部相关著作，但所译却少，以致因明学某些部分中土无传，如古因明的世亲《论轨》《论式》、新因明的法称《正理一滴论》等重要论典均是如此。我国最重要的因明论述——玄奘弟子窥基的《因明入正理论疏》，元代即绝，清末才由日本传回。与晚清民初佛学大宏唯识，喜说因明，与杨文会于1896年将此书回传再刻有关。但不能因此便误会古代人学佛也从因明入手，或因明推理对汉地佛教徒有多大的影响。汉传佛教不关心逻辑与知识论，因为印度佛教以真理的证成为主，中国则以真理的实证为核心。相关经论译出甚少，南北朝期间仅《方便心论》《回诤论》《如实论》三部而已，当时僧徒皆不习此业。且后两种译于刘勰写书之后四五十年，不可能影响到刘勰；第一种译于北魏文成帝或孝文帝，早于刘书三十年左右，但书仅一卷，又译于平城，能对南朝的刘勰产生多大影响呢？

同理，饶宗颐先生《刘勰文艺思想与佛教》说刘讲练字法要省联边，而"联边者，刘氏释为'半字同文者也'，此亦凡当时梵文之术语"。当时佛徒确实常用到"半字"一词，可是这是佛教传来以后才有的词汇吗？刘向《别录》战国策书录条早就谈道："本字多脱误为半字，以赵为肖、以齐为立。"可见这本是我国原有的术语，佛教徒不过沿用而已。

饶先生又说因佛教论"心"最多，所以《文心雕龙》才会命名为"文心"。这同样也是错的。我们不是在佛教传入之后才讲"心"的。《易经·复卦·彖传》说"复，其见天地之心乎！"《诗经》《尚书》论诗都说"在心为志，发言为诗"。《管子》则有《内业篇》《心术篇》《白心篇》，《淮南子·精神篇》说"心者，形之主也"。另外，像庄子讲"心斋"，荀子讲"心，形之君也、神之主也"，孟子讲"尽其心，知其性"，《中庸》讲"诚意正心"等，可见中国不但诗书传统讲"心"，诸子百家亦无不重"心"、无不论"心"。

甚者，早在造字之初，属"心"的字就很多了。所有的思维活动，中国人都是从心上来讲的，把心当成人的主体，而不是脑。如"在心为志，发言为诗"的"志"，是"志之所之也"；"忍耐"的忍，是"心上一把刀"；"忙"是心亡，《说文解字》说是"心乱也"；"忽视"的"忽"是没用心；忠恕之道的"恕"是如心，己所不欲勿施于人，他人有心余忖度之。诸如此类，均可见中国的思想本来就重心，这是中国思想的特点，跟希腊、印度不同。各位不妨回去细读一下我《中国传统文化十五讲》第一章《形体》，就知道古希腊、古印度之形体重于思维；中国却是倒过来，重心而不重形。所以荀子才会有《非相篇》，不重形体而重心术。

正因为中国思想重视心，所以佛教传来以后逐渐本土化，也重视心。心，在早期佛教中当然也谈，但不是我们这样谈的。中国佛教天台宗、华严宗、密宗、净土宗和禅宗的心性论都有浓厚的如来藏真常心色彩。可是在早期印度佛教中，不论原始佛教、部派佛教还是大乘佛教，真常唯心论一直没啥影响。要到后期大乘与密教出现之后才成为主流。然而，其后不久它就灭亡了。反之，中国佛教因深受中国传统哲学影响，佛学中真常唯心论的成分得到了前所未有的开发，不属于或较少谈论真常唯心论性质的宗派（如唯识、成实、俱舍等）则很快就被淘汰了。这是从历史大架构上来说的。

也正因如此，所以近代佛教复兴运动中凡是主张回归印度的人，都排斥真常心说，认为这是出自中国人自己造的"伪经""伪论"，非佛说。是受了中国心性论的"污染"。

当然佛教并不是没有心性说。但有如来藏真常心倾向的大乘佛学认为心性本空、不生不灭，本来清净，与部派佛教将心性比喻为有物质实体的铜器不同，多以无物质实体的虚空比喻心性。后来禅宗将如来藏系、中观系心性本净义等灵活发挥，以明心见性为解脱成佛的关键，不仅说心性本净本寂，更说心性本觉，就与印度原来之说更远了。

天台宗、华严宗、密宗、净土宗和禅宗的心性论皆后起，在刘勰那个时代，只有般若学及三宗论之类。般若乃空宗一路，但当时六家七宗，识含、幻化、缘会三宗其实仍属于小乘佛学，可见当时论心还不深入。要到《大乘起信论》才以"一心开二门"

的模式为中国佛教心性论开出一条新路。一心，即如来藏心。万法源出于此，包摄一切世间法和出世间法。二门，指心真如门（清净）和心生灭门（污染）。是梁朝真谛译的，但近代佛教复兴运动中主张回归印度的人，都认为不是译，而是真谛伪造的。可是无论如何，其事皆在刘勰写《文心雕龙》之后了。

总之，中国内在性的思维倾向不是到了宋明理学才发展出来的。《文心雕龙》讲心，恰好是中国的老传统，只是我们忘记了，以为来自佛教。殊不知佛教的"心"只是一个空无主体的空心；而中国人讲心，又比印度早多了。

也由于只知佛教重心，而忽略了重心术是中国人的老传统，所以宋明理学也被讲错了，以为是佛家传来以后，儒家发展才开始内在化、才开始讲心。不知中国思想重"心"才是一个大传统，故多颠倒见。

刘勰的讲法，也多是延续了从前的传统而已。至于他如何延续，我们以后再说。

刘勰生存之时代

刘勰经历过的宋、齐、梁三代，乃南朝文武鼎盛之际。但当时政治混乱，君王道德和政治手段皆不可问，南北方的军事冲突及文化竞争也越来越剧烈。文学上，沈约创立"四声八病"的学说，裴子野作《雕虫论》。刘勰七岁时梦到踩着彩云往天上走；刚过三十，又梦执礼器，随孔子南行，故发奋写《文心雕龙》。可是他与社会和文人集团缺乏互动，主要为僧团服务。

一、刘勰生存的时代

孟子说"知人论世""读其书不知其人，可乎？"所以我们先从作者刘勰讲起。上一讲我们谈的是刘勰的生平，这一讲我们"知人论世"，要论论他的时代。

一般认为刘勰生于刘宋，经历过宋、齐、梁三个朝代。范文澜、王金凌、张严、华仲麕、詹锳他们所做的刘勰年谱，都认为他生在明帝泰始元年左右，也就是公元465年。

但也有人，例如日本兴膳宏教授做的年表，认为刘勰应该生在二年（466）。元年、二年差距不大，反正大体就是这个时代，宋明帝泰始年间。

不过，四川大学杨明照先生另有考证，认为应该是在泰始六年（470）。台湾的李曰刚先生也赞成杨先生。假如刘勰是生在这一年的话，那么，那时沈约30岁，僧祐26岁，谢朓7岁，萧子良11岁，萧衍、丘迟、裴子野都是2岁。

这些人都是跟刘勰关系比较密切的，只有和谢朓、丘迟、裴子野的关系较疏。沈约是欣赏刘勰的人，僧祐是刘勰跟着生活过几十年的人。萧子良在当时文坛上很重要，类似文坛盟主。萧衍则是后来的梁武帝。

丘迟呢，在当时南北对抗的时候，我想各位都读过他写给北朝将领的信，说让他来投降吧。让人家来投降的话是很难措辞的，但他说："暮春三月，江南草长，杂花生树，群莺乱飞。见故国之旗鼓，感生平于畴日；抚弦登陴，岂不怆恨？"即"您不如回来吧！"这封信后来确实也起了重要作用，所以他也是当时文坛上很重要的人物。

裴子野另外写过一篇非常重要的文章，叫作《雕虫论》。刘勰这本书叫《文心雕龙》。北大王力先生有本散文集叫《龙虫并雕斋文集》，既雕龙，又雕虫，就取义于他们这两篇。裴子野的文学理论，跟刘勰有奇妙的呼应关系，稍后我们会讲到。

刘勰生存于怎样的一个时代呢？那正是南朝文武鼎盛之际。

东晋永嘉之乱以后，士人逃到南方，他们驾着牛车逃难，所携带的图书文献当然不会太多。所以当时文献是很残缺的，后来慢慢整理，每次朝代更迭，又毁掉很多。到了宋、齐、梁这几代，经过了几百年休养生息，才是文教风华最盛的时代，这也就是刘勰所生活的时代。

（一）刘宋时期

不过，它虽文教昌盛，在政治上却又是个乌七八糟的时代。六朝更迭那么快，很重要的原因，是因为政治混乱。君王道德和政治手段，大体都是昏庸的。像宋明帝，泰始七年（471），就把所分封的其他王，如晋平王、建安王、巴陵王都杀害了，清除小王子将来的障碍，免得他们将来竞争。王室之间的斗争如此血腥，做出这么残酷的事，他自己还建湘宫寺自矜功德，自认为好得不得了呢！

然后是废帝。废帝时期，桂阳王反。

因刘勰三岁丧父，故如果刘勰生于泰始六年，那么其父就死于泰豫元年（472）。如果刘勰生于泰始元年，那么其父就死于泰始三年。而在废帝的元徽元年（473），桂阳王反。

上文已述宋明帝于泰始七年诛杀各王，但还未杀尽，就遭到其他诸王的起兵造反。造反至第二年，才由萧道成平定了。诸位当能看出，萧道成既然有力量平定桂阳王，自然也能把皇帝废掉。所以后来取代宋朝的人便是这个萧道成。

元徽四年，建平王又反。

这里插一句，据说刘勰七岁时做梦，梦到天上有彩云，他踩着彩云往天上走。这个梦对刘勰很重要，觉得自己应有更高远的理想，能够往上走。

六朝时期，出了好几个文学史上重要的梦，除了刘勰此梦之外，还有像江淹的梦"江郎才尽"：江淹梦到人家传他彩笔，后来又梦到人家把彩笔收了回去；梦到人家送他一匹锦缎，后来又跟他要了回去。然后他的文章就不行了，所以说江郎才尽。文学史上这种梦的故事都很有趣。若刘勰生于泰始六年，则做这个梦即在元徽四年；如生在明帝泰始元年，就要早好几年了。

到顺帝昇明元年（477），萧道成又把皇帝给杀了，立安成王。他自己没有当皇帝，而是立了一个王。这时其他人不服气，像荆襄都督沈攸之就起兵讨伐萧道成，结果被萧道成给扑灭了。换句话说，宋自明帝以后，整个国家内部是乱的。造反、打仗、内部征伐，最后，萧道成干脆把安成王也废了，自己做皇帝，受宋禅。

（二）南齐和北魏时期

1.齐高帝建元年间

什么叫作受宋禅呢？

自从王莽以后，皆受儒家思想的影响，强调三代之禅让、选贤与能。这本来是公羊家的主张，叫作"退天子，贬诸侯，讥世卿，讨大夫"。认为皇帝根据血统代代相传没有道理；贵族"大人世袭以为礼"的代代世袭也没道理。所以他们主张不要以父传子、子传孙这种方式，而应该选贤与能。选贤与能是儒家的理想，所以说尧舜禅让。到了禹，禹传给自己儿子启以后，就衰了。儒家为什么推崇尧舜？其中之一条，就是强调选贤与能。近人受西方影响，宣扬民主，所以也常有人把民主理解为选贤与能。但民主不是选贤与能，只是选出能代表各个不同群体利益的人，去做公开的利益争夺，以瓜分独裁者独占的利益。其境界和效能，均远低于儒家所主张的选贤与能。

这个理想，并不是不能实现的。经过汉儒鼓吹以后，果然就实现了，大家都觉得应该推举最贤能的人做皇帝。而当时谁最贤能呢？朝野都觉得王莽这个人最好，是最大的贤人，刘家的天下应该让出来，因此才由王莽取代了汉朝。

王莽原来名声很大，大家都觉得他很会做事，道德也很高。但没想到他做皇帝后推动的几个政策，老百姓却无法接受。例如王田制，也就是土地国有，诸侯、地主、世家大族全部起来反对他，所以很快就瓦解了。王莽也遭了污名化，甚至有人说他不是受禅，而是篡位。后人还有一首诗讲王莽，说："周公恐惧流言日，王莽谦恭下士时。若使当年身便死，千古忠佞有谁知？"周公在他前期是被大家所批评的，说他狼子野心，想篡夺王位。而王莽早期非常礼贤下士，很有德望。如果不是后来结果不同，"千古忠佞有谁知？"后来有很多人讲这事，以发历史之感慨。

禅让这事，虽然王莽的实践失败了，但禅让这个理想并没有消失。所以曹丕篡汉，就仍要举行一个禅让的仪式，以应付舆论。他明明要把皇帝废了，自己做皇帝，却还要举行一个禅让典礼，让皇帝下诏书说："我要让位。"然后曹丕说："不敢不敢，绝对不可以。"皇帝又说："一定要！非要给你不可！"就这样，一让、再让、三让，才勉强接受。接受以后，还要建个受禅台，让皇帝将玉玺等东西交给他，完成交接。曹丕领了这些东西，即位登基做了皇帝后，讲了一句耐人寻味的话，说："尧舜之事，于今知之矣。"尧舜的事情，我现在明白了，搞不好尧舜也是像我这样的。

这当然有点以小人之心度君子之腹，但曹丕以后，皇帝都要搞这一套，才不会让人觉得你得位不正。此即所谓受禅。建立了齐朝。萧道成要人家禅位给他，受禅以后，竟又把原来老皇朝的宗嗣全部杀掉，非常残忍。

这是违背中国古代政治传统的。中国古代强调要"继绝世"，比如说周把殷商灭掉了，但是还要替殷商的后人留下一个国家——宋国，让他们能继续延祀宗庙。宋国就是殷之后裔。所有的古代皇帝，尧舜禹汤，他们的国家虽然都亡了，但是都留有他们的后裔，并建一个国家，以保存这个国族。这是传统上中国政治的原则，儒家讲的"春秋大义"，其中有一条就是这个。比如我们现在姓陈的，是舜之后裔，原先即有一个陈国。朝代虽然灭了，但可以让它的香火继续往下继承。可是萧道成却尽诛宋宗嗣，斩草除根。这是违背中国政治伦理的。

这时候，南北方的冲突也越来越剧烈。由齐一直打到梁，到梁湘东王时，竟被北朝灭掉了。在前期，北方不断往南进攻，南方基本上都还守得住，打胜仗的比例比较大。但是北方不断进攻，局势越来越紧绷。到了梁武帝后期，内部有侯景之乱，长达五年，梁元帝虽平乱即位，北方却乘虚而入，把梁朝灭了。

齐高帝建元三年（481），学者、文学家刘孝绰生。刘孝绰后来协助昭明太子编《文选》，是非常重要的人物。他的小名叫阿士，舅舅就是王融。王融很喜欢他，常说天下文章如果没有自己的话，那么就应该归阿士。可见对刘孝绰的期待很高，当然这也显示了王融的自负。

王融后来有一篇《上疏请给虏书》很值得一提。原因是北魏遣使求书籍，朝廷上大家商量的结果是都不想给，王融特写此文，主张给书，以儒化其悍犷之气。齐武帝认同了他的建议，这对促进北魏汉化是有益的。

建元四年，萧道成取得天下以后没多久就死了。萧子良这时候23岁，封竟陵王。以下是武帝永明年间。

2.齐武帝永明年间

（1）文人集团化

永明是齐朝比较长的一个时代，也是文学史上非常重要的年代，我们在文学史上不是就有称为"永明体"的吗？"永明体"即指永明年间的文风，代表人物是沈约。

武帝统治的时间大概占了整个齐朝的一半。永明元年（483），武帝下令削除没落士族的免役权，因此有人认为这对贫困的刘勰乃是雪上加霜，他跑去依附僧祐也许就在此时，当然刘勰依附僧祐的时间也许更早，史无明文，姑且如此推测吧。

永明二年，萧子良为司徒，沈约、范云、萧琛、任昉、王融、萧衍、谢朓、陆倕都跟他一起交游，史称"竟陵八友"。萧子良很重要，他的王府被称为西邸，"竟陵八友"也称为"西邸八友"。在文学史上，各位如果读到"西园张盖"，在西园搭起棚子饮酒作乐，那是指曹丕和"建安七子"。假如讲到"西邸"，在西邸饮酒作乐，作诗文，那就是指萧子良了，这是六朝文人集团化的一种模式。

文人集团化的特征是什么呢？就是皇帝或诸侯王身边有着一票文人，以这种方式形成一个个不同的文人集团。永明期间，名气最大的文人集团就是萧子良的。他的集团中还包括一个特别人物，那就是萧衍。萧衍是谁？就是后来又把齐灭掉，自己当上皇帝的梁武帝。

（2）复立国学

永明三年，复立国学，以王俭为祭酒。

国学就是国子监，或者太学。现今社会频频提到"复兴国学"的国学，并不是古代词汇。古代讲到国学皆指太学、国子学，我们现在用的国学这个词，是1902年梁启超从日本翻译过来，直接引用的日本语汇。因为在明治维新后期，日本人觉得不能够只学西方，还应该要维系自己国家的文化，才是立国的根本，所以当时提倡"国粹主义"，讲国学。梁启超当时亡命日本，就从日本引介了这个术语，后来经过章太炎这些留日学生的发扬光大，流行一时。当时章太炎等人办国学讲习会、办《国粹学报》，都属于这个风潮。而以前的国学就是太学、国子学。"复立国学，以王俭为祭酒"，讲的就是儒学被齐这个政府所特别地提倡、推崇。

（3）以妖术造反

永明四年，富阳民唐寓之以妖术倡乱，平之。

整个南朝，除了宫廷内部贵族之间杀来杀去，朝廷与老百姓之间的矛盾也很激烈。六朝是士族社会，老百姓的生活跟贵族生活是两回事。贵族诗酒唱和，文采风流；老百姓则民不堪命，徭役赋税很重，剥削很多，根本无法忍受，所以老百姓不断造反。

另外还有宗教问题。史书上讲"以妖术造反"，就是打着宗教旗号造反的。六朝期间，以宗教旗号造反的主要有两大系统，一种是道教体系，都自称为"李弘"。因为道教有个预言，说将来有个名叫李弘的太平帝君会降世救人，所以每个造反的人都说自己就是李弘，要拯救老百姓。还有一种佛教的体系，是弥勒信仰。弥勒是未来佛，弥勒降生，世界就太平了，所以就以弥勒的信仰来起事。以预言性的启示来进行宗教方式的造反，乃是世界政治史宗教史上的常态，六朝就有许多这样的例子，非常值得注意。至于它的理论问题，可以参看我《道教新论》论太平道那一章。

（4）南朝立儒学，北朝议定雅乐

到了五年（487），南朝立儒学，提倡儒学。北朝也一样，议定雅乐。

这时候的北朝是北魏，本是鲜卑族之政权，但到了孝文帝以后，越来越强化汉化政策。"议定雅乐"就是汉化政策的一部分，就是要复古，恢复古代的礼乐政治。

这一年，庾肩吾生。庾肩吾也是当时非常重要的文人，他书法很好，还编过一本《书品》。假如刘勰生于泰始六年，那么这一年他母亲过世。如果生于泰始元年的话，就往上推六七年。

到六年，皇侃生。皇侃在经学史上非常重要，因为他编了一部《论语集解》的义疏。义疏是六朝一种文章的体例（详情可看我的《孔颖达周易正义研究》）。这个体例也是我们现在讲《十三经注疏》的"疏"。他根据魏晋时何晏所编《论语集解》做疏证，引了很多相关文献。这本书后来在中国失传了，流到日本，再从日本传了回来。它保留了晋朝以后南方讲经的一些重要史料。

到七年（489），萧子显生。萧子显很重要，他写过一部史书，叫《南齐书》。我们对于齐的历史，主要是根据《南齐书》来了解。而且《南齐书》专门立了《文学传》，这也是我们讨论文学史非常重要的文献。萧子显的著作其实很多，约有两百多卷，现在所传只是其中一部分。

（5）定庙祧之制

到了九年（491），魏营太庙，定庙祧之制，考六宗之礼。

庙祧之制是什么？中国人以祭祖先为特色，但在古代却不是所有人都能祭祖的。我们常认为祖先崇拜是中国一直传承下来的，其实中国的传统，是一般老百姓从来不祭祖。为什么？因为没有祖先可以祭。

人都是爹娘生的，怎么会没有祖先可以祭呢？这是因为：祭祖是有规矩的，天子七庙、诸侯五庙、士大夫中上士三庙，中士两庙，士一庙。士是这个贵族的最低阶层，就只有一庙。一庙即建一个庙，祭父亲。若祭三庙，就是父亲、祖父和曾祖父。诸侯是五庙，祭五代。天子是七庙，和五庙有差别，仍是祭五代，但加上了一个始祖庙跟一个祧庙。祖是不动的，所谓累世不迁。祧庙则是不单独祭的祖先一齐合在这里并祭。因为一代代祭祖，祖先不断往上挤，就全塞到这里了，不单独祭，合在一个庙里面。这叫作庙祧之制。庶人则因无庙，故不祭祖。荀子曾解释说：庶人，是"持手而食"，乃是靠两只手劳动吃饭的，祖宗没有庇佑你。不像世家大族的土地、官爵、富贵都是从祖先那里来的，所以感恩戴德。庶人自己靠自己劳动赚钱，没有得到祖先的庇佑，所以没有庙，也不用祭。祭庙报德、返本的含义，都是从这里来的。

庶人无庙，所以庶人也没有姓。古代的姓和氏，简单地区分，姓是跟母亲来的，氏是跟父亲来的。但是后来母系社会转到父系社会，姓跟氏混了，都从父系上来讲姓氏了。姓氏是讲出生血缘，讲土地、权力的，只有贵族才有姓；老百姓没有土地、没有权力，也没有封爵，所以没有姓。

可是我们现在每个人都有姓啊？不是的，古代庶人无姓。比如说孔门弟子中的子路，他就没有姓。"子"是男人的意思，"路"是他的名字。或者你说他叫作仲由，"仲"是排行，"由"是路的意思，"由"可以走，他的名字是和他的字相配合的，就和以前我们讲"刘勰"的意思一样。那他姓什么呢？他没有姓。他和孔门十杰中的仲弓一样，都没有姓。那么，孔门中谁有姓呢？子贡有姓。子贡叫端木赐，姓端木。子张有姓，他叫颛孙师，孔子曾称赞他"堂堂乎张也"，贵族出身，长得很漂亮，很像个样子。颛孙、端木这都是姓。

我们中国人什么时候大家都能有姓呢？春秋战国贵族陵夷，贵族由盛到衰。贵族有封地、有爵号、有俸禄，但是传了若干代以后就没得分了。封地是这样承袭的：我现在有一块地，生了三个小孩，三人来分就各是三分之一；三个人再各生三个，就变成九分之一；再生三个，就变成了二十七分之一……如此一来，几代之后就没得分了。所以贵族陵夷，同于无产之庶人。虽仍保留士的身份，但是已经没有与爵位之类相匹配的财产，跟一般人一样了，这叫贵族陵夷，就是贵族下降。反之，平民如果有军功、有能力，他就可上升成为贵族。所以这时贵族和士人的界限不明确，一般人就开始有姓了，贵族有姓，那平民也就有姓。这个阶段，是从春秋战国一直到汉代，到汉代以后就几乎所有人都有姓了。有些人还是不知道自己该姓什么，那怎么办呢？就自己取。

日本在幕府后期，一般老百姓还没有姓，怎么取姓呢？住在田中间的姓田中，住在松树下面的姓松下，养猪的就姓猪饲，养狗的姓犬养。因为日语的动词在前面。我们讲犬养好像是骂人是狗养的，其实不是这样。孙中山先生有个好朋友叫犬养毅，姓犬养，他家里祖上当即是养狗的。中国古代取姓亦如此，司马、司空就是官职，陈就是地名，姓宋就是宋国人，姓陈就是陈国人。根据地名、职业等然后有姓。但还是有些人不知道自己该取什么姓才好，看人家的姓都挺好，自己到底要取哪一个呢？汉代有个讲《易经》的大学者，我们现在所讲的汉易的象数之学大多受这个人影响，叫京房。他为什么姓京呢？推律自定为京氏。

这是中国庙制的演变，也是从贵族社会演变到平民社会的概况。北魏是鲜卑族，他要汉化，所以改定这一套制度。至于定六宗之礼，则是祭天、地、日、月、山、川。

十年（492），释超辩卒，刘勰作碑。刘勰进入文学史，或者说他的文学事迹，大概以这个年代为最早。

3.齐明帝建武年间

十一年（493），魏伐齐。齐武帝这年死了，太孙昭业立，是为废帝郁林王。

这一年，北方进攻南方，而南方内部皇位也产生了变化，所以内部也乱。这一年，王融因为谋立萧子良（萧子良在当时名望很高，而且周边团结了一批文人。这批文人里面的王融就想要拥立他），被昭业逮住，下狱赐死，才活了27岁。

永明之后就是齐明帝建武年间。建武元年（494），定林寺的僧祐死了，刘勰替他作碑。萧鸾杀昭业，立新安王昭文，即废帝海陵王，这是七月的事。到十月，萧鸾又废昭文，自立为帝，即明帝。竟陵王以忧郁卒。

北魏在这一年由平城迁都洛阳，这是历史上的重大事件。为何从平城（现山西大同）迁到洛阳？因为洛阳是中国文化古都，而平城地处较北，鲜卑族的大本营就在我们现在的北京、山西北部这一带。平城鲜卑族的旧势力太牢固了，不利于推动汉化。要彻底汉化，就要把鲜卑贵族全部南迁到洛阳。北魏在平城的经营是花了很大力气的，我们现在去看云冈石窟，就可以体会当时北魏在平城经营的魄力。迁都洛阳也表现了它经营的魄力。迁都洛阳，占有中原地区正中之所在，便于号召全国，而且往南进攻也比较方便。其志不在北方，而是平定南方，奄有整个中国。

正因为要拥有整个中国，所以它要汉化。汉化的目的是什么呢？就是和南方竞争中原文化上的主导权。所以北魏常批评说南方萧氏父子也没什么，只不过大家都认为他们是中原文化正朔之所在罢了。很不服气。北魏就要竞争这个，它定雅乐、建太庙、祭孔、迁都等都是为了这个。迁都洛阳尤其是个重大的历史事件，史学上讨论甚多，因为它牵动了整体格局的变化。

次年，魏孝文帝到鲁城祀孔子，改其后裔世袭封号为崇圣侯，立国学及四门小学，禁北语。禁北语就是不讲鲜卑话了，开始讲汉语，而且服装全部改成汉服。

迁都第三年即太和二十年（496），更进一步汉化：改姓氏。把原来鲜卑族的姓氏都改为汉姓，鲜卑皇族原来姓拓跋，改姓元，后来的元稹、元遗山等大文豪皆出于这个系统。"元"是北魏的皇室姓。

这一年，沈约和陆厥论宫商。沈约创立"四声八病"的学说是在永明年间，但是当时并不被大家完全认可，争论很大。这一年陆厥专门写了篇文章反驳他，沈约有辩护。这是讨论永明体声律说非常重要的文献。

四声在当时显然还是个新概念，大家都不熟悉。梁武帝就曾经问周舍什么是"四声"，周舍说那就是"天、子、圣、哲"，这四个字恰好是"平、上、去、入"。梁武帝是还不太了解的例子，陆厥是反对的例子。为什么四声在当时会引起那么大的争论呢？因为中国传统上讲声音都是五音，五音跟四声是不同的概念。五音是宫、商、角、徵、羽，是从音乐上来的概念。而四声，是平、上、去、入，是讲声调的。中国人原来没有声调观念，声调的观念被提出来，现在很多研究声韵学的朋友认为和佛教的传入、佛教的转读等有关。包括陈寅恪先生也是从这个角度来理解。我对这种看法有点保留，不过不管怎么样，四声说运用到文学上，在当时是一个新的现象，所以争论颇多。

接下来到永泰元年（498），明帝有疾，"以近亲寡弱"，想到自己的太子还很小，而"高武子孙尚有十王"，明帝之前的高帝、武帝的子孙还有十位封王健在。所以明帝在这一年春天把他们全杀了。

4.东昏侯时期

此时整个政局已很混乱了，但下面还有更乱的，叫东昏侯时期。"东昏"，你一看就知道一定很昏庸，而且不称"帝"，而是"侯"。为什么会这样呢？因为东昏侯十六岁就当皇帝，十九岁就被杀，前后时间很短，却干了很多令人发指的事情，所以名声非常坏，在南朝的皇帝中是格外昏庸的。

这个人很特别。他父亲曾经教导他，做事不能落在人后，应先下手为强。他一直记得这个教训，所以常常杀大臣。当了皇帝之后，即杀仆射江祐、侍中江祀。另外，他从小不喜欢读书，喜欢抓老鼠。还特别喜欢一个姓潘的妃子，潘妃在历史上赫赫有名，东昏侯很喜欢她，什么都听她的。在地上铺金莲花，让她在地上走，叫作"步步生莲"。这个典故就出于此。另外，他在宫中无聊，看到街上有农贸市场，觉得挺好玩的，就在宫中做一个市场，让太监来杀猪宰羊，宫女卖酒，由潘妃做市场管理员。他自己有事情也向潘妃去禀报，由潘妃来决定。他们在宫中天天做这种事情闹着玩。这个人出去也是很残暴的，既荒淫无道，又极其吝啬。

杀仆射，后来又杀尚书令萧懿。萧是侨姓大姓，各位知道，王、谢、袁、萧都是侨姓大家族，都是当大官的，他却把萧懿给杀死了。还要追捕萧懿的九个兄弟，但根本抓不到。萧衍就是萧懿其中的一个弟弟，后来联合南康王宝融起兵。东昏侯也不以为意，前面没什么防守，还准备在城下一决死战。等到战事很焦灼了，敌军快攻进城来时，太监请求东昏侯赏赐一些钱给将士，让将士用命抵抗。但他很吝啬，说难道反军就只杀我一个人吗？你们也很危险啊，凭什么我要赏赐给你们呢。他就是这样一个人。

他信奉钟山（今南京那边）的一个神，这是南朝期间很有名的神。我们现在称钟山有时候还称它为蒋山，就是因这个神。原来汉代有个人叫蒋子文，他活着的时候没什么事功，曾在南京当秣陵尉，后来带兵去抓盗贼，结果被盗贼所杀，把脑袋打破了。这在当时本是很普通的事，但他在活着的时候就宣传说自己死后会当神仙。隔了若干年，在孙权时，果然常有人在钟山看到他骑马摇着白羽扇出来。孙权立国在南方，需要一些神话，就封他做蒋侯。南朝人很信他，东昏侯更信，认为军队要打进来没关系，只要拜蒋侯，他就会帮忙。

东昏侯喜欢的一个大臣，姓朱，知道他喜欢这一套，就常假装神附身，说一些话。东昏侯有天要出宫打猎，走到宫门口，马不知道为何摔了一跤。这个人就趁机进言说："我看到你父亲来阻止你出宫，你不应该出去到处去玩。"东昏侯很生气，说："现在在哪里？"并拿着刀到处去找。最后没找到，更生气，扎了一个稻草人，把头砍了挂在城门上。所以当时人家在攻打的时候，他也不以为意，还把宫中的金银拿出来，作为铠甲、刀兵，宫人宫女互相当游戏打着玩。"死了"就用门板抬出去，假装是死人，叫作"厌胜"。厌胜是种巫术，意思是对于不吉祥的事，用一种方法去压制它。他觉得用这样的方式就可以压制住敌人的气焰，最后当然无效，敌人攻进了城。

这里有两说，史载不一致。一说是他被太监砍了头，送给了萧衍。另一说是讲他被王珍国杀了，人头送给了萧衍。总之，就是在混乱中死了。死掉以后，帝号被废，改称为"侯"，但陵墓还是按照皇帝陵墓规制修的。他的一生，也可看成六朝政治的缩影。

刘勰在永元元年（499）的时候写了《灭惑论》。而刘勰如果生于泰始六年，那么这一年他31岁，可能梦到了孔子，作《文心雕龙》。如果他是泰始元年的话，那就再往前推，写《文心雕龙》大概在建武元年左右。

什么时候写完呢？不晓得。有人推测约在东昏侯永元元年。

文心雕龙讲记

说这年刘勰把书写成了，"自重其文，欲取定于沈约。约时盛贵，无由自达。乃负其书候约出，干之于车前，状若货鬻者"。情形颇有戏剧性。

其实，六朝史载颇杂小说，深受刘知几诟病，此亦小说家言，我是不太相信的。因为刘勰若要献书，方法很多，僧祐甚或萧衍（即后来的梁武帝）都是现成的关系，何必假扮成货郎儿？不过，如此说说，却也有趣。

中兴元年（501），萧衍发兵攻打萧宝卷，并立萧宝融为帝，是为齐和帝。中兴二年，东昏侯结束。这一年，昭明太子生，沈约61岁。

（三）梁武帝时期

接下来是梁武帝时期。

这时政治混乱，沈约在这其中起了很大作用。他和梁武帝萧衍本来就是好朋友，之前谈到了"竟陵八友"，他们就都属于这个集团。萧衍本身文武兼备，很能打仗，文采又好，有诗文集，学问很棒，能讲《论语》《易经》《老子》等等。这一年，沈约劝进，劝他自立为王。但是他迟迟没有行动，后来同是竟陵八友的范云，和沈约商量，又再劝进，最后萧衍才下决心。然后范云再去活动和帝身边的一位大将中领军，让他逼和帝退位，同时又在外面散播谣言，叫作"行中水，为天子"。萧衍的衍字，不就是行中水吗？如此制造舆论，让萧衍半推半就当了皇帝。

和帝把退位的诏书发给萧衍，萧衍还辞让再三。我们刚才不是讲"三让"吗？辞让以后，范云再领了一百多位大臣上表，请求他做皇帝。于是他"终于"接受了。举行过禅让典礼之后，萧衍回头就送生金给和帝，让他吞金自尽，然后对外宣传说他暴病而卒。

梁武帝登基了，就是天监元年（502）。这一年定雅乐、立萧统为太子，孔稚珪卒。

孔稚珪写过《北山移文》，是当时重要的文人。天监二年，刘勰时来运转。之前，刘勰都在寺庙里面，即使僧祐死了，他仍然在寺庙中活动。从这一年开始，才起家奉朝请。奉朝请，即奉朝请诏，这个官其实不是正式的官，也没有员，不能管任何人。只是到朝廷中去奉诏以备召唤。刘勰家道已经中落，但是这个职位有助于改变他没落的贵族身份，算是一个官。刘勰由这里起家。

这一年（503），萧纲生。萧衍、萧绎、萧纲、萧统他们几个人在文学史上都非常重要。萧纲有《与湘东王书》；萧绎，我们今天还能看到他的《金楼子》。

三年后，刘勰兼临川王的记室，做他的秘书。魏营国学，陷梁州。梁置五经博士，立州郡学、孔子庙。可以看得出来，南北同时在文化上进行竞赛，以配合军事对抗。文化上，大家比赛谁更尊崇孔子、更尊崇儒学。

这年，豫州刺史陈伯之叛，后归梁。之前我们介绍的丘迟那封信发挥了很大的作用。

接下来，刘勰仍兼临川王记室，奉敕于定林寺抄一切经论八十八卷。皇室让他延续佛教的事业。因为梁武帝这个时候已经开始信佛教了，而且越来越虔诚，也越来越倚重刘勰在佛教方面的知识，不断让他整理佛教文献。

天监四年（505），十月梁大举伐魏，派临川王萧宏为帅。北人看他"器械精良，军容甚盛，几十年所未有"，颇为紧张。但他与北军相持一年，竟避战自保。结果一夕大雨，五万之师，兀自鸟散，萧宏仅领数骑逃去。南方统一北边的想头，自此绝了。

天监七年，萧绎生，任昉卒，丘迟卒。

天监八年，刘勰迁车骑仓曹参军（参军是管财务的），抄佛经殆毕。梁祀南郊，魏大兴佛教。

对比南北朝，很有趣。北朝兴儒学，南朝也兴儒学；南朝开始兴佛教，北魏也兴佛教。从《洛阳伽蓝记》可知，北方是以洛阳为佛教中心；南方是以金陵，以梁武帝为一个大的佛教中心。当时僧人和尚来往，开大道场，两边在佛教和儒家文化上彼此竞争。

接着刘勰出任太末令，天监十一年做南康王记室。梁修五礼成。五礼是吉、凶、宾、嘉、军，当然还是儒家的礼制，是对礼法的尊重。所以修五礼巩固了礼学。礼学是整个南北朝期间最兴盛的学问，因为世家大族最讲究丧礼、祭礼、服制这些。

沈约大概卒于梁武帝天监十二年的时候。这年庚信生，钟嵘《诗品》成。接着是王褒生，武帝大弘佛法。一直到天监十六年，刘勰兼东宫舍人。宗庙改用蔬果。

这是梁武帝信奉佛教的结果。中国古代祭祀都要有牺牲。祭，有肉才叫祭。现在则改用鲜花蔬果了。次年，刘勰又上书说二郊农社亦应用蔬果。二郊就是郊天郊地，即祭天祭地，就像北京有天坛地坛。为什么叫郊呢？因为它在城的外郊。

天监十七年，刘勰迁步兵校尉。步兵校尉，过去阮籍也做过，我们称之为阮步兵。同年，他作僧祐的碑文。

到普通元年（520），兴膳宏的年表认为刘勰是在这一年去世的，范文澜认为在元年与二年之间。

普通三年，《昭明文选》当编于此后数年，完成于普通末。

大同五年（539），杨明照、李曰刚认为刘勰应该死于这一年。比兴膳宏、范文澜等人的认定约晚了二十年。

二、刘勰年表呈现的意义

以上大体上就是刘勰生存的年表。下面要具体谈谈这个年表呈现出什么样的意义、我们可以从中看出什么来。

第一，刘勰的生年，范文澜他们认为在宋明帝泰始元年，兴膳宏认为在泰始二年，总之是在泰始的初年。杨明照、李曰刚他们认为在泰始六年。

这里就涉及《文心雕龙》的创作年份，前后相差六年左右。假如说书写成在齐明帝建武年间，那么刘勰生于泰始元年。如是泰始六年，书就成于东昏侯永元二年。

如是元年出生，刘勰兼通事舍人的时候42岁，昭明太子16岁。如果是泰始六年，那么他在兼东宫通事舍人的时候应该是48岁，他跟昭明太子的年纪就相差更多了。

这里需要注意的第一点是生年的问题。因为生年又涉及两个问题，一个是他创作《文心雕龙》的年代，一个是他跟昭明太子的关系。

第二，刘勰奉敕在定林寺撰集经典。有些年谱，像华仲麐的年谱，列在僧祐死的那一年，就是天监十七年（518）。张严的年谱说是在十八年或者普通元年（520）。王金凌、杨明照都认为是十八年。后来杨明照又改称说可能在中大通三年（531）。

前面几家的考证，都在518、519年，后来杨明照先生把它往下拉，拉到531年。531跟518、519中间差了十几年，李曰刚先生也是这样。把生年往下拉六七岁，再把卒年往下拉十几二十岁。

为什么要这样呢？因为只有这样，才能说在昭明太子编《文选》时刘勰起了很大的作用。假如刘勰死于普通元年，那时候昭明太子根本还没编《昭明文选》呢；只有把年份往下拉，刘勰才可能参与编《昭明文选》。

《昭明文选》大概编于普通三年到普通六年，就是522到525这一阶段。如果刘勰奉旨撰经出家在梁武帝天监末年，则他根本就不兼东宫太子舍人；就更不要说他死在天监、普通元年或者二年。他死的时候，《昭明文选》根本都还没编，所以完全谈不上参与编写。若把它往下拉，拉到中大通三年（531），这样，他做东宫通事舍人的时间也就拉长了。

关于他的卒年，兴膳宏说是普通元年，范文澜说是元年或二年；杨明照、李曰刚说是大同三年至五年，相差近二十年。所以刘勰的年寿，有些人认为他六十岁不到就死了，但如往下拉，他就可能活到将近八十岁，算是很高寿的。

因此，大家在读年表时要特别注意。替古人做年表、编年谱，是中国传统上做学问的方法，我们对学者的思想也常通过年谱来看，看其如何变迁。研究一个作家，通常也运用这种方式。年谱的编纂，宋朝之后才大行其道，编了杜甫年谱等，成了我们现在做文学家研究中最基本的方法。

但是，这个作家的生平如何？我们的年谱是怎么编出来的？例如杜甫某一年的事迹，杜甫自己并没有写一个年表出来告诉我们，史书上记录杜甫的生平又很简略，我们如何去确定这一年杜甫在哪里做了哪些事？我们主要是从他的文学作品、诗歌里面去爬梳、研究。也就是说，我们是以文学作品中得到的信息来建构杜甫的年谱。但是我们编出年谱之后，又会反过来用年谱来解释杜甫这一年做了什么事、他的作品为什么会这样。所以，年谱是一个假装客观的东西，它其实是倒过来的。原本应是我们利用年谱看这一年发生了什么事、杜甫在哪里有感而发写了什么诗文，但却成了我们读了杜甫这首诗，我们觉得他应该是指这件事情，是这样把年谱编了出来。编出来以后，我们又倒过来用这件事情来解释杜甫的诗。

所以，第一，它是循环论证；第二，它是颠倒的论证。其实我们是将读杜甫诗的这些解释，假装客观化，变成一个客观的历史事实。这些历史是从诗里面读出来的，然后倒过来用这个历史来说明他的作品，且号称这即是"知人论世""以史证诗"。

因而，各位读年谱需要有个特别的读法，要读很多家的年谱。比如杜甫的年谱，好多家都不一样，需要注意去看为什么这家这样说、那家那样说。他们之所以这样说，是因为他们对杜甫的诗有不同的理解。就像李商隐诗的年谱，冯浩的和张采田的是不一样的，连生年卒年都不一样。中间有很多事迹，但是这些事迹和诗人的关系到底是什么样的，还有待论定。王国维替张采田《玉溪生年谱》写了序，说我们做诗人的研究，需要"细按行年，曲探心迹"。这是我们传统研究诗文的方法，但是这套方法在方法学上其实大可商榷。因为年谱不一样，所以整个对李商隐诗、对杜甫诗的解释就完全不一样，完全是两套解释系统。诗人、文学家的年谱都是"编造"出来的，而之所以这样编，自有他的道理。

刘勰年表的情况亦复如此。凡要强调《文选》跟《文心雕龙》在文学思想上有密切关系，乃至于要强调刘勰曾编过《昭明文选》的时候，一定要说刘勰活到八十岁。

三、刘勰所处的文学环境

（一）文士深于佛学

不论生卒年怎么定，刘勰活着的时代是从齐武帝到梁武帝期间，他主要的来往对象大概就是沈约和萧衍父子，看不出和其他任何文人有来往的痕迹。他可以算是梁武帝身边的文人，因为来往的都是临川王、南康王等等，所以应该算他们这个集团的一分子。

另外，刘勰主要来往的还有僧祐那个团体，而这两者的结合点正是萧衍。

刘勰早期只在僧团里活动，虽说得到过沈约的赏识，但是和其他文人的关系并不密切。他后来参与到文人团体，主要还是由于和萧衍的关系。他和萧衍，既有文人的关系，也有佛学的关系，所以萧衍很重要，是主要的结合点。过去我们谈刘勰，只注意到沈约，没注意到他生平中关键的人物其实是萧衍，即梁武帝。

佛教进入中国，很长时间均无进展。开始出现转机正是在东晋时期。

当时北方已被胡人政权掌握，佛教主要是胡人信仰。后赵时有百姓想出家，石虎问诸大臣意见。著作郎王度说："佛，外国之神，非诸华所应祠奉。汉代初传其道，唯听西域人得立寺都邑，以奉其神，汉人皆不出家。"所以他建议石虎也勿准赵人信佛。可是石虎不同意，说：我就是戎，佛是戎神，不是正好吗？百姓有乐事佛者，听之！又尊奉高僧佛图澄，以致北方佛教愈来愈盛。因为大乱之后，老百姓也往往要靠佛教来安顿身心。《弘明集》卷十一"五胡乱华以来，生民涂炭，冤横死亡者不可胜数。其中设获苏息，必释教是赖"，可谓直指症结。

逃到南方的百姓也因此而开始亲近佛教。惯于清谈的世族，则因增添了新材料而趋之若鹜，援引般若学来讲玄理，渐成"格义"风气。北方高僧此时又纷纷南下弘法，终于形成全国佛法大昌的新局面。

佛教典籍大量翻译也在这个时期。原始佛教《阿含经》及律藏《十诵律》《四分律》都在此时译出。而且过去的翻译只是随机、随缘、随人、随兴而为，现在才开始大规模有系统地译经。大师鸠摩罗什译出七十四部重要经典，且因此培养了大批人才，影响尤为深远。

晋宋之际，南方佛教以慧远庐山道场为盛，他除了开创净土一宗以外，还与士大夫及皇室辩论法性、因果报应、沙门不敬王者等问题。此外是宋文帝请来天竺僧人讲经，任用僧人惠琳参与国政，时人称黑衣宰相，使建康城也成为佛教的重镇。元嘉年间，竺道生依《涅槃经》说顿悟成佛和谢灵运著《辨宗论》，更是影响巨大。

到南齐，竟陵八友都招致名僧，研求佛学。其中最重要的，就是沈约与萧衍。沈约写有佛教相关论序、铭、表、状、疏等五十篇，其涅槃佛性论、均圣论、形神论尤其重要。佛性论探讨人有无佛性的问题，均圣论反对当时人以"夷夏之防"来排斥佛教，形神论是针对齐梁之际范缜的《神灭论》。至于萧衍的佛学造诣就更深了。

由这个大背景看，文士深于佛学，在宋齐梁乃是常态，刘勰的情况并不特殊。

这个时期政治混乱，宋齐梁陈更迭迅速，北魏又跟南齐等交战对峙，可是整个政治跟刘勰没什么关系。因为刘勰主要做两个工作，一是整理佛教文献，一是写《文心雕龙》。《文心雕龙》中完全看不到时代政治、战火烽烟这些，也完全看不出他对政治的批评和意见；他虽想学孔子，但缺乏儒家对道义与社会的担当。他另外一个生活环境是僧团。也许他的《文心雕龙》表达的是一种儒家思想，但他的人生观与他长期在寺庙中生活很有关系，使得他有点像个方外人士。政治上的这些混乱没有对他产生多大波动或影响。

刘勰这种态度奇怪吗？你若深入了解那时的士大夫们，就会发现：他一点都不奇怪。颜之推《家训·涉务篇》曾慨乎言之："吾见世中文学之士，品藻古今，若指诸掌。及有试用，多无所堪。居承平之世，不知有丧乱之祸；处庙堂之下，不知有战阵之急。保俸禄之资，不知有耕稼之苦；肆吏民之上，不知有劳役之勤，故难可以应世经务也。……及侯景之乱，肤脆骨柔，不堪行步；体羸气弱，不耐寒暑。坐死仓猝者，往往而然。建康令王复性既儒雅，未尝乘骑。见马嘶喷陆梁，莫不震慑，乃谓人曰：'正是虎，何故名为马乎?'其风俗至此。"世族不关时务，刘勰不过是其中一员而已。

（二）文风之争

南北朝除了政治对抗，还有文化上的对抗。北方兴儒信佛，一方面兴儒家，另一方面又崇佛，崇佛崇到迷信的地步。南方也是一样，两者互相竞争。在这个大时代之中，刘勰的文人身份却还是蛮可疑的。第一讲我曾说刘勰的这本书在后代没有太大的影响，第二讲我介绍了刘勰的身世情况。他的家世在当时并不重要，刘勰在那个文学鼎盛的时代，也并没有太多人知道。

当时比较有名的文人，除了竟陵八友之外，还有一些其他的。比如《南史·陆倕传》，陆倕是竟陵八友之一，《陆倕传》提到参与大作家任昉的聚会，成为一个小文学集团的是哪些人呢？是殷芸、到溉、刘苞、刘孺、刘显、刘孝绰等，称为"龙门聚"。这都是当时有名的文人。《外传》里面也说任昉做御史中丞，后进皆宗之。当时有刘孝绰、刘苞、刘孺，吴郡的陆倕、张率，陈郡的殷芸，沛国的刘显，跟到溉、到洽这些人聚在一起。车轨日至，每天吟诗唱和，被称为"兰台聚"。无论是龙门聚还是兰台聚，都是当时高级文人聚会的场合，而这些场合刘勰都没有参加，且当时这些文人聚会大概也都没有人谈到刘勰。

当时人的文集虽然很多失传了，但从留下的还是可以看出当时文风之盛。例如刘孝绰，他的文章传下来的不多，但史书里说，他的辞藻被后进所宗仰，每作一篇，朝成暮诵，好事者咸诵写之。喜欢的人就背它写它，亭、苑、柱、壁，莫不题之，足见刘孝绰的文名。刘孝绰比刘勰小，但在当时他的名声显然很大，文集有数十万言行于世。这是《梁书》本传所述。还有张率，现在几乎名不见经传，文学史上大多数人也没读过他的作品，但从小即善属文，《七略》与《艺文志》所载诗赋，亡其文者，率并补作。他文才很大，当时被人称赞，著有《文衡》十五卷、文集四十卷。这样的人很多，刘师培《中国中古文学史》从当时史传中爬梳了近百人，都是类似这样的情况。

刘勰当时也算是个擅于写文章而且有名望的人，但他的名望可能只局限在僧团里面。所以当时和尚死了后要写碑志，常找刘勰。但是在一般文人之间，讨论到他的人极少。

这里还有个辅助性的说明，就是萧子显的《南齐书》。刘勰的生存年代大部分在齐，经历过整个永明阶段。这时文风很盛，大家也认为他的《文心雕龙》写于齐末或者梁初。刘勰的《文心雕龙》有个特征，他所评论的作家里没有齐朝人，故大家说他"不论本朝"。不论本朝是种避祸的方式，省却了许多人事恩怨。

很多考证的人认为《文心雕龙》应该写于齐的末年。但是梁萧子显的《南齐书·文学传》里论文章很有意思，他说欣赏文章的角度并不一样："若子桓之品藻人才，仲洽之区判文体，陆机辨于《文赋》，李充论于《翰林》……各任怀抱，共为权衡。"文章历代很多，评论文章的人，像曹丕的《典论·论文》、挚虞的《文章流别论》、陆机的《文赋》、李充的《翰林论》，都是讨论文章的。萧子显的年代比刘勰晚，假如像《梁书》本传所说刘勰经过沈约提携以后，他这部书就很流行了的话，照道理，萧子显应该读过它。但萧子显在讨论历来评论文章的著作时，完全没有提到《文心雕龙》。

同样，他讲南齐的文学家时，谈到了很多文人，从陈思王曹植、王粲以下，讨论五言诗、七言诗的作家，谢庄的诔、颜延之的赋篇、王褒的《僮约》以下等等。历数的文学家里面，也同样没有谈到刘勰。而且他把当时整个南齐的文风归为三派，一派出自谢灵运；另外一派受鲍照影响；还有一派是受汉代早期作者傅咸这样的经学式文章影响，这些文章"全用古语"，喜欢用古代的话，"用申今情"，里面用很多古代的典故，这种文章是从五经中发展下来的。

这是南齐的文风，其讲法跟裴子野的《雕虫论》有异曲同工之妙。把南齐分成三大派，有谢灵运、鲍照，还有从经学发展下来的，表示南齐有一种比较朴素的文风，这种文风效法古代经典，是复古型的。《文心雕龙》讲宗经征圣，这其实和《雕虫论》有相呼应之处。裴子野就是提倡这种文风的。裴子野的《雕虫论》只是一篇短文章，在郭绍虞的《中国古代文论选》里还不到一页，但是它的名气在当时远远高于《文心雕龙》。

为什么？因为它不只是一篇短文章而已，它还具体形成了一种文风。后来昭明太子萧统的弟弟萧纲给湘东王萧绎写了一封信。他们三人是兄弟，都喜欢文学，文章也都写得很好，经常讨论文学。萧纲在信中认为京师现在的文体都是学裴子野这一类的，萧纲对此并不赞成，认为文章有古体今体之分，古体是模仿古代的，今体是当下流行的。可是京师流行的学裴子野的文体却是模仿古代的，可见裴子野在当时的巨大影响，这是刘勰做不到的。

裴子野的这篇文章，说宋明帝"博好文章"，即讲宋明帝喜欢文章，"才思朗捷"，读书"七行俱下"。之前曾说刘勰可能生于宋明帝泰始年间，由裴子野的观点来看，整个宋代之所以喜欢"雕虫"，文风非常的华丽，都是受宋明帝的影响。在其影响之下，士大夫聚会时都要作诗，不会作诗写文章的武将，只好花钱拜托别人写。所以当时是"上有好者，下必甚焉"，整个风气变得"雕虫之艺，盛于时矣"。

而这种风气是从宋初到元嘉开始盛行的。本来宋初到元嘉"多为经史"，多半是研究经史、研究儒家的学问。到了宋明帝以后，文采越来越盛，以至于这些少年，"贵游总角"，都"摈落六艺，吟咏情性"。他们不重视儒家的思想而强调文学要"吟咏情性"，所以裴子野想要把颠倒过来的风气再颠倒回去。

原来在宋初是强调经学的，到了宋明帝以后文风很盛，经学渐衰。所以现在要提倡一种新的风尚，但萧纲认为这种想法太过分了。他说，"未闻吟咏情性，反拟《内则》之篇"，吟咏情性的人反而去模仿《礼记》；"操笔写志，更摹《酒诰》之作"，提笔写诗抒发感想却模仿《尚书》；"'迟迟春日'，翻学《归藏》"，描写春天，竟要从《易经·归藏》中去引用；"'湛湛江水'，遂同《大传》"，描写江水，居然用《大传》的语言。所以他说这种写法恐怕不对。而且他直接批评裴子野，说他是"良史之才，了无篇什之美"，适合写史书，而不适合写诗、写文章。

这句话是有特殊含义的，是在讥讽裴子野。南北朝的世家大族都有家学，裴子野的家学是史学。早在宋代，他的曾祖父即是鼎鼎有名注解《三国志》的裴松之；祖父叫裴骃，其注解的《史记》乃最重要的《史记》三家注之一。到齐的时候，他的父亲裴昭明，虽然不如他的祖父曾祖父有名，但也还是经史传家。到了裴子野，写了《雕虫论》，而且他曾经注解过《礼记》的《丧服》，亦是经史学的名家。

什么叫经史学呢？裴松之注解《三国志》的特点就是引经论史，用经学的义理来讨论史书。裴骃注《史记》也是如此。所以他们是一个经史传家的家族。这个经史传家的家族，对宋明帝以后的文化风气是很不满的。

其实，宋明帝时，由于南北对抗，儒学的风气已越来越盛，所以我们不能完全相信裴子野说文学的风气已压倒了经学。但是从一个经学家的角度来看，经学风气本来很盛，突然出现一种新的风气，就成为了一种挑战。所以裴子野认为这样是不对的，学文学的人也应该要读经、学经典。他的讲法是鄙视这种雕虫之风，强调文章必须要跟经典结合。

这个文风当时有人提倡，而且确实形成了影响。在这种情况下，他的讲法跟刘勰的讲法即有一个平行的呼应关系。《文心雕龙》特别的主张，也即是宗经征圣。刘勰呼应了这个大的时代潮流，是同乎裴子野这一路的。只是在这一路的人里面，很少有人谈到刘勰。

与裴子野情况相同的另一个例子是颜之推。他与刘勰几乎是同时代人，也是世家大族，也没提到过刘勰，然而其文论也如刘勰一般，认为文章源于经，《家训·文章》曰："文章者，原出五经。诏命策檄，生于《书》者也；序述议论，生于《易》者也；歌咏赋颂，生于《诗》者也；祭祀哀诔，生于《礼》者也；书奏箴铭，生于《春秋》者也。"诸位看，这不是跟刘勰论文体口吻肖似吗？可见这其中就有点时代共识在了，值得我们细思。

刘勰生存的时代，以及他所处的文学环境，大体如此。下次我们再接着谈刘勰跟当时经学的关系。

经学礼法社会中的文论

> 刘勰虽然名位不显,然其文论却可算是主流之一,与裴子野相呼应,强调经学、礼法、复古。今人多以为魏晋南北朝盛行玄学与老庄,其实当时最重礼法门风、经史传家。以《隋书·经籍志》考之,经部高达七二九〇卷。其中礼学最盛,春秋学次之。史部更从《春秋》独立出来,有书一六五五八卷。刘勰就反映了这个时代风气。

一、刘勰为何扬名于后来?

我们在第一讲介绍了《文心雕龙》这本书流传的过程和影响,第二讲介绍了刘勰的家世,第三讲谈其生平和时代。通过这些介绍,大家应当知道刘勰在当时名位不显,于文人间交流圈甚窄。其生活主要是两大圈子,一个是和尚圈,另一个是跟梁武帝有关的皇家人士。与所谓文学界的交往很少。

在刘勰生存的齐代,有王融、丘迟、陶弘景、江淹等著名文人以及宋江夏王刘义恭、竟陵王萧子良等。特别是竟陵王萧子良,周边有一大批的文士。但刘勰与他们来往极少。萧子良身边除了竟陵八友之外，还有很多人，但也没有人提到过刘勰。

梁朝，梁武帝是个非常特别的皇帝，饿死台城时已经八十六岁了。他既是文人，武功也好。据《梁书·武帝本纪》讲，他的文集就有一百二十卷。他特别喜欢文学，所以当时有很多人跑到京城来献诗赋，希望得到皇帝赏识，这也带动了当时文学的发展。

他的几个儿子都很有文采，最著名的是昭明太子萧统。萧统除了编《文选》之外，自己就有文集二十卷。而且曾收集当时重要的典诰，编成《正序》十卷。另有五言诗的选集，叫作《文章英华》，共二十卷。梁武帝当时也很栽培昭明太子，召集了张瓒、王锡、谢举、刘孝绰、张缅等十几个人到宫中陪太子游宴。他们在一起，形成了很重要的文学集团，除作诗之外，还集编了许多文献，最著名的当然就是《文选》三十卷。

其次是简文帝萧纲，也有文集一百卷。还有梁元帝萧绎，有《辞林》三十卷，或许也是类似《文选》的文章类集；他自己则有文集五十卷。

齐和梁两个帝室都喜欢文学，他们本身文采风流，也提倡文学，周边又有很多文豪。当时，大规模的文章选编，也必然推动了文学风气的盛行。

除了大规模选集之外，当时也有很多论文的书，比如任昉《文章志》三十卷。任昉很重要，萧纲在《与湘东王书》中说他最推崇的人，诗是谢朓、沈约，文就是任昉。张率编过《文衡》十五卷，衡就是衡定评衡之意，他自己还有文集四十卷。

以上所论，一种是集编，另一种是写文章讨论文学。此外，还有专门论文的书，除了像刘勰《文心雕龙》一样的通论古今之作，也有专论一人的。前面谈过，顾欢《夷夏论》站在民族主义的立场反对佛教，梁武帝便找了一堆人来集论顾欢的文章，编成一本书。这很有趣，就像我们现在开个研讨会来讨论某个作家，然后出一本论文集。这是专论一人之书的。

刘勰在上述各事中，皆算不上数。若刘勰在当时很有名望，他在做东宫通事舍人时，昭明太子当会提到他。而梁武帝对刘勰可以算是最赏识的，否则不会让他去修佛经。可是梁武帝选了一大批文人陪太子作诗文，这批文人名单中却没有刘勰。这表示，刘勰在文人圈中确实名气不大。

我这样说，并不是贬抑刘勰，认为刘勰不重要。事实上，当时文人荟萃，高手实在太多了。你去看刘师培《中古文学史讲义》，就知道当时文人之多，犹如繁星遍布夜空。

虽然当时文风炙盛，比刘勰名气大的文人很多，作品也多，可是很可惜，这些文集和评论文章的书，我们现在已经很难看到了。这真是个历史的悲剧。历史上，如《文心雕龙》这样的书，也不应就没有，否则刘勰这本书应该会较受推崇。当时这样的东西可能太多了。刘勰的书能留下来，是他的幸运；而其他人的书，多淹没在历史中了。

导致这个悲剧的最直接的原因是梁朝灭亡。

刘勰刚好赶上了梁武帝年富力强，政治最清明的时代。刘勰死后，梁武帝佞佛成痴，相信佛教的一套理论，叫作"皇帝菩萨"，说一个人可以是皇帝也可以做菩萨、可以做转轮王。他期许自己也能成为这样的皇帝。但很不幸，晚年遭遇侯景之乱。侯景不是汉人，本属东魏，投降西魏，再降梁朝。他攻破建康，把梁武帝软禁在台城。梁武帝竟饿死了。据《通鉴》说他被囚时无侍者及纸,"乃书壁及板障,为诗及文数百篇,辞甚凄怆"。

这时建康已乱,只能靠湘东王。湘东王萧绎即位于江陵,是为梁元帝。江陵就是现在的武昌。在江陵即位之后,本来国势可以重振,因侯景之乱也被平定了。但就在南朝致力平乱之际,西魏趁机攻破了江陵,把文武百官都俘虏到了北方。这是一幅悲惨的画面。各位去看颜之推描述当时的文章,实觉凄怆;庾信《哀江南赋》"伯兮叔兮,同见戮于犹子。荆山鹊飞而玉碎,随岸蛇生而珠死。鬼火乱于平林,殇魂游于新市",也讲得甚是哀痛。

江陵将破时,梁元帝悲愤异常。说我们皇家没有失德,政治措施也还不错,却遭到了这样的不幸。既然要死,大家就一起死吧,"文武之道,与今绝矣",竟用火把宫中所有文书都烧了。

江南文献,永嘉之乱以后,经过了上百年的积蓄,到了梁代,可说文物英华,粲然大备,远远超过了宋与齐。但是,一把大火全烧了。这是文化上的大损失,与当年波斯攻陷埃及,火烧亚历山大图书馆相似。我们现在看六朝,史书上记了许多文化表现,可是能够看到的东西却很少,这是最直接的原因。

隋朝统一南北之后,决定用大船将文献运往北方,可是船在黄河砥柱山竟又撞山了,文献全部都沉到水底。南朝的文献,经过劫火;南北统一之后,文献又遭遇了水厄。所以现在看到的非常之少。刘勰的《文心雕龙》能够传下来,还真是蛮幸运的。

当然,我们还能有另外一种想法:一个人和书,在历史上评价的显晦,与当时常不相同。在当时名望不显,后来却得到大力阐发,如刘勰这样的例子,在文学史上屡见不鲜,甚且可说是文学史的常态。其中最显著的例子，在刘勰之前有陶渊明，在刘勰之后有杜甫。

说起杜甫，盛唐开元天宝时期的诗坛，杜甫实在是默默无闻的。但后世杜甫的名气远超过当时任何人。杜甫的集子，经后人整理后也十分完善。

所以，一件事，在当时越盛行，往往在历史上能传下来的机会就越少。越时尚的东西，过时就越快，所以才叫作"时尚"。当时所尚，时过则不尚矣。七八十年代的教科书、参考书、畅销书，现在还能到哪里去找？只有当时冷僻的一些学术著作反而会被留存下来。《文心雕龙》寂寞于当时而发扬光大于后来，大概也符合这个道理。

二、刘勰文论在当时是主流

但是，我们虽一再讲刘勰名望不显，可是这不能说《文心雕龙》的理论在当时就不是主流。

上一单元，我曾经引了萧子显的《南齐书》说当时文风大致可以分为三大派：一出自谢灵运，一出自鲍照，而另一派出自裴子野。我也跟各位介绍了裴子野《雕虫论》与刘勰的理论间有着呼应的关系。这即说明了：刘勰虽然名位不显，可是其所代表的理论，却可算是主流，或至少是主流之一。

因此我们要特别想想：刘勰和裴子野的理论为何会在这时出现？这就需留意到当时儒学的风气了。

裴子野基本上是复古，认为文章写作要学习《尚书》和

《礼记》。

按刘勰的讲法，他将之推到更早，谓风气并不始于裴子野跟他自己这个时代。《文心雕龙·才略》篇说："夏侯孝若，具体而皆微。"具体，是已经很像了；微，是规模比较小。这话讲的是晋朝的夏侯湛，他就是学《诗经》和《尚书》的。刘勰说他具体而微，已经像了，只是规模比较小。

夏侯湛作《昆弟诰》仿《尚书》，诗则补亡。《诗经》中有很多已亡佚的诗。补亡，是六朝时候的一种文体，对于古代亡佚的篇什进行补阙。就如对《汉书·艺文志》中看不到的书重新补齐。这在当时是一种风气。

当时人对《诗经》的理解，是从诗文亡佚的角度来理解的。事实上，这些诗并不是亡佚了。因为《诗经》中有一些诗只是乐曲而本来就没有歌词。这些诗，在《诗经》中有六首，即《南陔》《白华》《华黍》《由庚》《崇丘》《由仪》。这就像我们学校早晨做早操，每个班级列队进操场，旁边会奏乐。奏乐就没有唱词。两个国君会盟之时，旁边乐队演奏时也没有歌词。《诗经》中的很多篇章就是这样作为乐曲来使用的，不是声歌，而是演奏。因为不唱，所以没有词。可是，魏晋人因为从诗文的角度来理解，认为只有目而无词，必是词亡佚了，所以好意来补亡。这是学《诗经》和《尚书》的风气，刘勰认为魏晋以来一直都有的。

今天，我们也要提醒大家注意这样的经学和文学风气。

刘勰的《文心雕龙》，如果要定性的话，即是经学传统下的文论。而这个传统，恰好又是大家所不熟悉的。我们平时谈到六朝，总认为汉代是讲经学的，魏晋南北朝则盛谈玄学与老庄。这真是"未之思也"！

经学的代表作是哪些？如今所谓"十三经"的框架中，最主要的是五经。五经中，《春秋左氏传》，在《十三经注疏》中用的是杜预注，杜预即是晋朝人；《公羊传》用何休注，何休是汉朝末年人；《穀梁传》用范宁注，范宁是东晋人。与何休同时代的大师就是郑玄。郑玄是汉末经学具代表性的大师，乃汉末三国间的人物。至于《易经》，汉代易学是讲象数的，诸如纳甲、爻辰等。汉易最著名的大师是虞翻，而虞翻便是三国时的吴国人。

曹魏时，还出了一个能与郑玄匹敌的经学家王肃。王肃的父亲王朗也是经学家。他们这一家在晋朝地位很高，因为王肃是皇帝的儿女亲家，所以太学很重视。郑玄之所以地位高，是因为他遍注群经，打破了经今古文的藩篱。西汉和东汉前期基本上都是专治一经的，而郑玄是遍注群经的大师。王肃也同样遍注群经，而且其所注的经，在当时还有凌驾于郑玄之上的趋势。因为他除了学术之外，还有政治上的势力。

此后的经学更是名家辈出。譬如上文所说的范宁，编写《后汉书》的范晔就是他孙子。范晔不但在《后汉书》中列了《文学传》，而且有一封在监狱中写给外孙的信，评论当时文风，表达自己所喜欢的文学写作样态，也是文学史上很重要的文献。而他这个家族，正是传习经学、史学的家族。

同时还有何晏注解的《论语》、王弼注解的《易经》。何晏和王弼都是我们现在认为很重要的玄学大师，现在读《论语》最早能见到的就是何晏的《论语集解》。

所以，我们不能如一般的思想史文学史所谈到的那样，说起魏晋就只知道玄学，没有注意到当时经学非常昌盛，并未因玄学起来就被打倒了。

三、经学礼法的社会

（一）《隋书·经籍志》中的魏晋学术大势

讲完人，再讲书，这里有一些数据可以提供给各位参考：

《隋书·经籍志》所收，凡经部九五〇部，七二九〇卷，可谓洋洋大观。其中《易》六九部，五五一卷；《书》三十二部，二四七卷；《诗》三九部，四四二卷；《礼》一三六部，一六二二卷；《乐》四二部，一四二卷；《春秋》九七部，九八三卷；《孝经》一八部，六三卷；《论语》七三部，七八一卷；纬十三部，九二卷。

考其卷帙，可知礼学最盛，春秋学次之。如《易》，虽与老庄有合称"三玄"之说，著作数量却还在《论语》之下，可见一时风气绝不能仅以玄学来理解。

史部，本是春秋家之支流。南北朝时，治《春秋》者既盛，史部遂亦因而勃滋，竟至独立而成一部，与《春秋》相扶而长。《隋志》所收，凡八七四部，一六五五八卷，于四部中为独大，乃汉晋南北朝期间极昌盛之学。刘勰《文心雕龙》论文，深具历史意识，即受此等风气影响。

当时论《春秋》，颇重条例。《隋志》所收有晋杜预《春秋释例》十五卷、晋刘寔《春秋条例》十一卷、晋方范《春秋经例》十二卷、齐杜乾光《春秋释例引序》一卷、梁吴略《春秋经传说例疑隐》一卷及不著撰人《春秋左氏传条例》二十五卷、《春秋义例》十卷、《春秋左传例苑》十九卷、《春秋文苑》六卷、《春秋五十凡义疏》二卷等。公羊穀梁专门之学则有刁氏《春秋公羊例序》五卷、何休《春秋公羊文谥例》一卷、范宁《春秋穀梁传例》一卷等。刘勰喜谈条例之学，大背景正在于此。

子部，则《隋志》收儒家六七部，六〇九卷；道家七八部，五二五卷；法家六部，七二卷；名家四部，七卷；杂家九七部，二七二〇卷。其特色有几点可说：

第一，道家卷帙颇多，部数超过儒家，似乎印证了魏晋南北朝玄风大畅之说，其实不然。因为道家类著作部数虽多，且不乏把道教书一并计入，卷数却仍不及儒家，可见玄风毕竟未能压过儒学。何况儒学著作之大宗，乃是诠经解经，那些却都另归入经部了。若把经部跟子部儒家类合起来计算，那就超越道家类著作太多了。

第二，近世治魏晋玄学者都注意到了汉末有一段讲形名之学的风气，曹操、诸葛亮也都提倡过。但由著述看，此等风气终究没大发展开来，专著并不太多。因此，论魏晋形名者，不宜夸大言之。

第三，杂家之所以多，并非古代如《吕氏春秋》之类杂家学问复兴了，而是出现了一些新东西，无法归类到儒道名法各家中去，遂笼统收于杂家类。

这些新东西是什么呢？主要是魏晋以后崛起的类书，如《玉府集》《鸿宝》《玉烛宝典》《典言》《补文》《会林》《对林》《文府》《文章义府》《语对》《语丽》《皇览》《类苑》《书图泉海》《华林遍略》等。这些书，都是为了便于文士撰文采撷而编，有些侧重典故事类、有些偏于辞藻丽句、有些重在对仗，性质都属于文学。可是它们又不是集子，故只好收入杂家类。

此类书，多是卷帙庞大，如《皇览》一二〇卷、《华林遍略》六二〇卷、《类苑》二〇二卷、《文章义府》三十卷，均甚可观。其他文士所编，如沈约《珠丛》《袖中记》、庾肩吾《采璧》等亦属此类。近世治文学者，极少有人注意到这批庞大的文学著作及类书性质。殆因它归类于杂家，故被排除在视域之外。

第四，小说家二五部，一五五卷，颇符合南北朝小说蜂起之现象。但须提醒各位：这类书与上述杂家类书颇有交错重叠之处。如萧贲《辩林》二十卷，固与《笑林》《语林》相似，然阴颢《琼林》七卷、顾协《琐语》十卷，或《古今艺术》二十卷、《杂书抄》十三卷、《文对》三卷，显然都与类书很是接近。当年史家编目，对类书这种新物事到底该摆在什么位置，大概还有些拿不准，故或置于杂家或置于小说家。而这大量的丽语、对语、典故的集编，也为我们了解《文心雕龙》论丽辞、事类、炼字提供了很好的背景说明。

《隋志》所载集部则有别集八八六部，八一二六卷；总集二四九部，五二二四卷。沉沉伙颐，显示了"灵蛇之珠，荆山之玉"的景况，文风鼎盛，名不虚传。

《楚辞》却是放在文集之外单列的。这是《隋书·经籍志》与

《汉书·艺文志》最大的差别。《汉志》把《楚辞》看成文学之代表，所以归入诗赋略。《隋志》可能看重它表现的思想、人生观，故将之列入子部。但收书达十部，廿九卷，依然可以看出《楚辞》的影响。刘勰辨骚，与此背景自亦有关。

此外，《隋志》还收录了道经三七七部，一二一六卷；佛经一九五〇部，六一九八卷。道经目录偏少，可能是史家不熟悉道教之故，也与道书一部分编入子部道家类有关。

其实六朝期间道士造道经甚多，仅《无上秘要》一本书中，就引用了古道经二八二部；《三洞珠囊》所引亦达二一〇部，《上清道类事相》引了一六八部，《真诰》引了一四七部。《抱朴子》所引较少，也有一二九部。最有趣的则是因佛道不睦，和尚们要与道士争辩，引述道经竟极熟，光是法琳《辩正论》里引用的道经就达一七九部，其他佛书所引，加起来也有一四八种。可见数量实在不少。详情可查（日）吉冈义丰《道教经典史论》（大正大学道教刊行会，1955年）里的《古道经目录》。

（二）魏晋儒玄之关系

这是从《隋书·经籍志》中可以观察到的汉魏南北朝学术大势，下面再专就儒玄关系来细谈。

建安七子中，曹植、刘桢则皆深于诗学。刘桢著有《毛诗义问》十卷；曹植，据陆侃如《中古文学系年》之考证，乃是习齐诗的。可见都深受儒家熏陶。

曹植最有意思之处，还在于他崇儒而反道，文集中《学宫颂》

《孔子庙颂》《仁孝论》都是崇儒的，《辩道论》则可见他对道家的批判："夫神仙之书、道家之言……其为虚妄，甚矣哉！"他还有一篇《七启》，借玄微子与镜机子的论辩来说话。镜机子是道家中人，"慕古人之所志，仰老庄之遗风，假灵龟以托喻，宁掉尾于涂中"；玄微子却要"正流俗之华说，综孔氏之旧章"。最后当然是玄微子辩胜了。玄微子，看名字，好像该是道家玄言者流，孰知不然！

曹植如此，曹丕自附于儒家尤甚，论文学也强调文章应是经国之大业、不朽之盛事。他最欣赏的，就是徐干的《中论》。《中论》已佚，但为儒家言则无疑。当时著述，如杜恕《体论》、蒋济《万机论》，《隋书·经籍志》皆归入儒家。蒋济尝奏上太学规条；作有《魏略》的鱼豢亦有《儒宗论》。经学大师王肃更作有《圣证论》十二卷、《孔子家语解》廿一卷，其书、诗、论语、三礼、左氏注，与其父王朗所作《易传》后来皆列于学官，与汉郑玄争席。故魏世经学，彬彬称盛。

魏晋间，世谓其时玄风大畅，破灭礼教，儒风以是不竞，举阮籍、嵇康为说。其实阮籍曾作《孔子诔》，何尝反孔？其反礼教者，意别有在。阮旨遥深，不可泥于迹求。其咏怀诗自谓"昔年十四五，志尚好诗书"，可见根柢所在。嵇康则著有《左氏传音》三卷，又尝在太学写石经，魏三体石经可能就出于他的手笔。经学湛深，非现今仅知其狂放者所能梦见。

嵇阮之外，魏晋还有一种人物及风气，汤用彤先生《魏晋玄学论稿》以何晏王弼为代表，说嵇阮是激烈派，何晏王弼却是温和派。此派人，本来皆出于礼教家庭，早读儒书，虽亦研习《老子》，但仍宗儒经，并不非圣弃礼。激烈派是少数，温和派显然较多，而他们对经学也是颇有贡献的，造诣不凡，何晏《论语集解》、王弼《易注》均属此类。

汤用彤先生此书，是近代开辟"魏晋玄学"这个论域的先驱。可是汤先生之意，仅是说魏晋时有一种新学风，具有形而上学的趣味，故称为玄学而已。这种讨论言意、本末、体用、形神等的学问，与一般说经者不同，且多表现于讲《易》《老》《庄》的场合，是不错的。但后人讲来讲去，竟好像玄学就是谈老庄，或由老庄生出来，魏晋又好像只有老庄玄学，且跟汉代经学儒学成了个对反，就人谬不然了。此外，玄风只是魏正始以后小段时间中的风气之一种，现在却常被想象成是整个六朝的大气候，也是错谬的。

如何晏、王弼，就仍是说经的，只是在说经时具有形而上学的趣味罢了。而此种说经时表现出的玄理之现象，亦不能遍施于群经，只能用在少数经典如《易》《中庸》上，讲《诗》《书》《礼》《春秋》就很难如此。因此我们可以说魏晋之学有此一抹异色，却不能用魏晋玄学来描绘整个时代及思潮大势，尤其不能以为玄学就是老庄。

西晋风气，与魏相同。有好言道者，但在整体学风中仍仅是一抹异色而已，如何劭《荀粲传》云："粲诸兄并以儒术论议，而粲独好言道。……诸兄怒而不能回也。"可见大部分人仍以儒术论议，也重视名教。在上位者，如成帝《奔丧诏》说"今轻此制，于名教为不尽矣"；在士族，如王沈《与傅玄书》说"省足下所著书，言富理济，经纶政体，存重儒教，足以塞杨、墨之流遁，齐孙、孟于往代"。整体上都是支持并发扬儒教的。

好道者，当然颇有荀粲这一类人独行其是，可是大部分皆如王羲之。羲之奉道教，但论及治世，仍主张用儒术，有杂帖说："若治风教可弘。今忠著于上，义行于下，虽古之逸士，亦将眷然，况下此者？"态度和葛洪著《抱朴子》而内篇讲道教、外篇讲儒教相同，代表当时道教徒共同的立场。

在此风气下，或钻研儒学、或提倡儒教的，当然就极多。杜预之外，如傅玄著《傅子》一百卷[1]，袁准著《正论》十九卷，袁乔有《毛诗注》《论语注》，谯周有《论语注》十卷、《五经然否论》五卷。荀颛又上疏请增置博士，庾峻则上疏请易风俗、兴礼让等等，皆可见一时风会。

风习如此，对老庄及一些提倡老庄之学、好尚玄风者，当然也就颇多批评，不甚以为然。如王坦之作《废庄论》、裴𬱟作《崇有论》，均属此种。庾翼《贻殷浩书》则对王衍大加挞伐："王夷甫，先朝风流士也，……正当抑扬名教，以静乱源；而乃高谈庄老，说空终日。虽云谈道，实长华竞。"这是对时人谈老庄者的不满。

另有对从前人谈老庄之不满的，主要集矢于魏晋名士，批评何晏、王弼、阮籍、嵇康。写过《翰林论》的李充，就写过《学箴》，反对老子绝学无忧之说；又撰《吊嵇中散》，表达对嵇康的不以为然。袁宏著《正始名士传》《竹林名士传》《中朝名士传》，看起来是宣扬名士之风的，近人论竹林诸名士气，亦辄征引其书；

---

1 《隋志》入杂家，恐误。此书论治体、官人、举贤、仁论、义信、礼乐、正心、贵教、通志、安民，均儒家言。上引王沈与傅玄书也明言他是看重名教的。

实则袁氏却是主张名教的，故他所著《后汉纪》序文明白说："史传之兴，所以通古今而笃名教也。"此种人，对放诞的玄风，皆不以为然。

更激烈的，是孙楚。孙楚曾作《尼父颂》，颂美孔子；对庄子，另作《庄周赞》，则是批评的："放此诞言，殆矫其情，近失自然。"另外，孙盛又作《老聃非大贤论》批评老子。

孙盛和谯周、袁宏一样，都是史学家。当时史学本是经学之支流。故史家基本上都通经或强调以经说史、以史证经，思想上均偏儒而不好道。孙盛著《魏氏春秋》三十卷、《晋阳秋》三十二卷，亦对魏晋玄风没好话，且痛贬王弼，说王弼注《易》"弼以附会之辩，而欲笼统玄旨者乎？……虽有可观者焉，恐将泥夫大道"。又作《老子疑问反讯》，可说是当时反老庄、反玄风、反王弼的一员大将。

这其中尤当注意的是李充和挚虞。这两位，都是重要文评家，李充《翰林论》、挚虞《文章流别论》不但对刘勰的影响很大，在六朝间声誉也远高于《文心雕龙》。而他们两人就都是反老庄、倡儒学的。

李充的情况，前面已作了介绍。挚虞则是当时议礼的名家，曾上《明堂郊祀议》《奏定二社》《奏祀六宗》《祀皋陶议》《庙设次殿议》《释服议》《丧佩议》《挽歌议》《师服议》《吉驾导从议》《傍亲服议》《为皇太孙服议》等，善于论礼，自不在话下。他另有《思游赋》一篇，非常有意思，发挥儒家"死生有命，富贵在天"的生命哲学："先陈处世不遇之难，遂弃彝伦，轻举远游，以极常人罔惑之情。而后引之以正，反之以义，推神明之应于视听之表，崇否泰之运于智力之外，以明天任命之不可违。"曲终奏雅，归于儒家的人生观，在当时也有一定的代表性。

（三）最讲礼法的时代

现在的文学史和哲学史不是都告诉大家说魏晋南北朝是破除礼法的时代吗？可是，各位看看我以上说的这些事例，岂不是搞错了？

是的，六朝不但不是一个破除礼法的时代，反而是一个最讲究礼法的时代。所以论《礼》的书多达二一一部，二一八六卷，比论《易》的书多得多！

为什么呢？因为六朝是士族门第社会。

什么叫门第社会？陈寅恪先生的解释最简明扼要，他说，士族门第有两个条件：第一是累代官宦，第二是经学礼法传家。没有一个世家是不讲究礼法的。支撑一个大士族的，在现实上是累代官宦，属于政治、权力上的力量；而在知识上，是经学礼法，这样才能成为士族。士大夫和庶人不一样，其不一样不在于清谈老庄，而在于经学的传统。每一个世家大族，都是经学家族。

在如此强调礼法的时代，会有人受不了，而有一些放浪的行为。或这些贵族闲聊玄谈也是有的。但是，我们不能把水面上的浪花当作河川的主流，支撑社会的大架构毕竟是经学礼法。

魏晋经学是延续汉代经学而有所发展的。总结汉代的代表性人物是郑玄；到了王肃，又跟郑玄不一样。西汉春秋学主要是《公羊》，到了东汉，《左传》的地位越来越高。到贾逵、马融的时代，

《左传》的地位大概稳定下来了。杜预即是在汉代贾逵、马融、郑玄的基础上往前推进的。这是我们现在读《左传》都读杜预注的原因。《榖梁传》是今文学，后世同样是用东晋范宁的注。《榖梁传》在汉代没有得到充分的发展，到了范宁，才有较好的整理。这是《春秋》三传的大致情况。

关于《易经》，有些人误认为何晏、王弼等是玄学的代表性人物，故而王弼易注盛行在南方，因为南方玄学较盛。北方较朴实，故流行郑玄注。如皮锡瑞《经学历史》就说："南北朝时，河北用郑易，江左用王弼易注。"其实不是这样的！我做硕士论文时已有考证，确定梁、陈时郑玄与王弼注皆列于国学；而在齐代，就唯传郑易了，见《隋书·经籍志》。所以，我们不能想象汉代与魏晋是截然相反的，经学方面尤其不能如此说。

刚刚提到，六朝对于《礼》的研究特别多。唐初孔颖达在编纂《礼记正义》时作序说："爰从晋宋，逮于周隋，其传礼业者，江左尤盛。"从晋宋以下到隋朝，传礼的学者，南方胜于北方。一般人不是说南方玄风大盛吗？为什么南方论礼竟胜于北方呢？可见一般人的印象乃是错误的，当时是个士族门第社会，而北方多胡人，南方汉人讲礼更加严密。所以，整个南北朝经学的传承是很盛的。

我们再来看《颜氏家训》。《颜氏家训》的作者颜之推是梁朝破灭时被俘虏到北方的。他在南方受教育，在《勉学》篇勉励弟子好好读书时说："士大夫子弟，数岁以上，莫不被教，多者或至《礼》《传》，少者不失《诗》《论》。"大家族内部自有一个教育体系，几岁之后就要接受教育，主要是《礼》，至少也要读《诗经》

和《论语》。当时的世家大族，入门基本上是读《孝经》和《论语》，再就是读《诗经》。

另外是《抱朴子》的《崇教》篇说："想宗室公族及贵门富年，必当竞尚儒术，樽节艺文。释《老》《庄》之不急，精六艺之正道也。"皇家、贵族一定要好好读儒家的书。樽节，是节约的意思。不要让小孩子把太多精力花在文章上。《老》《庄》因为是玄谈，更是不急之物了。葛洪是个修道的人，一般也认为他那个家族是极著名的奉道家族。祖辈葛玄，世称葛仙翁，后来灵宝派的葛巢父也是他家族中人，他自己在丹鼎一派中更有绝高的地位，可是他论当时的世家大族子弟教育，与颜之推的讲法却是不谋而合。

当时，经学之盛，也惊动了邻国。百济，也就是现在的韩国，即曾派人向梁朝求讲礼博士。《陈书》的《儒林传》说，我们的"声教东渐"，感到很光荣。百济不向北朝要人，而是问南朝要。

前边说到过去文学史中常强调六朝是玄学大盛的时代。认为玄学是个新的东西，所以排斥、替代、打倒了经学。但是经学在当时有可能被替代吗？这是世家大族的命脉呀！实际上六朝的经学也表现甚好，不可小觑。

这其中有个人颇有意思，那就是宋明帝。

裴子野《雕虫论》大骂宋代本来儒学很盛，但宋明帝之后就喜欢雕章琢句了。宋明帝确实是喜欢文学的，他在没有当皇帝时就作了一本大书，叫作《晋江左文章志》。那就像任昉的《文章志》一样，讨论整个南渡以后的文章。所以裴子野把江左以来文风之盛推到宋明帝是有道理的。宋明帝喜欢文学，那么他做不做经学研究呢？宋明帝本人就曾替卫瓘《论语注》作过补注两卷，另外还有《周易义疏》十九卷。因此，宋明帝在经学上也是有造诣的。

我还要介绍另一个人——皇侃。我们刚刚说,《论语》能见到的最早注解是何晏的。在这之前的本子都失传了。为什么失传呢？因为精华都被其吸收了。皇侃的《论语义疏》则是对何晏《论语集解》的再阐释。他这本书之所以重要，是因它吸收了何晏之后晋朝许多的《论语》注。

魏晋人学问的底子都是经学。所以，何晏等都有《论语》的注本。而皇侃所收集的注本中，有一个即是郭象所作的注。郭象是最重要的《庄子》注家，也是玄学名家。后世研究郭象的人很多，却很少有人研究郭象《论语》注的。而郭象的《论语》注，就被吸收在皇侃的《论语义疏》中。还有两位，也常被认为是东晋玄风的代表性人物，一是李充，另一个叫作孙绰。沈约和钟嵘，都曾把他们当作玄风的代表人物。可是，即使是这样的人，也有《论语》的注。李充《翰林论》更是明确反对老子与嵇康的。

所以，整体上说，看六朝，要注意其经学的风气。经学不但没有断，而且还是很盛的，绝对不是我们现在所想象的这样。

我们现在所知的历史图像，是由好几个不同的维度构成的。其中之一是近代经学史的角度，其延续着清人尊汉之见，把汉代视为经学极盛时期，南北朝以后则是个下降的过程，到了清朝才慢慢复兴。

这个看法在哲学史上又得到了呼应。哲学史上都说汉末大一统王权解体，经学礼法遂衰，所以魏晋南北朝时期，一方面是士族玄谈老庄，逃避世事；一方面是五胡乱华，天下大乱，社会人心浮动。所以佛教才进来了，中国人开始接受佛教。

文学上呢？近人也大讲所谓"魏晋的文学自觉"。说经学家都是扭曲文学的，魏晋南北朝开始谈老庄，才出现了个人自觉的主体意识和审美意识的发现，在艺术、文学上开启了一个新的时代。

这几个方面的讲法让我们以为魏晋南北朝的经学很差、没影响，故也没有研究的必要，这是近代解释的框架和视角蒙蔽了我们的眼光呀！

我曾经讲过，魏晋很多文人，你都想不到他们在经学上曾有建树，但事实上是有的。就如我前面说的，曹植、王粲都精通经学，王粲还有专门的《尚书辞问》四卷。后来颜之推从南方到北方，即曾引了王粲的意见来解释《尚书》。北朝的人说：王粲不是文学家吗？怎么会有《尚书》著作呢？被颜之推好好嘲笑了一番，说北朝士大夫没学问，可笑，连王粲的集子都没看过。(语见《颜氏家训·勉学》篇)

我们现在大部分学者也一样。对于王粲，除了《登楼赋》之外，你知道他的经学造诣吗？刘桢有《毛诗》的研究；嵇康有《左传》的著作，且在太学中写过石经。这些，一般学者也都是不晓得的。

当然我不是说魏晋没有玄学、没有反礼教这回事。魏晋间确实有一些破除礼教，强调自然的言论与行为。但当时为什么会反对名教、大倡自然呢？

大家应该知道：一个社会越是喊着要什么，常可能表示它越是缺少什么。当时之所以呼吁要放任、要自然，正是因为礼教比汉代更严。有些人在这种氛围中，觉得受不了，才会呼喊自由。可是呼喊了一阵子之后，便发生了永嘉之乱。永嘉之乱，世家大族被迫南渡。一大批人就都出来抱怨说：你们这些人乱来，谈什么老庄、自然，结果这下好了，你看，把国家给搞亡了吧？所以东晋人就又来重申礼教。甚至于说"名教之中，自有乐地"，何必要跳出礼教呢？

整个东晋以后的社会气氛就是如此，大骂清谈误国。干宝《晋纪总论》还说何晏、王弼"罪浮桀纣"。罪比桀纣还要大，在文化上乱搞，所以把国家给搞亡了。

此时名教之风当然更盛，也开始对《老》《庄》有所不满。譬如说，徐藻太太给她妹妹刘氏写信说"老庄者，绝圣弃智，浑齐万物，等贵贱，忘哀乐，非经典所贵，非名教所取"。还有戴逵《放达为非道论》等都如此。

沈约在《宋书·谢灵运传》中讲东晋玄言诗之兴起，曰："在晋中兴，玄风独秀，为学穷于柱下，博物止乎七篇。"说东晋之后，玄风大盛。然而他弄错了，因为他抄了之前的一本书——檀道鸾《续晋阳秋》。我们后来的文学史又都照抄沈约的说法，所以也搞错了。前边说过玄言诗的代表人物李充和孙绰，他们对玄风是有反思的。像李充，除了前面举的许多事例外，还有篇文章《学箴》曰："复礼克己，风人司箴，敬贻君子。"他很怕后学受前人迷惑，抛礼弃学，羡慕无为之风呢！这类讲法，表示东晋重在对玄风的补偏救弊。

（四）回归儒家正统

到了刘勰的时代，又有不同了。因为齐梁是儒学势力最大的阶段。裴松之注解《三国志》、范晔写《后汉书》都在宋。东晋已回归儒家正统了，宋齐梁更是愈演愈烈。裴松之注解的特点即是用经典来论断史事。

　　用经典论断史事，最典型的例子是什么呢？春秋时期，宋襄公常被当作迂腐的代表。他打仗，鼓不列，不成阵；敌人未渡河，就不开战。当时两军对战，都在平原地区，因为是车战，所以是会战的形态。会战时，敌人渡河，宋襄公要等待敌人摆好阵式才打。为什么不中道而击之呢？宋襄公说这不符合仁义之道。后来很多人讲"兵以诈立"，觉得他很迂腐。可是，裴松之完全不赞同这种批评。他引用《公羊传》《史记》来说明古人对宋襄公是称赞的。《史记·微子世家》中说"襄公既败于泓，而君子或以为多"。为什么？伤中国缺礼义也。只有宋襄公才讲礼义，而其他人无之。裴松之跟其儿子裴骃，都强调这一点。裴骃说："君子大其不鼓不成列、临大事而不忘大礼，有君而无臣，以为虽文王之战亦不过此也。"一件事，是非是是非、成败是成败，不可以胜败论是非。这是《公羊传》的主张。

　　后来，宋儒谈圣贤与英雄，亦发挥此义。认为英雄与圣贤不一样。英雄讲究的是世俗上的成功，而圣贤之成功是另一类的。如果成功者之手段卑劣，与小人又有什么差别？

　　《公羊传》的主张被裴氏拿来注解《史记》的这一段。裴松之注解《三国志》也是如此，引用了大量的儒家经典来解释三国事迹。

　　范晔也是这样。范晔的祖父是范宁，其父亲范泰是宋朝初年在朝廷中提倡儒学的代表性人物。范晔写的《后汉书》，其中就有《儒林传》提倡儒学。

　　到了齐，开国的太祖是萧道成。萧道成十三岁，即受业于雷次宗，跟他学"三礼"与《左传》。史书中记载他博涉经史，登基之后，大力提倡儒学，建元四年（482）且下诏建立国学。

现在谈六朝史的人，常说六朝的国学都很差，到国学读书的人都很顽劣。这是当然，就像早期的北京大学（京师大学堂），来上课的都是大老爷，还要有仆人跟随伺候。当时国学是供王公子弟读书的，学风自然也不好。人们常引用这些材料以说明儒风不振。是的，国学常因效果不彰而被废。

但是要明白，当时的学术重心并不在官学，而是在私学。世家大族才是学术传承的主体。

但国学毕竟仍有其象征意义，且时代之趋势是要兴儒，所以齐高祖想重振国学。他即位之后，立刻下诏建立国学，强调须有伦理道德，国家才能强盛。但他建元四年就去世了，所以国学并没有真正建立起来。后来国学又重新恢复，其中有个重要的人物——王俭。我在给各位的年表中曾特别提到这件事，就是"齐立国学，以王俭为祭酒"。

王俭，在刘宋末年曾经整理文献，模仿《汉书·艺文志》写了《七志》四十卷，又编成了《元徽四部书目》。他很早便结识了萧道成，是齐开国有功的大臣。永明二年（484），他领国子祭酒。永明三年，齐武帝说，大家不必去国学读书，到王俭家里读就好了，所以在王俭家里开设国子馆。这是因六朝学在私家，皇帝想扭转这种风气，所以让王俭来做国子监祭酒；可是结果却仍旧是到王俭家里读，把国家的藏书都搬到了王俭家。王俭精通礼学，曾经写过《古今丧服集记》。丧服是六朝人最重视的。丧礼很大程度上是表现在服制上，因丧服能够显示血统关系的亲疏远近。

属于王俭这一派的经学家，还有何佟之、伏曼容等。伏曼容写过《论语义》《丧服集解》等，活到天监元年（502）。何佟之写过《礼义》百篇，活到梁天监二年，都是刘勰同时代人。

与王俭齐名的另外一位大师叫作陆澄。在刘宋起家为太学博士。他的学术倾向"崇儒抑玄"，很能反映刘宋时候的社会风气。如早期郑玄、王弼的注解是并列于官学的，他就主张废掉王弼注，因为王弼是魏晋玄学的代表性人物，注中有玄风成分。更特别之处，在于他反对把《孝经》列入经典。当时世家大族一般是把《孝经》当作入门读物，他却认为《孝经》只是小学之首[1]。

齐朝经学，除了这两个系统之外，还有一个系统是刘瓛一派，专门讲礼，另也有《孝经说》与《毛诗序义疏》，谓"动物曰风，托音曰讽"。他很重要，因为他的东西多被收入唐人的义疏。

梁朝经学的主导人物正是梁武帝。他很早就跟着王俭读书，很受王俭赏识。后来也长期做经学研究，写过《孝经义》，对《周易》尤有心得，做得很细致，有《周易讲疏》等。另外，还写有《春秋答问》《毛诗答问》《尚书大义》《中庸讲疏》《孔子正言》等书。而且他不是泛泛地写，他要开研讨会，让大臣们来问难他。

中国古代讲经有一套制度，这套制度没有传承下来，细节不清楚，但是大体情况还是知道的。汉人讲经时，会专门设一位助教，叫作都讲。都讲的责任是协助主讲人，实际做法则是不断打断主讲人，追问经典的含义，或替观众在不明白的地方发问，要求主讲人说明：为什么要这样讲？不这样讲不行吗？在不断追问

---

1 我们现在读的小学著作是《尔雅》等。而《尔雅》注，我们一般也是用晋朝郭璞的注。

第四讲 经学礼法社会中的文论

中，跟主讲人共同将经典的大义阐明。

我们现在讲课，通常有两种方法：一种是老师单独地讲，另一种是讨论的方式。讨论，看起来挺好，很多老师也愿意这样。因为这样最省力了。可实际上，真正讨论起来，学生又没有什么见解可供深入，多半是在浪费时间。学生之所以要听课，也就是因为自己搞不懂，才要听老师讲。听讲时，学生的素养不够，故也不能提出有意义的问题。要质疑问难，实非其学力所能胜任。

古代老师讲学，要求执经问难，同样会有这样的难处，学生也一样怕问。所以就设置这样一个人，专门负责追问。具体的做法，大家去翻一下《公羊传》就知道了。《公羊传》第一句"元年春，王正月"底下，徐彦《义疏》提出了十几个问题。这是古代的教学法。通过不断发问，把经中各种复杂的意思讲解清楚了。就像进入不同的山谷，峰回路转，奇异风景频现。每一个句子中的问题都剥解出来。

因为汉代讲经，基本上是在一个门派内部讲，偶尔亦有不同门派间的讨论，譬如石渠阁、白虎观的集论。各位可去看《白虎通德论》就可明白怎么集论，各门各派对于同一个问题是怎么看，最后如何得到一个综合的意见。

到了六朝时期，就又出现了"义疏"。义疏，也是一种讲经的体例，对经典的意思重新加以疏通。讲的方式，是一个人主讲。题目可能很细，譬如，只讲《周易》为什么叫作"易"，《论语》为啥叫作"论语"，或者"学而时习之"的"学"是什么意思，等等。这个主讲人，会有一篇讲义，讲义发给大家，底下就会有人问难、辩论，这叫作讲论。

这种讨论很是激烈。我硕士论文做的是《孔颖达周易正义研究》，当时读孔颖达的传记就觉得很有趣。因隋朝有一大儒开讲，孔颖达跑去问难，把人家弄得很下不了台，后竟派刺客去杀他，他躲到大臣杨玄感家才逃过一劫。可见当时辩论激烈的程度。皇帝举行辩论，也是如此的。

这是六朝时期的讲论。到了唐代又扩大为"三教讲论"。每年祭孔之后，让和尚、道士、儒生一起辩论。

现代人常说我们中国人不擅长思考与辩论，教学主要也是填鸭式的。那是因为现代人不争气，把自己的论学传统丢掉了。我们的讲论，从汉代以来，一直如此。宋代书院中就有主讲、会讲、集论等。

曾有一年，我办国学营，带大家去白鹿洞书院看。白鹿洞是朱熹办的，等于是朱熹的道场。但是朱熹当时就找陆象山来讲。朱熹不是不了解陆象山的宗旨，两人在鹅湖之会已经吵过一次了。朱熹完全能够意识到象山是他最大的论敌。可是，他办书院却请象山来讲，自己也坐在下面听。这，我们现在能做得到吗？象山也讲得很精彩，谈"君子喻于义，小人喻于利"这一章。朱熹听了，很受感动，还请陆象山把讲义留下来，刻石留在白鹿洞书院。白鹿洞书院之所以能成为天下有名的书院，不止是因为朱子在此讲学，更是因为有这样的传统。象山在此讲过，王阳明也主持过白鹿洞书院很久，这才是中国的学术传统。

四、刘勰文论的经学传统

梁武帝当时就常主讲经义，也与大臣们讨论。《梁书·儒林传》说："魏正始以后，仍尚玄虚之学，为儒者盖寡。"武帝有天下后，"甚愍之，诏求硕学，治五礼，定六律，改斗历，正权衡。天监四年，诏曰：'……二汉登贤，莫非经术，服膺雅道，名立行成。'"等等，可见他在这方面的作为。

到了梁简文帝，情况依然。他曾讲解过梁武帝的《五经讲疏》，据说听者几倾朝野。他自己还写过《礼大义》二十卷。

梁元帝，是梁武帝第七个儿子，五岁就能够背诵《曲礼》，写过《周易讲疏》十卷。

可见，整个宋、齐、梁，儒学越来越兴旺。在这个时候，还有一件事能够很形象地反映出道家的学问在这个时候吃瘪了。梁武帝发表废除奉道诏，不信李老。

讲儒学，除了在皇宫中讲，也在社会上讲。讲的地方，大家已经很熟悉了，那就是定林寺。例如当时有个人叫何胤，学过《毛诗》《周礼》《礼记》，也在定林寺听过讲经，著有《周易注》《毛诗总集》《毛诗隐义》。

各位现在听我讲这一大通，恐怕毫无感觉，只不过听了一堆书名和人名而已。可是，你若回头看《文心雕龙》，你就会发现，刘勰的《文心雕龙》正是在这个大环境中生出来的。

如他论诗即是根据毛诗而来。大家看《诠赋》篇，第一句话就说："《诗》有六义，其二曰赋。"这话该怎么解释呢？《诗》有六义，不就是"风、雅、颂、赋、比、兴"吗？赋不是该在第四吗？

怎么会在第二呢？因为这是毛诗的讲法，见《关雎·毛诗序》。

刘勰凡是论《诗》，都用毛诗的讲法。他背后有一个经学的底子在支持他说话。如《明诗》篇第一段，"在心为志，发言为诗"即是抄《诗大序》的。后面，又补充了"诗者，持也，持人情性"一句，这是由《孝经》纬书上来的。

诸如此类事例，当可令我们注意到刘勰的思想来自其经学传统。他的文学理论，是在经学从汉代发展下来，到了魏晋受到了一点冲击之后，又慢慢发展强化的环境中所产生的文论，所以他的经学气味十分浓厚。

【第五讲】

文论中的经学

刘勰想继承孔子，但不能像经生那般也去注解经典，于是改而论文，写《文心雕龙》，借此发扬圣人思想。故其文论是与经学紧密结合的。所有的文体都推源于五经，五经也是最高的写作典范，对各文体，则依古文经学的讲法做阐释。这不但反映了当时的经学环境，也是汉代扬雄、班固等经学家文论的嗣响。

一、《序志》篇中的经学

如前所说，魏晋宋齐梁这几个朝代的经学传统不但没有断，反而比过去更为强劲，在文学上也产生了若干具体的影响。刘勰在这样的环境中形成他的文论，与经学的关系当然就特别密切。

《序志》篇最能体现此一特点。古人序志，往往放在最后，说明全书写作缘起与大旨，故极为重要。读《史记》，自然要先读《太史公自序》；看《文心雕龙》，也当然要先看《序志》篇。

我们现在的序，常放在书前面作为一个引子，叫序言或引言；而所写的自序，基本上是讲事情、叙事的。这不是古人序的体例。

文
心
雕
龙
讲
记

古之序，一向是序志，而非序事，就像《文心雕龙》的《序志》。

在《序志》中，刘勰说他七岁就梦到踩着云往上走，因此他对自己有很高的期待；过了三十岁，又梦到孔子在前面，自己跟在后头，抱着礼器一同向南方走。这些梦，对他都有很大的启发："予生七龄，乃梦彩云若锦，则攀而采之。齿在逾立，则尝夜梦执丹漆之礼器，随仲尼而南行。旦而寤，乃怡然而喜。大哉圣人之难见哉！乃小子之垂梦欤！"

古人很重视梦，有占梦之学、占梦之官。行大事必有占卜，占卜之一法就是占梦。像台湾阿里山的邹人，猎人在打猎之前都要聚集到一个会所去睡觉，看领队做什么梦，第二天再找巫师占卜，以确定出猎方位与吉凶。周代亦是如此。《周礼》记载周有占梦之官；《汉书·艺文志》也记载有许多占梦书。古人把梦当成很重要的事，认为梦是因我们受到了某种启发，或有所感应，或有预兆，往往对人生有启示。如孔子即常常梦到周公——所向往的偶像在梦中出现，既表达了人对偶像的依恋，也可能是偶像对人有启示。

与刘勰同时代的周子良，于天监十四年有长达十六个月梦见神仙的经验，神仙对他有启示训诰。死后其师陶弘景又将他的梦仙记录整理成《周氏冥通记》，上呈给梁武帝。可见时人信梦之一斑。所以刘勰也认为，这是孔子启发我，我应像孔子继承周公那样继承孔子。

那么要如何继承孔子呢？像经生那般也去注解经典吗？古人已经做得很多很好了，"马、郑诸儒，弘之已精"，马郑这些儒者已经阐发得很好了，所以他改而论文。这就是《文心雕龙》写作的缘起：

自生人以来，未有如夫子者也。敷赞圣旨，莫若注经，而马、郑诸儒，弘之已精，就有深解，未足立家。唯文章之用，实经典枝条，五礼资之以成、六典因之致用、君臣所以炳焕、军国所以昭明：详其本源，莫非经典。而去圣久远，文体解散，辞人爱奇，言贵浮诡，饰羽尚画，文绣鞶帨：离本弥甚，将遂讹滥。盖《周书》论辞，贵乎"体要"；尼父陈训，恶乎"异端"；辞、训之"异"，宜体于要。于是搦笔和墨，乃始论文。

大家读这段，常没有注意到的是：《文心雕龙》所论之"文"即包括经注。一般以为他是跟《文选》一样，避开经史而只论文。其实他论的文就包括了经注。如《指瑕》篇讨论古人写文章的缺点时就说经之注解中颇有错误："若夫注解为书，所以明正事理，然谬于研求，或率意而断。"之后他引了《周礼》应劭注、《西京赋》薛综注为例。可见刘勰所论的"文"，不只是一般人所说的文学之"文"。所以《论说》篇云，"详观论体，条流多品"，论体内部有许多分支：陈政则与议说合契、释经则与传注参体，说经典的传注皆与论体很近似。

论体之源，他则推到了《论语》。范文澜注，说古代只说经传，没有说经论，故也许《文心雕龙》的"经论"这个词出自佛经，因为佛经即分经、律、论三部分。这个讲法当然大谬。

论，刘勰不但把它扣到《论语》上去，而且说论与传注参体，"至石渠论艺、白虎通讲，述圣通经，论家之正体也"。特别提到汉朝在石渠阁、白虎观集合儒者讨论经义的事。这些，刘勰视为论的正体。所以论的源头是《论语》，正体是《白虎通德论》之类。

这是第一点要注意的。第二，他的论文之作，跟经生经注的体例虽不一样，实质上却是把自己的作品当成跟经注类似的东西：经典的注解是为了发明圣义，现在我论文也是从文章的角度阐发圣人的意思。这是他写作的本意。所以不了解经学、不注意经学，常常不懂刘勰在讲什么。底下我略做些说明。

刘勰把所有的文体都推源于经书。论，这个字是出自《论语》。说，也被论证说是出自《易经·兑卦》之兑。因此，论、说、辞、序这几种文体都出自《易经》的传统。诏、策、章、奏，则来自《尚书》。来自《诗经》传统的是赋、颂、歌、赞。另外，铭、诔、箴、祝来自《礼》。纪、传、铭、檄来自《春秋》。文体二十篇，全都往上追溯至经典。

其实很多文体与经典本来是没关系的，比如《诔碑》篇中的"碑"。碑的起源很晚，春秋战国西汉都是没有的，至东汉才逐渐盛行。碑原先的目的也只是"丽牲"，跟文学一点关系都没有。只是一根石柱，马牛羊可以系在上面。"丽牲"之"丽"，就是"附丽"的意思。后来发展出另一个功能：人死了，需要下葬，就在墓穴前立一块石条，在上面打个洞，用来穿过绳索，好让人吊着棺材慢慢放下去。所以碑又是下棺用的。后来我们刻碑时，碑上还保留一个洞，叫作"碑穿"，这在过去就是穿绳子的。把死者埋好以后，大家又常在这块石头上写些标志，表示是某某人的坟。逐渐地碑文越写越长，才成了文章。后来的碑文固然越来越繁复，但这个体例没变。碑上若不打洞，就会做成半圆形的帽子，上面篆字以为标题，称为碑额。底下是碑身，前面是碑阳，后面是碑阴。

这都是东汉中晚期的事，蔡邕就是当时写碑文的大家。因此碑非先秦之体，乃后世之文。但刘勰讨论文章的方式，却是将后代出现的文体，通通推源到前面的经典去。所以他说"碑者，悲也"，这种文体虽很晚才出现，但和哀诔的意义是一样的，故可归到经典之下。《文心雕龙》的文体论，每一篇都如此。任何文体，据他看，都是经典的发展与传承。

清朝李家瑞《停云阁诗话》曾讽刺《文心雕龙》，说它："谓有益于词章则可，谓有益于经训则未能也。乃自述所梦，以为曾执丹漆礼器于孔子随行，此服虔、郑康成辈之所思，于彦和无与也。况其熟精梵夹，与如来释迦随行则可，何为其梦我孔子哉？"

我们很多人也会像李家瑞一样，对《文心雕龙》谈五经、梦孔子不太理解，也不知道这本书对我们理解经学能有什么帮助。

然而，我们读《文心雕龙》或是其他很多书都是这样的：大纲大本不能搞错。凡事都有它自己的脉络，弄明白了，才怡然理顺；搞不清楚，就会制造出很多假问题。刘勰的根底在经学，写这本书的目的也是要阐发经义，因此他将所有的文体推源于经典。这就是全书的大纲维、大脉络。

二、《文心雕龙》与"五经"

（一）《诗经》

刘勰要宗经、要征圣，征是"信而有征"之征，也有印证之意。认为所有的文体都是"道"的显现，而"道"是靠圣人才得以传布的。他论文的目的，就是要通过圣人留下来的文章来了解圣人、了解道。在这个脉络里，他谈的看起来虽是文，却也都是经学，并非无益于经训之物。

这个道理可分几部分来说。首先是诗。

《宗经》篇一开始即讲"《易》张'十翼'，《书》标'七观'，《诗》列'四始'，《礼》正'五经'，《春秋》'五例'。义既极乎性情，辞亦匠于文理"。五经中，他特别重视四始、七观、五例等。说五经义理既好，文章也很精彩。

刘勰讲诗之"四始"，依据的是毛诗。毛诗说"四始"是《诗经》的四部分。诗不是只有风雅颂三部分吗？何以说有四部分呢？分成四部分，就是毛诗的见解。它有什么特别呢？

此乃聚讼纷纭之所在。

首先，毛诗说就与宋人不同，宋人有主张《诗经》可分为南、风、雅、颂者，如程大昌即主张二南应该独立。这种分法是根据音乐体系的不同，故《周南》《召南》二南独立，后面才是各国国风。刘勰则是根据毛诗的四分法，分为风、小雅、大雅、颂，所以叫"四始"。

而毛诗此说又与汉代说诗各家亦异。皮锡瑞的《经学通论》里面就有一章专门讨论"四始"，题为"论'四始'之说当从《史记》所引《鲁诗》，《诗纬》引《齐诗》异义亦有可推得者"。

到底在讲啥呢？原来，毛、鲁、韩、齐四家对四始的解释各有不同。有些人觉得毛诗的讲法是错的。"四始"的"始"是开始的始，风、小雅、大雅、颂只是诗的分类，"始"的涵义未能彰显。他们觉得"始"应该解释成王者正化之始。所以《史记》根据《鲁诗》讲："《关雎》之乱以为风始，《鹿鸣》为小雅始，《文王》为大雅始，《清庙》为颂始。"换句话说，他认为"四始"讲的是四个部分的开端。《齐诗》则又不相同，《齐诗》与《纬书》相结合，更复杂，说："《大明》在亥为水始，《四牡》在寅为木始，《嘉鱼》在巳为火始，《鸣雁》在申为金始。"刘勰不用这些讲法，完全根据毛诗。

《明诗》篇的第一段，又讲诗者，"在心为志，发言为诗"。这一部分主要引用的是《尚书·虞书》和《毛诗序》。不过底下接着说"诗者，持也，持人情性"就不是毛诗所说，而是《诗纬·含神雾》的。

毛诗论诗，仍然从志上说，说"诗者，志之所之，在心为志，发言为诗"。过去朱自清先生曾写过一本书，叫《诗言志辨》，讨论诗言志的问题。很多人觉得汉人讲诗偏重言志，故重政教；不像魏晋人谈情，说诗是"缘情而绮靡"，故偏于自我感情。因此言志与缘情似乎就可以对比起来看，一种是政教观点，一种是文学观点。其实不对。对情的重视与讨论，基础即在于汉人的情志论。汉人所说的志，内涵就是情。所以毛诗说在心为志、发言为诗，诗就是情志的表达。

但是刘勰的观点更强，毛诗只谈到"发乎情"，刘勰更强调"止乎礼"。所以他引了《诗纬·含神雾》说"诗者，持也"。人有情性，但情性要能把持得住。诗不仅是发乎情，还要有所把持，能止乎礼。这个讲法就很像荀子说"中声之所止也"。能止于中和的，才是诗，否则就仅仅只是哭喊。

后来王安石解字，说"诗"一边是"言"、一边是"寺"，"寺"

即是法度之所在。"寺"是中国原有的词，过去的法务部门就叫"大理寺"，后来"寺庙"之涵义则借用了"寺"这个字。王安石的《字说》常被人诟病，因为他不知古字原本怎么写。"诗"怎么会是"寺"呢？"诗"是"志之所之"呀。不过他讲了一个很好的意思，就是诗人除了讲诗言志之外，还要讲诗能持其情性，止乎礼义。这跟《文心雕龙》的态度是一致的。《文心雕龙》重礼的意思比毛诗还要强。《正纬》特别强调了要用纬书，也是很明显的例子。

关于纬书的问题，可细看《正纬》篇。不过需要补充说明的是：刘勰并不相信纬书。

谶与纬，是汉朝经学的特点。汉人讲经，大量使用谶纬。谶是预言，纬是辅助经典，提供不同的意思与解说。

先秦讲孔子很平实；汉人讲孔子，则渐因推崇过度而流于神化。情况犹如佛陀早期只是修行者的导师，到大乘佛教时就开始兴起了佛崇拜，讲佛陀身有异象，耳长过膝、头有肉髻、脚底有法轮、又有马阴藏相等等。汉人也一样，会讲孔子有诸怪相。另外还说孔子是素王，本应继承周朝而成为王者，后来却没有成为真正的帝王，所以称为素王。这并不是我们把他当作王，而是天命本就是这样的，孔子后来虽没有在他那个时代成王，但是他写的经典却成为了汉代的典章制度，为汉制作。

这套讲法本来只有今文家在说，后来今古文家却都得力于谶。如古文家贾逵就曾跟皇帝说，经典中都没说到刘邦是尧的后裔，《左传》才提到了这个谶言。范文澜的注解，引了一段文字，说今文家讲谶而古文家不讲，其实不然，他连贾逵这个故事都不晓得。

到了齐梁以后，就禁止图谶了，但并没有完全禁绝。因经学既然沿着马融郑玄讲下来，讲谶还是很必要的；何况皇帝想获得正统地位，也仍须仰仗祥瑞与预言。如《陈书·高祖本纪》里就说：梁武帝末，时运不好，陈才得到了天命，天上有五色祥云，"日月呈瑞，纬聚东井，龙见谯邦"。《南史》说武宗时有谶曰"鱼登日，辅帝室"。《周书·陆腾传》也说他父亲喜欢老子易经纬候之学。《魏书·燕凤传》亦说燕凤"明习阴阳谶纬"。所以无论南方北方，谶纬之学仍然流传很广。不过政府的态度是要禁止的。谶讲预言，说有谁会得天下、真命天子在哪里，因此所有在位的政权又都要禁止图谶。北朝的王猛、世祖都禁图谶，南朝刘宋也是。

刘勰态度则不是。他沿续汉儒之经学，固然要讲图谶；但更重要的是，图谶中有很多说明经典义理的部分。同时，这些恢奇鬼怪之说、荒唐幽渺之辞，充满了文学的夸饰与想象，这对写文章也很有帮助。这便是他"正纬"之故。后来李善注《文选》，颇用纬书，有刘勰遗风。

另外，他讲诗有几个重点，也都跟汉代诗经学有关。如赋、四始、比兴等均是，还专门有《比兴》篇。

该篇说："诗文弘奥，包韫六义，毛公述传，独标兴体。"我们现在讲诗有六义——风雅颂赋比兴，已是常识。但其实在经学中，赋比兴只是毛诗一家之言。"独标兴体"，即是指毛跟郑解诗的特殊做法，会标明某诗是兴或者比，列为兴体的有一百一十六首。"岂不以风通（一作异）而赋同，比显而兴隐哉"，则是在解释毛诗为何要如此做。

兴比较特别，"比者，附也；兴者，起也"。比是比附，兴是兴起。"附理者切类以指事，起情者依微以拟议"。比附于某一类物事而说的是比，如说女人像花就是比。这是较明显而容易的，起情则较复杂，很细微。人兴发了某种情思意绪，要找个东西来拟似它，以表达我们的意思，当然较难。"起情，故兴体以立；附理，故比例以生"。兴与比之不同，不但有一偏于情一偏于理之异，表达也不一样："比则畜愤以斥言"，诗人用比时，通常是心里不爽就直接表达了；"兴则环譬以托讽"，兴比较幽微曲折，要用很复杂的譬况来寄托讽刺。"盖随时之义不一，故诗人之志有二也"，情况不一样，所以要把比与兴分开。这是总说，底下再分论兴与比。这是《比兴》篇的结构。

比兴，在中国文学理论里是极其复杂的问题，而其问题乃是由经学发展下来的，在经学中大家意见就不一致。如毛诗的讲法即与孔安国、皇侃的讲法都不同。孔安国说兴是引譬连类。引譬连类，从毛诗的角度来看乃是比不是兴。皇侃，是与刘勰同时代的人，则说："兴谓譬喻也。言若能学诗，诗可令人能为譬喻也。"古人常讲"不学博依不能安诗"，皇侃之意，殆近于此。但他们都把兴讲成比，与刘勰迥异。

钱锺书《管锥编》也讨论过刘勰这段。他认为刘勰的讲法"兴"与"比"没什么不同，都是譬喻。虽有隐显之分，而其实都是拟喻，不过是五十步之于百步。所以兴"似未堪别出并立，与'赋''比'鼎足骖靳也"。刘勰"不过依傍毛郑，而强生'隐''显'之别以为弥缝。盖毛、郑所标为'兴'之篇什，泰半与所标为'比'者无以异尔"。也就是说，刘勰沿袭着毛郑。毛郑虽然标明了一百多篇是兴体，但是兴体与比体的区别并不大。他想弥补毛郑讲不通的地方，可实际上也没讲出个所以然来。

钱先生批评了刘勰之后，自己主张兴应该是"起情为兴"的。其说我很赞成。但其说超出刘勰所讲之意吗？他没有注意到刘勰论兴就是说"兴者起也"的，而且刘勰与毛郑也不尽相同。

请注意，赋比兴是古义，在《诗经》中到底怎么具体用赋比兴来解释诗，三家诗是不同的。比如《关雎》，齐鲁韩都说这首诗是讽刺诗，刺康王而不是赞美。后来清朝魏源作《诗古微》，则说"关关雎鸠，在河之洲"这诗是文王所作，以讽刺殷纣王的。可见这些诗具体怎么读、怎么说明其赋比兴、是美还是刺，各家均不相同。《关雎》，毛诗说是赞美后妃之德，而其他三家则说是讽刺。具体怎么解释？董仲舒说"诗无达诂"，没有一定之解。没有一定之解，却也不能不解，毛郑特别说明哪些是兴哪些是比，即试图解诗之一法。

刘勰的处理，是顺着毛郑，但进一步将兴和比切开，表明这是两种不同的表达方法和两种不同的情感。诗人之志有二，情感也有二。有些人会说风雅颂是内容，赋比兴是表达方式，刘勰也赞同此意，他认为赋比兴既是表达方法又是表达内容，情感不一样，表达方式也不同。而且，他特别强调兴是有讽刺的。刘勰谈诗，重其讽刺，与古人重颂不同。

再说风。刘勰论风与雅都根据毛诗而来。《颂赞》篇"夫化偃一国谓之风，风正四方谓之雅"，这里的"风"就是根据毛诗来的。《毛诗序》说："风者，风也、教也，风以动之，教以化之。……上以风化下，下以风刺上。"风是风化、风教，不是风土或风谣。

刘勰不但此处用毛，《正纬》说光武帝"风化所靡，学者比肩"等处，亦皆用毛义。

"化偃一国谓之风"，风是教化一个国家，"君子之德风，小人之德草"的风。经过这种风教风化以后，风在这个地方化民成俗了，才形成风俗。所以风俗不是在一个地区自然出现的，而是一种人文成就。君子能风化一个区域是"风"，若能端正四方就叫作"雅"了。故风为邦国之风、雅乃朝廷之辞，这完全是从毛诗讲下来的。

"风"的涵义本来就很复杂，如"风马牛不相及"之风，更有男女诱动之义，乃风骚、风情、风月之风。风在古代确实也有解释成风土的。我们现代人讲十五国风，尤其着重它的风土含义。这种含义在春秋时期就有了。如"南风不竞"之风，既是声音、风谣之风，也是风土之风。《汉书·五行志》讲天子省风以作乐。应劭注也说："风，土地风俗也。"汉代有采诗采风说，风就是风土、风俗的意思。应劭自己即作有《风俗通》。再从风谣说，不同地区便有不同的风谣。《论语》中讲"风乎舞雩，咏而归"，风即是歌唱、讽咏。

但刘勰讲风基本上是用毛诗，意从风化、风教。现代人老爱诟病汉儒说风化风教是用政教道德扭曲了《诗经》，实际上不是的。所谓风，其核心是感，感动、感应、感化。这恰好也是《文心·风骨》篇的讲法："诗总六义，'风'冠其首，斯乃化感之本源，志气之符契也。是以怊怅述情，必始乎风。"没有真正的感动，文章就没有风，"索莫乏气，则无风之验也"。

在《诗经》学上，把十五国风讲成是地方风土歌谣，是宋朝郑樵以后的事。朱熹虽也说"十五国风皆间巷歌词"，但并没有以此来解释风，他在作解释的时候还是用毛诗。我们现在习惯说《诗经》是民间歌谣，避而不谈它的教化风化意义，又比宋人走得更远了。可是若拿今人之见去看刘勰，那就大错。

此外，他不但从这个角度来谈，而且他也用这个分辨"诗人之文"与"辞人之文"。诗人之文"吟咏情性，以风其上"，即是为情造文；辞人之文是为文造情。换句话说，论四始、论诗六义、论诗者持也、谈其二曰赋、解风与雅、论风骨，都跟他经学的底蕴有直接的关系。

另外，众所周知，《诗经》本来是音乐，但是为什么刘勰会有《明诗》篇和《乐府》篇？有人从时代来说，说《诗经》的时代是诗，汉代是乐府。这样分是不通的。因为《明诗》篇不是说《诗经》，而是论《诗经》以下的诗；《乐府》篇讲的则是汉代以及后来的乐府。那么，为什么要分开？因为他把诗与乐分开了，诗乐分途。

刘勰论诗，有两个特点不可忽视。一是讲中和之美，故《乐府》篇批评秦汉以后"中和之响，阒其不还"。不合乎中和之旨的，叫作淫、郑、俗。雅俗之辨，俱本于此。第二就是把诗跟乐分开，诗专就文辞讲；若与音乐相配者，则放到乐府里去说。

《明诗》与《乐府》两篇之分，即由于此。他自己说这是仿刘向的："昔子政品文，诗与歌别。故略具乐篇，以标区界。"汉代以来，诗乐分途即成为一大趋势，刘勰的做法正反映了这个趋势，黄侃不知，断断申辩说刘向其实没有把诗跟乐分开来[1]。关于这个趋势，各位可去看我的《中国文学史》，会有更多理解。

这大概即是《文心雕龙》有关《诗经》的部分。

（二）《易经》

下面，我要介绍有关《易经》的部分。

关于《文心雕龙》的整体架构，以前我们谈到，很多人认为它是一部体例非常严整的书，可能是受到了佛教的影响，因为中国人写书一般零零散散，如《论语》《老子》均没有结构体系。讲这些话的人，对于汉代经学真是太外行了。

汉人著作中成体系的有很多，如《说文解字》始一终亥，体系就非常清楚。《释名》《白虎通义》也都很严整。《文心雕龙》呢？它的体系一点也不复杂，因为就来自《易经》。《序志》篇说："上篇以上，纲领明矣……下篇以下，毛目显矣。位理定名，彰乎大易之数，其为文用，四十九篇而已。"其体例学自《易经》甚为明显。"大衍之数，其用四十有九"是《系辞上传》的话。

为什么五十只用四十九？焦循《易经通释》说："'大衍'，作'大通'；'大易'，疑作'大衍'。"这么注并没有解释清楚。而这个问题也确实难解，历来约有七种讲法。譬如王弼说"不用而用以之通，非数而数以之成，斯易之太极也"，数四十有

---

1 黄侃《文心雕龙札记》曰："《七略》既以诗赋与六艺分略，故以歌诗与《诗》异类。如令二略不分，则歌诗之附《诗》，当如《战国策》《太史公书》之附入《春秋》家矣。此乃为部类所拘，非子政果欲别歌于《诗》也。"

九，是最高的数。京房说"五十者，谓十日、十二辰、二十八宿也，合五十"，"凡五十其一不用者，天之生气将欲以虚求实，故用四十九焉"。马季长认为："易有太极，谓北辰也，太极生两仪生日月，日月生四时，四时生五行，五行生十二月，十二月生二十四气，北辰居中不动，其余四十九，运而用之也。"凡此等等，解法都不一样。但这些讲法都太玄了，真正的道理，是在卜卦的时候，手执蓍草五十根，一根拿出来不用，再将四十九根分成两堆，然后开始占卜。后人从哲学上去讲，遂越讲越玄。

很明显，刘勰是想到了大衍之数，故写五十篇，其中一篇用来写他的《序志》。其结构就是《易经》的"大衍之数"。

文章写作这件事，则推源到《易经》的《文言传》，这里面最有趣的是《丽辞》篇。从《文言传》上讲文章的渊源，跟后来的一个文学理论很像，即清代阮元的《文言说》。《文言说》也是从《文言传》讲下来，说文章的正宗应该是骈文。刘勰也是这样的主张，对后代当有很重要的启发。宋代以后，骈文虽然没有断，但长期被打压，人们认为骈文是俗体，古文才是文学正宗。到了阮元以后，则又重新回到了《文言传》的传统。

另外，刘勰的讲法里有很多跟当时经学家的讲法相互呼应。像《原道》篇第一段"夫玄黄色杂"，这是用了经学家荀爽的《易经》注解。因为《易经》的《坤卦》上六，说"龙战于野，其血玄黄"。"玄黄"这两个字本来不是讲天地，而是龙血的颜色。后来《文言传》中才说"玄黄者，天地之杂也"。天玄而地黄，玄是深青色。李鼎祚的《易经集解》则引荀爽之注曰："天者阳，始于东北，故色玄也；地者阴，始于西南，故色黄也。"刘勰说天地

"玄黄色杂"，用的就是荀爽对《文言传》的解释，而不是依《坤卦》的卦辞。又，为什么刘勰要讲"天地色杂"？因为只有从"杂"这个地方才可以讲文。古人常讲：文似看山不喜平。文章之文，"物一无文"，文本来就是杂色、颜色交错的意思。

"日月叠璧"的引用也很特别，并不见于《易经》本文。《易·离卦·象传》说："离，丽也。日月丽乎天，百谷草木丽乎土。"范文澜引王弼注曰："丽，犹着也。"是附着的意思。这个讲法与"日月叠璧"没什么关系。实际上这里用的应当是马融注，马注曰："太极上元十一月朔旦冬至，日月如叠璧，五星如连珠。"这是中国古代天文历法学上的一个讲法。

中国的历法与西方的历法不一样，是要讲"上元积年"的。人类的历史，开始的时候有一个"上元积年"，须推算到底在哪一天。这一天有个特征，乃是冬至日，并且日月叠璧、五星连珠。这才能定为历元。马融注讲的就是这个。

《文心雕龙》讲四象，用的则是六朝时姓庄的人的一个讲法。《征圣》篇"四象精义以曲隐"。这个四象，不是指太极、两仪、四象中的"四象"，而是假象、实象、意象、用象。这姓庄的，我们不知道他的名字，因为古人引书时只引庄氏"易有四象所以文也"云云。这四象的解释，各人不同。如虞翻认为四象是四季；孔颖达说四象指讲五行[1]；郑玄讲四象，讲的是金木水火。这些都不是刘勰所讲的四象。

---

1 汉代以来即认为五行与四季是结合的，其中土居四季之中，因此夏天里面又分出了一个季夏。

再者,《原道》篇讲"文王患忧,繇辞炳曜,符采复隐,精义坚深"。这在经学上也是特别的讲法。以卦爻辞为文王作,这是郑玄的主张。马融、陆玑等则认为是周公作。

另外"易有太极",范文澜注引的是韩康伯《易经注》。韩康伯是王弼的门人,王弼注没有做完的部分即由他补注。范文澜引了他的注,讲太极寂然不动,而动以之出。当然马融也有类似的说法。但就太极来讲,太极不动,处无为之地,这是王弼近乎玄学的观点,刘勰没有这种观点,故用韩康伯注来解释刘勰是不恰当的。类似的情况在范注里还蛮多。

刘勰与汉代人讲《易经》也有很多不同。特别是他不讲象数,所以像汉人常有的纳甲、卦变、旁通、爻辰等等,在刘勰书里都没有用到。这可以显示出刘勰比较平实,比较接近于汉代古文家。

如刚刚说"文王作卦爻辞"。也有人说爻辞是周公作的,但今文家就不会这么说,他们说是孔子作。所以今文家与古文家之重大的不同在于:今文家强调六经皆孔子所作,像皮锡瑞《经学通论·易经》就说"论《卦辞》文王作、《爻辞》周公作,皆无明据,当为孔子所作";"然以《爻辞》为文王作,止是郑学之义;以《爻辞》为周公作,亦始于郑众、贾逵、马融诸人,乃东汉古文家异说。若西汉今文家说,皆不如是";"当以卦爻之辞并属孔子所作"。

换言之,《文心雕龙》除了文体推源于《易经》、结构上取大衍之数、论文非常强调《文言》等等之外,还涉及很多非常复杂的与经学相关的内容。

即使他后来出家做了和尚,他僧人的身份,于此也不足为奇——南朝和尚注解《易经》本来就不罕见。刘勰对《易经》的造诣是毋庸置疑的。他文章的许多地方也都会用《易经》典故，如《铭箴》"秉兹贞厉，警乎立履"，用的就是《履卦》九五之辞；《辨骚》解释《离骚》如何依本五经，首先就说"驷虬乘鹥，则时乘六龙"，这也是用《乾卦》彖辞。诸如此类，诸君可仔细体会。

（三）时代与经学

以上，我们从《序志》篇谈下来，处处都可以看到刘勰跟经学的密切关系。他是梦到孔子的人，故要征圣。虽然选择了避开经学注疏之体，但他论文其实也是注经。因为圣人的言说存在经书里，要阐发圣人的心意，当然还是要从经学来。

清代李家瑞的《停云阁诗话》嘲讽刘勰，李说完全是站在儒家、道家、佛家明确划分以后的立场上的。其实在刘勰那个时代，经学是一切学术之根本。讲玄学，固然脱离不了经学；讲佛教，还是和经学有关，前文已述，在南朝，和尚已经注解过《易经》，而且数量还很多。

早期如晋支遁通《易》，常与儒道之士讨论，其《释迦文佛像赞并序》开篇即引《说卦传》"立人之道，曰仁与义"。释道安称伏羲作八卦、文王重六爻、孔子弘十翼，而后《易》成，"唯艺文之盛，《易》最优矣"，《易》道"遐瞻，足贤于老"。慧远博通六经，尤通《易》《老》《庄》之书。东晋殷仲堪谈理与韩康伯齐名，尝登庐山与释慧远讲《易》。南朝宋周续之通五经并纬候，读《老》《易》而入庐山与慧远游。宗炳从慧远游，所著《明佛论》以易明佛理。齐明僧绍"学穷儒肆，该综典坟，论极元津，精通《老》《易》"，从慧远游而作《系辞注》。齐顾欢注王弼《易》与二《系》，学者传之。释昙谛"晚入吴虎丘寺，讲《礼记》《周易》《春秋》各七遍"。释慧通作《爻象记》，会通佛教义理。

梁代佛学尤盛，但释法通即写过《周易乾坤义》，下开我国儒佛会通以说《易》之传统，否则就没有后来蕅益《周易禅解》等一大批著作。当时梁武帝非常信佛，但也有《周易大义》二十一卷、《周易讲疏》三十五卷、《大义疑问》二十卷以及六十四卦、二系、文言、序卦义，对孔子所写的序卦传、文言传等，有通盘的解释。简文帝有《易林》十七卷，梁元帝有《洞林》三卷、《筮经》十二卷，还有《连山》三十卷、《周易讲疏》十卷。另外，周弘正"持善玄言，兼明释典，虽硕学名僧，莫不请质疑滞"，尝启梁武帝《周易疑义》五十条，又请释《乾》《坤》及二《系》之义。他还取汉安世高"十二门"分类，序卦为"六门"。所以后来孔颖达称："周氏就《序卦》以六门往摄。"张讥则著《周易义》三十卷，吴郡陆德明、朱孟博、沙门法才、慧休、道士姚绥皆传其业。可见梁朝虽大弘佛法，但是他们对《易经》的研究同样非常多。

附带一提，此风北方也有。如魏许彦少孤贫而好读书，从沙门法睿受《易》。北周释昙迁从其舅北方大儒权会学《易》，而权会易学受于徐遵明门下的卢景裕，著有《周易注》。北周沙门卫元嵩更仿《归藏》而著《元包经》，以宣扬由文返朴，效法自然。

早先，宋明帝喜欢文学，裴子野的《雕虫论》认为宋明帝对于儒学传统有很大的破坏，因为他喜欢文学，才使雕虫之风大盛。可事实上，前面已说过，宋明帝曾讲《周易义疏》十九卷。

齐高帝萧道成的老师叫作雷次宗。据《豫章古今记》说，雷次宗侍奉沙门释慧远。大家应该对慧远不陌生，他在庐山东林寺开设道场，是中国净土宗的起源，所以被称为中国净土宗的初祖。传说他与陶渊明颇有交情，一般客人来访后拜别，慧远从来都只送到门口，不远送，只有陶渊明例外。寺门口有一条溪，过溪后会有虎叫，所以叫虎溪。后人画"虎溪三笑图"，即是关于大道士陆修静、慧远、陶渊明三人相送过溪而虎啸，三人大笑而别的故事。慧远的弟子雷次宗，即做过《周易注》。像这一类记载都能表示当时的气氛，佛教与儒家的关系是比较亲密的。

刘勰比不上慧远，能三教谐和。在三教关系里，刘勰站在佛教和儒家之间，而跟道教的关系比较疏远，读刘勰的《灭惑论》即可知。

很多解《文心雕龙》的人，尤其是在讲《原道》篇与《神思》篇时，喜欢从六朝玄学的大背景去讲《文心雕龙》的道是自然之道，强调他和老庄的关系。《神思》说写文章要虚静，也有一大堆人认为虚静即来自道家。

这个理解脉络是错的，因为刘勰与道家的关系最远，他主要与儒家的关系近。《文心雕龙》与佛教都那么疏淡，跟道家的关系自然更疏淡。"原道"的"道"，叫"道沿圣以垂文"，道是靠着圣人来传播的。圣人指孔子，这样的道怎么会是老庄自然之道呢？《文心雕龙》中所讲的"道"，只是天地自然形成的文理，仅此而已。

（四）《尚书》

刘勰谈到《易经》的部分，除了以上我所说之外，其实还有很多，包括他谈到的"修辞立其诚"等等。我在读大学时，学校成立了一个研究室，专门研究《文心雕龙》，1975年出版《文心雕龙研究论文集》（惊声文物供应公司）。其中就有王仁钧老师写的《文心雕龙用易考》，考证出刘勰整本书中用《易》之处极多，多达一百四十条。如《通变》篇的"通变"就出自《易经·系辞上传》的"化而裁之谓之变，推而行之谓之通"。可见刘勰跟《易经》的关系紧密到什么程度！下面我接着要谈的是刘勰与《尚书》的关系。

在《文心雕龙》中，有好几处谈到"辞尚体要"，这句话在《征圣》篇中就有，后面《序志》篇也提到了。"辞尚体要"在《文心雕龙》里是很重要的。刘勰论文，要讲文体，文体与这句话的关系就很密切。

文体论，即要确定一个文体的主要风格。一般先溯源，说明这个文体是如何形成的；接着谈文体写作要有一定的目的和规范，以及一定的写法和明确的风格，这就叫作"体要"。如果写一种文体却违背了该文体的风格或规范，那便叫作"讹体""失体"或"戾体"。失体就会成怪，讹体就会讹滥。这是他论文体的基本路数。所以他整个文体评论在写作的时候，对历代文风和各个时代的人，都要确定一个标准，此即所谓"辞尚体要"。

"辞尚体要"这句话出自《古文尚书》。前面已经提及，六朝时期经学很盛，正因为经学很盛，所以才出现了很多伪造的经书。

我们现在看到的《古文尚书》，根据清朝阎若璩等人的考证，学者多认为是晋朝以后梅赜或王肃所伪造。当然这也不是定论，清朝的毛奇龄就认为《古文尚书》未必是假的，故写了《古文尚书冤词》替《古文尚书》申冤。目前学界基本上仍采用阎若璩的看法，但不像过去判断那么绝对。过去认为它是伪造的，所以毫无价值。但是现在认为：《古文尚书》的组编可能是在魏晋时期，但其中很多材料还是有来历的，所以这里还有讨论的空间。可是刘勰当时并不知道这回事，也没有想到要分辨《古文尚书》与《今文尚书》的差异，所以他用的是《古文尚书·毕命》篇里面的一句话："政贵有恒，辞尚体要，不惟好异。"根据孔安国《尚书注》[1]，辞以体实为要，其标准是看是否符合先王之道。这和刘勰的立场是一样的。

《序志》篇又说："盖《周书》论辞，贵乎体要。"所以刘勰论文体的规范要"原始以表末"。我们现在谈文章，认为从源头上讲下来是很自然的事，这正是受了这些论文要讲源流之人的影响。

须知凡强调"源流论"的，大抵都有复古之倾向。否则为什么要讲源流呢？刘勰论每个文体，都是"原始以表末"，事实上就是以"本/末、源/流"来处理思想问题、学术演变问题。源头都是好的，但发展下来就都是末了。如杜甫《佳人》诗中所讲："在山泉水清，出山泉水浊"，始源是一，一是纯粹的，多就变得杂了浊了。正因源是好的，流是差的，所以才有两个词叫作流弊、

---

1 孔安国是汉代人，这个《尚书注》也是假的，是魏晋时期人所作。不过在《尚书》的注解中是极古老的了，虽是冒名伪托，仍有其地位。

末流。

这种论述学术流变的方法，始于《庄子·天下》篇。庄子说古代有道术，后来"道术将为天下裂"。它本是纯粹、全、始、本，后来分裂、瓦解了，各得一偏，不见古人之全体大用。所以发展下来，越来越多流弊。这种论述中国学术的模式，《庄子·天下》篇之后以《汉书·艺文志》为最盛。

《汉书·艺文志》论九流十家，便是源流论的框架，因为有了源头，才有各个支流。源头在哪里呢？班固将源头归于孔子，所以论述九流的时候，皆以孔子来讲。

庄子讲得比班固早，说古代有道术，后来分裂了，才有诸子百家。后来具体论述，分为九流十家的就是《汉书·艺文志》。班固没有将源头推到古代官学，而是推到孔子，从孔子讲下来。不过班固和庄子不一样，庄子认为学术开始是一源，后来发展下来就乱七八糟了。班固则认为它们出自同一个源头，所以内在应具有相通性，最后仍可"殊途而同归，百虑而一致"。庄子没有那么乐观，认为道术从此为天下裂，好的学术传统被瓦解了，且"往而不返"，所以感叹"悲夫！"。庄子这种讲法有些类似七窍既凿而混沌死，他对学术发展是悲观的，班固没有那么悲观。

刘勰的理论，基本论述方法亦如此。因他的文学史框架就模仿自学术史。根据这个框架，源头是圣人与道，经典出自圣人，圣人源于道，到后来末流很多讹烂。故刘勰认为，我们应该回归到源头上来。他的讲法不是殊途同归或往下走，而是往上走，回到源头。这个框架很重要的一个支持就是《尚书》所讲的"辞尚体要"。

文心雕龙讲记

刘勰认为好多文体都出自《尚书》，如诏、策、章、奏等。但我们细思便知：箴，夏商二箴见于《尚书大传解》。记，真西山《文章正宗》认为："记以善叙事为主，《禹贡》《顾命》乃记之祖"，亦出于《书》。西山又说："《周官》大祝作六辞以通上下亲疏远近，曰辞、曰命、曰诰、曰会、曰祷、曰诔，皆王言也。大祝以下掌为之辞，则所谓代言也。以《书》考之，若《汤诰》《甘誓》《微子之命》之类是也。"可见辞、诔、祝诸体仍可推源于《书》。《书》乃文体之大源头！

刘勰又讲"书标七观"（《宗经》篇）。古人讲读《尚书》可以观仁、义、诚、度、治、美、事，这叫作"七观"。刘勰《文心雕龙》的六观，或有模仿《尚书》七观之处。

受西方影响，我们现在论文学皆参考西方的文类划分来谈自己的文学作品，基本上分为四大文类，即诗歌、小说、戏曲和散文。但是如此处理中国文学作品，很多问题是没法谈的。

比如骈文。骈文既不是散文，也不是诗歌。赋也是如此，我们一般把赋放入散文史中谈，但实际上赋不是散文。讲散文呢，我们基本上只讲抒情文，如辞、命、诰、令、祷、诔、诏、策、章、奏等根本不谈。但事实上中国散文的大传统是《尚书》，而《尚书》的文章多是公文书，如诏、策、章、奏。但在现代人观念中，公文书不是文学作品，因为公文书不是抒情文。

我们现在整个中国文学史文学理论，都是从"诗言志"讲下来，且强调个体抒情，所以章表奏议诏诰书册这些，都被认为是实用文书，通常不会放入纯文学史中谈。在谈文学史的时候，前面往往会有个帽子，比如谈《易经》《尚书》的文学等。但是后面谈历代文学作品时，很少把章表奏议等放进文学史中来谈。我们读的文学史中，很少有讲到历代谁的奏表写得好的，因为基本上我们不选，也不谈这些作家。

现在的文学史比较强调《诗经》的传统，将"诗言志"当作普遍化的文学的本质，而对于《尚书》这个传统则是不在意的。古人的文集有两部分文章所占最多：一是出自《尚书》传统的章表奏议，这部分一般都放在最前面，是作者和编者最重视的。二是和史传传统有关的东西，如墓志铭、某某人的传或者记等等。最后才收抒情言志的小文章。可是我们现在选文章，通常只选最后面的部分；中间史传的部分，我们会略选一些，因为里面还有一些表达个人感情的；而前面这一部分基本上就不收、不论、不议。这种做法刚好把古代传统倒过来了，我们现在所能了解的古人的文体和古人所重视的文体，完全是两回事。

刘勰的想法当然跟现代人很不一样，他谈文章，很重视《尚书》这一传统，所以他将许多文体推源到《尚书》。

（五）《礼记》

接着，再来看《礼记》。

刘勰曾说："礼以立体。"（《宗经》篇）古有五礼：吉、凶、军、宾、嘉，刘勰将铭、诔、箴、祝这几类都归源到礼。礼显示了人与人交际上的密切关系。比如诔，哀祭是凶礼，人死了要举行丧礼，所以有哀诔之文。哀诔出自丧葬的礼仪，故他认为铭、诔、哀祭这些都应归为礼的传统。

文体的归源之外，影响刘勰论文最重要的、跟礼最有关系的是什么呢？虽然他讲"礼以立体"[1]，但是刘勰论文，影响他最大的，不是"礼以立体"，而是《礼记》里谈到的人的情志关系。

例如《明诗》篇讲"人禀七情，应物斯感，感物吟志，莫非自然"，人有七情六欲，所以会和万物相感应。"昔葛天氏乐辞云'《玄鸟》在曲'，黄帝《云门》，理不空绮。至尧有《大唐》之歌，舜造《南风》之诗。观其二文，辞达而已……"这一大段是讲诗的传统。从葛天氏到秦始皇，诗的传统未断，但这只是诗之文辞表现而已。历代都有诗，可是为什么会有诗？诗的来源又在哪里？诗的本源，是因"人禀七情"，即人有感情，与万物相感，所以才会感物吟志。诗之创作是由于人自然兴感，有这样一种感情，才会兴发，才有诗。

这种讲法，几乎是照抄《礼记》而来。范文澜引《礼记·礼运》等篇来印证，十分正确。为何刘勰会完全顺着《礼记》说呢？因为他的"人性论"就承自汉人。

先秦的孔子只讲"性相近，习相远"。这个"性"是很含混的，恐怕很多时候和人的才智有关系，如云"中人以上，可以语上也；中人以下，不可以语上也"，即是就才智说。"性相近，习相远"是讲人原来都差不多，本性之性，既可指生下来的德性，也可以指才智。经过学习后，慢慢地，人的差别才会越来越远。

孟子不然，谈性比较精细。他区分人性最少有两部分：一部

---

1 这个体并不是"辞尚体要"的体，而是讲我们有礼，才能建立起一个人、一个社会的基本骨干，"不学诗，无以言，不学礼，无以立"。

分是和动物类似的，我们一般也称此为人性。但孟子说，这种和禽兽一样的性，是人的物性部分，不叫人性；只有人异于动物，具有人的独特性的，才能视为人性。很多人反驳孟子的善性论，说人天生就有恶性。这跟孟子的讲法不相干。孟子早就讲过了，人是动物之一，但是人作为万物之灵，另有和动物不一样的、具有灵性的部分。所以需要发挥人性、善性。

孟子讲性如此，显然精密过于孔子。但他只论性，没有论到"情"。朱熹注四书时讲得很清楚，说孟子讲情不精密，不如后来的程伊川。孟子论情只是附在性上讲，没有单独论，情性也没有分开说。先秦的情况大概如此。原先论性，较为浑朴；孟子论性，较为精密，区分人性物性，要发挥人的善性。可是对于情这部分并没有深入讨论。真正讨论情的是汉人。

性和情是不一样的。依汉人之见，性是天生的。这个讲法不尽同于孟子，乃是吸收了告子等先秦一般的讲法而成。孟子讲"性"有其独特之处，所以要不断跟别人辩论。汉人一方面接受了先秦一般的讲法，说"生之谓性"。但同时也有孟子的讲法，因为天生之性就是纯善的。这天生下来的人性，《文心雕龙·原道》篇说是"人者，其天地之德，阴阳之交，鬼神之会，五行之秀气也"。这段话出自《礼记·礼运》篇。人是天地之间最灵秀的动物，所以生下来的人性，秉持的天性是很好的、纯正的。

可是人生下来之后有饮食等各方面的欲望，又和外物相感应，所以我们就有喜、怒、哀、乐、爱、恶、欲，这叫七情。情，就是性动的状态；性，是天生的；本性和外在事物相接触，感物而动才叫作情。故性可谓先天，情只是后天，后天感物而动，产生了喜、怒、哀、乐、爱、恶、欲，才有是非善恶可说。在"天生而静"的这个部分，是纯善，没有恶，如后来《三字经》讲，是"人之初，性本善"。那为什么会有恶呢？恶，是情动以后的显现。情动了，才有中不中节的问题。比如吃饭，没有善恶可说，是人的欲望。但是如果穷奢极侈，就变成一种过恶，对自己、他人、世界都可能造成损失。

"感物而动"之前是性，是喜怒哀乐未发；后面是情，是喜怒哀乐发动。发动以后，我们就要讨论是不是发而中节，如果发而不中节，我们的欲望不断牵引着我们，那么这就叫"人欲横流"了。欲望越来越滋长，则"天理灭矣"。性，是天生下来的性，本来是合乎天理的，是善性。这个善性也即是孟子所说的"乍见孺子将之入于井"的性。但是如果人欲横流，天理和善性就要被蒙蔽了，犹如俗话说"良心被狗吃了"那样。

这是汉人"人性论"的基本框架。所以性是静的，动的是情。情为何会动？"感物而动"，乃有七情六欲。情也是内在的，是性的运动形态，所以"人禀七情，应物斯感"。

这一套人性论，汉儒讲了很多，除《礼记》，其他如刘向、班固等都讨论过。刘勰只是顺着这个讲。陆机《文赋》说"诗者，缘情而绮靡"，刘勰就不讲"缘情"，而是讲"感物"。讲情由何起、人与外物又如何相感。

如《文心雕龙·物色》篇讲人与万物相感，最大规模的便是四季的变化。作诗，即是呼应这样的感应。古人只讲"在心为志，发言为诗"，这个讲法里并没有"应物斯感"的部分，只是心里有想法就讲出来。但是怎么会"在心为志"呢？情志所成，其来源又是什么？这情志之来，要么感四时之变迁，要么伤人事之代谢，再不然则是痛时世之盛衰。因为有感，才能有感而发。这个理论就是从《礼记》来的。

所以《礼记》对刘勰的影响不是简单的几句话，或者哪些段落，而是总体的。整个刘勰的"人性论"和创作的"本源论"都来自可以感悟的心灵，能和万物感应。

这种感应说，最早出自《易经》。但是刘勰讲"感"的部分并不是从《易经》来，因为《易经》没有谈情性问题，刘勰是从《礼记》上来谈。

（六）《春秋》

接着再来看《春秋》。

《宗经》篇讲"春秋五例"："《易》张《十翼》，《书》标七观，《诗》列四始，《礼》正五经，《春秋》五例，义既极乎性情，辞亦匠于文理。""义既极乎性情"，之前已经讲过，刘勰论性，一定是兼论性情。情很重要，《情采》篇这些讲情的理论，都跟汉人的讲法有关。

"春秋五例"讲的是《春秋》的几种纪事原则。根据晋代杜预的《春秋左传集解序》可知，春秋纪事要"微而显，志而晦，婉而成章，尽而不污"。春秋纪事有"微言"，就是隐微的记载，但是隐微的记载却可以把罪恶是非彰显出来。所以，微言不是彰显的意思，而是隐微的。志，也是记载之意。"婉而成章"，指说话很含蓄委婉，但是又讲得很清楚。"尽而不污"，批评但是又不诽谤，惩恶劝善。这是春秋纪事的几个原则，所以称为《春秋》的五例。

事实上，整个《文心雕龙》对于《春秋》的处理不只是这几句话。《史传》篇中另提到了春秋经传的举例发凡。打开一本书，我们会说这本书的体例如何，体例，就是指这本书的架构和编排原理。还有些书除了序言之外，前面会有凡例。凡例是说明该书的编辑方式和所根据的基本原则。这些都是从《春秋》来的。

"凡例"的"凡"，是现在所谓"凡是"的"凡"。我们归纳《春秋》的纪事方法即可以发现，凡是这样写的，它有这样的意思，所以叫作"凡"。这种凡，古人归纳出有几十凡。

第二个叫作"例"。所谓"例"，是说有一个这样的道理，例如……凡和例正好是倒过来的两种说理方法。

汉人注经有三种基本的方式：章句、训诂、条例，都是用来讲解经典的，但是功能不一样，写法也不同。

训诂主要是解释经文的字义，略论其大旨。像《毛诗》，原名叫《毛诗故训传》，乃是训诂的体例，基本上只解释字词，略说大意。章句不然，很繁密详细，如朱子《四书集注》正式的名称就叫作《四书章句集注》，深入解说义理，不只训诂字辞而已。这种章句，就是汉人注经留下来的体例。朱熹的章句已经是宋人的办法了，简单很多。汉人的章句还要更繁琐，每一章每一句下面都是长篇大论。

所以刘勰把古人注经的文章也算成文章之一，其实是有道理的。因为汉人解经不像我们现在所以为的那样简单。他们逐句阐释，分章讲论，一句一句讲，比如"学而时习之，不亦说乎"下面就要讲一大通。像《尚书·尧典》开头说:"曰若稽古。""曰若稽古"是什么意思呢? 就像现在给小孩子讲故事的"很久很久以前",或者佛经开头的"如是我闻"。

"曰若"只是个发语词而已,但汉朝人解这几个字却写了几万言,还有多到几十万言的。《汉书》记载,夏侯胜是学欧阳尚书的[1],跟老师读书,"又从五经诸儒问与《尚书》相出入者,牵引以次章句,具文饰说"。"具文饰说"就是章句的特点,故当时丁宽写《易说》,写了三万字还只是"训故举大谊而已,今《小章句》是也"。小章句如此,大章句还了得? 汉人因为写这样的章句写惯了,往往下笔不能自休,所以社会上才会有人挖苦他们说,博士替卖驴的人写启事,居然一写好几万字。这是训诂和章句。

条例是另一种,主要是由《春秋》来。根据《春秋》的书法,遣词用字,归纳出若干的原理,叫作条例。公羊家讲条例,杜预等人讲《左传》也说条例,还认为有周公旧例、孔子新例。因为依《左传》家之见,孔子既据鲁史而作《春秋》,则《春秋》的笔法褒贬,就不见得是孔子自创的,应该是史官本身即有传承。

例如晋国宰相赵盾在国家纷乱时逃走,国君被杀后才回来,新的国君仍然重用他,还是让他做宰相。有一天,他看到史官记录"赵盾弑其君",感到非常冤枉。问太史,太史说:作为宰相,

---

1 西汉时期的学制跟我们现在差不多。秦朝以吏为师,官学烧掉了天下书。我们前一阵像秦朝,现在则像汉朝,博士制度,以专业分,正如汉朝《尚书》有《尚书》的博士,《诗经》有《诗经》的博士。其次是家法。家法分今文家、古文家,底下再分师法。比如学《尚书》,导师是欧阳的,跟导师是夏侯的就不一样。他们不但说法不同,连课本也不同,故考试时只根据你跟老师所学的本子。为什么到东汉蔡邕要写《熹平石经》? 就因当时想统一这些经典文字。但在西汉时就是单独分立的。

国家有乱不能平定反而逃走；虽逃走了却又还未出境，仍然在国内；所以从政治责任上讲，国君被杀，当然就是你的责任，所以写成"赵盾弑其君"。这种写法，当非晋太史之发明，应是本诸史例。

又，崔杼杀了齐国国君之后，看见史官写着"崔杼弑其君"，很生气，把史官杀了，叫他弟弟来写。弟弟写"崔杼弑其君"，也被杀了。再叫他另一个弟弟来，还是写"崔杼弑其君"，又被杀了。另外一个史官，听说崔杼已连续杀了几个人，就自己带着笔墨跑去，说等他家兄弟都被杀完了以后，还要接着写。不料，崔杼找了第四个弟弟来，还是写"崔杼弑其君"。崔杼看看实在没办法，就算了。那个史官走在半路上，听说已经这样写了才回去。这些故事都彰显了史官传统的职业道德与写作体例，在柳诒徵先生的《国史要义》里面，他特别举此说明中国有这样一个传统：不畏权势、"秉笔直书"。

这个传统很可贵，但是放在《春秋》上来讲，就形成了问题。《春秋》之伟大，被形容是："善善恶恶，贤贤贱不肖，存亡国，继绝世，补弊起废，王道之大者也。""一字之褒，荣于华衮；一字之贬，严于斧钺。"《春秋》赏善恶恶的判断，这么重要，所以才会"作《春秋》，乱臣贼子惧"。可是假如过去史官就已经是这样了，那孔子的贡献又在哪里呢？

这是今文家和古文家很大的差异。左传家是古文学派，他们认为应该有一个史官既有的条例，是周公所定的；孔子可能是根据史官的体例再加以严密化，或者有所新创，所以叫作"孔子新例"。公羊家则强调《春秋》是创作，条例皆孔子所定。

不管如何，条例谈的都是哪些写、哪些不写、哪些先写、哪些后写等笔法上的考究。相关著作很多，董仲舒时期就有的《胡毋生条例》，现在虽已看不到，但根据《隋书·经籍志》可知，汉晋还有杜预《春秋释例》十卷、刘陶《春秋条例》十一卷、郑众《春秋左氏传条例》九卷、不著撰人《春秋左氏传条例》二十五卷、何休《公羊传条例》一卷等等。

南北朝的经典注解，也大量延续了这种解经形式。刘勰说"春秋经传，举例发凡"，讲的就是这个。

这和《文心雕龙》又有什么关系呢？

第一，《文心雕龙》具体论到《春秋》时，一定从条例上来概括。对《春秋》的掌握，不是具体地说哪一件事，而是讲"春秋五例""春秋经传，举例发凡"等等。

第二，刘勰的这种掌握，跟《文心雕龙》本身的结构有关。他为什么写《文心雕龙》？就是认为现在文苑多门，假如不"圆鉴区域，大判条例"，怎么能"控引情源，制胜文苑"（见《总术》篇）呢？《文心雕龙》本身也是模仿《春秋》、模仿孔子，想替文人建立若干条例。这是《春秋》对于《文心雕龙》结构性的影响。

三、宗经与征圣

以上讲的这些，是五经对《文心雕龙》的影响，或与其内在之关联。

总体上看，《宗经》篇跟《征圣》篇是一体的，过去纪晓岚曾说《征圣》讲的道理和《宗经》差不多，没什么必要再列一章，恐怕只是依托门面。事实当然不是这样，两篇一从人说，另一从文章上讲，因为文学的创作者是人，不能脱离了人只谈文章。近代文学中有强调作品论的，认为作者不重要。《文心雕龙》虽然谈文体、谈文章的写作，但是创作者还是很重要的。"作者之为圣"，在古代，文人的地位很高。如王充即将文人看作是最高的，高于经师，因为文人能创作，"作者之为圣，述者之为明"，在中国讨论文学，很少将作者撇开，单独来论作品，刘勰的理论尤其不是这样。他的理论一定要从人讲，经典是圣人创造留下来的，宗经之外还须征圣，所以这两篇要分开来说。

《宗经》很具体地说文章为什么要宗经。第一大段，主要讲古代的经典是非常好的文学，"辞亦匠于文理"。义理很高明，文辞也非常好。第二段分别讲《易经》《尚书》《春秋》《史传》《礼记》等经典如何之好。如《春秋》"观辞立晓，而访义方隐。此圣人之殊致，表里之异体者也""至根柢槃深，枝叶峻茂，辞约而旨丰，事近而喻远。是以往者虽旧，余味日新"。每一部经书他都要说明它的文辞如何好。所以第三段的总结"故论、说、辞、序，则《易》统其首；诏、策、章、奏，则《书》发其源；赋、颂、歌、赞，则《诗》立其本；铭、诔、箴、祝，则《礼》总其端；纪、传、铭、檄，则《春秋》为根"，"百家腾跃，终入环内者也"。后来的人不管怎么写，都被它们所笼罩了，所以我们要"禀经以制式，酌雅以富言"。

如若"文能宗经，体有六义"。能宗经，那么就有几种好处："情深而不诡、风清而不杂、事信而不诞、义直而不回、体约而不芜、文丽而不淫"，达到五经这样的地步。

下面再补叙"文以行立，行以文传；四教所先，符采相济"。四教，文行忠信里面，应该是文最先。可是现在却是"励德树声，莫不师圣"，而"建言修辞，鲜克宗经"。讲道德的时候都知道要学圣人，写文章却不肯宗经，这不是荒唐吗？近世文学正因此而"楚艳汉侈，流弊不还"；所以我们要改革，回归经典，"正末归本，不其懿欤！"

黄侃《文心雕龙札记》对于作文为何要宗经，举出了四个理由：

第一，要探其源。黄侃说古代学在王宫，学术用于礼乐政刑，文章是用来阐扬政教的。我们现在写文章的人也一定要回到这样的本源。

第二，经体广大，无所不包。"论政治典章，则后世史籍之所从出也；其论学术名理，则后世九流之所从出也；其言技艺度数，则后世术数方技之所从出也。不睹六艺，则无以见古人之全，而识其离合之理。"

第三，写文章，"文以字成，则训故为要；文以义立，则体例居先，此二者又莫备于经、莫精于经"。所以我们当然应该从经典上去学习。

第四，各种杂文，如都能对它们循名责实，则亦皆可以推到古代，刘勰论的只不过其中一部分，还有其他。如"九能之见于《毛诗》，六辞之见于《周礼》"，这些都可以从源流上看出来，因此文应该宗经。

这是黄侃论文学为什么要宗经的理由。其实他讲得并无道理，且只是他自己的看法，跟刘勰没有任何关系。

他是个小学家，所以很强调训诂，谓"文以字成"，所以训诂很重要。但刘勰并没有谈到训诂字义的问题。其次，讲推源返本的人很多，庄子、班固、章学诚等都讲。但是在这个框架里，各家讲法并不一样。章学诚、黄侃等人讲的返本指政教合一的王官之学，所以其理想的文章亦偏向于政教礼乐。而刘勰却不是从政教功能上谈文章的，虽然也要宗经，但主要是就文采之美说。五经义理虽然很好，可是更好的是它的文辞，跟政教关怀之关系甚远。黄侃的解释完全搞错了方向，他的文学思想和刘勰不是一路的。《文心雕龙札记》虽然开拓之功甚伟，误导之处却也极多，深层原因就在这里。

另外需要补充的是：刘勰谈经学，引用经典的版本，与现在的通行本往往有若干出入，所以古人说刘勰用经文辄多异本。不过大体上可以看出，他比较倾向于古文家。用《毛诗》、郑玄《诗谱》《古文尚书》很多，不仅是那两句"辞尚体要"而已。古文家通常不太强调训诂之学，刘勰也很少显示他对训诂有多大功力，多半是就其大旨说，并强调条例，较接近古文家之风格。

《左传》在《文心雕龙》中的地位也很高，经常被引用，在《史传》篇中亦有评价。这个态度和今文家相反，今文家是不承认《周礼》和《左传》的。《文心雕龙》也有引用到《周礼》，但关系不那么密切。《左传》跟《文心雕龙》的关系就很密切了。

还有古文家的一些说法，像马融、郑玄之前的一个古文家贾逵，《宗经》篇讲"皇世《三坟》，帝代《五典》"就是引用他的说法。《书记》篇"绕朝赠士会以策"等是用服虔的说法。可以大概看出刘勰与古文家的关系比较密切，所以常常引用。

另外，今古文家论经典时，排序并不一样。今文家是根据经典的深浅，以《诗》《书》《礼》《乐》《易》《春秋》顺序来排，而古文家比较强调经典的产生先后，所以次序是《易》《书》《诗》《礼》《乐》《春秋》。这种排序方式，在汉代经学家看来，次序上是不乱的。刘勰在《宗经》篇有三次提到经典："《易》张《十翼》，《书》标七观，《诗》列四始，《礼》正五经，《春秋》五例""《易》惟谈天、《书》实记言、《诗》主言志、《礼》以立体、《春秋》辨理"等等，都跟古文家的排序比较接近，所以我们认为刘勰比较接近古文家的经学立场。

四、刘勰的文论传统

最后，我们要综合谈谈刘勰的文学理论。他的理论是经学传统下的文论。他这套讲法，放在经学影响下的文论传统中看，并不是孤立的、独特的或最早的。

这类讲法早见于扬雄、班固等经学家。例如扬雄《法言·吾子》"或曰：'吾子少而好赋？'曰：'然。童子雕虫篆刻。'俄而曰：'壮夫不为也'""或曰：'赋可以讽乎？'曰：'讽乎，讽则已；不已，吾恐不免于劝也'"。他还说文章不过是女人织出的布而已。又说后来写文章的人都淫，"或曰：'女有色，书亦有色乎？'曰：'有。女恶华丹之乱窈窕也，书恶淫辞之淈法度也。'""淫"，是指过度的意思，比如下雨下得太多了就叫"淫雨"，发而不中节。所以"诗人之赋丽以则，辞人之赋丽以淫。如孔氏之门用赋也，则贾谊升堂，相如入室矣；如其不用何？"他认为楚辞以降写赋的人都写得过度了，都是"辞人之赋丽以淫"，而非"诗人之赋丽以则"。

《文心雕龙》区分诗人之赋和辞人之赋，说诗人之赋是为情造文、辞人之赋是为文造情。诗人之赋跟辞人之赋的分别，其来源就在扬雄这里。

而为什么这样分呢？扬雄感叹说这些写赋的人若在孔子门庭的话，则宗经征圣，文章大可有个标准，谁该升堂，谁该入室，十分清楚。这种判断，后来也被钟嵘《诗品》采用。《诗品》也有"谁升堂、谁入室"的说法。

孔门用赋，即是以儒家的角度来看文学。所以扬雄接着批评郑卫之音不好，"中正则雅，多哇则郑"。汉人从人性论发展下来，认为一切都要"发而中节"，过度了就不好。中国人讲究的中和美学，本是儒家的审美观，过于哀伤、激烈的，偶一为之也很好，有特殊的美感，但是最后皆当归于中和。刘勰的态度也是这样，他之所以辨骚、正纬，即是要归于中和的。

汉代儒家，扬雄是其代表。他的许多言论，刘勰皆有呼应。如他说：

或问："屈原智乎？"曰："如玉如莹，爰变丹青。如其智，如其智！"（《法言·吾子》）

对屈原是比较赞美的，《文心雕龙》里面也特别引到了。
他又说：

或问："君子尚辞乎？"曰："君子事之为尚。事胜辞则

伉，辞胜事则赋，事、辞称则经。足言足容，德之藻矣！"(《法言·吾子》)

"足言足容，德之藻矣"类似孔子讲"文胜质则史，质胜文则野，文质彬彬，然后君子"。

后面一段又讲孔门登堂入室：

或曰："有人焉，自云姓孔，而字仲尼。入其门，升其堂，伏其几，袭其裳，则可谓仲尼乎?"曰："其文是也，其质非也。""敢问质?"曰："羊质而虎皮，见草而说，见豺而战，忘其皮之虎矣。"(《法言·吾子》)

虎豹和羊，不仅皮不一样，质也不一样，这是子贡的说法。

"好书而不要诸仲尼，书肆也。"一个人喜欢读书，但是不以孔子书为主，那就相当于是开书店的，不是思想家，没思想。"好说而不见诸仲尼，说铃也。"像个铃铛一样，内里空洞而响个不停。

君子言也无择，听也无淫。择则乱，淫则辟。述正道而稍邪哆者有矣，未有述邪哆而稍正也。孔子之道，其较且易也。(《法言·吾子》)

总之，我们说话做事皆要折中于孔子。

人各是其所是，而非其所非，将谁使正之？曰："万物纷错，则悬诸天；众言淆乱，则折诸圣。"或曰："恶睹乎圣而折诸？"曰："在则人，亡则书，其统一也。"（《法言·吾子》）

孔子在，我们折中于孔子；孔子不在了，则根据他的书。这不就是刘勰的宗经、征圣吗？

《法言·寡见》篇也是这样。"或问：'五经有辩乎？'曰：'惟《五经》为辩。'"五经皆雄辩之语，"说天者莫辩乎《易》、说事者莫辩乎《书》、说体者莫辩乎《礼》、说志者莫辩乎《诗》、说理者莫辩乎《春秋》"。"'良玉不雕，美言不文，何谓也？'曰：'玉不雕，玙璠不作器；言不文，典谟不作经。'"最好的文就是经典，经典何以能流传久远，因为文辞本身就好。

《法言·君子》篇又说："或曰：'君子言则成文，动则成德，何以也？'曰：'以其弸中而彪外也。'"就是内有德外有文，刚刚谈《宗经》篇也提到树德立志，"般之挥斤，羿之激矢，君子不言，言必有中也；不行，行必有称也"。行必有文，都跟扬雄的讲法相通。

王充《论衡·佚文》的几段，也有与刘勰相通的：

文人宜遵五经六艺为文，诸子传书为文，造论著说为文，上书奏记为文，文德之操为文。立五文在世，皆当贤也；造论著说之文，尤宜劳焉。

汉代王充以后，我们大都只注意到建安七子的诗歌，其实建安到魏晋之间最重要的不是诗而是论，好文章都在论上，论是最重要的文体。重看王充此文，你就能体会这一点。

> 天文人文，文岂徒调墨弄笔为美丽之观哉？载人之行，传人之名也。善人愿载，思勉为善；邪人恶载，力自禁裁。然则文人之笔，劝善惩恶也。谥法所以章善，即以著恶也。加一字之谥，人犹劝惩，闻知之者，莫不自勉。况极笔墨之力，定善恶之实，言行毕载，文以千数，传流于世，成为丹青，故可尊也。

这也是《论衡》里面所谈的。从《论衡》可知，《文心雕龙》提到的《春秋》恶恶劝善、文人应该尊五经六艺为文云云，皆本于汉人。

【第六讲】

文学解经的传统

扬雄、班固已不满当时文风，希望文学能跟经学结合起来发展。其后
挚虞《文章流别论》、李充《翰林论》、裴子野《雕虫论》继续阐发此旨。
刘勰亦然。但他更能细致地发掘经典的文学性，这也是他不满陆机和颜延
年的缘故。这种以文学观点或文学性来处理经典的方法，到明朝蔚然大盛，
经典全面文学化。刘勰即其先导。

一、《文心雕龙》与汉代经学传统

之前我们大致说了《文心雕龙》是在经学传统中发展出来的
文论，所以它不但跟经学有密切的关系，跟汉儒的关系也很密切。
特别是跟扬雄、班固等汉代经学家论文学非常类似。

班固、扬雄对他们那个时代的文风其实已经很不满了，他们
希望文学是跟经学结合起来发展的，所以扬雄说：

或曰："景差、唐勒、宋玉、枚乘之赋也益乎？"曰："必也
淫。""淫则奈何？"曰："诗人之赋丽以则，辞人之赋丽以淫。如

第
六
讲

文
学
解
经
的
传
统

孔氏之门用赋也，则贾谊升堂、相如入室矣，如其不用何？"（《法言·吾子》）

好书而不要诸仲尼，书肆也；好说而不要诸仲尼，说铃也。君子言也无择、听也无淫。择则乱，淫则辟。述正道而稍邪哆者有矣，未有述邪哆而稍正也。孔子之道，其较且易也。（《法言·吾子》）

或曰："人各是其所是，而非其所非，将谁使正之？"曰："万物纷错，则悬诸天；众言淆乱，则折诸圣。"或曰："恶睹乎圣而折诸？"曰："在则人，亡则书，其统一也。"（《法言·吾子》）

或问："《五经》有辩乎？"曰："惟《五经》为辩。说天者莫辩乎《易》，说事者莫辩乎《书》，说体者莫辩乎《礼》，说志者莫辩乎《诗》，说理者莫辩乎《春秋》，舍斯，辩亦小矣。"（《法言·寡见》）

或曰："良玉不雕，美言不文，何谓也？"曰："玉不雕，玙璠不作器。言不文，典谟不作经。"（《法言·寡见》）

扬雄认为，如果我们讲了半天而不是根据经典，那是不行的；一个人很有聪明才智，但不根据经典，也是不行的，文章最好的就是经典。莫辩乎经云云，意思是：最能言善道的，其实就是经典。这些观点，大致也就是刘勰的观点，刘勰是承续这个路数而来的。

刘勰的继承性很少人谈，但其实非常明显。因为他有许多地方不只是沿袭，还根本就是抄来的。如《宗经》是他多么重要的篇章，可是其中"夫《易》惟谈天，入神致用。故《系》称：'旨远辞文，言中事隐。'韦编三绝，固哲人之骊渊也。《书》实记言，而训诂茫昧；通乎《尔雅》，则文意晓然。故子夏叹《书》，'昭昭若日月之明，离离如星辰之行'，言昭灼也。《诗》主言志，诂训同《书》，摛《风》裁'兴'，藻辞谲喻，温柔在诵，故最附深衷矣。《礼》以立体，据事制范，章条纤曲，执而后显，采撷片言，莫非宝也。《春秋》辨理，一字见义，'五石''六鹢'，以详备成文；'雉门''两观'，以先后显旨；其婉章志晦，谅以邃矣。《尚书》则览文如诡，而寻理即畅；《春秋》则观辞立晓，而访义方隐。此圣文之殊致，表里之异体者也"。这一大段，就基本抄自王粲《荆州文学志》。王粲是建安七子之一，我讲过他经学是很好的，其论文亦本诸经典。刘勰抄他的话为自己张目呢！古书亡逸太甚，否则我们当会看到更多刘勰抄自前辈的例证。

近人习惯把魏晋与汉代断开来看，采取一种革命史观，认为后一代要反前一代，所以把前面这一代想象成一个儒家的、经学的汉代，与后面来自老庄的魏晋、文学的魏晋对立起来。但事实上魏晋人谈文学，不是像我们现在文学史这样谈的。魏人之说，王粲可称典型；晋朝最典型的文献，则是挚虞《文章流别论》。

刘勰之前，论文著名的有曹丕、陆机、挚虞、李充等人，他们写的几篇文章，就是他那个时代谈论文学时的经典文献。各位看刘勰在好多地方谈到前人如何时，基本上举的就是这几篇。而这里面，挚虞《文章流别论》特别重要。

当时朝政一塌糊涂，政治上乱七八糟，很多人被杀或自杀。如陆机，八王之乱时带了一支军队去攻洛阳，结果兵败，史书上说溃败时死人把山谷都填满了，故陆机回来后即被杀。挚虞也很

第六讲 文学解经的传统

惨，在永嘉之乱时被活活饿死了。不过挚虞的著作很多，在当时非常重要。除了文学之外，他还是个经学家。

他写的《文章流别论》，其实原是个文章总集，有点类似《文选》。有些古代的目录说它有四十一卷，有的说有六十卷，可见是很大的一部书。不过可能在文章前面，写了一个像提要般的东西，说明"表"是什么样的文体，有什么样的重点，历代的作家各有什么样的特色，等等。这部分被单独辑出来，即称之为"文章流别论"或"文章志论"。根据《隋书·经籍志》记载，《文章志论》有二卷。那部《文章志》跟他的《文章流别集》不能确定是否为同一本书，现在都看不到了，能看到的就是目前一条一条的简单辑录。

这些辑录当然不能完全显示他的文学主张，不过看这个辑本也就可以发现《文心雕龙》跟他的体例非常像。前面是总论，底下分论，如说"赋者，敷陈之称，古诗之流也"；然后又说"书云诗言志"，这一大段讲的是诗；再底下讲七发是什么样的文体；底下说"古之铭志曰"，这一段是讲铭；再底下讲哀词，讲哀策；然后是解嘲；再来是碑，还有图谶：

文章者，所以宣上下之象，明人伦之叙，穷理尽性，以究万物之宜者也。王泽流而诗作，成功臻而颂兴，德勋立而铭著，嘉美终而诔集。祝史陈辞，官箴王阙。《周礼》太师掌教六诗：曰风，曰赋，曰比，曰兴，曰雅，曰颂。言一国之事，系一人之本，谓之风；言天下之事，形四方之风，谓之雅；颂者，美盛德之形容；赋者，敷陈之称也；比者，喻类之言也；兴者，有感之辞也。后世之为诗者多矣，其功德者谓之颂，其余则总谓之诗。颂，诗之美者也。古者圣帝明王，功成治定，而颂声兴。于是史录其篇，工歌其章，以奉于宗庙，告于鬼神。故颂之所美者，圣王之德也，则以为律吕。或以颂形、或以颂声，其细已甚，非古颂之意。昔班固为《安丰戴侯颂》，史岑为《出师颂》《和熹邓后颂》，与《鲁颂》体意相类，而文辞之异，古今之变也。扬雄《赵充国颂》，颂而似雅；傅毅《宪宗颂》，文与《周颂》相似，而杂以风雅之意。若马融《广成》《上林》之属，纯为今赋之体，而谓之颂，失之远矣。(《文章流别论》)

这样的讨论方式很像《文心雕龙》,《文心》也是一章章谈《明诗》、谈《诠赋》、谈《铭箴》，分体论文。然后怎么论呢？缘始以表末、选文以定篇、敷理以举统，其论说方式不也跟挚虞一样吗？

具体的解说，如：

赋者，敷陈之称，古诗之流也。古之作诗者，发乎情，止乎礼义。情之发，因辞以形之；礼仪之旨，须事以明之，故有赋焉。所以假象尽辞，敷陈其志。前世为赋者，有孙卿、屈原，尚颇有古诗之意，至宋玉则多淫浮之病矣。《楚辞》之赋，赋之善者也。故扬子称赋莫深于《离骚》，贾谊之作，则屈原俦也。古诗之赋，以情义为主，以事类为佐；今之赋，以事形为本，以义正为助。情义为主，则言省而文有例矣；事形为本，则言当而辞无常矣。文之烦省，辞之险易，盖由此。夫假象过大，则与类相远；

逸辞过壮，则与事相违；辩言过理，则与义相失；丽靡过美，则与情相悖：此四过者，所以背大体而害政教，是以司马迁割相如之浮说、扬雄疾"辞人之赋丽以淫"。(《文章流别论》)

这些段落，每一段跟《文心雕龙》比对，你都会发现很类似，不止语言上类似，观点上也是。

但这套方法也不是挚虞发明的，我在《中国文学史》中曾介绍，汉朝蔡邕以下论文体，基本上就是这个模式，所以它是汉代成形的一种论文体的方法。这种方法，被挚虞《文章流别论》、刘勰《文心雕龙》延续下来。这是它们大体的结构。

至于论述的内容，挚虞说什么叫作文学呢？"文章者，所以宣上下之象，明人伦之叙，穷理尽性，以究万物之宜者也。"文章的目的与功能，是来明人伦的，阐明人伦的道理。而它为什么会有这么多文体呢？因为面对的情况不一样，如一位国君、天子，德行非常好，能泽被万民，老百姓自然就会用诗歌来赞美他，所以诗歌是王者教化流行以后所产生的结果，人们用诗歌来赞叹、咏叹这样一位王者。

挚虞论这些文体，都是从王者政教这个角度来论的。所以说"言一国之事，系一人之本，谓之风"。

我们要注意的是，如果把国风讲成是地方风谣，特别是宋代以后的讲法，那就是地方的民歌，这是就地方的民情风俗来讲的，与汉人说法有别。当然，汉人解释风，有时候也说是风俗，像应劭《风俗通》。但一般解《诗经》时基本上都从风化、教化上来说，所以要说"一国之事，系一人之本"，这一人就是国君；系于一人之本，就是风。若"言天下之事，形四方之风"，这便叫作雅，雅就是天下之事，四方之风。颂，则是美盛德之形容。这几句话，其实就是从毛诗出来的。似此之处很多。

接下来讲《七发》也是如此。《七发》的目的是要导引欲望归于正途，所以发乎情，欲望不断流动；但到最后，要讲到至德要道。这种写法，叫作曲终奏雅，止于礼义。可是后来的作品就不行了：

《七发》造于枚乘，借吴、楚以为客主。先言"出舆入辇，蹙痿之损，深宫洞房，寒暑之疾；靡漫美色，晏安之毒；厚味暖服，淫曜之害"。宜听世之君子，要言妙道，以疏神导引，蠲淹滞之累"。既设此辞以显明去就之路，而后说以色声逸游之乐，其说不入，乃陈圣人辩士讲论之娱，而霍然疾瘳。此固膏粱之常疾，以为匡劝，虽有甚泰之辞，而不没其讽喻之义也。其流遂广，其义遂变，率有辞人淫丽之尤矣。崔骃既作《七依》，而假非有先生之言曰："呜呼，扬雄有言，童子雕虫篆刻，俄而曰壮夫不为也。孔子疾小言破道。斯文之族，岂不谓义不足而辩有余者乎！"赋者将以讽，吾恐其不免于劝也。(《文章流别论》)

"其流遂广，其义遂变，率有辞人淫丽之尤矣。"慢慢开始讲究文章之巧，脱离了它应该有的宗旨。后面像《铭文》《赞颂》等大概都是这样的意思：

夫古之铭至约，今之铭至繁，亦有由也。质文时异，则既论之矣；且上古之铭，铭于宗庙之碑。蔡邕为杨公作碑，其文典正，末世之美者也。后世以来，器铭之佳者，有王莽《鼎铭》、崔瑷《机铭》、朱公叔《鼎铭》、王粲《砚铭》，咸以表显功德，天子铭嘉量、诸侯大夫铭太常，勒钟鼎之义。所言虽殊，而令德一也。李尤为铭，自山河都邑，至于刀笔平契，无不有铭，而文多秽病；讨而润色，言可采录。(《文章流别论》)

最后讲《图谶》云：图谶"虽非正文之制，然以取其纵横有义，反覆成章"，也正好呼应了刘勰《正纬》篇。刘勰也是同样的意思，即纬书虽然荒诞不经，但是对文章写作是有用的，他的立场跟挚虞很像。

我之前讲刘勰的生平时，曾举裴子野的《雕虫论》来说明当时有这样一种复古文风，现在由挚虞看，则更可发现刘勰的文论还有个比较长远的脉络。这脉络是从汉代的扬雄、班固、蔡邕，到挚虞《文章流别论》。这脉络，即经学传统下的文论，其内部非常类似，有很大的互文性。

它们的共同点在哪呢？都把文章之源头推到五经，也把五经奉为文章的典范，后来的文学愈来愈差，所以我们写文章均要追源溯本，回到经典。每一种文体都是从经典出来的，故写作时也要回到原来的文体。这文体为什么这样出来、有什么意思、应该怎么写，亦均以五经为正格，后来为变例。而变，其实都是贬义词，因为这些变都脱离了原来的大根大本。这就体现了我曾经说过的本末、源流的思维方式，流变往往是流弊的同义词。

二、经典的文学性

《文心雕龙》论每一个文体，都从经典说，如《颂赞》释颂云："四始之至，颂居其极。颂者，容也，所以美盛德而述形容也。"这一解释就源于毛诗，毛诗说："四始，诗之至也。"又说："颂者，美盛德之形容。"接下来，刘勰说："昔帝喾之世，咸墨为颂，以歌《九韶》。自商以下，文理允备。夫化偃一国谓之风，风正四方谓之雅，容告神明谓之颂。风雅序人，事兼变正；颂主告神，义必纯美。"其中，"风正四方谓之雅"来自毛诗"形四方之风，谓之雅。雅者，正也"，"容告神明谓之颂"来自毛诗"颂者，……以其成功告于神明者也"，而认为风的作用是序人、雅分为正雅变雅等观点，也是不离毛诗的思路的。

以上是总说。接下来还有分论，如"《时迈》一篇，周公所制，哲人之颂，规式存焉"，说《周颂》里的《时迈》是周公亲自制作的，是颂的好典范；"夫民各有心，勿壅惟口。晋舆之称原田，鲁民之刺裘鞸，直言不咏，短辞以讽；丘明、子高，并谓为诵：斯则野诵之变体，浸被乎人事矣"，说晋国鲁国百姓讥刺时政、议论人事的讽咏被左丘明等史官记载下来，成为"野诵之变体"，也就是说并非最开始意上的颂了；"及三闾《橘颂》，情采芬芳，比类寓意，乃覃及细物矣"，到了屈原这里，颂又有了新变化，描写的对象推到了细小的事物。当然，到屈原，颂也都还是写得好的。

秦汉以后，"班、傅之《北征》《西征》，变为序引，岂不褒过而谬体哉？"慢慢发展下来就脱离了原来的文体，产生了变化，而变了之后就错了，所以说是谬体。"马融之《广成》《上林》，雅而似赋，何弄文而失质乎？"马融的东西不行，过求文饰。崔瑗、蔡邕虽然不错，但"致美于序，而简约乎篇"，又太简略了。"挚虞品藻，颇为精核"，挚虞的评论非常好，然而中间也有一些错误，"至云杂以风雅，而不辨旨趣，徒张虚论，有似黄白之伪说矣"，黄的跟白的还有些分不清楚，故刘勰要在挚虞的基础上再往前推。"及魏晋杂颂，鲜有出辙"，魏晋以后，也要照规矩来，曹植的文章，以《皇子》为最好；陆机的篇章则以《功臣》为最妙。但是，"其褒贬杂居，固末代之讹体也"，前面是本，后面是末。他的文学史观乃是源流观，末代就是衰败的时代。因为"颂"本是褒扬的，这些作品却褒贬相杂，所以他批评那是"末代之讹体"。讹是错误之意。可见即使是曹植、陆机写的东西，跟古代也不能相比。

接下来的《祝盟》篇，也是如此，开篇云："天地定位，祀遍群神。六宗既禋，三望咸秩，甘雨和风，是生黍稷，兆民所仰，美报兴焉。"就是说，我们要祭祀，天、地、日、月、山、川、花、草、鸟、兽、虫、鱼，都要祭，所以"舜之《祠田》云：……'旁作穆穆'，唱于迎日之拜；'夙兴夜处'，言于祔庙之祝；'多福无疆'，布于少牢之馈：宜社类祃，莫不有文"。祭祀时都得有祭文，"旁作穆穆"等就是经典里记载的祭文。

楚辞继承了这一传统，汉代又延续下去，不过"东方朔有骂鬼之书，于是后之谴咒，务于善骂。唯陈思《诰咎》，裁以正义矣"。认为后来的祝文就过分了，以善骂为务，只有陈思的《诰咎》才是正确的。

"若乃《礼》之祭祀，事止告飨；而中代祭文，兼赞言行，祭而兼赞，盖引神而作也。"这谈到了祝文的一种变化，《仪礼》所载的祝辞只是请受祭者来享用祭品的，汉魏时却要在念祝时兼赞受祭者的言行，这是祝文的引申。"汉代山陵，哀策流文。周丧盛姬，内史执策。然则策本书赠，因哀而为文也。"这是说汉陵中的"哀策"文体来自周朝，"策"本是一种赠谥文体，后来"因哀而为文"，成为祝文的一部分，这也是通过经典来说明文体的演变和标准。

底下的《铭箴》篇也是如此，都是说它如何源于经典，这文体又该怎么写。后代如果符合了，他就认为好，如若改变，他就批判。这是从文体上讲，我们再看下半部。

前面讲文体，我们可以说文体都是古代发展下来的，所以要顺着文体讲，但下半部谈文章的写作方法、创作的原理，还需要如此吗？是的。如《丽辞》篇说古代唐虞之时，还比较原始，言辞表达还是比较质朴，还不够文，但是皋陶的赞已经有了"罪疑为轻，功疑惟重"这样的对仗。《丽辞》整篇讲的就是对仗，不是泛说漂亮的文辞。漂亮的文辞表现在哪里呢？就表现在对仗。中国的文字，对仗最能显示出华美，所以《丽辞》主要谈的就是对仗。说尧时已出现这样的对句了，到了《易经》的《文言》跟《系辞》更是圣人之妙思。

《丽辞》说："序《乾》四德，则句句相衔；龙虎类感，则字字相俪；乾坤易简，则宛转相承；日月往来，则隔行悬合。"这是在称赞《文言》和《系辞》。"序《乾》四德，则句句相衔"指的是乾卦《文言》中"元者，善之长也，亨者，嘉之会也，利者，义之和也，贞者，事之干也"几句话；"龙虎类感，则字字相俪"

指的是乾卦《文言》中"同声相应，同气相求。水流湿，火就燥；云从龙，风从虎"几句话；"乾坤易简，则宛转相承"指的是《系辞》中"乾以易知，坤以简能；易则易知，简则易从"几句话；"日月往来，则隔行悬合"指的是《系辞》中"日往则月来，月往则日来，日月相推而明生焉"几句话。这一类句子"虽句字或殊，而偶意一也"。它们是《丽辞》在经典中的源头，顺此以观后世，"至于诗人偶章，大夫联辞"，那就很多了。

他在谈每个文体以及每一部分时，都这样把经典的文句拿出来，从文学的角度来讨论它。这叫什么呢？这叫发现经典的文学性！

我们读经典时，一般只注意它是什么意思，但刘勰通过这一类讨论，很细致地一段一段地来告诉你经典是文学作品。为什么是文学作品？因为它具有这样的文学性。

请看《夸饰》。我们写文章的人都知道，没夸饰是没法写的。"黄河之水天上来""白发三千丈"，不都是夸饰吗？挚虞的《文章流别论》曾批评辞人往往假象过大，假象过大就是因为夸饰。后人夸饰固然太甚，但经典也不是没有文学性夸饰，所以本篇也是从经典讲起。"文辞所被，夸饰恒存。虽《诗》《书》雅言，风格训世，事必宜广，文亦过焉。是以言峻则嵩高极天，论狭则河不容舠。"说这山高就高到天上去了，说这河窄，就连一条船都放不下去，说多则"子孙千亿"，称少则"民靡孑遗"，说战争中老百姓全死光了，一个都没剩，这都是夸饰。"襄陵举滔天之目，倒戈立漂杵之论"——黄河水大，淹到天上去了，牧野之战，死人流的血可以把木杵浮起来。孟子的学生曾问孟子："你不是说仁义之

文心雕龙讲记

师进攻时，敌人会箪食壶浆以迎王师吗，为什么《尚书》记载牧野之战血流漂杵？"孟子说："这是夸饰，不要因辞害义。""辞虽已甚，其义无害也"，这其实就是一种夸饰，所以"孟轲所云：'说《诗》者，不以文害辞、不以辞害意'也"。

这是以经典来证明夸饰不可少。不过后来夸饰越来越过分，"变彼洛神，既非罔两；惟此水师，亦非魑魅，而虚用滥形，不其疏乎？此欲夸其威而饰其事，义暌剌也"。经典虽亦夸饰，意义没有损伤，后人之夸饰，不但踰分，意义也乖离了，所以评价就差了。你看他如此立论，便可发现它有很重要的功能：阐发了经典的文学性。

第三十八篇《事类》也是如此。《事类》讲用典故，"据事以类义，援古以证今者"，引用古代的事来讲现代的事，所以从《易经》讲起，如"《既济》九三，远引高宗之伐"，既济卦谈到高宗征伐鬼方，三年克之。"《明夷》六五，近书箕子之贞"，明夷是地火卦，讲箕子被殷纣王迫害，在很艰难的情况下能守住他的正义。"斯略举人事，以征义者也。至若胤征羲和，陈《政典》之训；盘庚诰民，叙迟任之言；此全引成辞，以明理者也。"有时仅略举古事，有时就引用古人整段话，如《盘庚上》引迟任的话"人惟求旧，器非求旧，惟新"——人需要跟老朋友在一块儿，但用东西则新的比较好。鼓励老百姓跟着我迁到一个新地方去。殷商本来是个东方民族，在山东曲阜一带，盘庚迁殷才迁到黄河中游，就是现在河南安阳。如此长途跋涉，很多人不愿意，故盘庚引用了古语以劝之。

最后总结说："大畜之象，'君子以多识前言往行'，亦有包于文矣。"这段话，其实是有下文的，因"君子以多识前言往行"这句话不成辞，刘勰在引文时删掉了几个字。这句话的原文意思是说君子要多了解古人的言行、多读古人书，"以畜其德"。"大畜"，讲的是畜德，要多了解古代好人好事，来积存我的德行，这叫作大畜卦，刘勰在引这段话时，却把这几个字去掉了。因为那是畜德，讲的是道德修养，现在谈的却是文章，只强调写文章要"多识前言往行"就好。他在这里动了个小手脚，但他用他的方式说明了经典的文学性。

再来看《练字》篇。这一篇开头讲文字的变化，从结绳、鸟迹以至汉初，人们对待文字都很严肃，可是"暨乎后汉，小学转疏，复文隐训，臧否亦半"，汉代以后，大家对小学慢慢都不熟悉了，所以"复文隐训，臧否亦半"——"复文"，类似今天说的异体字；"隐训"，就是诡僻之训。后面则标举《尔雅》《仓颉》等字书的重要性，文学家的练字功夫首先取决于"识字"，不识字，谈什么练字呢?《尔雅》和《仓颉》就很重要，"夫《尔雅》者，孔徒之所纂，而《诗》《书》之襟带也;《仓颉》者，李斯之所辑，而史籀之遗体也"，只有"该旧而知新，亦可以属文"。韩愈有句名言："为文宜略识字"，奉劝写文章的人要稍微识些字。写文章的人怎么会不识字呢? 实际上还真是这样。不是说这个字看不懂，而是不会用。每个字都有轻重缓急，当与不当，练字练字，其实就是练你对文字的理解功夫。现在我们谈写文章要练字，多是谈"春风又绿江南岸"的"绿"字，或是"身轻一鸟过"的"过"字如何巧妙，但在刘勰看来，只有深入经典，特别是《尔雅》以降的传统，才能准确拿捏字的轻重，用字用得妥当。

再看第四十四章《总术》，本篇可以说是关于写作方法的总论、结论。开篇就谈文笔之辨："今之常言，有文有笔，以为无韵者笔也，有韵者文也。夫文以足言，理兼《诗》《书》，别目两名，自近代耳。"古代把有韵之《诗》、无韵之《书》，都称为文，现在我们称文跟笔，是近代的区分。颜延年认为经典是言而非笔，传记则是笔而非言。

《文心雕龙》不赞成这种区分，"请夺彼矛，还攻其楯矣"，就是拿你的矛攻你的盾。为什么这样说呢？"《易》之《文言》，岂非言文？若笔果言文，不得云经典非笔矣"，他认为《易经》的《文言》既是文又是言，不能说经典是言而不是笔。

按颜延年的说法，"言"是说话，是最粗糙的；把说的话记录下来，就变成了"笔"。比如我们讲课，如果写成记录，就会把"这个、那个、啊"之类的闲言碎语通通删掉，变成比语言更精炼的一篇文章，也就是颜延年说的"笔"。这个笔，和我们的言是差不多的，只不过精炼些、严谨些；如果更进一步，把它的词藻变漂亮，这就叫"文"了。所以文、笔、言是三个层次——言的文学性差、层次最低，笔较高，文最高。

现在讲文学史、文学理论的人都说六朝的"文笔之辨"，其实搞错了，应该是文、笔、言三层区分。可是，刘勰根本就不赞成这种提法，因为他的理论从经典里来，《诗》是一个传统，《书》也是一个传统，你不能专门强调有韵的这个传统。

那么，怎样才能准确认识颜延年的观点呢？我们需要厘清两点：第一，颜延年的概念中是文、笔、言三层区分，上面已经讲过；第二，颜延年谈的是文学性的区分，而不是文类的区分。今天我们讨论这一问题，通常把文、笔讲成文类的区分，有韵者为文，无韵者为笔。其实颜延年不是谈这个，他是在谈文学性：认为散体笔札的文学性不如诗赋等韵文，后者"文"的程度更高些。想想就知道，韵文要协调韵脚，要搭配、组织，离语言更远，因为我们讲话不会七个字七个字，或是四个字四个字地说。这样，"文"的程度越高，距离自然性的语言就远，所以言经过笔的过渡，最终上升为文。

刘勰却不主张这样的区分，《易经》不是有《文言》传吗？《文言》传不就是文的言，或是言的文吗？用这个来反驳颜延年，可见《文言》传在他心目中是很高很重要的文学典范。后来清朝阮元的《文言说》把骈文、对仗等当做文章的正宗，也是顺着刘勰的讲法发展下来的。"将以立论，未见其论立也"，说颜延年的讲法不通。刘勰的态度呢，是"六经以典奥为不刊，非以言笔为优劣也"，你颜延年不是主张经典是言，连笔都不是，更不是文吗？我刘勰偏要主张经典是最高的文，不是以言跟笔作区分的。

批评完颜延年，又批评陆机："陆氏《文赋》，号为曲尽，然泛论纤悉，而实体未该。故知九变之贯匪穷，知言之选难备矣。"认为陆机的《文赋》没有谈到最主要的部分。为什么这么说呢？拿陆机的《文赋》跟挚虞的《文章流别论》一比，就发现陆机谈的是文章的技术，挚虞谈的是文章的原则和根本——"王者之流泽""政教""经典"，陆机却只是"泛论纤悉"，论些小东西，"而实体未该"，真正该掌握的大体没有谈到，所以他认为陆机是不行的。诸如此类，这就是《文心雕龙》的基本脉络。

我们读书，要了解古人、一个时代、一个学派、一本书，都要看它主要的理则、整体的脉络。主线如果抓不住就糟了。我素来不赞成各位做研究先去看论文。现在写论文，都不先读原书，先去上网或到图书馆查期刊、论文目录，看看前人这方面做过些什么，然后再去想我可以有些什么新题目，或者在前人研究基础上继续做。其实前人做的研究很多都是错的。例如与永嘉学派相关的几乎所有的研究都告诉你，永嘉学派是讲事功的，乃功利之学，跟朱熹等理学家是不同的，这些研究成果全都是错的。另外，像章学诚、刘知几的研究，有几篇是对的？王充《论衡》的研究，又有哪篇是对的？所有这些东西，都要自己看，不要去看二手材料，二手材料很多都是错的。因为这些材料中的大脉络多半搞错了。不只一本书这样，有时一个时代也这样，看我的《晚明思潮》就晓得了。

我们谈《文心雕龙》也是一样，要看主线，看它的整体思想。刘勰曾批评陆机泛论纤悉，没掌握整体。看东西，掌握整体以后，就非常简单，如网在纲，即不难纲举目张。《文心雕龙》的主要观点就是这个。读一本书很容易，抓住主线，细部的东西可看可不看。过去谈《文心雕龙》跟道家自然、跟佛教的关系，说它怎么重视楚辞、怎么强调创新等，之所以都是乱扯，就是因为抓不住它的主脉。

三、宗经传统在后代的发展

以上谈到的是《文心雕龙》跟经学传统的关系，分别从宗经如何宗，从文体上、经典上的文学性阐发来谈。下面要补充的是它这一路思想在后代的发展。

过去章学诚曾说六经皆史，我则写过一本《六经皆文》。六经，后代把它全部看成文学，这样以文学观点或文学性来处理经典的思潮，到明朝蔚然大观，经典全面文学化。这样一个思路是如何发展而成的？

论经学与文学之关系，刚才讲过，《文心雕龙·宗经》篇不是最早的，远有端绪。不过，他们均不如刘勰如此明建旗鼓，揭出宗经的旗号，而且讲得如此系统明晰。此固因刘氏本人效法孔子，有序志征圣之立场使然，但亦有其时代因素。

魏晋南北朝，经学开始与文学分立，然后又与史学分立，四部经、史、子、集的分类体系即形成于这样一种大环境中。在此之前，经与史与文固未尝分也，何必来谈两者的"关系"？在此之后，经与文已分，才有刘勰等人提醒文学家：不可忘经，文章仍应宗经，欲以此矫当世文风之弊。

因此宗经之说，首先就从源头上说经乃文学之源，一切文体皆源于经："论、说、辞、序，则《易》统其首；诏、策、章、奏，则《书》发其源；赋、颂、歌、赞，则《诗》立本；铭、诔、箴、祝，则《礼》总其端；纪、传、铭、檄，则《春秋》为其根。"

其次，又说六经不但是源头，且是最高的典范，因此后世创作，皆不能出其范围，也应该以它为准则："义既极乎性情，辞亦匠于文理，故能开学养正，昭明有融"，"并穷高以树表，极远以启疆；所以百家腾跃，终入环内者也"。

最末，则说宗经的好处："文能宗经，体有六义：一则情深而不诡，二则风清而不杂，三则事信而不诞，四则义直而不回，五则体约而不芜，六则文丽而不淫。"这六项好处，其实也就是六经本身"极文章之骨髓"所表现出来的优点。文人若不能体会这些优点并学习之，便糟了。"建言修辞，鲜克宗经，是以楚艳汉侈，流弊不还。正末归本，不其懿欤！"

这个本末观、流变观，我们前面已经谈过多次，都是说从楚辞以后文章就不行了。很多研究者拿着刘勰的《辨骚》篇说刘勰多么称赞楚辞，楚人多才呀，屈原的赋为什么好，得江山之助呀，等等。其实楚辞就刘勰而言只是"过而存之"。楚辞和经典是不能比的，第一级是经典，第二级是楚辞，第三级是汉人，第四级是魏晋。

刘勰自己活在齐末梁初，但是齐梁都没论。过去前辈常说《文心雕龙》写于齐，为什么不论同时代人呢，可能是为了避祸。因为同时代的人不好评论，说轻了也不好，说重了也不好。说得高，自己良心不安；说得低，别人又会不满，还不如不论。实际上不是这个道理，他不仅齐梁不论，连宋都很少论，如谢灵运、鲍照等。但为什么拿颜延年出来论？只因反对他的理论。也就是说他所论的作家魏晋以下就很少了。

我们研究《诗经》常说它的编次是"自邶以下不论也"。十五国风里最后的那个叫邶，邶以下太小，就别谈了。刘勰也是如此。因为他从楚辞就开始骂，《辨骚》篇就是这个意思，跟《正纬》一样。纬书基本上都是假的，不过全部禁止它也没必要，里面还是有跟文学有关系的，这叫过而存之。虽然它基本上是不对的，但中间有好处，你就不能把它通通抛掉。这以下，汉代是褒贬参半，魏晋基本上是负面的，略有一些好处也可以说说，其中好处占总数的比例是递减的，到东晋就更差，偶尔有一两个可以谈谈，其他根本就不用讲，"鲜克宗经。是以楚艳汉侈，流弊不还，正末归本，不其懿欤"，须正末归本才好。

刘勰之后，想改革文风的人，往往就采这一套宗经征圣的办法。他的书在后代虽然没有大名气，也没有人受他的影响来直接谈宗经征圣，但这是一个思路。北朝的苏绰等人不见得受到刘勰的影响，不见得读过刘勰的书，但是在不同的时代中，有不同的机缘，却发展了同样的脉络；南方像裴子野的《雕虫论》也是如此。再就是唐代中叶古文运动诸家，上追秦汉，以惩流俗。

这种文学家的宗经，与经学家颇不相同。经学家治经，重在义理，想阐发经典之所以是"恒久之至道，不刊之鸿教"的缘故，文学家研究经典，则重在阐明其文学性，然后看看能怎么作用在自己的文学创作上。

四、以文学性解读经典

怎么样才能把经学用在自己的文学创作上呢？历来有几种方法，第一种是以经为诗料、为文章的材料。这是唐宋以降编类书时常用的方法。

中国的类书基本上是文学性的，以备文士采择，写文章时用来引经据典。古代文人怎么读这么多书呢？滚瓜烂熟，随口就可以引。不要怕，编好类书，写文章时就方便了，要用什么典故，查类书，上面都有，洋洋洒洒，有三个字、四个字、五个字的，还有押韵的等等。此等类书，不乏经学家参与编辑。如清江永就有《四书典林》三十卷，分天文、时令、地理、人伦、性情、身体、人事、人品、王侯、国邑、官职、庶民、政事、文学、礼制、祭祀、衣服、饮食、宫室、器用、乐律、武备、丧纪、珍宝、庶物、杂语诸部，凡七百三十多题，引用书目百六十二种，体例模仿《北堂书钞》。伦明在《续修四库全书总目提要》中称该书："援引必确，排次不苟，可为类书之式，并足供词家之采获。"江永还另有补作，名《四书古人典林》十二卷，乃其绝笔。这是为文学写作提供典故参考，以供獭祭的。类似的专著，还有如明蔡清《四书图史合考》二十卷、明陈许廷《春秋左传典略》十二卷等。

第二种，是到经典中寻章摘句，以备采撷的。此法其实就是诗评家的摘句，历来评文亦有此法，如林钺之《汉隽》、苏易简之《文选双字类要》都是。宋胡元质《左氏摘奇》十二卷亦属此种。胡氏别有《西汉字类》五卷，此书则摘经传中字句古雅新奇者，汇为一编，再在文句下兼采杜预集解，略加诠释。元吴伯秀《左传蒙求》一卷，也是这类做法。摘录左氏精句丽辞，既供品藻，又可让作文者"禀经以制式，酌雅以富言"。清高士奇的《左颖》六卷亦然，采辑《左传》中单文只字，环丽警异，足备诗文之用，取名"左颖"，自谓取其"词旨古奥，如刀之有环、禾之有秀穗也"。陈廷敬序则说："句字之在书，浑浑耳，噩噩耳，忽撷之以出，殆犹锥之脱颖者然，故直名之曰颖也。"句字在整本书里不觉得有奇，但经过摘出后，好像脱颖而出，所以叫作"颖"。此即"丽辞"也。换言之，摘选出这些句字来，本身就是以一种文学眼光去对经典文字做处理的行为。

处理幅度更大的，是另一种。如宋徐晋卿《春秋左传类对赋》。以左氏记事有事同而辞异者、有事异而辞同者，错综变化，而二百四十二年间，盟会征伐、朝聘燕飨，事亦极为繁赜，学者不易贯通，故赅括其意，写成此赋。凡一百五十韵，一万五千字，丝牵绳联，比事对仗。虽说是为初学者诵习之便而作，但也可视为是以文学体裁来改写经典。把春秋里的各种事情写成一篇赋，两两对仗，找出同类的事，相反的事，把这篇赋背下来后就相当于心中对《左传》里的事件脉络有一个线索，这篇赋把这些事情重新组织起来，而且它本身是一个文学作品，既便于记诵，又可当文学作品来读，这便是以文学体裁来改写经典的方式。此赋，论者谓其"欲错综名迹，原统起末，则简其句以包之；欲按其典实，则表其年以证之；欲循其格式，故比其类以对之。属辞比事，厘然不紊"（张寿林《续修四库全书总目提要》）。但每句下只注年而不注事，学者不易考察。故清高士奇又有注释，在每句之下排比传文，标识端委，逐句为解，变成我们读《左传》的一种方法。

甘绂《四书类典赋》二十四卷，也是这类。另有黄中《诗传蒙求分韵》，自序云："喜读《毛传》，取义类对偶之合者，裒集之。……并摭拾《左传》精句，错综参互，汇成一编。"此书分上下平三十韵，每韵各为四言对偶若干联，在每句之下分别注其出处，并略加注释。

张国华《四书分类集对》亦属此类。汇辑四书句作联语，凡帝德、内阁六部、寺院、神祇、名贤、古迹、三教九流各事务都有，奇思耦合，斐然成章。他又有《麟经依韵集句》《曲礼集句》等，体例也差不多。

王绳曾《春秋经传类联》三十二卷，序说："尝怪《黄氏日抄》

所采左氏警句，仅得数行，挂一漏万，览者病焉。及见经解中宋徐秘书晋卿《春秋左传类对赋》，凡一百五十韵，其于十二公、二百四十二年之事，亦约略备矣。然而拘于声韵，选字难工，事弗类从，犹如野战；庞杂之病，更甚于挂漏。兹分类汇集，剪其隽语，联为骈体，以便记诵。"屈作梅补注，十分称道它的"组织之工、属对之巧，烂然如天孙云锦，非复人间之机杼"。

同类之例，还有刘霁先《字湖轩读左比事》。该书取左氏事类，排比为对偶文章，张寿林曰"是编之作，……比事属辞，以为修辞之用也。稽其所对，以四言为多，六七言次之。对文工整朴实，不改字以违经，无饰词而背理，是其足餍人意者"，也仍是就其文学性说。盖此类作品，都是把经书改写为文学的做法，把原先用在诗文上的集句、集联方法，扩及经典，或者属对成章，成为赋篇。

清华嵘《勿自弃轩遗稿》中的《经义条比》四十条，则略似连珠体。俞樾也有《左传连珠》一卷，自序云："《宋史·艺文志》所载春秋赋，有崔升、裴元辅诸家，今皆未之见，独徐晋卿《春秋类对赋》一卷，刻入《通志堂经解》。其赋数联一韵，而不求事之相类。……未知《宋志》所载崔升《春秋分门属对赋》其体例何如？余谓只取两事之相类，则不宜作赋，而以连珠为宜。……因作《左传连珠》一卷，如陆士衡演连珠之数。"凡五十篇，取《左传》中盟会征伐、朝聘燕飨，以及卿大夫言行，两事相类者，演为连珠，庸次比耦，配俪工妙。该书各篇之下均未标注年月及出典，且将两事由经文脉络中摘出作对，与经义并不相关。故非解经之作，乃是一种以经典所载事类为材料的文学创作，也可供文家采摭，或令后学了解运用典故之方法。

这样的书，对文士作文之帮助，自不待言。古代的例子不好实指，眼前的事倒可以说一个：

俞樾《左传连珠》，讲明了是为孙儿俞陛云作，其孙得此教诲，后来果然在文事上大有表现。俞樾是道光三十年二甲第十九名进士，俞陛云为光绪二十四年一甲第三名，也就是俗称的"探花"，在科名上超过乃祖，显示他在制义方面工力不弱。笔记上说，俞樾晚年笔墨每由陛云代笔。事虽不可考，但俞陛云自己确实著有《诗境浅说》《乐静词》等。连珠一体，少承曲园老人（俞樾）指授，料亦精能，不过没什么文献留下来。倒是以连珠教小孩练习写文章，可能已成俞氏家传之教学法。故俞陛云之子，即大名鼎鼎之俞平伯，虽是新文学名家，出版过新诗集《冬夜》《西还》、杂文集《杂拌儿》等，但在他《燕郊集》里就收了一篇《演连珠》。抄两段，以征其家学：

盖闻十步之内，必有芳草；千里之行，起于足下。是以临渊羡鱼，不如归而结网。盖闻富则治易，贫则治难。是以凶年饥岁，下民无畏死之心。饱食暖衣，君子有怀刑之惧。……

盖闻思无不周，虽远必察。情有独钟，虽近犹迷。是以高山景行，人怀仰止之心。金阙银宫，或作溯洄之梦。

盖闻游子忘归，觉九天之尚隘。劳人反本，知寸心之已宽。是以单枕闲凭，有如此夜。千秋长想，不似当年。

这就是连珠体在俞氏家族中传承之证。文学家看经典，往往不脱本身之立场及需要，希望经典能对自己的文学写作有帮助，从经典中学来的知识或本领，能直接作用于文事。俞氏一门的例子，就可以帮助我们了解这一态度。俞樾固然是著名的经师，但他与纪晓岚、袁枚一样，也是文士气很重的人，《春在堂随笔》一类著作，便非纯经生所能为。他还校改过《三侠五义》。另外，他并作过一卷《经义塾钞》，也是课孙稿之类。因光绪二十七年（1901）诏废时文，改用四书义、五经义，也就是回到宋人经义，不用后来出现的破题、接题、小讲等名目，故俞樾拟作，以供童子作文参考。凡易三篇、书两篇、诗二篇、礼二篇、春秋二篇、四书五篇。这是以文章说经义，既是说经，又是撰文了。

这叫作以经为文料，就是以经典为材料，加以文学性的处理，这是一种方向。可是有体者才能有用，要把经典用于文学上，顶好经典本身就是文学，如此则为同类之相加相乘，非异类之搬挪套搭。这就是前面看到，经典往往还须经文学性之改写或处理的缘故，处理之目标就是要阐明经典的文学性。

比如明朝戴君恩有《绘孟》十四卷，清末民初的伦明在《序续修四库全书总目提要》里面说："大旨仿苏老泉批点《孟子》，于篇章字句，以提转承接结合等法为之标明，但彼此不无小异。……盖孟子本妙于文章，其精义妙道，即寄于变化错综之间，读《孟子》者固不妨别开生面也。"什么叫作别开生面呢？我们读《孟子》一般都是从义理上掌握，但义理之所以能讲成这个样子，和它文章的开阖动荡有关，所以就可以从这里去了解文章的写作方法。而这样一种以文章之美讲《孟子》的方法，其实不是经学的正途，起码不是经学家的常蹊。所谓"孟子本妙于文章"，大约也不是那么"本来"，不论是在苏老泉以前的正统经注，还是在以后，如朱熹的《集注》等，都未曾以此视之。孟子且被视为传道之儒，非文章之师。是到了苏洵，才以文学之眼观之的。

老泉此书不见得可靠，但在明清间影响极大。戴君恩之外，如金圣叹有《释孟子》一卷，伦明说它"大抵以尖刻之笔，曲为摩写，妙义环出，令阅者解颐。惟于经义太疏。……小说家以文为戏，固不能绳以考据也"，可见也是文章家言。清康熙间汪有光《标孟》七卷、乾隆间赵承谟《孟子文评》、嘉庆间康浚《孟子文说》七卷、同治间王汝谦《孟子读本》二卷等，亦皆属于此类。

这都是从文学角度来分析文章，分析到最后甚至认为《孟子》这本书不是语录，不是弟子们对他言谈的记录，而是"作文"了。问答当然也有因缘，但每一篇从它的题目、主旨，前后怎么呼应，是把它当一篇文章来写的。这纯粹是后来文人的看法，当初孟子跟告子等对答时怎么可能是这样呢？把《孟子》一章一章当作一篇篇的文章看，这叫作以作文之法评《孟子》。

孟子在汉魏南北朝经学注疏中，其实很少以文章之美见重。唐代韩愈推尊孟子，基本上是以道不以文，主要强调道的这一面。只有柳宗元自序其文，云"参之孟荀庄老以尽其变"，才算是由文章上采摭《孟子》，但如何"参之以尽其变"？仍不得其详。宋代苏洵批点《孟子》，固是依托，但苏氏父子确是为文法效孟子较为具体的人物，当时就认为苏洵的文章像孟子（当然苏洵的文章不是全部学孟子、像孟子，他还像纵横家），所以为后世所依托。苏洵称赞欧阳修文，就是以孟子、陆贽、韩愈、李翱来相比拟，可见他认为的孟子是一个文学传统中的孟子，这不是从义理上说他

"好"，而是从文章上说的。

这种阐发《孟子》文学性的作风，用《苏老泉评〈孟子〉》这本书来代表，虽然它是假的，刚好叫作"妙得真相"，就是说伪书有伪书的功能。为什么不假托扬雄呢？托一个更古的不好吗？因为苏洵显示了那个时代的这样一种风气。

同样道理的就是《诗经》。我们现在谈文学时好像《诗经》本来就是文学的，其他如《春秋》《尚书》《尔雅》等是不是文学，却都还要经过一些解释。《诗经》则是毋庸置疑的文学经典，是文学的源头，开启了整个文学的传统。然而在汉、唐，究竟有多少人这样看呢？即如刘勰之宗经，也是把《诗》与其他各经并称，并不特别讲，也就是并不特别认为它最具文学性。《明诗》篇由葛天氏、黄帝、尧、舜讲起，只用两句话讲过雅颂四始，就接下去说秦之仙诗、汉之柏梁体了。在此，《诗》虽被纳入大范围的诗歌传统中去看，却未针对《诗经》的文学性有何具体阐扬，反而仍在说"诗者持人情性，三百之数，义归无邪"这一类经学家言。真正开始由文学角度去看《诗经》的，乃是在宋朝。

朱子说要把《诗》作诗读，就是说我们读《诗经》不要把它当成经典。你心里把它想成经典，把它神圣化了，即可能误入歧途，就以现代人读诗的方式去读它就好，所以叫作"把《诗》作诗读"。说《诗》要作诗读，不就是说以前的人并没有把《诗经》当诗来读吗？

林希逸序严粲《诗缉》，则另推此说之源于吕东莱，说："东莱吕氏始集百家所长，极意条理，颇见诗人趣味。……盖诗于人学，自为一宗，笔墨蹊径，或不可寻逐，非若他经。"这就是把

《诗经》跟其他经典用文学性给分开了,《诗经》因为特别具有文学性,所以"郑康成以三礼之学笺传古诗,难论言外之旨矣"。明白道出文学诗经学跟汉代的笺传诂经不一样,明朝戴君恩等人论《诗经》就受此影响。何大抡《诗经主意默雷》凡例说得好:"诗家所贵,最取词华,率俚无文,色泽安在? 如只训句训字,则有旧时句解可参。"诗家之解《诗》,手眼和经生自是两样的。

注意到"文学诗经学"的人非常少,早期只有周作人谈过这个问题。但因周作人的文章都收在他的杂文集里,学者很少有人注意。而且自《四库全书》以来就反对这个路数,相关的书多半没有收在正文里,只收在"存目"中,只留下一个书名,评价也不高。故这些书流传很少,更少有人研究。近年只有山西的刘毓庆先生做过有关《诗经》的文学性的研究,他主要做明代。所以这是一个新的领域,过去很少有人注意到,推源于宋代或关心其流衍到清代的就更少了。

其他经典,如《左传》,历来也是讲史事、论义例而已,到唐代刘知几才标举《左传》为史文的典范。韩愈论文,也提到"《春秋》谨严,《左氏》浮夸",浮夸相对于谨严来说,似若贬辞,但那是由史载事实或道德判断上说的;若就文章说,则浮夸也许还可以视为一种褒扬。[1]因此我们可以说《左传》的文章美,在此时已被发现了。不过具体抉发,仍有待于宋贤。欧阳修《左传节文》十五卷,与苏洵批《孟子》一般,均是后人伪托,以尊风气之始。

---

1 文采之采,甚或文章之文,本意就是繁采雕缛的,所谓"物一无文",又或如后世俗语所说"文似看山不喜平",浮夸至少与谨严一样,可视为文章美的一种典型,如果它不胜于谨严的话。

厥后就是吕东莱《东莱博议》及真德秀《文章正宗》一类，引导风潮，启浚后昆，影响深远。

吕氏书，是选取《左传》中若干他觉得有关理乱得失的事件，疏而论之，成为一篇篇的议论文章。这种写法虽非直接阐述《左传》的文学性，可是对尔后科举取士时考经义作文章的士子特具参考价值。杨钟羲在《续修四库全书总目提要》中评王船山的《续春秋左氏传博议》说："此书词胜于意，全如论体，多与《春秋》无关，与东莱之书略同。"讲的就是这类书的特性，其实均不在诂经，而在作文。乃是借史事以申论，论要如何论得精彩、令文章得势，才是重点所在，故杨氏批评此法"非说经之正轨"。

然而在考经义的时代，此法不啻津梁。我猜吕氏作书时本来也就有为科举应试者开一法门之意，犹如他另撰的一本《古文关键》张云章序说："观其标抹评释，亦偶以是教学者，乃举一反三之意。且后卷论策为多，又取便于科举。"本书教人如何论经义，则尤便于科举。

为什么要谈经义呢？因为宋代跟唐代不同，唐代有诗赋取士，宋代神宗、王安石却认为：诗赋取士，大家就都去写漂亮的文章了；但朝廷需要的是能臣而不是文人，所以要求这些人能通经，对经学有体会，把体会写出来即可，所以叫经义取士。王安石的新政争议很大。南宋，虽然大家都反王学，青苗法、保甲法等全部被废掉了，但这种经义取士的办法却没变。南宋理学家都反王学，但他们对于经义取士这个大原则是支持的。认为通过对经典的学习，了解了文化的大根本，才能够立身有本，才能做大臣，所以反而写了很多书来教人怎么写经义文。除了朱熹，金华学派吕祖谦，永嘉学派陈傅良、叶适都提倡，其中陈傅良影响更大。

根据宋代制度，《春秋》可以在三传内出题，到了靖康以后改用正经出题，就是只用《春秋》，不用三传。可是因为《春秋》本身可供出题的内容很少，比较简略。能供出题的范围少，考生就便于揣摩，出题就很困难，题目出来出去都差不多，后来又扩充到三传，经跟传都可以出题，这叫合题，宋明以后都这样。吕东莱之《博议》，专就《左传》发挥，后世出现拟题、破题、作论的方法也是参考它，包括王船山所作《续博议》。

真德秀《文章正宗》则体例不同，是把《左传》摘选成为一篇篇文章，于是《左传》就脱离了原有的编年史裁框架，成为文章了。这对后世影响更大，明代如汪南溟、孙月峰等都在此肆其身手，还有一大批附从者。如明惺知主人《春秋左藻》三卷就自称仿孙氏品评，自《郑伯克段于鄢》到《楚子西不惧吴》，凡一百零一篇，附于十二公之下，以篇首一二句为标题，并对其叙事烦而不乱、净而不腴的特色多所阐扬。又依汪氏说，分为叙事、议论、辞令三体。各体之中，又分能品、妙品、真品三等。清金圣叹《唱经堂左传释》则只释了《郑伯克段于鄢》《周郑始恶》《宋公和卒》三篇，体例等于坊选古文，评介亦重在语脉字句之间。又刘继庄《左传快评》八卷，体同《左藻》，收文一百零五篇，句法古隽、叙事新异者，详为之评。方苞《左传义法举要》一卷，举城濮、韩之战，邲、鄢陵及宋之盟，齐无知之乱等篇，于其首尾开合、虚实详略、顺逆断续之法，详为之阐，以明义法。林纾《左传撷华》二卷，选文八十三篇，逐篇评点，并细疏文章之法。……均属于真氏之流裔。

像这样着重阐发《左传》文学性，甚或根本就以单篇文章来看待《左传》的作风，还有元、明以后的大批评者。

如编写过《古文析义》的林云铭，就另编过《春秋体注》三十卷。前者如真德秀一般，选了几十篇《左传》，当成单篇文章讲其义法；后者就经文而参录三传，看起来像经解，而实亦只是讲文法，与周炽《春秋体注大全合参》四卷相似。周书且就《春秋》经文中可做制义比合等题的地方，载其一二字为题目，一一为之破题。对经传，也强调其作文之法。例如说：作春秋文，第一要有断制，如老吏断狱，一定不移；第二要有波澜，如剥蕉抽茧，逐层深入等等。此虽为科举应试者说法，但其法正是文章之法。

此类著作，著名者尚有王源《文章练要》。此书内容是就春秋三传的评点，分为六宗、百家，以《左传》为"六宗"之首，以公、穀为"百家"之首。后来《左传》评本别刊，公、穀也刊为《公穀读本》。不论全书，只就公、穀二传选其情词跌宕者，以经文为题，把传当成据题目写的文章，圈点评论其文法语脉，篇末还有总评。韩菼《批点春秋左传纲目句解》亦属此类。凡六卷，体例虽仿朱熹《纲目》，但以文章之法点评《左氏》颇采孙月峰批本，每篇末尾所附总评，则多采吕东莱、孙月峰、茅鹿门、钟惺等人之说。方苞也有《左氏评点》二卷，辞义精深处用红笔、叙事奇变处用绿笔、脉络相贯处用蓝笔，又分坐点、坐角、坐圈三种，标示字法、句法。桐城另一位文家周大璋也有《左传翼》三十八卷，张廷璐序，云其大旨存乎论文，则亦方苞之类也。

诸如此类，凡经传皆可以文学之眼续之，发掘其文学美，即便是《大学》《中庸》亦然。清许致和作《学庸总义》即是如此。甚至还有专就虚字论文的，如清丁守存《四书虚字讲义》一卷，把《四书》里面七十五个虚字找出，先引《说文》《尔雅》等释其音义，再就行文的委曲变化，说明如何用虚字畅达文章之精神脉理。这些书，实与诗文评语相辅翼，均可视为文学批评的材料，只可惜过去几十年甚少人知晓这个道理罢了。

由此可见刘勰开了一个非常重要的传统。它本身是一个大的传统下的东西，叫作"经学下的文论"，但是他又开启了一个传统，叫作"以文学性解读经典"的传统。这就是刘勰的书在魏晋隋唐不太有人欣赏，可是从明朝中晚期开始越来越有赏音的缘故。我简单梳理这样一个脉络，提供各位参考。

《文心雕龙》的文

　　学界谈《文心雕龙》常自相矛盾：一方面，夸此书是一本伟大的文学理论著作；一方面又说它谈的多半不是文学。其实，纯文学、杂文学之分，是个假命题，从来找不出分的界线。而"文"在中国，又是最复杂也最重要的一个字，不能用西方的、现代的观念去乱解。《文心雕龙·原道》以文为道，上承《周易》，可谓得其正解。

一、杂文学乎、纯文学乎？

　　"龙学"研究界对《文心雕龙》的性质，有个自相矛盾的说法。一方面，大家拼命夸此书是一本伟大的文学理论著作；一方面又说它谈的多半不是文学。因为作者刘勰的文学观念还不清晰，所以该书谈的东西，多半只是一堆文字书写品，不是文学。

　　论者努力向我们表达：刘勰拥有的只是杂文学思想，还不科学、还没进化到纯文学阶段。

　　底下举两个例子，以证明许多杰出的《文心雕龙》研究者也深陷其中，未能免俗。

一是张少康先生的说法。张先生说：

> 刘勰的文学思想，是杂文学的思想。因为他把所有的文章都称为文。但是他的杂文学观，却反映着文学思想发展过程中的复杂面貌。
>
> 一方面，在宗经思想的基础上，他提出衡文之优劣，以内容为主，不以有文无文。《总术》篇说："予以为发口为言，属笔曰翰，常道曰经，述经曰传。经传之体，出言入笔，笔为言使，可强可弱。《六经》以典奥为不刊，非以言笔为优劣也。"我们知道，在当时文笔之争中，他是主张不以有文无文区分文、笔的。他提出以有韵无韵分文笔，而文、笔都是文。这就把其时文、笔之争中隐藏有区分文学、非文学意味的趋势消解了。从这一点说，他的文学观念还停留在学科未分的阶段。
>
> 我们如果认为刘勰的文笔观，就是我国古代文学思想的特点所在，并以此作为我们描述我国古代文学史、文学思想史的依据，我们也就将回到学术不分的时代。这当然不符合现代学科严格的要求，也不符合文学史发展的事实。

另一个例子，是罗宗强先生的《读文心雕龙手记》，他说：

> 在中国古代的经、史、子、集中，集部里包含有文学，但集部并不就是文学。持杂文学观念的人往往把集部中除学术研究著作（如王逸的《楚辞章句》之类）、文学批评著作（如诗文评类）等之外的诗文部分等同于文学。其实这也是不确切、不科学的。

因为在作家的文集中有相当一部分并不是文学作品，而是一些日常应用的非艺术文章。

同样，刘勰在《文心雕龙》上篇的二十篇文体论中，所论的文类有许多并不是艺术文学。它们和艺术文学虽有某些共同的方面，但也存在着基本性质的差异。

魏晋南北朝时期，人们的文学观念与先秦两汉相比有了很大的进步，这是不可否认的事实。郭绍虞先生早就在他的《中国文学批评史》中指出，汉代对学术和文章已经有了明显的区分，有文学之士和文章之士的不同。然而，它所包括的范围还是比较广泛的，也就是我们今天有些研究者所说的"杂文学"的观念。

但是这中间并不是没有变化的，应该说在历代都有很多人看到了这众多类型的"文章"中有很不同的情况，并不只是文学体裁的不同，有些存在着原则性的差别，不属于艺术文学的范围，因此许多古代文学理论批评家对它的科学性产生过怀疑。

这里必然要涉及对《文心雕龙》下篇二十五篇的认识问题，也就是他有关构思、创作、批评等一系列论述是否都适合于包括经、史、子在内的广义的"人文"的各类文章之写作？我的看法是：后二十五篇中所论，主要是就艺术文学而言的，但是其基本原理也适合非艺术文章的写作。

研究中国古代人的文学观念必须要有历史的发展的眼光，要考虑到文学观念的形成是不能离开当时的文学发展状况的。

由于受整个文化思想发展的历史条件限制，刘勰的文学观念也存在着某些不够科学的地方。虽然他很细致地分析了各个不同文类的特点以及它们之间的异同，也清楚地看到了诗、赋这样的艺术文学的独有特征，但是他没有能明确地提出在这众多的文类中，实际上包括艺术文学和非艺术文章两大部分。

这种不足在当时的历史条件下是可以理解的。但我们也不必因为刘勰《文心雕龙》的成就卓著，而回避他文学观念中的这种不够科学的地方。

他们都采取进化论观点，认为古人受历史条件所限，还没法清晰认识到文学与非文学之分。刘勰虽是矮子里的高个，一样未能摆脱其时代限制。

真相当然不是这样的。真相是：现代人接受了进化论，故自以为高明，站在历史的巅峰上，动辄以批改小学生作文的方式批评古人，说他们头脑还不清楚。现代中国人又接受了马克思主义，认为思想之类上层建筑都受其经济社会等条件之限制，所以思想皆有其时代阶段的局限。中国人还接受了现代西方"纯文学"的说法，是以觉得古人所论仅是"杂文学"。换言之，不是古人被他们的时代所限，而是现代人掉在自己这个"时代的洞穴"里，还沾沾自喜、自鸣得意。

可是，纯文学、杂文学之分，其实是个假命题，从来找不出这个"分"的界线。诗赋是纯文学吗？周啸天得了鲁迅文学奖的诗，如"炎黄子孙奔八亿，不蒸馒头争口气。罗布泊中放炮仗，要陪美苏玩博戏"之类，有良知的人恐怕都不会认为它比原本是应用文书的《出师表》更具文学性。正因为这样，刘勰所谈的养气、章句、丽辞、神思、通变等创作方法，如罗宗强先生所说"也适合非艺术文章的写作"。而这些方法，既然是普遍的，合乎一切文章之写作，则刘勰讨论一切文章又有何不对呢？也就是说，中国人论文，范围从来就是对的。只现代人上了现代西方"纯文学"说的大当，还反过来嘲笑古人。

二、文的意义本甚丰富

近代最早讲《文心雕龙》的章太炎，1906年在东京国学讲习会上发表过《论文学》的讲演（后增删成《文学论略》，发表于《国粹学报》，后又易名《文学总略》收入《国故论衡》），即提出"有文字著于竹帛，故谓之文"的观点。这同样也表现在他对《文心雕龙》的讲解中。今存讲记，就是他在东京这段时间讲的，其中章先生说：

> 古者凡字皆曰文，不问其工拙优劣，故即簿录表谱，亦皆得谓之文，犹一字曰书，全部之书亦曰书。

正与《文学总略》"権论文学，以文字为准，不以彣彰为准"相同。因此章氏赞成刘勰的文学观，说：

> 《文心雕龙》于凡有字者，皆谓之文，故经、传、子、史、诗、赋、歌、谣，以至谐、隐，皆称谓文，唯分其工拙而已。此彦和之见高出于他人者也。彦和以史传列诸文，是也。昭明以为非文，误矣。

章氏在《文学总略》中已批评过《文选》"以能文为本"，不录经、史、子的做法，在讲记里又强调了刘勰对而萧统错。

可是章先生这种文学观以及对《文心雕龙》的解释，都被讥为"泛文学观"或"杂文学观"，连他的弟子们都不支持，整个学界更都是朝"纯文学"方向走的。章先生之说，于是也就仅成为近世学林一段掌故，愿意将之视为"公案"来参究的人都没有。

然而，这个公案并非没价值。章先生显然比他弟子和其他现代人要更了解传统文化一些，他的讲法也与刘勰比较接近。我们应由他的意见为发端，去体会"文"。因为"文"在中国，乃是最复杂也最重要的一个字。

文之本义很简单，《说文》云："文，错画也。"《易经·系辞下》说："物相杂为文。"任何东西，只要是交杂间错，就可构成文采。反之，若单一了，就形成不了文，所以古人又说："物一无文。"文总是两物交错相杂，形成一幅画面的。

这是最基本最简单的意思，但具体而言便复杂了。

例如天上有云有虹有光影有日月星辰，这便形成了天文；地上有山川原野林莽草木，则可称为地文；动物的皮毛纹彩、羽翅翎角，亦显示为文，故《战国策·魏策三》鲍注曰："毛色成文。"文是无所不在的，具体就其情境说，文几乎可以指任何显示为文采的东西。下面几项，尤其常被提起。

一是文身。各民族早期几乎都有文身的习俗，至今未废，只是理由可能不一样。古代多是为了显示身份、荣誉、辈分、权势，为表示已成年或已婚，为美丽等而纹，现代可能为了显示个性、代表叛逆等。唯古代中原地区以服饰为贵，不重文身。谈到文身，多就周边民族说，如《庄子·逍遥游》称越民族断发文身是也。《礼记·王制》"东方曰夷，被发文身，有不食火者矣"，郑玄注解："雕文，谓刻其肌，以丹青涅之也。"

二是文绣。就是刚才说的服饰文明观，以文采锦绣为文之代表。纺织刺绣，在古代非常盛行，故以文绣为文之主要含义，《荀子·非相》所谓"美于黼黻文章"。"文章"一词，主要即由织绣来，"文章"二字，本是讲服装；后世文学作品若写得好，依然会被人用锦绣来形容，称为锦绣文章，或云作者"锦心绣口，骈四俪六"（柳宗元《乞巧文》语）。

三是言辞。语言若辞藻华美、条理明粲，也可以令人产生它很有文采之感。因为语言之组织正与丝线的编织一样，所以古人重视修辞，有辞令之学。在孔子时，这类辞令往往过于华丽，故孔子提倡"修辞立其诚"以矫正之，又批评"巧言令色鲜矣仁"。由其批评，便可知言辞过于文彣，乃至舌灿莲花，是春秋后期的风气。后来战国之辩士说客，发展的就是这一文脉，《战国策·秦策一》鲍注"文，辩也"，形容的即是此一情景。再到后来的魏晋清言玄谈，此一倾向，更是显然。

四是歌曲乐章。歌曲乐章谓为文，有两种指涉。一是说乐曲本身便是"声成文"的。声若不经过有条理的组织，那它就只能是一堆音响。唯有经过条理化地编排才成为文，成文就显示为乐曲。二是说乐曲除了声音曲调之外，它往往还有歌词，歌词即是歌曲的文辞部分，故又专称这一部分为"乐之文"。

由此又衍出两义：一是文辞，这可视为第五类。《释名·释言语》云："文者，会集众采以成锦绣。会集众字以成辞义，如文绣然也。"文绣是丝的组合，犹如《易·系辞下》孔颖达疏"青与赤相杂为文"，文章则是文字的组织。组织之后，亦将如文绣那般，散发出绚丽迷人的光彩。此种文，又称为文章，这是衍出的另一义。章即是彰，形容文采焕发的样子。但《尚书·尧典》"钦明文思安安"的文，《集解》解为文章则牵强了，当时这个文，指的是典章制度，还不是文辞炳丽之美。至于文献，那就是更晚的意思啦！

六是文理条理。刚才说声音须组织得有条理才能成为文，否则便成噪音。这条理一义，乃是文的补充条件义。因为天地一切物相杂都是文，太宽泛无边了。若如此，则一切乱织乱绣、一切污言秽语，也都可以获得认可，都可称为乐声、文绣、辞采了？不，文这个字本身还含有价值意义、审美涵义，须有价值、具美感，方得称为"文"。像讲到言辞时，《荀子·性恶》篇杨倞注就说："文，言不鄙也。"所以不是什么强词夺理、不雅驯的语言都能称为文，只有文雅的语言才是。

是的，这就是"文"常和"雅"合在一起说的缘故。而文之所以能文雅或能显出价值与美感，其基本条件则是它必须具有条理性。因此，文的另一个含义正是理。《礼记·乐记下》王念孙释文曰"即理也"，很有见地。

第七，文理条理之在宇宙者，为阴阳二气之推移互动，因其互动，才能构成四时变化、进退消息之世界，故文又指此阴阳二气说。《太玄·文》"谓之文者，言是时阴气敛其形质、阳气发而散之，华实彪炳，奂有文章，故谓之文也"，便是一例。

第八，文理条理之在人文世界者，就是礼。礼与文两个字时常通用，原因在此。《诗·大雅·大明》集解、《国语·周语上》韦注、《荀子·非相篇》杨注等，均可证明古人常把礼视为文。因为礼本身就是对人的世界给予一种条理、一种秩序，使它脱离原始自然禽兽状态。人文一词，即由此形成，而人文之内涵，便是礼。

九是文饰。人文礼乐，都是在人的自然原始状态上加以修治修饰，犹如服饰。人的文明，就显示在不裸体，要用服装及饰品来遮羞、示爱、彰权等作用上。此类文饰，贯穿于一切文明表现中。故文又有此种修治修饰之意。修治者变本而加厉，修饰者踵事增华，文明才会越来越文，终于昌明。

十是文明。文化昌明，故曰文明。如夜之旦、如月之华。而此文明又不由天启、不由神获得，乃是由文本身就开启了。所以《灵宝无量度人经》才会说："无文不生，无文不成，无文不立，无文不光，无文不明。"把文视为一切存有之源，一切均由文本身而来。

文之含义如此，因此至迟在殷周之际，"文"已经是最高最好的一个字了。《国语·周语下》韦注"文者，德之总名也"，《诗·大雅·文王》注"文字乃美德之泛称"，《说苑·修文》的"文，德之至也"，或《广韵·文韵》的"文，美也，善也"等，讲的都是这个意思。而且后世显然也一直沿用这层意思，犹如后世的人物评价体系一直沿用《史记·谥法》（原《逸周书·谥法解》）的规定："文"字作为谥号，有"经天纬地曰文""道德博闻曰文""学勤好问曰文""慈惠安民曰文"等多种含义。文是德之总名，再明确不过了。

要懂得这些，才能了解孔子所言"文王既没，文不在兹乎"中的第二个"文"字应作何解。

三、《周易》论文

前面已说过古代论"文"的基本情况，具体说到《文心雕龙》，则要从《周易》开始。

《周易》论文，大体亦如上述。其最粗浅的含义，是以"纹"为文。如《革卦·九五象》曰："大人虎变，其文炳也。"《革卦·上六象》曰："君子豹变，其文蔚也。"文，均指虎豹身上的花纹。对于虎豹皮毛上不同的颜色间杂而成花纹，《易传》是非常赞美的，所以形容它们甚为炳蔚，且用以形容君子大人之德。

虎豹有其"文"，其他鸟兽亦有。观鸟兽时，要观鸟兽之"文"，观天观地时，也一样是要观天地之"文"。如《贲卦·彖传》云："《贲》，亨，柔来而文刚，故亨。分，刚上而文柔，故'小利有攸往'。刚柔交错，天文也。文明以止，人文也。"阴阳刚柔的变化，即为天文，包括日月四时的盈虚消息等均属于此类，观象者必须观此天文。地文则为山川物类的间杂变化，亦为观象者所不宜忽略。此外，它还谈到"人文"的问题，人间事物刚柔交错，亦形成其条理，亦表现为纹象，故也称之为"文"。

上面所说为《周易》论"文"的基本含义。依《周易》的义理结构，它是讲"感应"的：应，指同声相应、同气相求的同类相应；感，则是异类间形成的关系。《周易》重视感，尤甚于应，故《睽卦》说："二女同居，其志不同行。"为什么呢？因为二女均为同性同类。反倒是女与男，不同类的两种人，才能因异类相感而通其志，此所以《睽卦·象》曰："天地睽而其事同也，男女睽而其志通也，万物睽而其事类也，睽之时用大矣哉。""睽"是乖异的意思，因其不同反而可以成事，这个道理是它所极为强调的，因为此中即有"感通"的原理在，而且这也是天地万物创生的大原则。

"天地感而万物化生，圣人感人心而天下和平，观其所感，而天地万物之情可见矣。"《周易》各卦都是以阴阳二爻构造而成的，阴、阳也是它用以掌握各种物类的基本概念，万事万物，皆以阴阳予以指括。但分阴分阳之后，更重要的是要说明各物各事之间相互的关系与互动的状况，故阴阳既分之后，更要谈其如何相互推移。

而阴阳交感、异类相交也就是"文"。贲卦，《正义》云："刚柔交错而成文焉……圣人当观视天文刚柔交错，相饰成文，以察四时变化。若四月纯阳用事，阴在其中，靡草死也。十月纯阴用事，阳在其中，荠麦生也。是观刚柔而察时变也。"刚柔阴阳相交错杂即成为文，犹如虎豹身上黄色黑色两种颜色交错间杂而形成花纹一般。

与"文"同义的另一个字是"章"。"章"也是异类相交的现象。例如《坤卦·六三卦》云："含章可贞……《象》曰：'含章可贞'，以时发也。"虞翻注："以阴包阳，故含章。"《噬嗑卦·彖》曰："刚柔分动而明，雷电合而章。"《姤卦》说："天地相遇，品物咸章。"章，都具有与文相同的意思，这也是后来"文""章"两字联结成词的缘故。

由"文"这个字，又衍生出"文明""文化""文德"等相关词。

文化的"化"有两层意义，一指变化，二指教化。就变化说，"文"本身就是因阴阳刚柔之消息盈虚与推移变化而形成的，故"文"之中即蕴涵了变化之意。最能体现此意者，为《革卦》，其卦辞云："革而信之，文明以说，大亨以正。革而当，其悔乃亡。""革"是水火相息之象，"息"非"熄灭"，而是"增长"的意思。水火乃相异之二物，但异者不相同而相资，所以彼此反而均因此得以增长丰富，形成文明。这是文化的第一个含义。

其次，文化之"化"亦有特就教化说者。如《贲卦》说君子应"观乎人文，以化成天下"。《观卦·象》也说"风行地上，观。先王以省方观民设教"，这就是风化、教化。君王或君子之德行教化如风吹拂大地，老百姓随风向慕，其原始粗陋质朴的生活，遂因此而成为有文化的生活。所以《蛊卦·象》也说："山下有风，蛊，君子以振民育德。"所谓有文化的生活，也就是有德行的生活，与动物性自然生存状态毕竟是不同的。

"文化"的含义如此，当然也就包含了"文德"的体认。《小畜·象》曰："风行天上，小畜，君子以懿文德"，与君子以文教风化民众的意思是极为类似的。

与文化相关且类似之语，为"文明"。前引《革卦》卦辞已谈到"文明以说"。其他论及文明者尚多，如《乾卦》说"见龙在田，天下文明"即是。文而称之为明，有昌明盛大之意，文明是昌明盛大的，它又表现出强烈的开展性，所以它又有刚健之义，如《同人卦》说："文明以健，中正而应……唯君子为能通天下之志。"《大有卦·象传》说："其德刚健而文明，应乎天而时行，是以元亨。"凡说"文明"一词，都具有积极健动、不断发展的意思。如若不然，便不妙了，故《明夷卦》说其卦象是："内文明而外柔顺，以蒙大难。"火入于地下，所以是明在地中，光明被掩蔽了，文明不能彰显，卦象颇不吉利。后来黄宗羲写《明夷待访录》即用此义。《周易》中谈到"文"的地方，都是吉，只有这个卦不好，就是因为明已失去。文不能明，当然不妙。

《周易》所论"文"之义，大抵如是。对于这本经典如此论"文"，我们应如何来看待呢？

《易》本为卜筮之书，观象立义。其后孔门以之为教，孔子或其后学赞《易》以为十翼。但无论从卦爻辞或《彖传》《象传》来说，我们均可发现《易经》及其主要阐释者均极重视"文"这个观念，以及它在存有中的地位。

在《同人卦》中，曾经讲到"君子以类族辨物"。分类，是《周易》构成的基本原理，万事万物须先分类，各以阴阳予以表示，才能以之成象，说其刚柔进退吉凶。分类之后，方物以类聚，族以群分，同类者同声相应同气相求，异类者则感而通之。"文"就是异类通感相交的这个过程与状况，而又因为天地要相交才能化生万物，所以"文"又是万物存有的原理。"文"既是存有又具活动义，故事实上"文"就是"道"了。后世论文，辄须"原道"，肇机殆即在此。《文心雕龙·原道》篇一开头就说：

文之为德也大矣，与天地并生者何哉？夫玄黄色杂，方圆体分；日月叠璧，以垂丽天之象；山川焕绮，以铺理地之形：此盖道之文也……

傍及万品，动植皆文：龙凤以藻绘呈瑞，虎豹以炳蔚凝姿；云霞雕色，有逾画工之妙；草木贲华，无待锦匠之奇。……至于林籁结响，调如竽瑟；泉石激韵，和若球锽：故形立则章成矣，声发则文生矣……

人文之元，肇自太极，幽赞神明，《易》象惟先。庖牺画其始，仲尼翼其终。而《乾》《坤》两位，独制《文言》。言之文也，天地之心哉！

这一大段简直就是《周易》的注解。从"文"为道之文（道之显现），一直讲到天文、地文、人文，凡有形质，莫不成"文"。"文"的来历及"文"的性质，均与道有关，故论"文"者也据此而认为作文须推原于道，或明道、达道、载道，从而开启了我国一条非常重要的思路。

与文道关系相关的另一个《周易》文论中非常值得注意的现象，就是"文"除了兼指一切天文地文之外，在人文领域里，"文"事实上具指一切文明文化。礼乐教化、典章制度、黻冕言辞，莫非文也。孔子荀子以降，将"礼"与"文"并论的渊源正在此。

《乾卦·文言》也说："元者善之长也。亨者嘉之会也。利者义之和也。贞者事之干也。君子体仁足以长人，嘉会足以合礼。"四德之中，已点出了文与礼的关系，而且礼是交接会通之道，本身就与文之交通义相符合，因此《系辞传》又说："圣人有以见天下之动，而观其会通，以行其典礼。"天下之动，是指阴阳变化推移。感而遂通，犹如前文所云"男女睽而其志通也，天地睽而其事类也"。

这个道理，《系辞下》用另一种方式来说，谓"刚柔杂居，而吉凶可见矣"，"物相杂故曰文；文不当，故吉凶生焉"。文若当，自然没什么好说，文若不当便有吉凶可说了。以文当不当来说吉凶，与以合不合礼来判断吉凶，态度显然是一致的。礼、文几乎可视为同一件事，或者说礼是文的一种性质。就人文世界来说，礼即人文，尤其明显。

文，具指一切文明文化，除了会因此而展开"礼"与"文"的关联之外，亦显示了文的风化教化义。孔子说："君子之德风，小人之德草。"文化的力量就像风一样，会吹拂大地，滋长万物。故《周易》中论及文化的一些卦，如《观》，是风行地上；《蛊》，是山下有风；《小畜》，是风行天上。这些"风"，都象征君子教化的状况。文既与风教、风化有关，文章便不应苟作，而应考虑到它在风教上的效果。这也是后来影响我国文学理论的重要观念之一，例如曹丕《典论·论文》中说"文章者，经国之大业，不朽之盛事"，裴子野《雕虫论》中说"古者四始六艺，总而为诗，既形四方之风，且彰君子之志，劝美惩恶，王化本焉"，都可看成是这个观念的发展。

此外，对后世有深远影响的，就是文质关系了。本文一开始就谈到《周易》论文最粗浅的含义是以"纹"为"文"，如《革卦》所举的虎豹皮毛花纹之类。花纹毫无疑问是"物相杂"，是"错画"，但它毕竟只是皮毛，为何《周易》却要以此纹饰之炳蔚来形容君子大人之德？站在注重实质的立场看，恐怕要不以此为然了。但《周易》的特点在于此，它重视质，也注重文，因此革命创制即以虎豹文章的灿烂光彩来形容。这个立场，在《论语·颜渊》中有个有趣的继承：

棘子成曰："君子质而已矣，何以文为？"子贡曰："惜乎，夫

子之说君子也！驷不及舌。文犹质也，质犹文也。虎豹之鞟犹犬
羊之鞟。"

皮刮去了毛叫作鞟。虎豹犬羊都把毛刮掉以后，其皮并没有
什么不一样，因此子贡说虎豹与犬羊之不同，是其毛文即已有异。
我们不能说虎豹只是质与犬羊不同，事实上其毛文亦殊。文与质，
在这里是不能分开的——也不能只重质而轻忽文。刘宝楠《正义》
中所说的"礼无本不立，无文不行，故文质皆所宜用，其轻重等
也"，很能说明儒家的立场，而这个立场，即是由《周易》开启，
而由刘勰等人继承的。

此外，《周易》论文，还有什么是对刘勰影响巨大的呢？有
的！文为阴阳相交，感而遂通。这个感通的原则，正是刘勰文学
理论的核心观念。所谓"天地感而万物化生，圣人感人心而天下
平"，中国文学基本上是由"感"形成的：作者感物而动，应物斯
感，故有吟咏，所写的作品亦能感人。这与西方文学重视"模仿"
的传统，在"文"始发端之际，可说即已分道扬镳了。谈中国文
学的人，上溯"文"始，于此能不三致意焉？

四、从《周易》到《文心雕龙》

刘勰论文，本于《周易》，近年已有许多人注意到了。最近
一例，是2011年11月，陈国球先生在香港教育学院举办文学理论
工作坊，邀我与颜昆阳、蔡英俊诸先生去共同论学。其中颜先生
所谈，就是：从周易到文心雕龙所开显之诠释典范，有何中国文

学批评的现代意义？

他谈《文心雕龙》而由《周易》谈起，乃是用以反对五四运动以来之诠释典范。此类范式，基本模式分为审美与实用两部分，"为艺术而艺术"遂与"为人生而艺术"相斥；又，艺术性与社会性两分，文学之内在研究又与外部研究两分。但由《周易》之世界观看，世界并非可以如此分割，因世界本就混融为一体，不可以抽象而片面地认知。世界如此，文学亦然。故此种思维模式应是总体多元、辩证、动态的。

《文心雕龙》重通变，依昆阳看，意义即在于此。《文心》论多元因素混融之文体，根子亦在于此。另外，《文心》"原始以表末，敷理以举统"，亦可显示刘勰有彼此辩证、交互为用的思维模式。昆阳推荐此一模式以代替旧说，欲形成范式之转移。

中国人论文，上文刚刚讲过，本来就跟世界合在一起说。文非世界之中、之外另一事，故《度人经》云世界"无文不生，无文不成，无文不立，无文不光，无文不明"，世界本由文成。文在世界，则有天文、地文、人文，乃至物一无文、无物不文。《文心》从玄黄交杂、日月叠璧讲起，其意即此。故世界是混融的，文学也是。古人论文，一向文字、文学、文化不分。现代文家不知此理，以为还没进化，实则此中大有深意，昆阳之说甚是。

具体说文体时，文体确实也有混融性，实用与审美本不可分。《文心雕龙》所述大部分文体就都兼具实用与审美的特性（如书、表、章、奏……）。

但近世论《文心雕龙》，恰好与昆阳所说不同。例如，我们一般不甚谈其文体论，又喜欢说《文心》如何有体系、逻辑如何严谨、如何切分地谈文学的各个方面。其实《文心》之长处或性质实不在此。

以《文心》论创作来看，乃是感物而动的。文章虽要"因情造文"，但情不孤生，必是缘事而发、感物而动。因此抒情之底层即是事物，非自己独立之情，乃与宇宙人生社会互动而来，意与境相随俱起。

凡此，均是昆阳说法之可观处。然我毕竟不赞成他的本质论态度。

须知近世西方文论之区分虚构与真实、非常与日常、审美与实用、形式与内容、独创与因袭、内在与外缘等，本身就是追求文学之文学性而来的。问文学的文学性到底何在，是要确定什么是文学，文学与其他事物究竟有何不同，也就是"文学之独立性为何？"这个问题。现代中国人讲文学史，必从"文学意识的自觉"讲起，谈小说必说唐人才有意地创作小说，论文学必说"创作"，均本于此一思路。

"创作"者，本无此物，由作者构出也。其所以构创出此物，又非实用的、功利的，而只是审美的，故文学才因此而成为一具独立性之物，本身自成宇宙（为独立有机之审美客体）。

也就是说，西方与现代中国之思维模式正是在追求文学之本质时提出的。昆阳反对他们的说法，而不能打破这种追求，反对文学本质的思维，实非探本之论。他自己另提"混融有机总体的文学本质观"，仍是一种本质论。如此，则是五十步笑百步。

如要免于自陷吊诡，我觉得仍应回到《易经》。易者，不易、变易、简易也。易的本质就是变，但变同时即是不变之理。《文心》不也说要通变吗？变即不变，此所以才能通。变即不变，不变即变。因此本质即非本质，昆阳应把他的本质论也同时发展成非本质论。

此外，昆阳说《文心》"原始以表末"云云，乃"本末终始"之交相为用、彼此辩证，我亦以为还可商量。

因为《文心》对"现在"、对"末"都是批判的，原始以表末，乃是要表明"末"有多么差。源是经典、是圣人、是道，文学应回归本源，才能重新获得生命，否则就会成为晋宋时代的讹、滥、失、谬。这就不是本与末彼此辩证，交相为用，而是反本复始。因此应结合到《易经》的复卦，归根复命，一元复始，才能周流不殆。

刘勰的文学史观

刘勰对文学的评价是顺着经学来的，儒学衰了，文学就差。所以三代最好，汉次之，魏晋以后愈来愈不堪。其文质观，认为魏晋以后的缺点就是文太多而质不足。其本末源流观，又认为古代是本，后代是末；前面是源，后面是流，故有流弊，所以必须正末返本。魏晋宋齐作者都很差，他谈都懒得谈。

一、《文心雕龙·时序》篇

《文心雕龙》的文学史观，主要见于第四十五篇《时序》篇。时序，谓时间之序列，把文学的发展和时间的序列联系起来看，所以叫作"时序"。《时序》第一段说：

时运交移，质文代变，古今情理，如可言乎！昔在陶唐，德盛化钧，野老吐"何力"之谈，郊童含"不识"之歌。有虞继作，政阜民暇，"熏风"诗于元后，"烂云"歌于列臣。尽其美者何？乃心乐而声泰也！至大禹敷土，"九序"咏功，成汤圣敬，"猗欤"作颂。逮姬文之德盛，《周南》勤而不怨；大王之化淳，《邠风》乐而不淫；幽厉昏而《板》《荡》怒，平王微而《黍离》哀。故知歌谣文理，与世推移，风动于上，而波震于下者也。

"时运交移，质文代变"，时间不断地在改变，一文一质，是古代的一种历史观点，也叫文质代变。孔子不是说"郁郁乎文哉"吗？周朝跟夏朝商朝比，显得更有文化，前面两朝显得质，比较朴素。汉朝人再把孔子这句话加以演绎，就形成三代文质代变说，见于董仲舒的《春秋繁露》，谓三代文跟质交迭变化，或偏于文或偏于质。刘勰此处用的就是这个意思。

古今之变我们可以知道吗？从前在陶唐，"德盛化钧，野老吐'何力'之谈，郊童含'不识'之歌"。孔子曾经称赞过尧，说尧非常了不起，"荡荡乎民无能名"。尧的道德广大，老百姓都没法描述。这种情况，古人喜欢用一首歌《击壤歌》来形容。说皇帝出去，见到农夫吃饱了饭，拍着肚皮在唱歌，说我自食其力多么愉快，皇帝对我有什么影响呢？这句话，体现了老百姓享受着政治上的恩惠都毫无感觉，乃是最高明的统治者。若老百姓能想到某人过去有什么样的好政策，已经落入第二层了。"野老吐'何力'之谈，郊童含'不识'之歌"即指此。儿童在康衢大道上唱着歌谣"不识不知，顺帝之则"。

"有虞继作，政阜民暇，'熏风'诗于元后，'烂云'歌于列臣"，讲舜虞时代作《熏风》诗，唱《卿云》歌。"尽其美者何？乃心乐而声泰也"，为何他们的歌谣那么好呢？因为他们内心愉快，声音才显得和泰。

"至大禹敷土，'九序'咏功；成汤圣敬，'猗欤'作颂"，到了周朝，"逮姬文之德盛，《周南》勤而不怨；大王之化淳，《邠风》乐而不淫"，像《周南》《邠风》都是非常好的诗，乐而不淫、哀而不伤。但幽厉时代就不行了，"幽厉昏而《板》《荡》怒"，怨而不怒才是《诗经》的基本标准，怒就成了变风变雅。"平王微而《黍离》哀"，天下大乱了，所以就有《黍离》。黍离指从前的王宫现在已经荒废，都长出草来啦。禾黍离离，看得出时世的变化。本来诗应哀而不伤，但这里诗就哀了。

《黍离》歌是后来中国文学中悼古类型的最早典范。比如说李白诗《越王台》，开头是"越王勾践破吴归"，勾践把吴国攻破了回来，这时繁华贵盛、国力强大。"宫女如花满春殿"，美女不是只有西施一个，越国女人漂亮的多啦，但是现在呢，"只今唯有鹧鸪飞"。利用古今的对比，来讲邦国之盛衰。通常是写王城皇宫现在已然残破，可能只有"宫花寂寞红"、可能只有斜阳和衰草。这种类型的源头就是《黍离》。

根据以上所讲，时世既有盛有衰，歌谣文理亦必与世推移，"风动于上，而波震于下者也"，政治的变动必会带来底下所有事物的改变。政治，不仅是我们现在讲的权力，更重要的是文德风气。

前面我一再强调刘勰的根本思想在经学，就是因为刘勰由经学上得来的知识贯穿于他所有的评论中。如这一段的总结"风动于上，而波震于下者也"云云，就是毛诗所讲的风。

这一段是总论，讲上古的情况。接着说春秋战国：

春秋以后，角战英雄，六经泥蟠，百家飙骇。方是时也，韩魏力政，燕赵任权；五蠹六虱，严于秦令；唯齐楚两国，颇有文学；齐开庄衢之第，楚广兰台之宫，孟轲宾馆，荀卿宰邑；故稷下扇其清风，兰陵郁其茂俗；邹子以谈天飞誉，驺奭以雕龙驰响，屈平联藻于日月，宋玉交彩于风云。观其艳说，则笼罩雅颂，故知晔之奇意，出乎纵横之诡俗也。

第三段讲秦朝焚书以后，汉代继起：

爰至有汉，运接燔书，高祖尚武，戏儒简学。虽礼律草创，《诗》《书》未遑，然《大风》《鸿鹄》之歌，亦天纵之英作也。施及孝惠，迄于文景，经术颇兴，而辞人勿用；贾谊抑而邹枚沈，亦可知已。逮孝武崇儒，润色鸿业，礼乐争辉，辞藻竞骛：柏梁展朝讌之诗，金堤制恤民之咏，征枚乘以蒲轮，申主父以鼎食，擢公孙之对策，叹倪宽之拟奏，买臣负薪而衣锦，相如涤器而被绣；于是史迁寿王之徒，严终枚皋之属，应对固无方，篇章亦不匮，遗风余采，莫与比盛。

越昭及宣，实继武绩，驰骋石渠，暇豫文会，集雕篆之轶材，发绮縠之高喻；于是王褒之伦，底禄待诏。自元暨成，降意图籍，美玉屑之谭，清金马之路，子云锐思于千首，子政雠校于六艺，亦已美矣。爰自汉室，迄至成哀，虽世渐百龄，辞人九变，而大抵所归，祖述《楚辞》，灵均余影，于是乎在。

刘邦是流氓出身，对儒生颇不尊重，不是拿儒冠当尿桶，就是洗着脚见儒生。所以汉初儒学不盛，"虽礼律草创，诗书未遑"，诗书也没什么表现，可是"大风起兮云飞扬"这样歌还是不错的。到了孝惠、文景，经学已开始兴盛了，不过文辞还不行，"贾谊抑而邹枚沈，亦可知已"，文人还没得到重用。孝武崇儒之后，才"遗风余采，莫与比盛"。

前面我已说了，刘勰的评论是顺着经学来的，所以这一大段即是以儒学的发展带着讲文学的发展。先前儒学不盛，虽然经学慢慢发展起来了，可是文学还不行；武帝以后，儒学发展好了，文学也就兴了。下面列举了一大堆文人很受重视、有所表现的例子，"遗风余采，莫与比盛"。

三代以后，经过秦代摧残的文化，慢慢复苏，到汉武帝才昌盛了。武帝崇儒，在文化史上最重要的事就是尊崇儒术、罢黜百家。刘勰则把独尊儒术与在文学上的表现结合在一起，所以把武帝时期看作是文学史上的高峰。

三代当然是最高典范，但其后沉寂了；沉寂以后又起来，才又形成一个高峰。这个高峰，他说是"莫与比盛"。其后昭帝宣帝都继承着武帝，所以"驰骋石渠，暇豫文会"。石渠指石渠阁，皇帝召集学者在石渠阁论议，讨论儒学上的疑难，皇帝在政治余暇中也参加了这种文学盛会。"集雕篆之轶材，发绮縠之高喻"，集合了这些雕虫篆刻的文人来写文章，发出很好的声音，"于是王褒之伦，底禄待诏"，像王褒这样的人才能得到很好的待遇。"自元暨成"，从元帝至成帝，"降意图籍，美玉屑之谭，清金马之路，子云锐思于千首，子政雠校于六艺，亦已美矣"，元帝成帝也非常好，扬雄、刘向等人也都得以重用。

另外，"虽世渐百龄，辞人九变，而大抵所归，祖述《楚辞》，灵均余影，于是乎在"。整个汉代，除了儒学大发展带动文学的大繁荣之外，《楚辞》的影响也很大。

自哀平陵替，光武中兴，深怀图谶，颇略文华，然杜笃献诔以免刑，班彪参奏以补令，虽非旁求，亦不遏弃。及明章叠耀，崇爱儒术，肆礼璧堂，讲文虎观；孟坚珥笔于国史，贾逵给札于瑞颂，东平擅其懿文，沛王振其通论，帝则藩仪，辉光相照矣。自和安以下，迄至顺桓，则有班傅三崔，王马张蔡，磊落鸿儒，才不时乏，而文章之选，存而不论。然中兴之后，群才稍改前辙，华实所附，斟酌经辞，盖历政讲聚，故渐靡儒风者也。降及灵帝，时好辞制，造皇羲之书，开鸿都之赋，而乐松之徒，招集浅陋，故杨赐号为"驩兜"，蔡邕比之"俳优"，其余风遗文，盖蔑如也。

西汉灭亡以后，光武中兴。"深怀图谶，颇略文华"，他也喜欢经学，但所重视的是图谶，所以文采就略逊了。"然杜笃献诔以免刑，班彪参奏以补令"，虽然如此，也还有些作者。

明帝、章帝时，形势又好了，"崇爱儒术，肆礼璧堂，讲文虎观"，虎观指白虎观，时重儒术，在白虎观论讲经学。"孟坚珥笔于国史，贾逵给礼于瑞颂，东平擅其懿文，沛王振其通论，帝则藩仪，辉光相照矣"，皇帝与诸王侯都喜欢文学，好作家也不少。"自安和（和安）以下，迄至顺恒"，从和、安二帝以至顺帝恒帝，"则有班傅三崔，王马张蔡"，还是有许多的文人，"磊落鸿儒，才不时乏"，每个朝代都有鸿儒出现，所以文风不替。

接着总结："然中兴之后，群才稍改前辙，华实所附，斟酌经辞，盖历政讲聚，故渐靡儒风者也。"整个东汉的文学虽然比不上西汉，不过还是不错的，仍能渐靡儒风。

到了灵帝，"时好辞制，造皇羲之书，开鸿都之赋；而乐松之徒，招集浅陋，故杨赐号为'驩兜'，蔡邕比之'俳优'，其余风遗文，盖蔑如也"，到了汉代末，灵帝也喜欢作辞赋，编了《皇羲》篇[1]，开鸿都门来迎接辞赋家，像乐松这一类人虽然浅陋，杨赐称他们为驩兜（驩兜是舜的兄弟，坏蛋）、蔡邕把他们比作小丑，还是被重用了。刘勰认为他们的文字不值得称道，因为他强调文人要有德行。以后我们还会谈到文德问题。他并不完全从文采看文学，这是儒学的传统。

以上总结了西汉东汉，下面接着讲魏晋：

自献帝播迁，文学蓬转，建安之末，区宇方辑。魏武以相王之尊，雅爱诗章；文帝以副君之重，妙善辞赋；陈思以公子之豪，下笔琳琅；并体貌英逸，故俊才云蒸。仲宣委质于汉南，孔璋归命于河北，伟长从宦于青土，公幹徇质于海隅，德琏综其斐然之思；元瑜展其翩翩之乐。文蔚休伯之俦，子叔德祖之侣，傲雅觞豆之前，雍容衽席之上；洒笔以成酣歌，和墨以藉谈笑。观其时文，雅好慷慨，良由世积乱离，风衰俗怨，并志深而笔长，故梗概而多气也。

---

1 其实这原本是一种讲文字的书，刘勰却以此强调灵帝之好文。我曾说过，中国有文学文字文化一体性的态度，刘勰此举，亦恰好表现了这种态度，是值得注意的。

至明帝纂戎，制诗度曲；征篇章之士，置崇文之观，何刘群才，迭相照耀。少主相仍，唯高贵英雅，顾盼合章，动言成论。于时正始余风，篇体轻澹，而嵇阮应缪，并驰文路矣。

汉末文学就不行了。建安末年，天下慢慢稳定，魏武父子都非常注重文学，所以底下聚合了一大批文人。这些人就是我们所说的建安诸子，他们"傲雅觞豆之前，雍容衽席之上，洒笔以成酣歌，和墨以藉谈笑。观其时文，雅好慷慨，良由世积离乱，风衰俗怨，并志深而笔长，故梗概而多气也"。因是特殊的时代，所以文人都能有所表现，且其表现可概括为"梗概而多气""雅好慷慨"。后人常说的建安风骨即指此。建安风骨，是相对于魏晋以后没有风骨而说的。建安社会动荡，世积离乱，受其激发，才会"梗概而多气"。

等到明帝以后，"明帝纂戎，制诗度曲，征篇章之士，置崇文之观，何刘群才，迭相照耀。少主相仍，唯高贵英雅，顾盼合章，动言成论。于时正始余风，篇体轻澹，而嵇阮应缪，并驰文路矣"。建安以后几个皇帝仍然非常推崇文雅，所以正始（齐王曹芳的年号）的余风，也很可观。但这时的风格是"篇体轻澹"，此系相对于前面建安之"雅好慷慨"而说的。前面因有时代的冲击，故"梗概而多气"。"梗概"是有骨头而撑了起来，后面没有这样的气力，所以只能"篇体轻澹"了。澹、轻、浮、浅，在《文心雕龙》的术语体系中都属于贬义词，不厚重。这时期，只阮籍、嵇康在文坛上是有表现的。

逮晋宣始基，景文克构，并迹沉儒雅，而务深方术。至武帝惟新，承平受命，而胶序篇章，弗简皇虑。降及怀愍，缀旒而已。然晋虽不文，人才实盛：茂先摇笔而散珠，太冲动墨而横锦，岳湛曜联璧之华，机云标二俊之采。应傅三张之徒，孙挚成公之属，并结藻清英，流韵绮靡。前史以为运涉季世，人未尽才，诚哉斯谈，可为叹息！

可惜晋初喜欢诸子方术乃至阴谋，宫廷斗争很是激烈。武帝建立了新朝，教育跟文章却还没有受到他的重视[1]。到了怀帝跟愍帝，更是"缀旒而已"。"缀旒"是指皇冠上垂下的饰物，意思是说皇帝这时候只是个摆设，没人把他当一回事，他只是坐在那里戴着一顶帽子而已，起不了什么作用。皇帝如此，文化亦然。

"然晋虽不文，人才实盛"，不过虽然整个晋朝[2]乱成一团，文教甚差，不过人才还不少。"茂先摇笔而散珠，太冲动墨而横锦"，茂先指张华，太冲就是写《三都赋》的左思。"岳湛曜联璧之华，机云标二俊之采"，潘岳、夏侯湛被誉为"联璧"；陆机、陆云号称"二俊"；应征、傅玄与张载、张协、张亢兄弟，以及孙楚、挚虞、成公绥等文士都"结藻清英，流韵绮靡"。"绮靡"即《文赋》里说的"诗缘情而绮靡"。"前史以为运涉季世，人未尽才，诚哉斯谈，可为叹息"，整个晋朝是个乱世，所以可惜这些人皆未尽其才。

---

1 "胶序"指"学校"，"序"是"庠序"，周朝把太学称为"东胶"，所以学校又叫作"庠序""胶序"。
2 为什么从皇帝讲呢？君子之德风，小人之德草，从风雅的观点来看，君王的德化甚为重要。

元皇中兴，披文建学，刘刁礼吏而宠荣，景纯文敏而优擢。
逮明帝秉哲，雅好文会，升储御极，孳孳讲艺，练情于诰策，振
采于辞赋；庾以笔才逾亲，温以文思益厚，揄扬风流，亦彼时之
汉武也。及成康促龄，穆哀短祚，简文勃兴，渊乎清峻，微言精
理，函满玄席，澹思浓采，时洒文囿。至孝武不嗣，安恭已矣；
其文史则有袁殷之曹，孙干之辈，虽才或浅深，珪璋足用。

自中朝贵玄，江左称盛，因谈余气，流成文体。是以世极迍
邅，而辞意夷泰；诗必柱下之旨归，赋乃漆园之义疏。故知文变
染乎世情，兴废系乎时序，原始以要终，虽百世可知也。

到了东晋元帝，披文建学，"刘、刁礼吏而宠荣，景纯文敏而
优擢"，刘隗、刁协现在我们几乎已经看不到他们的文章了，不过
在当时应该还是不错的文人；景纯是指郭璞，他们还是有一些不
错的表现。到明帝，"雅好文会，升储御极，孳孳讲艺，练情于诰
策，振采于辞赋，庾以笔才逾亲，温以文思益厚，揄扬风流，亦
彼时之汉武也"，庾是指庾亮，温是指温峤，他们都有所表现，故
明帝可算是那个时代的汉武。"及成康促龄，穆哀短祚；简文勃兴，
渊乎清峻，微言精理，函满玄席；澹思浓采，时洒文囿"，此后
简文帝时还是有一些表现的，到安帝、恭帝则不行了。这个时候
"袁殷之曹、孙干之辈，虽才或浅深，珪璋足用"，孙盛、干宝这
些人还是可以的。

自宋武爱文，文帝彬雅；秉文之德，孝武多才，英采云构。

自明帝以下，文理替矣。尔其缙绅之林，霞蔚而飙起。王袁联宗以龙章，颜谢重叶以凤采；何范张沈之徒，亦不可胜数也。盖闻之于世，故略举大较。

暨皇齐驭宝，运集休明：太祖以圣武膺箓，世祖以睿文纂业，文帝以贰离含章，中宗以上哲兴运，并文明自天，缉熙景祚。今圣历方兴，文思光被，海岳降神，才英秀发。驭飞龙于天衢，驾骐骥于万里。经典礼章，跨周轹汉，唐虞之文，其鼎盛乎！鸿风懿采，短笔敢陈；飏言赞时，请寄明哲。

宋武帝爱好文学，可是宋明帝以后便衰了。当时的文人太多，王、袁、颜、谢世家有很多；何逊、范云、张邵、沈约等不可胜数。到我朝大齐，国运昌隆，四海五岳都降下了神明，人才辈出，经典、礼乐、文章，胜周压汉，直逼唐尧虞舜！如此伟大的时代，我拙劣之笔岂敢陈述，还是留给明智的人来完成吧！

《时序》篇这样的写法很有趣：汉代极详，写了一大通；到了魏，单独写建安一段；晋却只说西晋乱成一团，人才可惜没得到很好的发挥；东晋以后更简略，几乎像是一篇文章没写完。前面很卖力，写到后面竟越写越简略，而且到晋就结束了，晋以后不是还有宋、齐、梁吗？若说刘勰《文心雕龙》写于齐朝末年，起码宋齐还是有很多可谈之处，可是他就戛然而止了。讲宋齐一段，说了等于没说，且近乎反讽。

其实这不是他前面写得卖力，后面收束潦草，这就是他的文学史观——认为后面没啥可说的。晋以后这些作家，勉强来看当然也都还可以，但基本上没成就，没有真正成就的人才，好的作家都在前面。

二、文质观与文末源流观

此中可以看出几个重点，一是文质观，"时运交移，质文代变"，文和质在更替变化。思想的来源是孔子和汉代的三代质文说。三代质文说本身就是个历史观，文质代变，是个动态的历史观。一个时代，文太多了就要代之以质，质太多了要添之以文，这叫文质相继。例如孔子说周是"郁郁乎文哉"，汉人继周而起，其文化发展要走什么路子呢？不应比周更文，而是应参考周以前的夏朝跟商朝，要用夏商之质来添补、中和周朝的文，所以才说"三代质文代变"。此说被刘勰充分应用，在许多地方都贯穿着这个观念，认为文太多了就要代之以质，质太多则要添之以文。例如魏晋以后文太多了，特别到宋齐，缺点就是文太多而质不足，所以要恢复古代比较质朴的写法。这是他很重要的观点。

第二个就是本末源流观。古代是本，后代叫末；前面是源，后面叫流，且因为是末流所以有流弊。前面善，后面是弊，所以整个文学写作必须正末返本。

这是刘勰主要的两个观点，在这个框架底下具体谈时代，则三代不用说了，当然好；三代以后便当以汉武帝为最盛。汉武帝时为何最盛呢？崇儒之故。东汉就加上了一些楚辞、纬书的影响。到汉末就衰了，所以说"自献帝播迁，文学蓬转"。魏晋也衰，虽然晋代人才不少，但人未尽其才，实可叹息。叙述只讲到晋末，宋齐寥寥数语，几乎没有谈。

这样的文学史观也可以在其他篇章看到，比如第三十八章《事类》篇是谈用典的，第一段说"文章之外，据事以类义，援古以证今"，讲《易经》《尚书》，都是引经据典。第二段谈"屈宋属篇，号依诗人，虽引古事，而莫取旧辞"，屈原他们虽然引了古事，但没有引用古代的文句。贾谊以后，才引用了古代的文句；司马相如的《上林》引用李斯之书也是。但这时用得还比较少，到扬雄的《百官箴》、刘歆的《遂初赋》，慢慢形成一种典范，后来崔班张蔡也都是用典之模范。第三段讲用典之方法，用典并不是随便用的，须用经典。所以"务学在博，取事贵约"，不是乱引一通，而是"取事贵约"，这样才能用经典，文章才会好，才能"理得而义要"，否则"微言美事，置于闲散，是缀金翠于足胫，靓粉黛于胸臆也"。

用典以东汉为典范，前面"姜桂因地"那一段，说"夫以子云之才，而自奏不学，及观书石室，乃成鸿采"，像扬雄都得要多读书才会用典，所以魏武曾批评张子说他文章不好是因为学问肤浅。这是讲用典的重要性和怎么用。

下一段就讲用典不好的例子，如陈思王："陈思，群才之英也，《报孔璋书》云：'葛天氏之乐，千人唱，万人和，听者因以蔑韶夏矣。'此引事之实谬也。"引古代的事，却引错了。底下考证了一番，说曹植"信赋妄书，致斯谬也"。陆机《园葵》诗也引错了，"譬'葛'为'葵'，则引事为谬，若谓'庇'胜'卫'，则改事失真：斯又不精之患"，因读书不精固有此病。"夫以子建明练、士衡沉密，而不免于谬。曹洪之谬高唐，又曷足以嘲哉！"子建陆机尚且这样，曹洪他们的错误又何必讥嘲呢？整篇写到这儿就完了，跟《时序》篇一样。

他文章为何都是这么写呢？前面讲汉人都是用经典，所以我们现在把汉人当典范来学。魏晋之用典就没法度了，其中最好的，像曹植、陆机，用典都常出错，其他人就更别提了；宋、齐以后也不再谈了。

第三十五篇《丽辞》也是如此。第一段就讲《易经》怎样对仗，经典中的对仗怎样造成文章的好处。第二段讲"丽辞之体，凡有四对"。前面说古人如何对仗，接着谈对仗的方法，司马长卿《上林赋》、宋玉《神女赋》、王粲的《登楼赋》和孟阳的《七哀》，是他觉得可以做典范的。然后批评对仗不行的，举了张华跟刘琨作例子："张华诗称'游雁比翼翔，归鸿知接翮'，刘琨诗言'宣尼悲获麟，西狩泣孔丘'，若斯重出，即对句之骈枝也。"骈枝是手指多长了一根，是没用的。重出也叫合掌，两句讲同一个意思，其实一句就够了，两句互相不能相发，刘勰说这叫作骈枝。张华、刘琨是晋朝最好的作家，刘勰批评他们的对仗不行，后面就不再论了。如要论，东晋、宋、齐能举出对仗错误之例的就多到不可胜数了。这是谈到具体的作家。

再看第三十一篇《情采》。"圣贤书辞，总称文章"，所以要有文采，而这个采是文质相符的。这算是总论，接着又说道：立文之道，其理有三：形文、声文、情文，情文指情采。后面说"故知君子常言，未尝质也。老庄疾伪，故称'美言不信'"，但实际上老子的五千言还是非常好的，"研味《孝》《老》，则知文质附乎性情；详览《庄》《韩》，则见华实过乎淫侈"，庄子、韩非的文质关系就没处理好，过于文了。所以要"择源于泾渭之流，按辔于邪正之路"，才可以驾驭文采，"文采所以饰言，而辩丽本于情性。故情者文之经；辞者理之纬；经正而后纬成，理定而后辞畅：此立文之本源也"。从这个原理上讲，接下来就谈不同时代的人的表现。

　　昔诗人什篇，为情而造文；辞人赋颂，为文而造情。何以明其然？盖《风》《雅》之兴，志思蓄愤，而吟咏情性，以讽其上，此为情而造文也；诸子之徒，心非郁陶，苟驰夸饰，鬻声钓世，此为文而造情也。故为情者要约而写真，为文者淫丽而烦滥。而后之作者，采滥忽真，远弃《风》《雅》，近师辞赋，故体情之制日疏，逐文之篇愈盛。

　　故有志深轩冕，而泛咏皋壤；心缠几务，而虚述人外。真宰弗存，翩其反矣。夫桃李不言而成蹊，有实存也；男子树兰而不芳，无其情也。夫以草木之微，依情待实；况乎文章，述志为本。言与志反，文岂足征？

　　《诗经》是为情而造文，《楚辞》则是为文造情。为文而造情当然是不行的，"为情者要约而写真，为文者淫丽而烦滥"，所以《楚辞》就已经"淫丽而烦滥"，而后之作者更糟糕，"采滥忽真"，都学《楚辞》，为文而造情。"忽真"就是违离了《诗经》的写法，"远弃《风》《雅》，近师辞赋，故体情之制日疏，逐文之篇愈盛"，后来的文章文质关系都不好，都太文了。这是《情采》篇。

　　再看第三十篇《定势》。总说："夫情致异区，文变殊术，莫不因情立体，即体成势也。"第二段接着就谈"是以模经为式者，自入典雅之懿；效《骚》命篇者，必归艳逸之华"，如果学习经典就可以让我们典雅；若学楚辞，"必归艳逸之华"，"综意浅切者，类乏酝藉；断辞辨约者，率乖繁缛：譬激水不漪，槁木无阴，自然之势也"。要么缺乏蕴藉，要么偏于繁缛。如陆云自称"往日论文，先辞而后情"，刘勰就认为是错的。后来的文人亦都是为文造情。这一篇是和《情采》篇相呼应的。

下文又说："自近代辞人，率好诡巧。原其为体，讹势所变。厌黩旧式，故穿凿取新，察其讹意，似难而实无他术也，反正而已。故文反'正'为'乏'，辞反正为奇。效奇之法，必颠倒文句，上字而抑下，中辞而出外，回互不常，则新色耳。"现在的辞人都喜欢诡巧，可是所谓诡巧，其实也没太多的秘诀，无非是"讹势所变"罢了。讹是错误的意思，走了条错误的路子，"厌黩旧式，故穿凿取新"，察其讹意，不过是反正而已。好比别人用脚走路，他们偏要倒着用手走路。近代辞人就喜欢这样诡巧，所以通衢坦途，路本来很大，却偏要走快捷方式，趋近故也。"正文明白，而常务反言者，适俗故也。然密会者以意新得巧，苟异者以失体成怪。旧练之才，则执正以驭奇；新学之锐，则逐奇而失正。势流不反，则文体遂弊。"这两篇和《丽辞》《事类》一样，那些篇是举一些具体的例子来谈，显示出他看不起近代的作品；这两篇则是总体否定，否定晋宋，肯定汉代。

再看第二十九章《通变》。第一段总论，第二段讲九代：尧、舜、夏、商、周、汉、魏、晋、宋，"魏之篇制，顾慕汉风；晋之辞章，瞻望魏采"，总括以上各时代的文风，"则黄唐淳而质，虞夏质而辨，商周丽而雅，楚汉侈而艳，魏晋浅而绮，宋初讹而新"。"绮"是华丽的意思，文太多而内容浅。楚汉已然太艳，宋初更是讹而新，完全变了个样。文风从质到讹，越来越澹，"澹"

指光都浮在水上，不蕴藉不深沉。为什么会这样？竞今疏古，风气就衰弱了。这和《定势》篇、《情采》篇一样，整体否定了近代作品，主张复古。

以上是论文风的，第二十七篇《体性》则是谈作家的。作家才性不同，类型很多，文体也各自有别，不同文体由不同作家来表现。"夫八体屡迁，功以学成，才力居中，肇自血气。"文章的风格跟人的才性是相关的，所以下文举例论不同的作家才性不同，文风就不同。贾谊、司马相如、扬雄、刘向、班固、张衡、王粲、刘桢、阮籍、嵇康、潘岳、陆机这些人"触类以推，表里必符，岂非自然之恒资，才气之大略哉"。内有其性，外显其文，内外是相符的。但讲作家，讲到陆机、潘岳，下面也就不谈了。我们现在讲的刘宋大家，如鲍照、谢灵运等，刘勰几乎都懒得挂齿。

整本书和他的论述方式基本上一致：论时代，主要是谈汉代；谈经典，则是像祖宗一样被供起来，要人慎终追远；具体学习，乃是学汉代。汉以后，略有一些好处可说的是魏晋。晋指西晋，东晋很少谈到。对宋齐基本不论，要么总体否定，要么不谈，或举一两例批评之。

第四十七篇《才略》论人才。近代研究《文心雕龙》的朋友，喜欢把他的篇章重予调整，认为把《才略》篇放在后面和《物色》《知音》等放在一起好像不妥，因此常把它重新归类。其实本篇跟《知音》等连在一块亦无不妥。它说，从尧舜到周商，"义固为经，文亦师矣"，义理是经典，文章也非常好。春秋以后，辞令也还不错，汉代也有些不错的作家，陆贾首发奇采，直到"桓谭著论，富号猗顿；宋弘称荐，爰比相如"，东汉的作家如班彪、班固、刘向、刘歆都非常好，"杜笃贾逵，亦有声于文……是则竹柏异心而同贞，金玉殊质而皆宝也"。刘向的奏议、赵壹的辞赋、孔融的文章都不错，到潘勖、王朗、魏曹子建也都好[1]。这一段主要讲建安七子及他同时代的人，一直讲到刘劭、何晏，"休琏风情，则《百壹》标其志；吉甫文理，则《临丹》成其采"，嵇康、阮籍各有成就。

接着讲张华、陆机、潘岳、挚虞。挚虞的《文章流别论》非常好，傅玄的篇章也不错，一直讲到刘琨、卢谌，这是东西晋之交的人。东晋以后讲了郭璞，"景纯艳逸，足冠中兴"，温峤、庾亮"笔端之良工"，孙盛、干宝"志乎典训"。一直到殷仲文。底下用一句话概括以后的作家，叫作"宋代逸才，辞翰鳞萃。世近易明，无劳甄序"，意思是时代很近，大家都清楚，无需鉴评了。

这样的写法，各位这样看下来，想必已看熟了。刘勰谈近代，皆持否定态度，例如《指瑕》讲文章的缺点，一举例就是曹植，说他乃"群才之俊也，而《武帝诔》云'尊灵永蛰'；《明帝颂》云'圣体浮轻'"，这些都不妥当。"左思《七讽》，说孝而不从，反道若斯，余不足观矣"，左思的文章不通到如此程度，其他的也就不用谈了。"潘岳为才，善于哀文，然悲内兄，则云'感口泽'，伤弱子，则云'心如疑'。礼文在尊极，而施之下游，辞虽足哀，义斯替矣"，潘岳的内兄死了，他的哀悼文字也没写对，没掌握好分寸。《指瑕》篇举的都是这样的例子，还讲向秀、崔瑗，"而崔瑗之诔李公，比行于黄虞；向秀之赋嵇生，方罪于李斯"，都不

---

1 刘勰不喜欢曹植，较推崇曹丕，这是他个人的判断，跟当时世人判断不太一样。

适当。前面是举例，后面是概括："近代辞人，率多猜忌，至乃比语求蚩，反音取瑕，虽不屑于古，而有择于今焉。"在刘勰的判断里，古代代表好，近代代表差；本好，末差；源对，流错，甚为明显。

三、文体之论

以上说的是《文心》的下半部。上半部主要是论文体。文体都是从经典讲下来，但文体的流变一讲到近代就没有好话。

请看第六篇《明诗》。建安之初，慷慨以任气，"乃正始明道，诗杂仙心，何晏之徒，率多浮浅"，玄学兴起以后，文章就浮浅了。"晋世群才，稍入轻绮……采缛于正始，力柔于建安"，它的文采更丰富，可是力量不够了，流靡自妍。"江左篇制，溺乎玄风"，更进一步沉溺于玄风，"情必极貌以写物，辞必穷力而追新，此近世之所竞也"，这是近人所努力的方向，而刘勰显然并不欣赏。

第七篇《乐府》的讨论也很有意思，前面讲尧舜，先王造典造乐。第二段讲汉乐府诗，即批评它"辞虽典文，而律非夔旷"。虽然文辞模仿古代的诗，但音乐已经不是《诗经》时候的音乐了。到了曹操、曹丕、曹植，"气爽才丽，宰割辞调，音靡节平"，"志不出于滔荡，辞不离于哀思。虽三调之正声，实《韶》《夏》之郑曲也"。已经很差了，只是韶夏之郑曲。在音乐批评中，我们讲郑声淫，说要"放郑声，远佞人"，郑声就是不好的声音的代名词。

魏已然不行了，晋代就更差，"声节哀急，故阮咸讥其离声，

文心雕龙讲记

后人验其铜尺"。晋以后的乐府，他同样不予讨论。如果我们熟悉文学史，就知道六朝的乐府也很重要，像《吴歌》《西曲》《子夜歌》《采莲曲》《七夕》《小姑》。魏之三调，清调、平调、瑟调，是汉魏的音乐，魏晋以后整个音乐改变为清商曲，后来的吴歌、西曲在文学史上亦有一席之地，可是《文心雕龙》却对此不置一词，完全没有谈到。所以我常说读书除了要看他讲什么之外，还常要看他不讲什么。读书，要在无文字的地方读出道理来。有些东西没有评论，不是刘勰不会评论，而是他根本看不起这些东西，认为魏晋已经很差了，是"韶夏之郑曲"，更不要谈晋宋以后的东西。

《诠赋》篇讲赋。我们现在的文学史讲赋，都不喜欢汉赋，说那是笨赋、大赋，觉得魏晋以下的小赋好，情韵不匮。这种评价，跟刘勰完全相反，《诠赋》篇整体崇汉，也只论到魏晋。

它从诗之六义讲下来，"秦世不文，颇有杂赋。汉初词人，顺流而作"。底下举例汉代词人很多，枚乘的《菟园赋》、王子渊的《洞箫赋》、贾谊的《鵩鸟赋》、班固的《两都赋》、扬雄的《甘泉赋》、王延寿的《灵光赋》等，"凡此十家，并辞赋之英杰也"，这十家全部都是汉代的，乃赋之典范。后来的王粲、徐干、左思、潘岳、陆士衡、王子安、郭景纯等，在魏晋这个时代算是好的了，这叫作第二流中的前端。《世说新语》里面说人家评论人物，第一流人物将尽时，温峤往往变色，因为他是第二流人物的前端，生怕挤不进第一流，担心说："怎么还没轮到我。"刘勰的讨论也是这样，辞赋之英杰，十家都是汉代的，后面这些人也不错，是魏晋之首。

魏晋以后，不是还有一大堆赋家吗？但刘勰就认为没有值得谈的了。

　　第九篇《颂赞》篇讲古代的颂怎么写，汉代班固、扬雄、武仲、史岑，"或拟《清庙》，或范《駉》《那》，虽浅深不同，详略各异，其褒德显容，典章一也"。这是好的，学着经典。"至于班傅之《北征》《西征》，变为序引"，这就差了，"褒过而谬体"。"马融之《广成》《上林》，雅而似赋，何弄文而失质乎！"[1]崔瑗、蔡邕，"并致美于序，而简约乎篇"，也不够好。挚虞之《品藻》当然很精核，但"至云'杂以风雅'，而不变旨趣，徒张虚论"，也有讲得不地道之处。"魏晋辨颂，鲜有出辙"，魏晋的辨颂，基本上还是顺着正路走。不过，曹植写得最好的颂就是《皇太子生颂》，陆机最好的叫作《功臣颂》，而这两篇都褒贬杂居，"固末代之讹体也"，这是颂体发展到末代的错误。这两篇颂是六朝的最高典范，六朝人论文学，皆说如孔门用赋，陈思王就该是第一等。但刘勰在好几处都拿陆机、曹植这些六朝第一等人来寻开心，说他们不对。此后的颂，当然也就无庸赘述。

　　赞也一样。"赞者，明也，助也。"讲到"景纯注《雅》，动植必赞，义兼美恶，亦犹颂之变耳"即止。景纯指郭璞，曾注解《尔雅》。其后作了一篇《尔雅赞》，"义兼美恶"，这是颂的变体。颂应该只是歌颂、称道、赞美，而郭璞弄错了。郭璞以后还有许多作家，但他同样也不再谈。

　　第十篇《祝盟》亦如此。祝就是祷告，跟诔辞很类似，但后

---

1 刘勰不太赞成文，因为现在太文了，故要强调质，因而批评马融弄文而失质。

世路走偏了，比如"东方朔有骂鬼之书，于是后之遣咒，务于善骂"，只有曹植的《诰咎》还延续了旧的路子。底下讲"班固之《祀涿山》，祈祷之诚敬也；潘岳之《祭庾妇》，奠祭之恭哀也"。作家只论到潘岳为止，以下就不说了。

第十一篇《铭箴》讲铭文。战国就已多可笑："若乃飞廉有石椁之锡，灵公有蒿里之谥，铭发幽石，吁可怪矣。赵灵勒迹于番吾，秦昭刻博于华山，夸诞示后，吁可笑也。"汉代中期以后，更全是骂声："敬通杂器，准矱戒铭，而事非其物，繁略违中。崔骃品物，赞多戒少。李尤积篇，义俭辞碎。著龟神物，而居博弈之中；衡斛嘉量，而在臼杵之末，曾名品之未暇，何事理之能闲哉？魏文《九宝》，器利辞钝。"九宝指魏文帝曹丕的《典论》。《典论》是一本书，但我们现在能看到的只有《论文》一篇，其他遗留下来的都只是一些片段佚文。这片段中有"九宝"，指曹丕铸造的九把宝剑。曹丕自负文武双全，他炼了宝剑，写了篇文章自吹自擂，但刘勰并不欣赏，所以叫"器利辞钝"。兵器可能很好，但文章很笨。有关铭文的讨论只谈到这里。

箴，"箴者，针也，所以攻疾防患，喻针石也"。前面谈经书，以说明文体之要。作家则潘勖以后都不行："潘勖《符节》，要而失浅；温峤《侍臣》，博而患繁；王济《国子》，引多而事寡；潘尼《乘舆》，义正而体芜：凡斯继作，鲜有克衷。"这些都是魏晋时候的作家，都很差，没法继承古之箴义。王朗也是晋人，其杂箴，"乃置巾履，得其戒慎，而失其所施。观其约文举要，宪章戒铭，而水火井灶，繁辞不已，志有偏也"。基本上没有一句好话，举例全是批评的，晋以后更不用谈了。

第十二篇《诔碑》同样。"潘岳构意，专师孝山，巧于序悲，易入新切，所以隔代相望，能徽厥声者也。"潘岳的诔文在文学史上很有名，善于哀婉，可是其之所以好是因为学汉人。至于曹植"叨名，而体实繁缓"，名气很大，但实际上没写好。"《文皇诔》末，百言自陈，其乖甚矣。"曹丕去世时，曹植写了篇《文帝诔》，在文章末尾用了一百多字赘述自己的心迹，言明两兄弟相处得不好，曹植又借此机会剖析自己。但这就乖逆文体了：诔是旌表、用以哀悼死者，曹植用一大堆文字来说明自己，这从根本就搞错了。所以能继承汉人诔体的就只有潘岳。

碑的典范是什么呢？其实古代并没有碑这个文体，刘勰把碑附在诔之后，认为碑就是由诔演变而来的，所以碑的典范在汉朝，最大的典范是蔡邕。文中说"孔融所创，有慕伯喈"，孔融这些人都是学蔡邕的。"及孙绰为文，志在碑诔"，东晋的孙绰、温峤、王导、郗鉴、庾亮等人都努力于碑诔的写作，却没写好，"辞多枝杂"，只有桓彝的一篇还行。晋朝以后亦不叙述。南朝本来也不流行树碑，书法史上向来有南帖北碑之争，客观原因即因南朝碑刻甚少，与北朝不成比例。

第十三篇《哀吊》说"崔瑗哀辞，始变前式"，写哀辞本来有从经典上来的传统，到东汉崔瑗却开始改变了，但这改变其实走错了，入了鬼门："然'履突鬼门'，怪而不辞；'驾龙乘云'，仙而不哀；又卒章五言，颇似歌谣。"到了苏慎、张升以后，"并述哀文，虽发其情华，而未极心实"，并没有写好。建安的哀辞，只有伟长还不错，潘岳也能够继承，以后就没得可谈了。

吊文，"吊者，至也"。作吊文的人，到了"胡、阮之吊夷齐"，东汉胡广、建安阮瑀，哀辞皆褒而无文。王粲所作的《吊夷齐文》，又"讥呵实工"，"王子伤其隘，各其志也；祢衡之吊平子，缛丽而轻清；陆机之吊魏武，序巧而文繁。降斯以下，未有可称者矣"。言这些人已经不够好，那他们以后的人就更不值得谈。

再看第十四篇《杂文》。自《对问》以后，"陈思《客问》，辞高而理疏；庾敳《客咨》，意荣而文悴：斯类甚众，无所取裁矣"，这类东西太多了，然皆无足观。"无所取裁"是《论语》的话，出自孔子讲"吾党之小子狂简"那一章。

这篇里有段话值得注意。"自《七发》以下，作者继踵"这一段，最后讲到"唯《七厉》叙贤，归以儒道，虽文非拔群，而意实卓尔矣"，崔瑗的《七厉》，虽然文章并不特别好，但归以儒道，意思还不错。刘勰论文，号称"雕龙"，看起来主要是重其文采，但他实有重质的倾向。正因重质，才更看重义理，且要看此义理是否符合儒家。如符合，文采略差一点，他也都觉得还不错。若文采照耀，而义理有失，他就认为很差，文过其质。他批评《连珠》即是如此，所有连珠作品，几乎没有一个好的，只有陆机的还不错，因为陆机的义理把握得还好。

第二十一篇《封禅》讲"华不足而实有余"，文采不够好，可是它的义理还比较好，这种也是他所推崇的。这是刘勰比较重要的一个观点。

第十五篇《谐隐》。"谐隐"是古代就有的文体，司马迁有《史记·滑稽列传》，"辞虽倾回，意归义正也"；不过因为本体不雅，"其流易弊"，容易出现流弊，所以东方朔以下就慢慢不行了，"故其自称：为赋，乃亦俳也，见视如倡，亦有悔矣"，后来自己都会后悔的。到了魏文，因俳说以著笑书，"薛综凭宴会而发嘲调，虽抃推席，而无益时用矣"。曹丕去见邯郸淳[1]时，故意在他面前表演一段，科头敷粉，歌唱跳说。虽然无益时用，但"懿文之士，未免枉辔"，大家却驾着马走到这条歧路上去了。故潘岳的《丑妇》、束皙的《卖饼》之类，"尤而效之，盖以百数。魏晋滑稽，盛相驱扇"，写的人很多。但"曾是莠言，有亏德音"，这种东西都是麦子中的莠草，是要被拔掉的。"岂非溺者之妄笑，胥靡之狂歌欤？"就像落水的人还在笑、犯了罪的人还在唱歌，搞不清楚情况。

到了"魏文陈思，约而密之；高贵乡公，博举品物。虽有小巧，用乖远大"，批评很严厉。经典也有谐讔，孔子也开玩笑。谐，是开玩笑；讔，是打谜语，经典里也有这种东西，是不错的。但都是小道，"致远恐泥"。孔子说了，小道当然也自有可观之处，但走远了会陷到泥沼里去，沉溺其中，迷惑大道则是不行的。可是后来的作家似乎正是这样。

第十六篇《史传》亦如此。我们曾介绍过，六朝是中国史学大盛的时代，史学从经部独立出来，作者非常多，《隋书·经籍志》所记，可谓沉沉伙颐。然而刘勰对于六朝的史学却并不很推崇，《史传》第一段是从经典讲史传的传统，第二大段讲汉代以后，"后汉纪传，发源东观"。"东观"指《东观汉记》，后来袁三松写的《后汉书》、张莹的《后汉南记》，当然都不错，但是偏颇杂乱，"偏驳不伦"。薛莹的《后汉记》、谢承的《后汉书》，"疏谬少信"，

---

1 邯郸淳是当时的说唱大师，曾经编了一本《笑林》，是我国后来笑话书的开端。

只有司马彪跟华峤还可以。"魏代三雄，记传互出"，孙盛的《魏氏阳秋》、鱼豢的《魏略》，还有《江表》《吴录》之类，"或激抗难征，或疏阔寡要"，都不行，只有陈寿的《三国志》还不错。"至于晋代之书，繁乎著作"，晋代的史学著作很多，但是"陆机肇始而未备，王韶续末而不终；干宝述纪，以审正得序；孙盛《阳秋》，以约举为能"，各有缺点。此下的，刘勰也不谈了。

"按《春秋》经传，举例发凡"，刘勰强调例，所以批评"自《史》《汉》以下，莫有准的"。《史记》《汉书》以后，之所以没写好，原因在于没有注意到《春秋》的凡例，不根据这个来写，当然不行。"至邓璨《晋纪》，始立条例"，邓璨的《晋纪》还不错，模仿《春秋》条例，"又摈落汉魏，宪章殷周"，懂得复古。殷周云云，是用《左传》的"春秋条例"说。因杜预认为《春秋》的条例不完全是孔子所定，古代有史官传统的旧条例，出于周公，也有孔子所定的。"亦有心典谟。及安国立例，乃邓氏之规焉"，安国是指孙盛。孙盛作条例就是取法于邓璨，这还不错，其他的就不行了。"立义选言，宜依经以树则，劝戒与夺，必附圣以居宗"，史书是要进行人物评价的，依据《春秋》，评价才不滥作。

以上我们几乎把他整本书都讲完了，描述的就是刘勰的文学史观。其说非常简单，皆以本末源流讲文质代变者也。具体在谈文学发展时，基本上推崇汉代。汉代是第二级的典范，第一级当然是经，第二级要学文，就得学汉代。汉代大体还能守住经典之轨范，中间略有些小参差，往下的魏就不行了，晋更差，魏晋以后根本不用谈。这就是刘勰文学史的观念和他的具体判断。

他这种文学史的判断，跟现代的文学史书不一样，但我要提醒大家，他并不孤单，像《文镜秘府论》说六朝"建安三祖、七子，五言始盛，风裁爽朗，莫之与京，然终伤用气使才，违于天真，虽忘从容，而露造迹。正始中，何晏嵇阮之俦也，嵇兴高邈，阮旨闲旷，亦难为等夷；论其代，则渐浮侈矣。晋世尤尚绮靡，古人云：'采缛于正始，力柔于建安。'宋初文格，与晋相沿，更憔悴矣"，不就和他同一口吻吗？在此之前，李白已说"自从建安来，绮丽不足珍"，可见认为六朝文章越来越差已渐成共识了。随后而有古文运动，力反六朝，回归经典与圣人，文以秦汉为典范矣。

而刘勰这类观点，在近世也不完全没人捧场。章太炎先生论《征圣》"正言所以立辨，体要所以成辞"，"圣文之雅丽，固衔华而佩实者也"这几句时就说：

二语，文学之圭臬也。晋以前文章，概文实兼备，非仅圣人为然。齐、梁而后，渐染浮靡之习。晋、宋以前之文，类皆衔华而佩实，固不仅孔子一人也。实至齐、梁以后，渐讹于华矣。

章太炎推崇魏晋的文章，与刘勰不尽相同；但他贬斥晋以后文字，在这方面，也不妨说他与刘勰为同道也。

【第九讲】

文学史与文学史观

经典的文学性、在文学史上的典范意义被刘勰彰显了，汉代也成为具体的写作典范。近人情感上不喜欢儒家，又废除了经学，所以我们的文学史都是从骂汉人讲起的，认为汉人不懂文学，用政教观点来扭曲了文学。到了魏晋，才有文学自觉。懵不知史，故解《文心雕龙》多可笑，亦不知"文学史"为何物。

一、对各朝文学的评议

上次我们以《时序》篇为主，带着各位把《文心雕龙》里具体对各个朝代文学的评议浏览了一遍。今天补看几篇，然后再综合评述。

请看《诸子》。《昭明文选》对诸子书是不论的，为什么？因为诸子"以立意为宗，不以能文为本"。但是刘勰劈头就讲："诸子者，入道见志之书。太上立德，其次立言。""唯英才特达，则炳曜垂文，腾其姓氏，悬诸日月焉。"可见刘勰认为诸子皆是立言之书，所以"炳曜垂文，腾其姓氏"，态度与昭明太子迥异。

不过，"经子异流"，这些文章跟经学仍是有区别的。七国以后，诸子更盛，所以说："承流而枝附者，不可胜算。并飞辩以驰术，餍禄而余荣矣。暨于暴秦烈火，势炎昆冈，而烟燎之毒，不及诸子。"秦只烧了经典，未波及诸子。汉代刘向校雠，整理了书目，九流十家的书还很多，"百有八十余家"。魏晋以后更是越来越多，若把这些琐碎的言论通通收集起来，"类聚而求，亦充箱照轸矣"，"然繁辞虽积，而本体易总"，东西虽然多，但也不难掌握。"述道言治，枝条五经"，如果是论道或谈治国平天下之理，那么它就是五经之枝条。

前面曾讲"经子异流"，经和子是分开的，到这里则又将其拉回到经学上来讲。诸子"述道言治"，所以是经学的枝条。"其纯粹者入矩，踳驳者出规。"这里，规和矩都指经。所以"《礼记·月令》，取乎《吕氏》之纪；《三年问》丧，写乎《荀子》之书；此纯粹之类也"。其实现今经典中的某些部分，即是从诸子来的；而这些皆是很纯粹的，经与子在这里没有太大的区别。

另有一些却比较驳杂，像汤之问棘、惠施对梁王、《列子》说移山跨海，《淮南子》讲倾天折地等。"是以世疾诸子，混洞虚诞"，这些引来了大家对诸子学的批评，大家认为太过于虚诞了。

不过虚诞的东西在经典中也不是没有，如"《归藏》之经，大明迂怪"，《归藏》讲了很多"羿毙十日，姮娥奔月"的事，"殷《易》如兹，况诸子乎？"到了商鞅、韩非，批评儒家是五蠹之一。公孙龙讲白马非马，辞巧理拙；还有魏牟等，都非常夸诞，所以"非妄贬也"，大家对他们的批评也不是随便说的。

因此，"昔东平求诸子《史记》，而汉朝不与。盖以《史记》

多兵谋，而诸子杂诡术也"，社会上对于诸子学总体印象不佳。不过"洽闻之士，宜撮纲要"，博学的人应掌握他们的纲领，"览华而食实，弃邪而采正。极睇参差，亦学家之壮观也"。这个道理很容易明白，诸子中有纯粹的，也有驳杂的，博学的人都该知道要弃邪而采正。所以，我们仔细看，这一段有点类似《辨骚》《正纬》，从批评的角度选择它的好处，折中于圣人、经典。

下面讲诸子在文章上有何表现。之前我谈刘勰与经学的关系时曾提及，刘勰在经学上有个贡献，阐发了经书的文学性。他对于诸子也一样，诸子的文学性也在这里才被发现。这一段就是谈这个。"研夫《孟》《荀》所述，理懿而辞雅；《管》《晏》属篇，事核而言练；《列御寇》之书，气伟而采奇；邹子之说，心奢而辞壮"等，以下全都是在谈诸子的文章跟它的内容是相配合的。各有表现，有些析密理之巧，有些著博喻之富，有些鉴远而体周，有些泛彩而文丽。所以"得百氏之华采，而辞气之大略也"，只要仔细观察，就能掌握到。这是先秦诸子。

下面讲汉代。"陆贾《新语》，贾谊《新书》，扬雄《法言》，刘向《说苑》，王符《潜夫》，崔寔《政论》，仲长《昌言》，杜夷《幽求》，或叙经典，或明政术，虽标论名，归乎诸子。"它们虽然有时叫作论，但仍应归入诸子，为什么？"博明万事为子，适辨一理为论"，讲很多道理的叫作诸子，集中讲一件事情的叫作论。而这些都是"蔓延杂说，故入诸子之流"。

之前我已讲过，"源流"是刘勰非常重要的观点。这个观念从庄子以降，被刘向、班固所采用，所以我们一般读书人都讲目录学，而目录学最大的功能就是"辨章学术，考镜源流"。刘勰采用的同样是这一套方法，所以同样要区分它们的源流：

> 研夫孟荀所述，理懿而辞雅；管、晏属篇，事核而言练；列御寇之书，气伟而采奇；邹子之说，心奢而辞壮；墨翟、随巢，意显而语质；尸佼尉缭，术通而文钝；《鹖冠》绵绵，亟发深言；《鬼谷》眇眇，每环奥义；情辨以泽，《文子》擅其能；辞约而精，《尹文》得其要；《慎到》析密理之巧，《韩非》著博喻之富；《吕氏》鉴远而体周，《淮南》泛采而文丽：斯则得百氏之华采，而辞气之大略也。

> 若夫陆贾《新语》，贾谊《新书》，扬雄《法言》，刘向《说苑》，王符《潜夫》，崔寔《政论》，仲长《昌言》，杜夷《幽求》，或叙经典，或明政术，虽标论名，归乎诸子。何者？博明万事为子，适辨一理为论，彼皆蔓延杂说，故入诸子之流。

> 夫自六国以前，去圣未远，故能越世高谈，自开户牖。两汉以后，体势浸弱，虽明乎坦途，而类多依采，此远近之渐变也。

总结说"夫自六国以前，去圣未远，故能越世高谈，自开户牖"，秦至战国以前，去圣未远，还比较有创造性。两汉以后，诸子学其实就衰弱了，因为"体势浸弱，虽明乎坦途，而类多依采。此远近之渐变也"，虽然平坦的大路就在那里，但诸君游移不定，所以就差了。《文心雕龙》其实主要是在谈经典，经典以后就谈汉代，汉代以下，着墨基本很少。难道建安以后就没有论、就没有诸子之学？不，诸子学还是挺多的。如我们在讲刘勰生平的时候，讲到过的刘昼、刘勰之前的《抱朴子》、之后的《金楼子》等都是。但刘勰论诸子，重点还是先秦，汉代只是几句话带过，"蔓延杂说，故入诸子之流"，算是诸子之流。流就带有价值贬义，源好，流则差了。诸子之源是经典，是正的，发展到后来就不行了。

这是诸子学，下面看《论说》。"圣哲彝训曰经，述经叙理曰论。论者，伦也；伦理无爽，则圣意不坠。""论"的定义，即"伦理无爽，圣意不坠"，源头就是《论语》。"昔仲尼微言，门人追记，故抑其经目，称为《论语》"，这书不是圣人所作，而是他的门人所追记，所以把名称压抑下来，未称为经，只称为论。"盖群论立名，始于兹矣"，论最早就是始于《论语》。

《论语》以前，经典没有"论"这个字，《六韬》中的两个论，都是后人追题的。这一段是讲论体的起源，第二段讲论体的演变。前面讲源，下面就讲流。"详观论体，条流多品"，流很多，有讲政治的、有讲经的、有辨史的。"陈政，则与议说合契；释经，则与传注参体；辨史，则与赞评齐行；诠文，则与叙引共纪。故议者宜言，说者说语，传者转师，注者主解，赞者明意，评者平理，序者次事，引者胤辞：八名区分，一揆宗论。"

以上的说、议、传、注、赞、评等等，可以通称为"论"。"论也者，弥纶群言，而研精一理者也。"这个讲法，和前面讲诸子类似。"是以庄周《齐物》，以论为名；不韦《春秋》，六论昭列；至石渠论艺，白虎讲聚；述圣通经，论家之正体也"。

到了班彪的《王命论》、严尤的《三将论》等，吸收了史体。魏以后，"术兼名法；傅嘏王粲，校练名理。迄至正始，务欲守文"，汉魏之际，名法之学颇盛，后来又扇扬玄风，所以文采滋彰。"何晏之徒，始盛玄论。于是聃周当路，与尼父争途矣。"论，从正体慢慢演变，魏以后开始杂入了老庄。

"详观兰石之《才性》、仲宣之《去伐》、叔夜之《辨声》、太初之《本玄》、辅嗣之《两例》、平叔之《二论》，并师心独见，锋颖精密，盖论之英也。"我在《中国文学史》中曾特别谈到：论议文的文学化、论体的大盛是魏晋之特点。汉代文章因与史传合并发展，故文采已然成熟，朝廷的辩论也有很好的表现。但朝廷的辩论只是理直气壮，文采还是不如魏晋。魏晋在词采表现上更好，如兰石论才性、王粲论去伐、嵇康论辨声等，都是当时的名论。

"至如李康《运命》，同《论衡》而过之；陆机《辨亡》，效《过秦》而不及，然亦其美矣。次及宋岱、郭象，锐思于几神之区；夷甫、裴頠，交辨于有无之域；并独步当时，流声后代。然滞有者，全系于形用；贵无者，专守于寂寥。徒锐偏解，莫诣正理；动极神源，其般若之绝境乎？逮江左群谈，惟玄是务；虽有日新，而多抽前绪矣。至如张衡《讥世》，颇似俳说；孔融《孝廉》，但谈嘲戏；曹植《辨道》，体同书抄。言不持正，论如其已。"

李康《运命》，比汉代王充的《论衡》更好；陆机的《辨亡》，则不及贾谊《过秦》，但也是不错的。到了宋代郭象，谈玄理，注庄；王衍贵无，裴頠写《崇有论》，都独步于当时。不过他们的讲法都只各得一偏。"动极神源，其般若之绝境乎"，当时论理最好的仍推佛家一脉。

般若之绝境云云，是他这本书唯一提及的佛教词语和事务。各家注解，都在般若两字上下功夫，说明般若指智慧。然而，此岂泛泛称扬佛家智慧哉？非也，这是指僧肇的《般若无知论》呀！

佛教传到晋宋之际，主流是空宗思想。但般若性空之说到底是怎么回事，大家其实仍不太能掌握。尤其是"空"这个概念，非中国本有，很难理解。早期是用老庄的"无"去想象，称为"格义"。后来才渐渐能就般若学的义理去理解，但还是各说各话。据刘宋昙济《六家七宗论》（原书佚，今依唐代元康《肇论疏》引）、隋代吉藏《中论疏》等之介绍，当时有六家七宗之分歧：（一）本无宗，道安、僧睿、慧远等人主张。（二）即色宗，关内之"即色义"与支道林之《即色游玄论》。（三）识含宗，乃于法开之说。（四）幻化宗，竺法汰弟子道一之主张。（五）心无宗，竺法温、道恒、支愍度等人主张。（六）缘会宗，有于道邃之缘会二谛论。（七）本无异宗，为本无宗之支派，有竺法琛、竺法汰等人主张。可见一时群言淆乱，众说纷纭，直到僧肇出来。

僧肇（384—414）是东晋僧人，师从鸠摩罗什，擅长般若学，讲习鸠摩罗什所译三论[1]，时称解空第一。亦曾在甘肃武威和长安译经，评定经论。著有《肇论》，是由《物不迁论》《不真空论》《般若无知论》《涅槃无名论》四篇论文组成。最早见于南朝宋明帝时陆澄所编《法集》目录；至陈时，又收入了《宗本义》而成今本。其中《般若无知论》是什师在长安译出《大品般若》之后，僧肇就自己的悟解写出。凡两千余言。连鸠摩罗什都十分赞赏，说："吾解不谢子，辞当相揖！"意思是：我的理解跟你差不多，文词则不如。鸠摩罗什毕竟是西域人嘛！

弘始十年（408），道生和尚将此论由关中传到江南，庐山隐

---

1 龙树《中论》《十二门论》和提婆《百论》，乃空宗根本论典，后来隋代吉藏据此开立三论宗。

士刘遗民读后赞叹不已，说："不意方袍复有平叔。"平叔指何晏，意谓没想到僧人里还有何晏似的论理高手。后呈慧远，远亦抚几叹曰："未尝有也。"其后刘遗民还致函僧肇说："去年夏末，见上人《般若无知论》，才运清俊，旨中沉允。推步圣文，婉然有归，披味殷勤，不能释手，真可谓浴心方等之渊，悟怀绝冥之肆，穷尽精巧，无所间然。"推崇备至。刘勰讲的，就是这件事、这篇名论，所以才会放在《论说》里谈。诸家注解，徒然乱扯。

"逮江左群谈，惟玄是务；虽有日新，而多抽前绪矣。"东晋以后，大家更喜欢谈玄，讲来讲去好像很新颖，但都是延续前面的东西。像张衡《讥世》、孔融《孝廉》、曹植《辨道》这些论都可以不作探讨了，因为非论家之正体。虽讲得漂亮，但言不持正，就没有必要再谈。

因为"论之为体，所以辨正然否，穷于有数，追于无形，钻坚求通，钩深取极，乃百虑之筌蹄，万事之权衡也。故其义贵圆通，辞忌枝碎，必使心与理合，弥缝莫见其隙；辞共心密，敌人不知所乘：斯其要也"。写文章，论要非常精密，"唯君子能通天下之志，安可以曲论哉？"写论当然是一种文字功夫，但是只有君子才能通天下之志，旁人不可以随便乱论。"曲论"是为特指歪七扭八之论而制造出来的一套讲法。

还有，"注释为词，解散论体，杂文虽异，总会是同"。我反复讲过，刘勰所论的文学跟我们现在的观念不一样，包括了经典的注解。这一段就说，注解看起来和论不一样，但实际上"杂文虽异，总会是同"，即宗旨是一样的。为什么宗旨一样呢？前面已经开宗明义讲过了，论的来源就是门人记录孔子的言论。所以论本质上就跟传注在文体上是相掺杂的。汉人解经，除了训诂，还有章句，章句非常繁复，"所以通人恶烦，羞学章句"。章句之学兴于东汉，东汉以后，章句之学就逐渐没落了。"毛公之训《诗》、安国之传《书》、郑君之释《礼》、王弼之解《易》，要约明畅，可为式矣。"像毛公、郑玄他们解经都是不错的，因为较简约。这是论。

谈起"说"，刘勰把说的渊源都推源到《易经》："说者，悦也；兑为口舌，故言资悦怿。"兑就是《易经》中的兑卦。底下讲的这一段其实也是引自《易经》。然后从伊尹、舜等讲下来，所以整个言说的传统是很古老的。"暨战国争雄，辩士云踊；从横参谋，长短角势；转丸骋其巧辞，飞钳伏其精术；一人之辨，重于九鼎之宝"等，由战国到汉初，说都非常好。而且，"夫说贵抚会，弛张相随，不专缓颊，亦在刀笔"，从口说转入笔谈了。

这是蛮大的文学史问题。因为口说传统历史悠久，一直到现在都没断。民国以来喜欢谈俗文学，把很多的说唱放入文学史，而且有越来越重口说的倾向。刘勰则是把早期的口说归到文字的系统中。口说与文字其实是两条线，有交错，也交互影响。但刘勰在论口说时，并没有让口说的传统发展下去，而是直接并进了文字传统中。所以，他说口说很好，但"不专缓颊，亦在刀笔"，刀笔从李斯、范雎，到汉代的邹阳等都非常好。可是陆机的《文赋》说"说炜晔以谲诳"，刘勰就不赞成，认为说之本唯忠与信。

"说"谈到汉代为止，汉以下全未齿及。各位读得出它的文外之意吗？如今我们一讲魏晋，就说魏晋清谈。所有文学史、思想史，讲到魏晋，大抵皆然。可刘勰前面讲论时，认为论是针对一

第九讲 文学史与文学史观

249

个道理来具体论议的，故将论收归到了经典中去谈。王弼的《易经》注，便收到郑玄、孔安国他们的经典注解系统里。而说的部分，他只谈到了汉代的邹阳、冯敬通、鲍邓等，底下完全不论。[1]

下面看《诏策》。诏策是皇帝的诏告。前面引《易经》《诗经》《尚书》等解释诏告，最后总结："并本经典以立名目。"

"远诏近命，习秦制也。"皇帝直接命令叫作诏，通告天下叫告。这是秦以来的制度。中国皇帝自古以来就重视纳言，所以"虞重纳言，周贵喉舌。故两汉诏诰，职在尚书。王言之大，动入史策"。因为左史记言，右史记事，所以皇帝之言行"动入史策"。这都是讲源，告诉人们"告"该如何写，下面是具体评论：

观文景以前，诏体浮杂；武帝崇儒，选言弘奥。策封三王，文同训典；劝戒渊雅，垂范后代。及制诏严助，即云厌承明庐，盖宠才之恩也。孝宣玺书，责博于陈遂，亦故旧之厚也。逮光武拨乱，留意斯文，而造次喜怒，时或偏滥。诏赐邓禹，称司徒为尧；敕责侯霸，称黄钺一下。若斯之类，实乖宪章。暨明章崇学，雅诏间出。和安政弛，礼阁鲜才，每为诏敕，假手外请。建安之末，文理代兴，潘勖《九锡》，典雅逸群。卫觊《禅诰》，符采炳耀，弗可加已。自魏晋诰策，职在中书。刘放、张华，互管斯任，施令发号，洋洋盈耳。魏文帝下诏，辞义多伟。至于作威作福，其万虑之一弊乎！晋氏中兴，唯明帝崇才，以温峤文清，故引入

---

1 《文心雕龙》论文学史从黄帝讲起，但是秦代是不作数的。因为他不喜欢秦，讲到李斯，常把李斯归到战国去讲。所以秦代是没有文章的，所谓法家无文。这是刘勰的一个特殊判断，亦可注意。

中书。自斯以后，体宪风流矣。

"文景以前，诏体浮杂，武帝崇儒，选言弘奥。"这句话有句
潜台词——文景之治是黄老之学。而刘勰对于江左玄风、老庄等
都是不满的，谈论到他们时都没有一句好话。在这里也是如此，
认为文景不行。武帝时就很好了，因为"武帝崇儒，选言弘奥。
策封三王，文同训典；劝戒渊雅，垂范后代"。夏商周自然都很
好，不用多说。可是，刘勰也很喜欢汉武帝时代。武帝以后，"孝
宣玺书，责博于陈遂，亦故旧之厚也。逮光武拨乱，留意斯文，
而造次喜怒，时或偏滥"，诏书即有点问题了，"若斯之类，实乖
宪章"，列举了一些例子，"明章崇学，雅诏间出。和安政弛，礼
阁鲜才，每为诏敕，假手外请"。

建安以后，魏晋的诏策有些还是不错的，像刘放、张华的都
很好。不过他们也有问题，像"魏文帝下诏，辞义多伟，至于作
威作福，其万虑之一弊"就是中间也有一些缺点。"晋氏中兴，唯
明帝崇才"，所以那时的诏策能够根据原来的传统来写。底下再讲
诏策的写法，"戒敕为文，实诏之切者"，诏书之下有很多次级文
类，像戒、敕、教等，都各有典型。晋代以后，同样未说。

再看《檄移》。檄移是打仗时给敌人看的文章，说明为什么
要讨伐对方。开始也是谈檄移的来历，说明檄移的写法。从古代
的文书讲到曹操、陈琳，还有钟会伐蜀、桓公檄胡，认为都是壮
笔。整篇文章写到这里，对于文学史的讨论就没有了。下面"凡
檄之大体"，是讨论檄的写法。然后讲移：

相如之《难蜀老》，文晓而喻博，有移檄之骨焉。及刘歆之《移太常》，辞刚而义辨，文移之首也；陆机之《移百官》，言约而事显，武移之要者也。故檄移为用，事兼文武；其在金革，则逆党用檄，顺命资移；所以洗濯民心，坚同符契，意用小异，而体义大同，与檄参伍，故不重论也。

再看《封禅》。前面讲为什么叫封禅，封禅是皇帝告天。后面讲古代帝王的封禅。第三段讲"秦皇铭岱，文自李斯，法家辞气，体乏弘润"，泰山刻石，是李斯写的。法家的文章刻薄寡恩，非常干涩，所以不弘润。其实李斯文章写得挺好的，但刘勰有偏见，认为不行。"铺观两汉隆盛，孝武禅号于肃然，光武巡封于梁父"，都是非常棒的文章。司马相如以下，光武勒碑等也都非常好。《封禅》这一大段讲司马相如、班固以及扬雄《剧秦》等，"骨掣靡密，辞贯圆通，自称'极思'，无遗力矣"。而且"《典引》所叙，雅有懿乎，历鉴前作，能执厥中，其致义会文，斐然余巧"。

汉代的都很不错。魏晋以后，"至于邯郸受命，攀响前声，风末力寡，辑韵成颂；虽文理顺序，而不能奋飞"。邯郸指的是邯郸淳，写得没有气力，风末力寡，风就是风骨的风，不能奋飞。陈思王也一样，"问答迂缓，且已千言，劳深绩寡，飙焰缺焉"，文章写得没有光彩。到了陈思王、邯郸淳就已经不行了，所以此后也不必再论：

兹文为用，盖一代之典章也。构位之始，宜明大体，树骨于训典之区，选言于宏富之路；使意古而不晦于深，文今而不坠于浅；义吐光芒，辞成廉锷，则为伟矣。虽复道极数殚，终然相袭而日新，其采者必超前辙焉。

后来的文章不行，是因未明体要。只有树骨于训典之区，才能真正创新，超过前辈。

下面是《章表》。第一大段讲章、表、奏、议几种文体，然后说章表的发展，原始以表末。章表的发展也是讲到陈思王、孔璋、孔明、孔融等。他们都不错，"赡而律调，辞清而志显，应物制巧，随变生趣，执辔有余，故能缓急应节矣"。到了晋，"晋初笔札，则张华为隽"。张华是最棒的，羊公之辞开府、庾公之让中书、刘琨的《劝进》、张骏的《自序》也还不错。下文也就没有再谈了。

《奏启》也一样。第一段讲什么是奏启，第二段讲秦才有奏这个名目，可是法家少文。汉魏，"魏代名臣，文理迭兴"，"晋氏多难，灾屯流移。刘颂殷勤于时务，温峤恳恻于费役，并体国之忠规矣"。晋代就只讲了这两个人，其他的就没谈了：

秦始立奏，而法家少文。观王绾之奏勋德，辞质而义近；李斯之奏骊山，事略而意径：政无膏润，形于篇章矣。自汉以来，奏事或称"上疏"，儒雅继踵，殊采可观。若夫贾谊之务农，晁错之兵术，匡衡之定郊，王吉之劝礼，温舒之缓狱，谷永之谏仙，理既切至，辞亦通辨，可谓识大体矣。后汉群贤，嘉言罔伏，杨秉耿介于灾异，陈蕃愤懑于尺一，骨鲠得焉。张衡指摘于史谶，蔡邕铨列于朝仪，博雅明焉。魏代名臣，文理迭兴。若高堂天文，黄观教学，王朗节省，甄毅考课，亦尽节而知治矣。晋氏多难，灾屯流移。刘颂殷劝于时务，温峤恳恻于费役，并体国之忠规矣。

"奏启"基本上是以儒家的义理来作准则的，所以第三大段的后面部分，说写奏启要能"辟礼门以悬规，标义路以植矩"，"然后逾垣者折肱，快捷者灭趾，何必躁言丑句，诟病为巧哉!"写奏启是导引别人走上正路，不必将其痛骂一顿。一定要"理有典刑，辞有风轨，总法家之裁，秉儒家之文"，这样才能将奏启写得比较好。

接着是《议对》。第一段讲何为议对，"议贵节制，经典之体也"。下面也一样叙述议对的风格，议对应该"文以辨洁为能，不以繁缛为巧"，如果"不达政体，而舞笔弄文，支离构辞，穿凿会巧"，当然是不行的。这是《议对》的主要部分。具体评述，从管仲谈轩辕开始讲起。汉代议对，应劭是比较好的，晋代以傅咸为宗。不过晋代人论理都有问题，像陆机的断议，就"颇累文骨"：

汉世善驳，则应劭为首；晋代能议，则傅咸为宗。然仲瑗博古，而铨贯有叙；长虞识治，而属辞枝繁越；及陆机断议，亦有锋颖，而腴辞弗剪，颇累文骨。

前面讲议，后面讲对。又讲对策的来历，"及后汉鲁丕，辞气质素，以儒雅中策，独入高第。凡此五家，并前代之明范也"。前面所讲的五家，汉代的都很好。魏晋以后，"稍务文丽，以文纪实，所失已多。及其来选，又称疾不会，虽欲求文，弗可得也"。所以汉代聚集博士喝酒的时候，"雉集乎堂"，祥瑞聚集；晋代去考秀才的时候，却来了一群野兽。因为前面都是人才，后面都乱七八糟。

《书记》也是如此。最晚也只是讲到曹子桓、陆机。书记的体例很复杂，包括很多次级文类。这些次级文类，数量很多，可以评述的东西也很多，但是陆机以下他也没有讨论。

及七国献书，诡丽辐辏；汉来笔札，辞气纷纭。观史迁之《报任安》，东方之《谒公孙》，杨恽之《酬会宗》，子云之《答刘歆》，志气盘桓，各含殊采；并杼轴乎尺素，抑扬乎寸心。逮后汉书记，则崔瑗尤善。魏之元瑜，号称翩翩；文举属章，半简必录；体旌好事，留意词翰，抑其次也。嵇康《绝交》，实志高而文伟矣；赵至《叙离》，乃少年之激切也。至如陈遵占辞，百封各意；祢衡代书，亲疏得宜：斯又尺牍之偏才也。

二、刘勰文学史观的启示

以上大体上梳理了刘勰心中文学史的图像、评论、观念，以及如何评论不同的朝代。可以看出里面有几个重点：

第一，以六经、儒家和圣人作为评价、衡文的标准，是非常明确的。

第二，在文质关系之中，重质更胜于重文。从历史角度来说，越到后来文采越盛。刘勰却认为后面文太盛了，对此评价甚低。作品如果文采略逊，可是内容还不错，刘勰基本上会给予比较好的评价。反之，若文采很好，义理内容偏离了儒家的道理，刘勰定是批评的。

第三，论不同的时代，可谓一代不如一代。最好的，是经典所代表的时代，即三代，或黄帝、尧、舜、夏、商、周。到了战国就衰落了。汉代，略逊于六经所代表的三代，但是仍然可以作为文章的典范。汉代不是没有缺点，只是缺点少于优点，瑕不掩瑜，小疵而大醇。魏则得失各半。晋是失大于得，但讲到优点时也不略过。东晋谈的就很少，谈到的只有少数几个人，例如郭璞、刘琨。其实郭璞、刘琨的年辈很高，几乎和何晏、石崇是同一辈人，年纪只比他们稍小。到宋、齐几乎就没有谈。

这是刘勰的文学史观以及文学评论。知晓这些有许多意义：第一，经典的文学性，通过刘勰理论的阐述，这些经典在文学史上重要的典范意义被彰显。阐发经典的文学性，对后代产生了很大的影响。

第二，汉代的文学价值被全面彰显了，汉代成为具体的典范。经典很高明，但要学经典其实很困难。刘勰《文心雕龙》提供了一个范例，那就是汉代。汉代人如何学经典、有什么优缺点？刘勰曾经批评：我们现在的毛病是写作的人都去学刘宋，对汉代的东西不熟悉，因此文章差。所以汉代的文学和它的典范意义，在刘勰的书里面是很明确的。他讨论的每一个文体的选文部分，"选文以定篇"，有大量汉代文章。

这样的写法，恰好与我们现代的文学观也是一种对比。近代人，一是情感上思想上不喜欢儒家，二是已废除了经学，三是也讨厌汉代。所以我们的文学史讲《诗经》《楚辞》，都是从骂汉人讲起的，认为汉人讲《诗经》均讲错了，故我们要另讲一套。然后便讲魏晋文学自觉。认为汉人不懂文学，所以都用政教观点扭曲了文学。到了魏晋，才有人的醒觉和对美的认识，这才出现了文学自觉。

这是我们近人的文学史观。近代讲国学，也是如此。国学这个词是从日本借过来的，第一批讲国学的大师，像章太炎、刘师培等，也都是留日的。可是他们当时有个非常重要的观点，就是要讲诸子学，反对儒家。整个国学运动，其实就是反儒家的运动。认为整个中国学术到汉武帝以后就衰了，因为独尊儒家。所以他们要讲先秦诸子。先秦被认为是中国学术思想最自由最蓬勃最开放的时代。后来中国衰落，就是因为思想上封闭、保守，独尊儒术。因而整个国粹学派，就是要打破儒家的垄断来讲先秦的学术，以恢复先秦诸子绝学为宗旨。所以后来才会出现墨子学大盛的局面，很多人都注解过《墨子》。说儒学不能拯救中国，也许墨家才能，不然就得用道家、法家。

总之，儒家不能再用了。包括章太炎先生早期的观点也是这样。他早期讲孔子，都是一种恶意性的讲法，例如说老子为什么要出关呢？就是因为"逢蒙射羿"。后羿的徒弟叫逢蒙，逢蒙学会了后羿的技术之后，心想只要射死自己的老师，自己就是天下最强的了。他引了这个故事解释老子为什么出关：因为老子教了孔子之后，怕孔子会杀掉他，因此赶紧骑牛出走。怎么会有这样的解释呢？因为那是一个有反儒倾向的时代。不要认为反儒只是五四，五四是结果，不是源头，五四的很多想法都是从清末发展下来的。

大家不喜欢儒家，当然也就不喜欢汉代。后来冯友兰写《中国哲学史》，认为中国哲学就两阶段，一是先秦诸子时代，类似古希腊，充满了蓬勃的思想，到汉武帝独尊儒术以后就是经学时代，类似欧洲中古时期的经院哲学，封闭保守，整天在论证上帝存在，没有创造性。一直到康有为，中国都停留在欧洲的中古时期，根本还没进入现代。

我们讲文学史当然也是这类讲法。儒家跟文学是没有关系的，只会扭曲、压抑文学，所以只有脱离了经学、打倒了礼教之后，文学才得以发展。

回过头来看《文心雕龙》，那就跟我们现在的讲法完全不一样了。刘勰对于魏晋以来文风的批评主要是两方面：内容溺于玄风；形式多是讹体，即文体上趋于变革而变得荒谬、讹乱。

这是刘勰主要的讲法。讲到这里，再看我们现在对《文心雕龙》的理解，就会哑然失笑。如周振甫先生的《文心雕龙注释》说，刘勰是不是要用儒家思想来写作呢？是不是只有圣人才能认识道呢？不是的。要学"道"，不光要向儒家学，还要向诸子学。就"道"来说，近乎儒家的崇有、近乎道家的贵无，都有片面性，都不如佛家的般若绝境。从认识"道"这一点看，佛家超出儒家、道家——这些话很难让人赞同。

而且他后面还说，不仅如此，用儒家思想来写作会影响写作的质量，是写不好文章的，然后就引了《诸子》这一段。

周振甫先生的讲法，跟刚刚我们读过《文心雕龙》的印象、理解，各位自己可以对照一下。

"夫自六国以前，去圣未远，故能越世高谈，自开户牖。两汉以后，体势浸弱，虽明乎坦途，而类多依采，此远近之渐变也。"

周先生认为这是说：用儒家思想是写不好文章的。先秦时候自开门户，所以多有创获；两汉以后，儒家定于一尊，著作多依傍儒家，弄得体势浸弱，不如先秦。

可是这话是如此解释吗？"六国以前，去圣未远，故能越世高谈，自开户牖。"六国以前，去圣未远，因此，还能有所表现。"两汉以后，体势浸弱，虽明乎坦途，而类多依采"，大道即儒家，但可惜大家都自作聪明，去走歧路。旁涉了其他法家的道家的路子，所以才差。

周先生完全读反了：说先秦时候诸子自开门户，如是这样，那"去圣未远"这几个字怎么解释呢？去圣未远，故自开户牖。因为去圣未远，所以才能够开辟门户啊！周先生的解释，把"去圣未远""故"这几个字都丢掉了。说两汉以后，儒家定于一尊，所以体势更弱，这也完全错了。儒家定于一尊是缺点，这是我们现代人的想法，不是刘勰的。刘勰只觉得后来在儒家的路子上守得不够紧，所以文学才会很差。

然后周先生说，从文学创作上讲，受儒家影响的作家就写不出好文章来了。为什么？《论说》里面主张"师心独见，锋颖精密"，刘勰认识到不管论述还是创作，都要师心独创，反对依傍。所以他不仅不主张用儒家思想写作，而且还认为用儒家思想写作是写不出好作品来的云云。这也是不对的。

周先生整本书不但用唯物主义来讨论刘勰，而且评论也都属于这一类。譬如他讲《时序》篇，说战国纵横家把铺张扬厉、诡奇的手法运用到创作上，有助于构成《楚辞》的艳说奇词，故笼盖了《诗经》。这不只是文学的演变，也是文学的发展，超过了

《诗经》。

周先生认为《楚辞》是胜于《诗经》的。可是《辨骚》明明说历代对《楚辞》褒贬不一。贬《楚辞》的人认为《楚辞》不合于经典。而刘勰替《楚辞》辩护说确实是有不合经典的地方，但也有合的；另外《楚辞》也有它的长处，对写文章是有帮助的，所以不能一概否定它，这叫作"辨骚"。周先生却认为从《诗经》到《楚辞》是发展，所以《楚辞》胜过了《诗经》。实是大谬。

汉代，周先生又说刘勰讲汉代"中兴之后，群才稍改前辙，华实所附，斟酌经辞，盖历政讲聚，故渐靡儒风者也"。受儒家影响的结果是"磊落鸿儒，才不时乏，而文章之选，存而不论"，产生了不少大儒，但作品选不出来了。这不是否定后汉的作品，而是说后汉渐靡儒风，用儒家的思想写作写不出好作品。

他这样的读法不甚妥当。刘勰是说：汉武帝崇儒，这时文采非常好；光武也崇儒，但这时群才稍改前辙，跟前面不一样，只推崇儒家的道理，而文学上没有太多的表现。而非是说用儒家思想就写不出好的文章。到了东晋，江左文风，偏乎玄言，受清谈影响，"是以世极迍邅，而辞意夷泰，诗必柱下之旨归，赋乃漆园之义疏"，写出来的作品脱离了时代，完全不行了。

周先生那一代人有写实主义的观点，认为文学要反映时代。刘勰有谈到社会现实吗？没有的，谈的是经典，并由文章的表现上来说经典。周先生还说，不反映时代不足取，用儒家思想来写不可能真切反映时代，所以也写不出好的作品。他说刘勰的主张，是要结合时代的变化来创作，像《楚辞》等，使文学有发展，这就是一条正确的路子。后面还讲建安文学的发展超过了汉赋等等。

这就是典型现代人对《文心雕龙》的曲解。现代人的文学史观和刘勰完全不一样，但偏要用现在的想法去套刘勰，借刘勰来讲我们想讲的话。如果刘勰的意见与我们不一样，就非要用迂曲的方式来处理，将刘勰打扮成现代的代言人不可，这不是读书该有的方法啊！

我讲过，我们之前很多研究都是错的，这不是我讲话狂不狂妄的问题，而是时代错乱的问题。今天来看，说刘勰是唯物主义，你认为有价值吗？说刘勰反儒家，同样毫无价值！我们研究《文心雕龙》为什么会有很多的岔路？就是因为这本书主要的脉络是宗经征圣，而我们现代人却讨厌经典、讨厌圣人、讨厌儒家，所以用迂曲的方式讲它是道家、佛家，总而言之就是不要儒家。可是刘勰跟儒家的关系是撇不开的。

三、文学史研究存在的问题

刘勰的文学史观，就简述到这里。但刘勰的文学史论在我们的文学史研究中是什么样的情况呢？这就需要有一个更大的范围来讨论它。所以我还要进而说明有关文学史的研究。

文学史，在我们中文系是一个不证自明的学科，因为从创立以来发展了一百年。所以我们觉得文学史就应该这样了，进大学就上文学史，教材都是这样写。我们都没有想过文学史研究其实有非常多的问题？

古代并没有文学史书。何止没有文学史，中国也没有中国通史、经学史等等。后来出现的这些学科和书籍，都是因为设立新式学堂的缘故。设了学堂，读书就不去读那些经书了，只读一本经学史。经学史，其实就是经学概论，以历史的脉络简单告诉你这些书是什么内容。文学史也是这样，通过文学史告诉大家中国文学大概有什么样的东西，而不是像过去那样好好读具体的作品。所以这是学堂教育、现代教育体制制造出来的一门学问。这门学问，它的道理很简单，就是用外国人看待中国事物的态度和方法来看中国的东西。所以我们的经学史、文学史、中国通史都是模仿日本人这类作品来编的。京师大学堂开办时，说要开中国文学史，但没有教材。大学堂的章程写得很明白，要教师参考日本人写的中国文学史。这是我们文学史出现的逻辑及因缘。

但文学史真正要作为一个学科，就有很多东西需要讨论。可是过去从来没有人讨论。在我们的史学研究中什么都研究，政治史、经济史、宗教史等都有人做，但北大的历史系会开文学史课吗？绝对不会的。从梁启超于光绪二十八年（1902）写的《新史学》以降，到现在的年鉴学派所谓的新史学，当然已完全不一样，但不管哪一种史学都不讨论文学。年鉴学派的新史学在范围上相当广，它反对过去只对政治史、大人物的研究，所以要讨论整个历史活动中的地理因素、经济因素、社会因素、知识因素、宗教因素和心理因素等等。但是在这些总体研究中，文学史研究却并不在新史学的视域之中。他们研究心态史、精神史、艺术史等很多，但花在文学史上的气力甚少。

新历史主义也一样。有人把它称为"文化唯物主义"。为什么叫"文化唯物主义"？因为它主要是谈思想文化的社会过程，说一个文学作品是如何被创造出来的。如何被创造出来，不是由于文学作家的天才、个人经历，而是要告诉你那些个人的背景经历是如何通过和社会的关系，包括印刷术、阅读过的东西、社会舆论、社会共同的审美观等等，把作品创造出来。所以新历史主义关切的不是文学，而是文学如何在整个社会活动中被创造出来，是研究文学中间的历史过程。

因为它的重点不在于文学作品本身的技巧，或它特殊的艺术特性，而在于说明这个作品如何被创造出来。亦即，在社会中、历史发展过程中，文学的理念与各种不同艺术阶层产生不同的互动，或者说文学如何被制造出来的生成过程。所以这不是文学的历史，只是历史的文学。

目前各大学的历史系中，经济史、政治史、社会史、思想史、性别史、服饰史、饮食史、民族史、医疗史，什么都有人讲，可是不会开文学史的课，理所当然也不研究文学的历史。可是文学史其实是一门史学学科，和政治史、经济史、社会史是一样，是文学的历史研究，不是仅仅研究文学，而是研究文学的历史。历史学系不处理这个，真是十分怪异。

不过，在文学研究界，文学史其实也深受质疑。1970年第二次国际文学比较大会上，写《文学理论》的新批评大将韦勒克曾撰写了一篇文章，讲文学史的衰落。他并不否认文学有其历史，但文学有史是一回事，我们对其历史进行研究而予以论述，成为一本本、一套套的文学史又是另一回事。他对于这些文学史著作是很怀疑的，他怀疑文学史是否能够解释文学作品的审美特点。因为作品价值不能通过历史分析来把握，只能通过审美来把握。

据韦勒克看，文学史各个学派之间的分歧是无关紧要的。不管什么学派，在具体问题上如何行事，反正都是要抹杀文学作品的个性化特征，因为它们总是要把作品置于文学内部或外部结构化了的关系中，把作品降格为某个链条上的一个环节。而作品的本质恰好在于它是一个引起审美判断的价值体。我们在讨论这些作品的时候，将作品的个性抹杀了，都在谈流派、谈时代，比如谈唐诗，总要先谈时代背景。但唐诗中，比如王维和杜甫两人，简直南辕北辙。王维也很复杂，他的作品中，《少年行》是"相逢意气为君饮，系马高楼垂柳边"，意气风发，另一种是《辛夷坞》的"涧户寂无人，纷纷开自落"。两种诗完全不同，为何一谈到唐代王维，就说田园派呢？所以用这种方法可以解释政治、经济，但不能解释文学。

韦勒克的质疑，呼应了克罗齐以降诸人的一系列观点，这个观点强调文学研究是面对作品的。我们要理解、阐释这个作品，对其语言进行分析，并作审美价值判断。作品与作品之历史关系，也只呈现在文学内部的联系上，例如写作技巧之呼应或继承、主题之类似、风格之影响等，而不是外在的社会关系，也不能把作品放在"类属"中去看。每种作品是独立的，天才和天才之间谁也不学谁，天才没有继承性，也没有时代性，越是伟大的作家，越超越了时代。所以克罗齐说，文学史是谈一个一个不同的作家，不同的作家显现了不同的审美特点。所以我们不能将作品的个性抹杀，进行社会学式的研究。

克罗齐在《文学艺术史的改革》中批评过几种文学史、艺术史、诗史的论述方法，一种是广泛表现其历史知识，历数渊源的；一种是卖弄文字或学究式的；还有一种则是社会学式的历史研究。

过去，特别是大陆的文学研究，大体上是社会学式的研究。所谓社会学式的，就是用文学作品来说明马克思主义社会学的规律，历史发展的理则，中国社会的分歧，等等。克罗齐认为它们老是在历史中建立一些论述公式，将艺术系统化，分成希腊艺术时代/基督教时期、古典/浪漫、文学性等体系，然后描述艺术史的"发展"即上述体系之交织或盘旋、进步或后退，并认为其所以前进后退、交织或盘旋，乃是由于宗教社会、哲学、精神、政治等缘故。这样的话，每个作品可以根据它的时代和社会所各自具有的精神价值而被理解。我们要了解孔子，就要了解他那个时代是一个什么阶级、时代，我们就会知道他是那个封建时代的小地主阶级，想要恢复奴隶社会的生活。我们理解作品也是如此，了解它属于一个怎样的时代，封建的下降或上升时期等，完全是倒果为因。

克罗齐完全反对这类做法。他觉得我们用文学作品去了解风俗习惯、道德风气、宗教信仰或者思维习惯等是不对的。平庸的作品常常因为它能够结合社会实践、社会推理，具有印证时代的作用而获得了青睐，真正具有超越性的、独特精神面貌的天才杰作，反遭埋没。

他们所抨击的历史方法，文学科系目前其实也很生疏了。对社会和历史，除了抄抄政治史、社会史、经济史教科书，很少真正钻研。现在在文学系里讲政治社会，所谓讲背景，都是很粗糙的，好像在舞台上画个大布景一样，只能简单谈谈。因为我们对政治学、经济学、社会学并没有研究，只是找找相关论述，例如政治社会学告诉你晚明曾经发生资本主义萌芽、曾经有小市民阶级兴起、曾经有江南市镇的蓬勃等等，我们就照抄，说当时文学基于这样一些背景而形成，其实我们根本不懂，因为我们没有研究，脑子里也没有政治学、社会学的基本方法和概念。我们讨论起文学的背景往往非常粗略肤廓，即使能逮住作品分析论者一两个历史常识上的错处，强调解释作品仍须注意其历史情境，也仍不足以振衰起敝。

四、现代文学史的史观

其他的问题还很多，此处不能多谈，麻烦各位去读我《中国文学史》的导论。这里拉回来，讲现代文学史的史观。

第一位写《中国文学史》的黄人，曾经批评吾国旧学"独无文学史。所以考文学之源流、种类、正变沿革者。惟有文学家列传及目录、选本、批评而已"。是的，前文已提及，中国古代并无文学史，文学史是依据外国人研究中国文学之法而仿作，故1904年《奏定大学堂章程》明确要求教师："日本有《中国文学史》，可仿其意自行编纂讲授。"但中国既然本无此类著作，乍欲模仿，岂能遂肖？例证便是作于1904年出版的林传甲《中国文学史》和1906年的窦警凡《历朝文学史》。

林书乃京师大学堂教材。但全书十六篇，包括文字形体，古今音韵、名义训诂、群经、诸子、廿四史，乃至《灵枢》《素问》《九章算术》、作文修辞法、虚字用法、外国文法等。自谓颇采通鉴纲目、纪事本末等传统史体，且批评："日本笹川氏撰《中国文学史》，以中国曾经禁毁之淫书，悉数录之。不知杂剧院本传奇之作，不足比于古之《虞初》。若载于风俗史犹可，笹川氏载于《中国文学史》，彼亦自乱其例耳。况其胪列小说戏曲，滥及明之汤若士、近世之金圣叹，可见其识见污下。"对政府提倡的日本之中国文学史写作模式，公然表示无法遵循。

窦氏书则原名《读书偶得》，内容分论文字、经、史、子、集五篇。用的也显然是先秦的古义，指文章博学或历代文献，亦不符合东西洋人撰述中国文学史之规制。

相较之下，任教于美国教会所办的东吴大学之黄人，最能适应这项新工作。他大骂古人既无文学史著作，又无"世界之观念，大同之思想"，故"划地为牢，操戈入室，执近果而昧远因、拘一隅而失全局，皆因无正当之文学史以破其锢见也"。然后自诩其著作能够取法外邦，是有世界观的；他也首先采用了西洋史的"上古""中世""近世"分期法。

黄人之书，曾被浦江清许为"始具文学史规模"，故虽销行不广，实际影响有限，但尔后文学史写作传统可说业已确立。五四运动以后，踵事增华，在这条路上越走越远。

整体文学史框架，由胡适的进化论、白话文学史、文学出于民间、王国维一代有一代文学之说等组成。分论则有王国维的词论、戏曲研究，鲁迅的小说史，胡适的章回小说考证，郑振铎的俗文学，冯沅君、陆侃如的诗史……一点一滴构建了近八九十年的文学史论述架构，而以刘大杰《中国文学发展史》为集大成，大体沿用至今。

但这个典范，其实是努力把中国文学描述为一种西方文学的山寨版。

它汲挹于西方者，一是分期法。中国史本无所谓分期，通史以编年为主、朝代史以纪传为主，辅以纪事本末体而已。西方基督教史学基于世界史（谓所有人类皆上帝之子民）之概念，讲跨国别、跨种族的普遍历史，才有分期之法。以耶稣生命为线索，把历史分为耶稣出生前和出生后，称为纪元前、纪元后。纪元前是上古；纪元后，以上帝旨意或教会文化发展之线索看，又可分为中古和近代。

斯宾格勒《西方的没落》曾具体批评此法，谓其不顾世界各文化之殊相，强用一个框架去套，是狭隘偏私的。何况，其说本于犹太宗教天启感念（apocalyptic sense）之传统，代表着基督教思想对历史的支配，在时间的暗示中其实预含了许多宗教态度，并不是历史本身就有的规律，故不值得采用。可惜晚清民初我国学人没人如他这么想，反而竞相援据。黄人如此，刘师培《中国中古文学史》亦然，与哲学史书写中胡适、冯友兰等人的表现，共同体现了那个时代的潮流。

这种分期法，后来也有吸收了斯宾格勒之说的，但非颠覆上述框架，而是因斯宾格勒把历史看成有机的循环，每一循环都如生物一般，有生老病死诸状态、春夏秋冬诸时段，如刘大杰《中国文学发展史》、冯沅君和陆侃如的《中国诗史》均酌用其说。

扩大分期法而不采用有机循环论及基督教思想的，是马克思主义历史唯物史观。把历史分成"亚细亚生产方式——奴隶社会（上古）——封建社会（中古）——资产阶级社会（近代）——社会主义社会"五阶段，并套用于中国史的解释上这种做法，由于削足适履，套用困难，故自民国初年便争论不断。到底封建社会何时结束、有没有资本主义萌芽阶段等等，还关联着日本东洋史研究界的论争。

分期法之外，另一采撷于西方的，是广义的进化论或称历史定命论。因为上述各种分期法都不只是分期，还要描述历史动态的方向与进程。这种进程，无论是如基督教史学所说历史终将走向上帝之城，抑或如马克思所预言走向社会主义，都蕴含了直线进步的观念。把这些观念用在中国文学史的解释上，就是文体进化、文学进化云云，把古代文人之崇古拟古复古狠狠讥讪批判一通。

第三项采汲于西方的观念，是启蒙运动以降之现代意识。此种意识，强调理性精神与人的发现，以摆脱神权，"解除世界魔咒"。用在中国文学史上，就是鲁迅描述魏晋是人的醒觉之时代，周作人说要建立人的文学等。反对封建迷信，极力淡化宗教在文学中的作用，更是弥漫贯彻于各种文学史著作中，连小说戏曲都拉出其宗教社会环境之外，朝个别作者抒情言志方向去解释（王国维论戏曲、胡适论《西游记》，都是典型的案例）。

此外，当时写中国文学史，还深受浪漫主义影响，把"诗缘情而绮靡"之缘情，或"独抒性灵"之性灵都想象成浪漫主义，拿来跟"诗言志"对抗、跟古典主义打仗，反复古、反摹拟、反礼教、反法度。

在康德以降之西方美学主张无关心的美感，在以文学作为审美独立对象的想法之下，他们自然会不断指摘古代文儒"以道德政教目的扭曲文学"。

第四是文类区分。文学史家们把传统的文体批评抛弃了，改采西方现代文学的四分法：小说、戏曲、散文、诗歌。

这真是件悲惨的事。为什么？因为：

一、与中国的文体传统从此形同陌路，文学家再也不懂文体规范了，当代文豪写起碑铭祭颂，总要令人笑破肚皮。

二、他们开始拼命追问：为什么中国没有西方有的文类，例如中国为何没有神话、中国为何没有悲剧、中国为何没有史诗，然后理所当然以此为缺陷。逼得后人只好拼命去找中国的史诗、悲剧或神话，以证明人有我也有，咱们不比别人差。

三、可是没人敢问中国有的文体，西方为何没有。反倒是西方没有而我们有的，我们就不敢重视了。例如赋与骈文，既非散文，又非小说，亦非戏剧，也不是诗，便常被假装没看见。除六朝一段不得不叙述外，其余尽扫出文学史之门。偶尔论及，评价也很低，损几句、骂几句。八股制义，情况更糟。

四、小说、戏剧，中国当然也有，但跟西方不是同一回事。正如林传甲所说，它们在中国地位甚低，远不能跟诗赋文章相提并论，许多时候，甚至不能称为"文学"，只是说唱表演艺术之流。可是既欲仿洋人论次文学之法，小说戏剧便夷然占据四大文类之半矣。

五、小说与戏剧，在中国，又未必是两种文类。依西方文学讲中国文学的人却根本无视于此，径予分之，且还沾沾自喜。如鲁迅《小说旧闻钞》自序明说是参考1919年出版的蒋瑞藻《小说考证》，但批评它混说戏曲，而自诩其分，独论小说。可是不但蒋氏书名叫小说考而合论戏曲，1916年钱静芳《小说丛考》也是如此，当时《新小说》《绣像小说》《小说林》《月月小说》《小说大观》《小说新报》《小说月报》更都是发表戏曲作品的重要刊物。为什么他们并不分之？因为古来小说戏曲本来就共生互长，难以析分，刻意割裂，其病甚于胶柱鼓瑟。

中国说唱传统源远流长，唐代以前便有不少例证，唐代俗讲变文多属说唱亦是无可质疑的。宋代《都城纪胜》把小说分为三，一曰银字儿，当亦是持乐器唱说。在这些说唱里面，有偏于乐曲的、有偏于诗赞的，渐渐发展，而或于唱的多些，或于说的多些。但总体说来，是说与唱并不截分。如杂剧，一般都称为"曲"，可是唱曲就与说白合在一块儿。

这是中国戏曲的特点。欧洲戏剧便与此迥异，唱就只是唱，说白就只是说白。十八世纪法人阿尔央斯批评《赵氏孤儿》说："欧洲人有许多戏是唱的，可是那里面完全没有说白，反之，说白的戏就完全没有歌唱……我觉得歌唱和说白不应这样奇怪地纠缠在一起。"可见当时异文化交流，欧洲人立刻察觉到这是中国戏的特点。二十世纪德国布莱希特取法中国戏，所编《高加索灰阑记》之类，其特点也表现在让演员又说又唱方面。中国戏曲，基本情况正是又说又唱。乐曲系的，以曲牌为主，如元杂剧、明传奇、昆曲，以唱为主，以说为辅。诗赞系的，以板腔为主，如梆子、单弦、鼓书等，以说为主。就是以口白为主的相声，也还是"说、学、逗、唱"结合着。

小说的情况也一样。名为诗话、词话，内中东一段"有诗赞曰"，西一段"后人有赋形容"，同样是说中带唱的。这种情形，唐代已然，赵璘《因话录》角部载："有文淑僧者，公为聚众谈说，假托经纶，所言无非淫秽鄙亵之事……教坊效其声调，以为歌曲。"此即说话中之谈经或说诨经，名为"谈说"，而显然有唱，故教坊才能效之以为歌曲。明刊《说唱词话》中《新刊全相说唱张文贵传》看来是传记，却也是唱曲，上卷结尾处云："前本词文唱了毕，听唱后来事缘因"，便说明了它的性质。

鲁迅论小说，把所有名为词话的东西几乎全都撇开了，连《大唐三藏取经诗话》，他也刻意采用日本德富苏峰成篑堂藏的本子，因为只有那个本子叫作《取经记》。这与他把《伍子胥变文》《目连变》《维摩诘经菩萨品变文》等都改称为"俗文""故事"一样，乃刻意为之。

可是小说与戏曲的关系，焉能如此切割开来？它们本是一个大传统中的同体共生关系，切开来以后的小说史，谈《三国》而不说三国戏，谈《水浒》也不说水浒戏，谈《西游记》仍不说西游戏，谈《红楼》还是不说它跟戏曲的关系。论渊源、说成书经过、讲故事演变、评主题、衡艺术，能说得清楚吗？

在西方，像《董永变文》这类纯韵文的体裁，可称为ballad；纯散文的《舜子变文》这类故事，可称为story。一般称为小说的novel，指的也是散文体。可是中国不但有《伍子胥变文》这样的韵散相间体，还有一大批说唱词话、弹词、宝卷，以及杂诗夹词附赞的小说，乃至还有以骈体文写的小说。而小说作者，因体制相涉，叙事又同，亦常兼体互用，如冯梦龙既编《三言》，又刻《墨憨斋传奇定本十种》；凌濛初《二刻拍案惊奇》，则自序云："偶戏取古今所闻，一二奇局可纪者，演而成说……得四十种。"但内中实是三十九卷小说故事，一卷《宋公明闹元宵杂剧》。足见凌氏刻"演而成说"的故事时，亦并不将戏剧与小说划开。

凡此种种，都说明了像鲁迅那样，用一种西方式的文体观念，加上个人阅读上的局限与偏执，硬性区分小说和戏剧，对小说史进行解释，并非好事。

六、文类的传统与性质，他们又皆参考西方文类而说之，与中国的情况颇不吻合。例如散文，若依西方essay来看，则诏、册、令、教、章、表、启、弹事、奏记、符命，都是西方所不重视的，故他们也不视为文学作品，其文学史中根本不谈这类东西。但在中国，文章者，经国之大业不朽之盛事，多体现于此等文体中。古文家之说理论道，上法周秦者，大抵亦本于此一传统。可是近代文学史家却反对或不知此一传统，尽以西方essay为标准，讲些写日常琐事、社会生活，或俳谐以见个人趣味之文，以致晚明小品竟比古文还要重要，章表奏议、诏策论说则毫无位置。

小说方面。中国小说，源于史传传统，后来之发展也未并离却这个传统，故说部以讲史演义为大宗，唐人传奇则被许为可见史才。西方小说不是这样，于是鲁迅竟切断这个渊源，改觅神话为远源，以六朝志怪为近宗，而以唐传奇脱离史述、"作意好奇"，为中国小说真正的成立。

凡此，均可见这个文学史写作新典范其实正在改写、重构着中国文学传统，革中国文学的"老命"。用一套西方现代文学观去观察、理解、评价中国文学，替中国人建立他所不熟悉的文学谱系。于是，中国文学史之出现，正意味着中国文学之消亡。

1949年以后，马克思主义学说大量运用于中国大陆文学史的研究与写作中，成了新典范，但它与旧典范间并不是断裂的，只是添加了些东西。例如从前说进化，现在仍说进化，而进化的原理加上了阶级斗争和唯物史观。过去讲分期，现在仍讲分期，而分期之原理加上了经济基础决定上层建筑理论。到了批林批孔运动闹起来，又加上了儒法两条路线斗争说，重新解释李白杜甫、韩愈柳宗元等等。

台湾未经此一番折腾，基本上仍维持着五四以来所建立的典范，上庠间最流行的教本，仍是刘大杰之旧著。相关著作虽多，框架大同小异。而大陆自改革开放以后，拨乱反正，阶级斗争、儒法对抗、唯物史观均可不必再坚持，故亦渐与旧典范趋同。论述方法，大体上均是先概述，再分类分派，继做作者介绍，再对重要作品做些定性定位，有历史主义气味。

但文学史写作与教学最大的失败，或许恰好就在历史方面。怎么说呢？文学史本应是文学的历史研究，然而自设立这个学科以来，教学的目标，就不是为了建立学生的史识，而只是为了培养其文学审美标准、提供其欣赏文学作家作品之地图。也就是说，是审美的，而非历史的。

教学目标之外，整个文学史论述也缺乏史学之基本条件或能力，不能真正让学生建立历史知识。

例如我们若用可能是战国时人编的《周礼》来大谈周公的创制，用可能是魏晋人编的《列子》来谈战国时列御寇的思想，大家都会觉得非常可笑。梁启超、胡适、顾颉刚以来所建立的古书辨伪学，讲的即是这个问题。然而我们在文学史上又怎么样呢？

《楚辞》乃是东汉顺帝、安帝时人王逸所编，收罗了贾谊、淮南王、东方朔、王褒、刘向、班固等人，以及王逸自己之作，凡十七卷，上距所谓屈原，已相去约五百年了。可是我们却以之大谈屈原如何，仿佛《楚辞》就是战国时继《诗经》而有的一本集子，又仿佛即屈原及其门人宋玉之作那样。

元曲，今存剧本，多属晚明人改编甚至杜撰，情况类似明人之拟宋话本。而我们也拿来大谈元曲之剧情、关目、排场、作者等等，煞有介事。这样，能建立历史知识吗？

不能建立历史知识，又缺乏历史观点，不知老子虽被推为道教宗祖太上老君，却非本来就是太上老君，其老君之地位乃在历史中渐被推尊而成的。文学史上，盛唐诗、杜甫诗之性质均似于此。而我们的文学史却完全无此意识，把杜甫、唐诗本质性地视为好作者、好诗、好时代，仿佛老子生来就是太上老君，不知一件事须放到历史中去观察。

再就是对史观本身缺乏警觉与反省，亦没有批判能力。

如王国维《人间词话》说："四言敝而有楚辞，楚辞敝而有五言，五言敝而有七言，古诗敝而有律绝，律绝敝而有词。盖文体通行既久，染指遂多，自成习套。豪杰之士，亦难于其中自出新意，故遁而做他体，以自解脱。"当代文学史著无不征引，作为文学进化之说明。殊不知此与顾炎武"三百篇之不能不降而楚辞，楚辞之不能不降而汉魏，汉魏之不能不降而六朝，六朝之不能不降而唐也，势也"云云，都非文学进化论，而是明人"一代有一代之胜"的流类。

因此顾氏在上面那段之后接着说："用一代之体，则必以一代之文，而后为合格。"意思是说每个时代都有其代表性文体，作诗文的人若选用某代的代表性文体，就须遵守该体之风格，才算是合格的作家。明人之拟古、讲格调，即基于此，跟进化论恰好相反。所以王国维才会根据上述云云而说:"故谓文学后不如前,余未敢信;但就一体论,则此说固无以易也。"认为每一体都是后不如前的。今人反复征引王氏这种复古论以说文体进化,不是显示了对文学史观问题理解含糊、认知不清吗?

再说,一代有一代之胜的观点,重视的是历史中的变貌。六朝是古诗、唐代是律绝、宋代是词、元代是曲,这些都是史上之变,足以见这一代与那一代的不同。文学史依此而编,着重叙述每一代之特色与变貌,正是近世文学史家之共同态度。但很少人注意到:这样论史,毋乃知变而不知常。因为唐代仍有古诗,不能仅注目其律绝;宋代诗体仍盛,不能仅重其词;元代尤不能重曲而轻诗词文章。可惜近世文学史偏要如此。极端的,甚至如冯沅君、陆侃如的《中国诗史》直说诗至宋已亡,诗史应由词瓜代;或如刘大杰《中国文学发展史》说诗的盛夏即在盛唐,中晚唐渐渐步入衰飒之秋,到宋代,便不能不让词来领风骚了。又如唐代古文运动兴起,反对六朝以来的骈俪之风,当然是一种变。但叙述了这个变局后,这些文学史著居然就再也不谈骈文了,忘了骈文辞赋之写作仍是尔后之常态。此等忽略、漠视沿续性文体而仅重其变异之眼光,岂不甚偏?

若说此乃革命的时代,故特重历史之变;而对某些变,诸家却又不重视。如八股制义,是明代最重要的文体,而遭近人一笔也不提地抹杀。演义,是明代小说中最重要的类型,清代则是侠义,胡适、鲁迅以降,也均遭小看。

这表示革命的时代不只看重历史之变,在变动中还要确定变之方向。近代人利用编写、论述文学史,灌输反礼教、反经学、反理学、反崇古、反传统、反士与君子之意识，乃是极为明显的。故而史上某些合乎其意识者便得到宣扬，被放大了影响，某些不合其革命目标的，就理所当然地被遗忘或贬抑。

革命时的说辞，其之所以不能当真，还在于它本身往往混乱。像"文学起于民间，一经文人染指，便僵化死亡，只好再由民间寻其生机"一类说法，固然表达了一种特殊的文学史观，但一来不能证验于我国的文学史，二来持论者本身亦不能贯彻其立场，故徒见其混乱。

说文学起于民间，最常举的例证是《诗经》。可是《诗经》有雅有颂，雅颂是朝廷宗庙之乐章，不符合他们的需要，所以就常只以国风来说。讲得好像《诗经》就只有国风，而国风又都是民间歌谣。

然而，国风是闾巷歌谣吗？它的第一篇是《周南》，《周南》第一篇是《关雎》，开头讲"窈窕淑女君子好逑"，接着说如何追求，最后是追求到了，"琴瑟友之""钟鼓乐之"。在周朝礼乐社会中，谁家能有钟鼓琴瑟呢？不是诸侯就是王公吧！果然，《周南》最后一篇是《麟之趾》，说"麟之趾，振振公子"，"麟之定，振振公族"；《召南》第一篇《鹊巢》，讲的也是"维鹊有巢，维鸠居之。之子于归，百辆御之"。公子公族，人中麟凤，且能派出百辆车乘去迎娶，这又是什么人家？古人于此类诗，每以后妃说之，是否吻合诗旨虽不可必，身份却是对的；近人说是闾巷歌谣，则无论如何也对不上号。此即所谓不能证验于史实。

至于持论者本身之混乱，可以小说为例。文学史家所欣赏的都是文人小说（scholar-novelist）而非民间说话传统；所偏爱的小说，也仍以文采可观者为主。这些人，理念上固然高唱文学从民间来、鼓励研究民间通俗文学，可是在文学品味上却很难认同平民文学。早期的话本，出于市井，固然可由其历史性质而尊崇之，可是明清以后，评价就困难了。迄今为止，那些职业说书人或编书人，如罗贯中、熊大木、天花藏主人等，不但还不甚了解其年齿爵里，其小说史地位更是远不如吴承恩、董说、夏敬渠、吴敬梓、李汝珍和曹雪芹这些文人小说家。文学史家所喜爱的，乃是脱离民间说唱传统，表达作者作为一个文人或知识分子之情操、趣味及理念的作品。这些作品，文字当然较民间说话传统更"文"，也趋近书写传统而远离说与唱的表演。其内容则远较民间说唱传统"雅"，较接近文人的世界观，因此也比民间文学更易博得文人的称赏。

像鲁迅，论《三国》但云：据旧史，即难于描写、杂虚评，复易滋混淆。后来在《中国小说的历史的变迁》又举了三个缺点：容易招人误会、描写过实、文章和主意不能符合。优点则只有一点点儿：描写关羽还不错。《水浒》则连这一点好话也没说。其他细民所嗜的小说，自然评价还要更低。如云《包公案》文意甚拙，乃仅识文字者所为；《三侠五义》构设事端，颇伤稚弱；《小五义》荒略殊甚；《彭公案》等，字句拙劣，几不成文；《施公案》等，历经众手，共成恶书。

此皆可见他们本身就抱持着一种文人的心态及审美观。而这种态度，跟高唱民间文学之论调多有矛盾。又怎能达到他们想贯彻民间史观的目的？

对这些史观上的问题，几十年来"照着讲"，更不用谈对基督教史观、唯物史观缺乏警觉了。

最后我要谈谈近世中国文学史建构中另一大问题。文学史要处理的，是历史中的审美活动。而近世的文学史写作与教学，虽如我上文所说乃是审美的而非历史的，可是他们的毛病，恰好也就是对历史中审美活动之无知无视，只是静态地描述一位位作家（如写实主义诗人、浪漫主义诗人、田园诗人、边塞诗人等），一篇篇作品（沉雄、俊爽、清绮、华丽、婉约、轻艳、颓靡等）。

什么是历史中的审美活动呢？

一是由文到文学。

古无文学，用"文"字涵括一切审美活动，天文、地文、人文之美均称为文。人文则包括一切典章制度，《礼记·少仪》谓："言语之美，穆穆皇皇；朝廷之美，济济翔翔；祭祀之美，齐齐皇皇；车马之美，匪匪翼翼；鸾和之美，肃肃雍雍。"其中言语之美也就是孔子所说"言之不文，行之不远"的那种文言。孔门四科中言语一科，如子贡、宰我所擅长者即属此，其训练则由"不学诗无以言"来，主要表现于辞命，故迩之可以事父，远之可以事君，折冲于尊俎。辞命，固然主要是言说，可也包括文字功夫，故《论语·宪问》云："子曰：'为命，裨谌草创之，世叔讨论之，行人子羽修饰之，东里子产润色之。'"修饰润色，都指纸上之文而非口头之语。但此时并不称为文学，只与言辞合称为"言语"，指言语之美。那时文学一词，指的乃是知识性的文献之学。

由"文"到"文学"，就是文字之美由言语之美中分化出来的过程。分化出来后，才有专讲文字之美的文学可说。文学之史，于焉开端。古代的歌、谣、诵、念、唱、赞、谏、传语、讲述、

第九讲　文学史与文学史观

279

谈辩，则仍是言语的系列，不当混为一谈。

二是由非文学文本到文学文本。

文学是文字书写成品而具美感的，纂组锦绣，错比文华。故并非所有文字书写作品都可称为文学。所谓文人，就是专门写或能写这类主要是供审美之用作品的人。但是，每个时代的审美标准都有不同，有时这个时代认为具文学美的文本，到另一时代却不受欣赏；有时某作者写的非文学文本，旨不在提供人审美之用，在另一时代却可能被人由审美角度去把搦，该人则被视为重要文人。这就是作者及文本的历史性。

以《昭明文选》序来看。它说经典是"孝敬之准式，人伦之师友"，属道德性文字；诸子是"以立意为宗，不以能文为本"，重在义理；纵横辩说"语流千载"，又根本是言语之美，非文藻之丽，故均不予收录，只收那些"义归乎翰藻"的，也就是具文学美之作。可是，宋朝以后，经与诸子渐渐被人由文学美的角度去诠释、解读，成了最好的文学典范，这就由非文学文本变成文学文本了。明清人读《西游记》，本多用以修道喻道，后始欣赏其文采，亦属此类。倒过来看，也有许多人读《红楼梦》并不重在玩味其文学美，而是视如史书，重在可揭示其作者家族身世史或反映国族史，非文学文本或主要不是文学文本。诸如此类，这文学文本与非文学文本间的转换，是文学史最宜关注的。

三是由非文字艺术变成文字艺术。

文字艺术只是诸艺术之一，其他艺术并不利用文字或主要不依文字，例如戏，主要是唱作表演；歌，主要是音色、声腔、节奏；话，主要是言词舌辩及表情，说学逗唱，基本上均非文学。

可是在中国历史中它往往逐渐变成文学艺术。柳浪馆主人《紫钗记·总评》："临川判《紫箫》云此案头之书，非台上之曲。余谓《紫钗》犹然案头之书也，可为台上之曲乎？"曲，从"曲与诗原是两肠"（《曲律》卷四），到诗文化；从台上演出之剧，到成为案头之书，即戏曲发展的历程。其他如乐府本只是歌，而后来"不能倚其声以造辞，而徒欲以辞胜"；或由说话讲史到评话，再到演义，皆是如此。

以上这几方面，都是文学史该处理而过去没什么处理或竟颠倒处理的。若要处理，也不是只指出有这些转换便罢，还须再追究下列各点：

第一，历史中的审美活动者。一般说，那就是作者与读者。而在中国，这主要是文人阶层。其他社会流品向这个阶层类化，成为文学的创作者和享用者，是它最主要的动向。明清时甚至连一般读者都消失或被替代了，因为文人不但担任作者也担任读者，用评、点、批、识来代表读者、带领阅读。过去的文学史不好好研究此一阶层之动态及行思模式，而旁取于劳动阶层或资产阶层，可谓缘木而求鱼。

第二，历史上不同的审美活动倾向。不同时代有不同倾向或重点，例如魏晋南北朝重在技艺之开发、法度之建立，意图完善作品。唐宋以后，觉得更该完善的是作者，明清以后又有致力于完善读者、完善世界的。不同的倾向，形成各时代不同的文学观与文学活动，也造就了不同的作家作品。

第三，历史上不同美感形态之确立与争论。如诗中的唐与宋，文中的古文、骈文，不只是不同时代盛行的文体与写法，也是两种美感形态。故唐型诗不尽同于唐代诗，宋型诗不尽同于宋代诗。唐宋作为风格形态的术语，犹如西方艺术史上"文艺复兴""巴洛克"亦可作为风格描述语那样，对它们的选择与争论，往往带动了历史的动态。

第四，历史上审美活动与其他活动之关系。其他活动，指知识活动、道德活动等。人是整体的，既有审美能力及需求，亦有其他。可是不同的人、不同的时代、不同的文体，偏重便不同，与其他活动亦有分合之不同关系。如古文家是强调文与道俱、言有序且言有物的。简文帝则说立身须严谨，为文可放荡，审美与道德可以分开。另一些风流才子，则认为文才即表现于风流之中，故立身亦只需尽才，不须讲道学。彼此生活态度不一，审美表现当然也就互异，因而也互诽不已，文学史的动态便生于其中。

要细想这些问题，你才能发现刘勰对文学史的处理可能比近人更好，更接近文学本性。我们想真正发展文学史研究，反而需要由这几点起步。

【第十讲】

文字—文学—文化

近人论文学，只就文学语言格式说，与道无涉。勉强说，则如黄侃
《札记》说"道者，犹佛说之'如'"。不如刘勰能得要领。刘勰说道即文、
文即道，是他的创见，古代儒家、道家并没如此说。其说怎么来的？本章
借汉魏六朝新兴的道教思潮来解释，因为刘勰与它们有极大的"家族相似
性"。所谓"无文不光，无文不明，无文不立，无文不成，无文不度，无文
不生"。

一、哲学角度看刘勰文学观

谈《文心雕龙》，我们之前是从经学、史学角度谈，底下我
们要从哲学角度看刘勰的文学观。

刘勰论文，上原于道。这是与今人迥异的，所以他的文学观
也当然不同于今人。因而《原道》是个关键，我们就从这里讲起。

(一)《原道》的篇题及其与宗经征圣之关系

《文心雕龙》以《原道》为首。范文澜注，引申《易·文言传》、阮元《文言说》《书梁昭明太子文选序后》等，实与本篇重点不甚相干。黄侃《札记》则主要只说明了本篇讲"文原于道"的"道"是自然而然的天道，文章亦本此自然而生，与后世古文家说"文以载道"之"道"指孔孟圣人之道不同。于文为何原于道、刘勰又为何要专门讲这个道理，皆阐释不足。其他论者，大抵亦是如此，泛泛作解，或在自然之道与儒家之道是分是合上做文章，皆非知言者也。故以下我略为说之。

许多人又把"原道"理解为"文学源于道"。不是的。"原"与"源"后世分化为两个字，意思颇有差别。"原"这个字，具有推察穷究之意。故《汉书·薛宣传》颜师古注"原，谓寻其本也"；《管子·戒》注"原，察也"。凡推考一事之本义本旨皆称为原，且很早就有个文体叫作"原"了。

《文体明辨》对"原"这种文体有个解释说：自唐韩愈作"五原"，而后人因之。虽非古体，然其溯源于本始、致用于当今，则诚有不可少者。至其曲折抑扬，亦与论说相为表里，无甚异也。对原的文体解说很是精当，但推源于韩愈却错了。此体甚古，《逸周书》《吕氏春秋·原乱》早已有了。

至于"原道"这个名称，最早亦可见于《淮南子·原道》篇。高诱训注曰："原，本也。"刘勰之《原道》，也同样是寻其本于道的意思，故《序志》曰："盖《文心》之作也，本乎道、师乎圣、体乎经。"高诱这个注本，因是训诂《淮南子》各篇篇意，因此每篇都题为"某某训"。结果后人搞不清楚，引《淮南子》时就以为每篇题目都叫"某某训"。殊不知若指《淮南子》，其篇名就只是《原道》《天文》《地形》等；引高诱注才可称为《原道训》《天文训》《地形训》等。训者训诂之意，哪有原文各篇名称为"训"的？可惜如今引用《淮南子》的人，很多都是错的，不明古人著作体例，一至于斯，实堪浩叹！

近人论文学，又只就文学语言格式说，与道无涉。语言文字格式呢，又区分成"文学"与"非文学"两大类。讨论文学时，若专就所谓文学申论，即会被视为较纯粹的文学论著。若文学与非文学之界限区划得较不严格，则会被视为杂文学论者，处理的常是非艺术性的文章，只有狭义的文学论者才能坚守艺术性文学范畴。认为古代人思想较囫囵，区分还不精密，不能把文史哲、艺术性文学与非艺术性文章分开，故所论往往属于广义的文学，成为杂文学的论者，后来才慢慢进化了。

因此，现代人看刘勰，也会惋惜他不能超越时代的局限：文史哲界限不清楚，只是历史早期所出现的必然现象。由于受整个文化思想发展的历史条件限制，刘勰的文学观念也存在着某些不科学的地方。虽然他很细致地分析了各个不同文类的特点及它们之间的异同，也清楚地看到了诗赋这样的艺术文学的独有特征，但是他没有能明确地提出在这众多文类中，实际上包括艺术文学和非艺术文章两大部分。（张少康《刘勰及其文心雕龙研究》第二章《刘勰的文学观念和文心雕龙的体例》，北京大学出版社，2010年）

此说之误，除了上述观念之偏执，更在于与刘勰无关。今人的文学观其实才是文体式的：诗赋是文学，而章、表、奏、议之类不是，只是实用文书。但试问：诗赋这些文体天然地就是文学艺术吗？章、表、奏、议、论、檄、移天然地就不是吗？非也！诗赋只是文体，这一文体中写得有文采的才是文学，章、表、论、移等也是如此。

这才是文学观点，亦即刘勰的主张。所以诸子、史传、章、表、书、奏都可以显示其文学性而成为文学，经书也是因其文学性而被推崇的。今人倒退回去，仅就语言文字格式之文体意义说文学与非文学，反而自诩进化，嘲笑刘勰，我真不知道该如何说才好。

依刘勰，所有文体都必须走向或显示为文学，如此才是符合道的，否则即为失道。这是对一切文的要求，也是文之所以为文的本然原理，因此论文才要原道。此所当知者一也。

其次，刘勰之所以开篇就要原道，正与其"师乎圣，体乎经"是合一的，三者密不可分。故元代钱惟善在《文心雕龙序》中云："自孔子没，由汉以降，老佛之说兴，学者日趋于异端，圣人之道不行……当二家滥觞横流之际，孰能排而斥之？苟知以道为原、以经为宗、以圣为征，而立言著书，其亦庶几可取乎！呜呼，此《文心雕龙》所由述也。"

钱惟善未必注意到刘勰久居僧院的生平史事，仅由《文心雕龙》文本看，所以特别揭示了该书宗旨即在原道、宗经、征圣上。可是这个论断一点儿也没错，刘勰固然久居僧寮，后来甚至出了家，但《文心雕龙》此一立场就根本违异于佛家。

怎么说呢？原始佛家与中国思想有许多基本差异，其中之一就是圣与道的关系。

依佛家义，知识、见解、证会之来源有三：一曰现量、二曰比量、三曰圣言量。现量者，当境即是，感观直见而得知得量；比量者，比拟测度推理而知；圣言量者，依圣人言语而知量也。圣人是智慧、真理之来源，也是依据，故凡夫之知量均须依圣言量而断。

中国的圣人则不能如此，圣人之上还有天、有道。圣人不是真理的来源，天或道才是。天或道也是圣人之所以为圣人的凭借，所谓"天纵之将圣""天将以夫子为木铎""天未丧斯文"。《周礼·太宰》以九两系邦国之民，其四曰"儒以道得民"，可见儒也不是自作主张的，只是奉道者。降而下之，后世凡说修养说学问，均以是否"得道"为判断。所以这是个大传统。

同样，刘勰说宗经、征圣，可是宗经、征圣仍非究竟义，一定要再上溯于道，本于道、原于道，说："道沿圣以垂文，圣因文而明道。"

这正是中国特有的思维，不是印度佛教的。道在天地之间，圣人知之体之，而又能以文表现之。不像佛教说的"道"，乃是佛陀悟出。故一是道沿圣以垂文，一是圣出言而为道。

黄侃《札记》曾说："道者，犹佛说之'如'，其运无乎不在。"实则"道"与佛说之"如"，根本区分在于：道为万物之所然、万理之所稽（韩非解老），其运无乎不在。"如"则为佛说，乃佛悟出说出之理；以此理稽之万物，遂以"如"为"如"之实相耳！情况与基督教传统以上帝为真理之源相似。

（二）道即是文

以上是本篇第一个重点，接着要说的是"道沿圣以垂文"。请看《原道》内文怎么说：

人文之元，肇自太极，幽赞神明，《易》象惟先。庖牺画其始，仲尼翼其终。而《乾》《坤》两位，独制《文言》。言之文也，天地之心哉！若乃《河图》孕乎八卦，《洛书》韫乎九畴，玉版金镂之实，丹文绿牒之华，谁其尸之？亦神理而已。

自鸟迹代绳，文字始炳；炎皞遗事，纪在《三坟》，而年世渺邈，声采靡追。唐虞文章，则焕乎始盛。元首载歌，既发吟咏之志；益稷陈谟，亦垂敷奏之风。夏后氏兴，业峻鸿绩，九序惟歌，勋德弥缛。逮及商周，文胜其质，《雅》《颂》所被，英华日新。文王患忧，繇辞炳曜，符采复隐，精义坚深。重以公旦多材，振其徽烈，剬诗缉颂，斧藻群言。至夫子继圣，独秀前哲，熔钧六经，必金声而玉振；雕琢情性，组织辞令，木铎启而千里应，席珍流而万世响，写天地之辉光，晓生民之耳目矣。

爰自风姓，暨于孔氏，玄圣创典，素王述训，莫不原道心以敷章，研神理而设教，取象乎《河》《洛》，问数乎蓍龟，观天文以极变，察人文以成化；然后能经纬区宇，弥纶彝宪，发辉事业，彪炳辞义。故知道沿圣以垂文，圣因文而明道，旁通而无滞，日用而不匮。《易》曰："鼓天下之动者存乎辞。"辞之所以能鼓天下者，乃道之文也。

"道沿圣以垂文"，文当然就是指圣人留下来的经典了。这基本也没错，故篇中云："元首载歌，既发吟咏之志；益稷陈谟，亦垂敷奏之风。……莫不原道心以敷章，研神理而设教。"但更须注意者在于：道沿圣以垂文，而事实上道即文。

一般人理解文本于道、原于道，大多会想成是母子关系：文由道生，或先有道后有文。但刘勰之说却非如此，乃是道即文、文即道。

何以说道即文？首先，文是与天地并生的，故曰："文之为德也大矣，与天地并生。"可是这并不是说天地之外还有一个与它们并生、同时存在的"文"。而是说天地本身就显示为文。

所以"玄黄色杂，方圆体分，日月叠璧"就是天，是天之象，也就是天之文；"山川焕绮"，是地之形，也即是地之文。天地，就其为物说；文，则是就其表现说。因此这便是道之文，是道的显现。文与道，犹如文与天地，正是二而一、一而二的。

同理，天地间一切物，动物有龙凤虎豹之藻蔚，植物有草木之贲华，乃至泉石风籁，无不显示为文。人在天地间，最秀最灵，当然也更能表现文，甚至还能昌明文。此乃人之文。人文和天文、地文一样，指物言是人，指表现言则是文，两者也是统一的。

不是吗？《原道》篇两处讲到"天地之心"。一说"两仪既生矣，惟人参之。性灵所钟，是谓三才。为五行之秀，实天地之心"，这是指人。另一处说孔子于乾坤两卦，"独制文言。言之文也，天地之心哉"，则是就文说。可是两者都讲同一个意思，均是说人在天地间，应参赞化育。能参赞化育的，是人，也就是文。[1]

天地人，就其显示、表现说就都是文。这个道理，合起来即道与文的关系。前文曾说中国人认为道是真理的来源，圣人都还要本于道。现代人可能会将其理解为宇宙间存在一个高于万事万物、超越于贤圣愚凡之上的真理，那就是道。不是的，那就把道想象成类似上帝那样的存有。

道，事实上乃是"无道"，不是有一个客观的道在主宰着宇宙的运行变化，它只是万物显现自己的一种状态。因此儒家、道家都用"无极"来形容"太极"。无极而太极，涵义并不是说无极生出了太极，而是说太极本身即是无极的，不是有一物作为"第一因"或宇宙万物之主宰主导者。此理，朱熹论《太极图说》已说得很明白了。更早《庄子·天运》篇也讲得很清楚："天其运乎？地其处乎？日月争于其所乎？孰主张是？孰纲维是？孰居无事推而行是？意者其有机缄而不得已邪？意者其运转而不能自止邪？云者为雨乎？雨者为云乎？孰隆施是？孰居无事淫乐而劝是？"有谁没事干，整天在兴云布雨、推日排月？没有！宇宙间没有主宰者，没谁使万物如此。因此，道不是万物之外的另一事、另一物，道即如此。所以才说它是自然的。

这是中国人论道的基本思路。各家之不同，不是在这个路数上有什么差异，而是对"如此"之理解不同。如孔子系《易》，说立天之道是阴阳，立地之道是刚柔，立人之道是仁义。道家则认

---

1 案："为五行之秀气，实天地之心"，杨明照、王利器认为应作"天地之心生"。不然。此语本诸《礼记·礼运》。

为人道仍应同于天道。荀子便据此批评庄子知天而不知人。就刘勰来说，他不谈阴阳、刚柔、仁义，只说文。因为"万物如此"地呈现为文，故道即是文。

二、道教思潮与刘勰之说的"家族相似性"

不过，刘勰这样的文学观，虽说是顺着中国儒道的基本思路而来，但各位也可明显发现：《淮南子·原道》篇固然没有如此论文；儒家、道家也未有这样论文。把文与道如此合在一起说，仍应属于刘勰的创见。纪晓岚说："自汉以来，论文者罕能及此。彦和以此发端，所见在六朝文士之上。"就是推崇他这一点。

我则想由纪晓岚之说再进一步考察，以尽刘勰此说的底蕴。

由于过去大家只从文学这个角度看，所以觉得刘勰这个说法很新、很特别。可是若从整个汉晋大思想环境看，则我就认为刘勰之说颇有同风者。他的讲法，与这批同调者之间，有极大的"家族相似性"；甚至，当孤立地看刘勰时那些费解的地方，在观察这些言论与事物时就会豁然贯通、怡然理顺。

这批同风者不是别的，就是汉魏六朝新兴的道教思潮。

过去，儒家说立天之道阴与阳，立地之道刚与柔，立人之道仁与义（见《序卦传》）；道家说"万物负阴而抱阳，冲气以为和"。刘勰却说天地人道都是文。这相对于儒道两家来说，似乎是个新说法。但若细细考察，即知此亦由儒道旧有观念发展而来，且在汉末魏晋间已形成一种新思潮，足以与刘勰所说对观。这便是出现于汉晋之间，与刘勰同时而略早的道教真文信仰。

第十讲　文字—文学—文化

（一）经典的由来：天书真文

道教的经典形态很特殊。它常没有作者，其经典之出世，虽也可能是由教主或先知所传，其创造却常非人力所为，乃是自然创生的。

这样的经典很不少，且足以视为道教之特色，为其他宗教所无。以《道藏》正一部《上清元始变化宝真上经九灵太妙龟山玄箓》为例。该经即自称是"九天建立之始，皆自然而生"，据说当时"与气同存，三景齐明，表见九天之上、太空之中；或结飞玄紫气以成灵文"。示现灵文之后，倒也并未立即成为经典，因为"天书宛妙，文势曲折，字方一丈，难可寻详。自非九天中真王，莫能明其旨音"。所以后来经过诸天上圣仙真集体解义后，才予以写定，封藏于九天之上、大有之宫；一直要等到西王母登西龟山，恰好又碰到天缘凑巧，于金华堂"北窗上有自生紫气，结成玄文，字方一丈"，两相感应，元始天王才降授此经给西王母，使其总领仙籍。这时的经文，系"青琼之版，金书玉字"，其贵重可知。

这篇道经出世记，颇为曲折，且幽邈难稽，但事实上许多道教都如此强调它是以这种方式降世的。洞玄部玉诀类《洞玄灵宝自然九天生神章经序说》谓此方式为"悬义"，意指上天悬此义以示人，非仙圣所造。它并说："此经乃三洞自然之气，结成灵文，非由人所演说。故经题不冠以太上，经首不冠以道言，不立序分，不言时处也。"

所谓经题冠以"太上"，如洞玄部本文类《太上洞玄灵宝天尊说大通经》题曰"太上"，是因经为天尊所说。经首冠以"道言"，如《太上洞玄灵宝护诸童子经》一开头即说："道言天地父母，日月五星，运气自然"，谓此经乃道君所言。所谓"言时处"，如《太上洞玄灵宝开演秘密藏经》开端即说："太上大道君以上皇元年十月五日，与无量天真妙行神人，诣太微帝君处。"有些仿拟佛经的道书，常以"如是我闻，一时天尊在蒲林国中、樊华树下"（《太上灵宝元阳妙经》）的句式述说经义，也属此等。倘若在体例上不言时处、不冠说经者名、不以引述言说之方式出现的经籍，可能就是上天悬义，自然成文的。

此类自然创生之经，数量着实不少。除《道藏》所收者外，某些经中也提到一些自然生经，如《太上灵宝洪福灭罪像名经》本身虽非自然生成经，但它引了洞真、洞玄、洞神三洞各十二部经，说："右三十六部尊经符图，金书玉字，凝结三洞飞玄之气，五合成文，文采焕耀，洞照八方。"且谓《黄庭经》《无上秘要》等三十六部经，皆"以混成郁积玄景……三五启绪，八会结文，或作金书凤篆，或造玉字龙章"。洞真部方法类《灵宝无量度人上经大法》更主张："三洞之经，四辅符箓，皆因赤书玉字而化，禀受灵宝之气而成。"太平部《一切道经音义妙门由起》也认为："凡诸真经，皆结空成字。圣师出化，写以施行。"已有将一切道经皆解释为自然创生者的倾向了。

以佛教经典来对照，我们就可以知道这是极特殊的讲法了。

在佛教创立时，被称为"佛""世尊""如来"的，只有释迦一人。一切教义，皆由佛陀思悟而得，亦皆由佛宣讲之。佛灭后，其弟子始结集为经文。在王舍城外七叶窟中，五百罗汉聚会，由阿难诵出他所曾听闻的佛经义理，由优波离诵出佛所制定的僧团戒律，再由摩柯迦叶诵出教义的解释和研究的论著，形成了佛教的经、律、论三藏。是为佛经之第一次结集。因此佛经基本上都说是佛所说法，或以"如是我闻"来表示其经文乃闻之于佛陀。经部派佛教之后，另外造作了诸佛与菩萨系统，经文亦有名为菩萨所说法者。但不管如何，总不会有道教这样的自然创生经书说。

伊斯兰教的《古兰经》，亦为穆罕默德在传教过程中，依"阿拉"启示的名义宣示，而由门弟子记录于石板、兽皮、枣椰叶上，逐渐结集而成。以后也没有宜称为"生于九玄之先，结飞玄紫气，自然之章"（《上清外国放品青童内文》卷下）之类的书。

不过，据《灵宝无量度人上经大法》卷二说，这种天生经文并不就是现在我们所看到的经籍。而是经过五道翻译手续，方成为现在所见之书。此即所谓五译成书。《五译成书品》说：

一译：玉字生于虚无之先，隐乎空洞之中，名大梵玉字。至赤明开图，火炼成文，为赤书玉字。元始以大通神威之力，开廓五文，而生神灵，宣纬演秘而成大法也。

二译：火炼成文赤书之后，字方一丈，八角垂芒，覆于诸天下，下荫西元，九天之根，流金之势。玉光金真之明，焕耀太空。元始命天真皇人书其文，名八威龙文。亦曰诸天八会之书。秘于上清玄都金阙七宝琼台，及紫微上宫兰房金室东西华堂，九天太霞之府也。

三译：元始天尊为道法宗主、玉宸道君为灵宝教主，撰此《灵书五篇真文》，三十二天玉字成经，名云篆光明之章。

四译：汉元封元年七月七日，西王母下降，以此经法授汉武帝。帝亦不晓大梵之言，王母曰："元始是大罗天人，道君是西郡玉国人。天方与神洲之言不同，况大梵之言乎？"遂以笔书之，改天书玉字为今文。以大梵之言、威仪服御官名、图书名色、宫阙、甲子、卦炁、坛式大法之内诸品行用，三十六部尊经，并系汉制世文之语，为古今之法言也。

五译：自天真皇人悉书其文以为正音。妙行其人撰集符书，大法修用，真定真人、郁罗真人、光妙真人集三十六部真经符图为中盟宝箓，以三十六部真经之文为灵宝大法，因此流传。吴左仙翁授经箓法诀于太极徐真人。仙翁遗于上清真人杨君。总其玉清洞真、上清洞玄二品之经法，后世渐有神文，是第五译也。

自然天文，五译乃成世书。其《宝经降世品》也说：灵书八会，字无正形，由天皇真人注书其字、解释其音，以赐太上道君二百五十六字。道君再撰次成文，称为"大梵隐语"。

这当然是灵宝派对自己这一派经典之来历及传承的一种解释，因为所谓"大梵隐语"正在《灵宝度人经》中。不过，这不是自晋葛巢甫创造灵宝经及陆修静增修以来，灵宝一派特殊的讲法。前文曾引证一等各部经籍，可说明此类想法在汉晋之间已是各派都有的了。

《灵宝无量度人上经大法》说三洞四辅皆天书化成，固属夸张不经，然各派也确然都有经典是由天造的讲法。如洞真部《太上无极总真文昌大洞仙经》，叙经意即说："始自苍胡檀炽音，结云成篆度天人，太玄道父亲求授，下世方闻大洞经。"（卷一），可见上清派亦有此说。至于三皇文派，其《三皇经》曰："皇文帝书，皆出虚无，空中结气成字，无祖无先，无穷无极，随运隐见，绵绵常存。"显然也采用了自然创生说。相信有许多经典是天书。

（二）由文生立一切

这些虚无本起，自然成文的天书，往往要经过神灵仙真拟写才"演成"经典。故它本身既是经籍，又是经籍之所由生的依据。

换言之，无而生有，有此天文。而此天文又可能是"化生万物"的那个"一"，所谓"道生一，一生二，二生三，三生万物"。道教天书说的奇特处，正是要以这个"一"来讲三生万物。今仍举《云笈七签》为例。其书三洞经教部，说三元会八六书之法：

《道门大论》曰："一者，阴阳初分，有三元五德八会之气，以成飞天之书，后撰为八龙云篆明光之章。"陆先生解三才，谓之三元。三元既立、五行咸具。以五行为五位，三五和合，谓之八会，为众书之文。又有八龙云篆明光之章、自然飞玄之气，结空成文，字方一丈，肇于诸天之内，生立一切也。按：《真诰》紫微夫人说三元八会之书，建文章之祖。八龙云篆，是根宗所起，有天之始也。又云：八会是三才五行，形在既判之后。《赤书》云：灵宝赤书五篇真文，出于元始之先。即此而论，三元应非三才，五德应非五行也。此正应是三宝丈人之三气。三气自有五德耳。故《九天生神章》云："天地万化，自非三元所育、九气所导，莫能生也。"又云："三气为天地之尊，九气为万物之根。"故知此三元，在天地未开，三才未生之前也。宋法师解八会，只是三气五德。三元者，一曰混洞太无元高上玉皇之气，二曰赤混太无元无上玉清之气，三曰冥寂玄通元无上玉虚之气。五德者，即三元所有三五会，即阴阳和，阴有少阴、太阴、阳有少阳、太阳，就和中之和，为五德也。篆者，撰也，撰集云书，谓之云篆。此即三元八会之文、八龙云篆之章，皆是天书。三元八会之例是也。云篆明光，则五符五胜之例是也。八会本文凡一千一百九字，其篇真文合六百六十八字，是三才之元根，生立天地、开化人神万物之由。故云有天道、地道、神道、人道，此之谓也。

　　道教中，被视为经教之本文的，包括：三元八会之法、云篆、八体六书六文、符字、八显、玉字诀、皇文帝书、天书、龙章、凤文、玉牒金书、石字、题素、玉字、文生东、玉篆、玉篇、玉札、丹书墨篆、玉策、福连之书、琅虬琼文、白银之篇、赤书、火炼真文、金壶墨汁字、琼札、紫字、自然之字、四会成字、琅简素书等。称为本文，意谓法尔自然成文，为万化之本也。详见《云笈七签》。道教经典夙以三洞四辅十二类分类。十二类中，第一为本文类，即"三元八会之书，长生缘起之说，经教之根本也"，第二为神符类，"龙章凤篆之文，灵迹符书之字"，大概都属天书范围。

　　这一大段说的气化运行，天书成文，就是一。一是文，文之中有三气五德，故称为三元八会之文。这个"一""文"，即天地万物开立之根，所以又说真文出于元始之先。

　　若依老子哲学来看，只要讲道生一，一生二，二生三即可，因自然气运便能生成万物，根本不必扯上文字问题。"自然飞玄之气，'结空成文，字方一丈，肇于诸天之内'，生立一切"。

但道教义理，却在此显得甚为奇特。老子是倡言"信言不美，美言不信"的人，主张去文，要"使人复结绳而用之"；道教在此则显然与老子颇为不同。这是一种文字崇拜哩！

如前文所述，道教人士似乎认为：天地万物皆气化所生，而气在化生万物之际，云气撰集，就构成了"云篆"，形成三元八会之文、八龙云篆之章，这些文与章，即天、地、人三才成立的开端。宇宙正是依此文而成就为天文、地文、人文。

这个理论，当然可以有不同的讲法。如《玄览人鸟山经图》说人鸟山之密，是"妙气结字。圣匠写之，以传上学，不泄中人。妙气之字，即是山容，其表异相，其迹殊姿，皆是妙气化而成焉"。这些天文，其实就是人鸟山真形图，故经又引太上曰："人鸟山之形质，是天地人之生根。元气之所因，妙化之所用。"这个山，并非真的山，而是指元气所出之处，所以又名本无玄妙山、或元气宝洞山等。气化成字，字又是此山之真形图，则字当然就等于宇宙之本，难怪经又说"山内自然之字，一十有一"了。

说来说去，一切都还是字。说人鸟山之形质，为天地人之生根，不就是说有文字才能成就天地人三才吗？九老仙都君、气气丈人，都要图书山形，佩之于肘；天帝也得写空中之书，以附人鸟之体。真人道士，若能备此山形及书文者，便得仙游昆仑，若修行不负文言，亦能登仙，不必服丹药或导引屈伸。文之德，真是大矣哉！

人鸟真形，是灵宝经系的讲法。在三皇文经系中，则帛和在石壁上看到的文字，也包括了《太清中经神丹方》及《三皇天文大字》《五岳真形图》。三皇文者，本来就是指天文、地文、人文。

《五岳真形图》，则如人鸟山真形图之类。《灵宝无量度人上经大法》卷二十一《五岳真形品》曰："五岳真形图，乃三天太上所出，文秘禁重。"这真形图为何如此神秘呢？西王母解释说：三天太上道君曾经俯观六合，"因山源之规矩，睹河岳之盘曲，陵回阜转，山高陇长，周旋委蛇，形似书字。是故因象制名，定名实之号，画形秘于玄台"，又说："五岳真形者，是山水之象也……云林玄黄，有如书字之状。是以天真道君下观规矩，拟踪趋向，因如字之韵，随形而名山焉。"显然这是认为中国文字以象形为主，依类象形；而最先拟象的，就是山川大地。所以，《五岳真形图》其实就是最古老的文字，"乃是神农前世，太上八会群方飞天之书法，殆鸟迹之先代也。自不得仙人释注显出，终不可知也"（《渭玄灵宝五岳古本其形图》东方朔序）。

这种最古老的文字，不只有历史意义而已，它是"天尊造化，具一切法"，可以视为一切文的"原型"（universal symbols）。后世一切龙书凤篆、鸟迹古文、大小篆隶、摹印、署书、虫书等文字，皆由此演出。不只是人间使用文字如此，还包括天上云气撰形、地上龙凤之象、龟龙鱼鸟所吐、鳞甲毛羽所载以及"鬼书杂体，微昧非人所解者"，也都由此真文化出。

因此这个"文"事实上又指一切文明、文化而言，即传统所谓天文、地文与人文，不仅指文字。《云笈七签》卷七引《内音玉字经》说此诸天内音自然玉字，生于元始之上，"随运开度，普成天地之功"，"其道足以开度天人"，就是这个缘故。

由于一切文明皆由此真文天书而来，故文字对宇宙事物皆有规定性，"一者主召九天上帝，校神仙图箓，求仙致真之法。二者主召天宿星宫，正天分度，保国宁民之道。三者摄制酆都六天之气。四者勅命水帝，制召龙鸟也。其诸天内音……论诸天度数期会，大圣真仙名讳位号、所治官府台城处所、神仙变化升降品次、众魔种类、八鬼生死、转轮因缘。……五方元精名号、服御求仙、炼神化形、白日腾空之法"，几乎一切人天秩序，都在这些真文玉字中得到了规定。

真文天书具有这种神秘力量，所以同书又引《本相经》说元始天尊曾与高上大圣玉帝以火炼此真文，"以文莹发字形。尔时真文火漏，余处气生，化为七宝林，是以枝叶成紫书，金地银楼，玉文其中"，具体说明了真文可以化成万物。

不只此也，"诸龙禽猛兽，一切神虫，常食林露，真气入身，命皆得长寿三千万劫。当终之后，皆转化为飞仙，从道不辍，亦得正真无为之道"。吃了真文所化林木上的灵水，便能有此好处，其文为入道之关捩，可想而知。

洞玄部本文类《洞玄灵宝本相运度劫期经》也提到另一种因文字而不死成仙的方法，洞浮山是三百万劫都不毁灭的奇境，其间兰林不衰、凤鸟不死，因为林叶上"有天景大混自然文字，九色凤鸟恒食树叶。其鸟昼夜六时吐其异音。其鸟鸣时，国中男女皆望音而礼"，故全国人都能活三十六万岁。其国人又有一火池，池文蔚勃，"形状有似天景大混之文，国中男女三年一诣火池沐浴身形。……故人命寿长远"。反之，若真文还收，那就要人命短促、兵革疫乱、浊邪竞躁、天下大乱了。

同理，洞玄部本文类《上清三元玉检三元布经》也说："玉检之文，出于九玄九空洞之先，结自然之气，以成玉文。九天分判，三道演明，三元布气，检御三真。天无此文，则三光昏翳、五帝错位、九运翻度、七宿奔精。地无此文，则九土沦渊、五岳崩溃、山河倒倾。""得备其文，则得遨游九天之上，寿同劫年。"宇宙间最高的神秘力量，似乎就在于此。

总之，这种文字崇拜，是把"道生"解释成气化自然生出文字，而此文字又为宇宙一切天地人之根本，是创生之本、也是原理之本。不能掌握这个根本，则宇宙便丧失了秩序，颠动不安，从此失去生机；人若离开了创生的原理，也要销毁死亡。

这才是道教信仰真正的思想核心。道教以宇宙为虚无，但虚无之中，因气的作用，可以自然生化万物，诸如《老君太上虚无自然本起经》《太上洞玄灵宝天地运度自然妙经》之类名称，均可表示这个立场。一旦气化生物，天之日星、地之河岳、人之言动即共同表现为"文"，《文心雕龙·原道》篇所谓：

> 文之为德也大矣。与天地并生者何哉？夫玄黄色杂、方圆体分，日月叠璧，以垂丽天之象，山川焕绮，以辅理地之形。此盖道之文也。仰观吐曜，俯察含章，高卑定位，故两仪既生矣。惟人参之，性灵所钟，是谓三才，为五行之秀，实天地之心。心生而言立，言立而文明，自然之道也。傍及万品，动植皆文。

把这类观念讲得再清楚不过了。自然之道，显现为道之文。用道教的表达方式说，就是自然垂文，结气成字，形成自然天书，而一切天地人三才亦皆为此文所涵蕴所开立。

这是中国本有的文字崇拜，与汉朝宇宙论结合以后的讲法，非老子哲学所有。故宇宙虽属气化，真文始为"三才之元根，生立天地、开化人神万物之由"。人如果要进窥宇宙造化之秘，唯一的方法，也只能是经由文字。

（三）以文字掌握世界

此说的哲学意蕴甚为丰富，可以台湾著名哲学家史作柽的说法来对勘。史作柽曾在《哲学人类学序说》(仰哲出版社，1988年)一书中提到，要探索全人类之历史文明必须通过对文字的省察。他认为：

1.人类在历史的演进中，会不断发展其追求终极内容的方法。

2.所以我们可由方法来看历史。

3.方法有一"三元性之序列"，即单一符号、文字、纯形式。

4.其中，又以文字最为重要。欲观人类文明，唯有把握文字。因单一符号，并无记录历史之可能；纯形式之科学，本身具有反历史之性质，亦不能与整体之历史直接关联。能够记录、成形，并有前瞻创造之可能者，其关键皆在文字。整个文明的形成、说明、纪录与批评，亦皆以文字出之。

5.一切属于创造性历史之真正起始的问题，也都与文字或文字之创始有直接而必然的关系。故观史解史的方法性之基础，在于文字。

6.文字的创造，代表人类以自由而创造的心灵，进行了对"观念如何表达"的探索。所以，观察文字如何被创造，也就了解了文明创造之真象。

7.古人亦尝探究文字之始，所谓探求本义，即在求文字之始之心、求文字得以建立的原则。

8.文之始创，由于不可知的创造性心灵。所以要探究它，便不可求之于已成系统的文字。因既成系统的文字，很难说哪一个字是其他字的原因或来源。

9.既然如此，便只好推想有一"单一文字"。此即在文字系统尚未建立之前的图画文字。彼非系统文字，但蕴含了我国文字造形之理。

10.这个理，就是图像。我国的文字系统，即是一象形性的文字系统。

11.但上古人类文明都有象形，何以独我国以象形发展成一系统性文字，并以此形成一伟大的古典文明？可见其象形并不只是单纯的依类象形，而必有其所以如此象物的内在性观念。

12.古人曾经推究字源，想象文字始创时有穗书、鸟书、龟书、龙书之类。学者研究他们所说，可发现其所含观念即为"自然"。自然，可能即是当时所有传说中，文字得以成立的真正内在性观念。

（本书特别是第十六章至二十四章。其论述甚为繁赜，此处是我整理简化的结果。）

史作柽企图透过对文字之真始的探究，来讲明历史文明的创造性。他的哲学人类学当然与道教思想不一样，但是他要说明历史之真始真创时，会想到从文字去掌握；说文字，又推溯到一切甲骨金文系统文字之先的图书文字（单一文字）；且说此文字所依之理即自然。

这种思路，与道教甚为接近。因此，我们是不是可以这样认为：道教之所以要提出这种天文自然创生说，也就是基于对历史文明之创造性的理解与说明？

从道教诸天书真文的故事而看，这些神话确实悠邈无稽。但它可能是一种对文字及文明创始的理论说明，而非事实描述。正如史作柽所说的"单一文字"，究竟是陶文或其他何种文字，并不重要，因为"它完全是由于一种理论上的要求而来"。为了要说明历史文明之创始意义，道教才用天开文字、自然创生或元始天尊创作等等，来说明整个文明如何具体展开。

这种文，不是任何系统文字，但它包蕴了以后一切文字乃至文明的成立之法。它内在性的观念，也是自然，因此它是在虚无中自然生立。这种文字，"文势曲折"，或显现为一种人鸟山之类的图形，可见道教也是把"象形"视为文字的基本理则。

由于这种追究文字之始的活动，乃是人类对其本身历史的一种反省，希望能对历史之事实有一理论上的说明。故这种理论的提出，是人文之必然，犹如孔子系《易》，推造字于伏羲。

这些推求，旨非考古，乃在于求创造之几，因此不能从史迹上看这些理论，而应从其探溯创造的理趣上去了解。一切神话性的说辞，亦均为一修辞策略，意在强调此不可名状的创造，借悠邈荒唐之言，寄其情、阐其义而已。无论史作柽的探求文字真始之活动，或道教的说法，基本上都是如此。

但是，为何文明创造之几的探索，要由追究文字之始来着手呢？从历史上看，求始之活动，倘为人文之必然，为何其他民族或宗教并不曾发展出这样的天文说？只有中国本土的道教，才特别凸显文字的地位与意义，也只有中国的哲学家如史作柽者，才会坚信："观史解史的方法性之基础若在于文字，那么果以全人之方式而呈现其历史之真义者，唯中国能之。"这是什么道理？

这不能不说是中国本有的文字信仰有以致之。文字崇拜与单纯拜物信仰不同，它含有"自然"的观念，更含有以文字为方法以观史、观世界的方法意识。所以，对文字本身的把握，便是一种方法学的掌握；对文字的理解，其实就等于对世界的理解。而文字的神秘力量，就在于它被认为是真正把握历史文明之创造真几的唯一方法；就在于文字之创生，便代表了一切人文（或包括天文、地文）创生之理。

（四）"文字—文学—文化"之结构

综括前举各种道经所述，真文是在天地之先、空洞之中，凝结成文，故此文可为真文、大洞真经、无无上真等等。此真文又布核五方，故又可称为五篇灵文、五符、五灵符等等。元始天尊以火炼之，故又名赤文或赤书真文。其文乃自然隐秘之音，故又名隐文、隐韵、大梵隐语。文字始出之际，八角垂芒、文采焕耀，故又曰宝章、玉字、玉音……

在道教中，此真文就是道，为万物之本体。盖大道空洞，其显相即是文。洞真部本文类《元始无量度人上品妙经》卷一说"上无复祖，唯道为身。五文开廓，普植神灵。无文不光，无文不明，无文不立，无文不成，无文不度，无文不生"，即指此而言。故薛幽栖注曰："真文之质，即道真之体为文。"成玄英注说得更明白："真文之体，为诸天之根本。妙气自成，不复更有先祖也。"日月、天地、万物均由此道体生成化度。道又称为文，是指其涵蕴了一切条理、纹理。

据说这真文天书共二百五十六个字，分配到三十二天，每天得八字。这八个字，可以"以消不祥，成济一切"。因为这是万物成立的根本，所以若能掌握这几个隐文秘音，便能"辟逐一切精邪，清襄一切灾害，度脱一切生死，成就一切天人"。这就是道士积学修真的秘诀。有分教："三洞诸经贵玉音，文章错落灿珠金。保天镇地被襄灾厄，度尽尘沙无数人！"（《清河老人颂》）

正一派第四十三代天师张宇初的《太上洞玄灵宝无量度人上品妙经通义》卷一列有"太极妙化神灵混洞赤文图"，可以充分说明这套形上学体系。

文字是道，则修行体道，唯在守文。文字又成了入道的凭据。此即前文所谓文之方法义。道经种万种，其旨大抵如是。

顺着这种彻底文字化的宗教性格来观察，我们当然也会发现道教与文学有特殊的关联。比方说柳宗元"闻凡山川必有神司之"，于是作《愬螭》，投之江，或"为文醮诉于帝"，岂不是道士上章、投简之类行为吗？文人用文章来祈雨、逐灾、驱傩，谴鬼、祭鳄鱼、投龙……道士也用同样的行为与文辞来办这些事。这是用文字在襄祓不祥呀！

又如悼丧葬、祀天地、飨神祇、歌五帝……本来就都用得着文学作品，如《诗》之颂，楚辞、乐府郊庙歌、神弦曲之类，皆是借文字的神秘力量，勾连幽明，通达三界，以致精诚。这种力量，在道教中尤其被充分地发挥了。

例如道教有"步虚词"。《乐府解题》："步虚词，道家曲也。备言众仙缥缈轻举之美。"其实这是道教赞颂乐章之一。其音腔备载于洞玄部赞颂类《玉音法事》等书，旨在飞步乘虚，并不只是描述众仙之美而已。咏步虚词，本身也就是一种修行方法，故洞玄部赞颂类《洞玄灵宝升玄步虚章序疏》谓此经一是建立法体，从理起用，二是示修行方法，三是列十颂以赞法体，第四是散掷广诵，法法皆正，以示得失流通。在举行步虚时，又要有焚符于水盂、上香、默跪、启奏三清、讽神咒等仪式，可详洞真部威仪类《太乙火府奏告祈禳仪》诸书，足见其慎重。但整个步虚词，实际上仍是以天书真文为核心；无论道教所用者，或文人拟作，皆是如此。像庾信《步虚词》十首，第一篇就是："浑成空教立，元始正涂开，赤玉灵文下，朱陵真气来……"第二首是："无名万物始，有道百灵初……赤凤来衔玺，青鸟入献书。"第七首又是："龙泥印玉策，天火炼真文。"

由此可知，步虚词是用文字来咏赞天尊及诸仙真，这种咏赞本身就是修行法门，其文字与天书真文、与道有相同构型。故又可以透过步虚飞玄入妙，与道同流。

这种歌辞，能不能径视为文学作品呢？此犹如谣言谶辞，世谓为"诗妖"。谣谶是神秘的，有预言力量，与一般文学作品未必相同，但其为诗之一体，却很难否认。何况钟嵘说过"动天地，感鬼神，莫近于诗"，此类文辞恐怕最能符合这个意义。步虚词，亦是如此。《乐府诗集》所收郊庙乐章及步虚词、被禊曲皆甚多。《文心雕龙》也有《颂赞》篇，谓颂为告神之词，所以美盛德而述形容，风格必须典雅，道经中之颂赞，符合这个条件者，正自不鲜。《文心》又有《祝盟》篇。祝本来就是祀神的祷词；盟也是"祝告于神明者也"。要找祝盟文学的材料，道教中更有的是。

这不是非要攀扯"文学"与"道教"的"关系"不可，而是要说明：在道教的体系中，我们可看到"文字—文学—文化"的一体性结构。文字，可以演为文章，文章又通贯于道，道也是文章的根据。在这"无文不明"的结构中，理论上，每位道士都是文人。道士上章、启奏、盟祝、颂赞、用符、唱名、襄祓，既是一种宗教行为，同时也可说即是文学活动，唐人《云溪友议》卷下有一则故事，颇能象征此义：

> 里有胡生者……少为洗镜锼钉之业，倏遇甘果、名茶、美酝，辄祭于列御寇之祠垄，以求聪慧，而思学道。历稔，忽梦一人，刀划其腹开，以一卷之书，置于心腹。及睡觉，而吟咏之意，皆绮美之词，所得不由于师友也。(《祝坟应》)

胡生原本是想学道，结果祈祠应验了：他变成了文人。这象征了什么呢？据《乐府广题》说："秦始皇三十六年，使博士为仙真人诗，游行天下，令乐人歌之。"秦始皇求仙，可说是历史上继周穆王西征之后第一个正式追求不死行动的，也传达了道教基本理想。但这第一次，便是在音乐中登上历史的舞台。其后曹植

《五游》则要说"徘徊文昌殿，登陟太微堂"了。文昌帝君不也是道教的主要信仰对象吗？

文昌帝君，又名梓潼帝君，为司命司禄之神，亦为文章、学问、科考的守护神，在道教中极为重要。但这个信仰根本上乃是对文章的崇拜。洞真部玉诀类《玉清无极总真文昌大洞仙经》卷二卫琪注曰：

文昌者，文者，理也。如木之有文，其象交错。古者苍颉制字，依类象形。昌者，盛也，大也。言天地之文理盛大也。如伏羲则河图之文以画八卦，立三极之道。此经所以推穷三才中之文理性命，皆自二炁行中出，故文昭量乃土炁所化。坤土之卦辞曰："黄裳元吉，文在其中也。"艮土之卦辞曰："生万物者，莫盛乎艮，成万物者其极乎艮。"故周子所谓：阳变阴合，遂生五行。《度人经》云："五文开廓，普植神灵"，而南上文华，光彩焕烂，故十四章云："南昌发琼华"。乃南极长生朱陵上帝、南昌受炼真人所治。见有上帝所赐"注生真君"八角玉印，所祝南斗注生。不言文昌而言南昌，盖丹天世界，文明之地，梵炁所化，是为南昌上官，今南岳衡山朱陵洞天。上应奎轸。始因奎壁垂芒，帝命主持斯文。壁位居亥，专主图书。奎位居戌。专主文章。盖奎宿有文彩、壁宿能藏书。昔嬴火之后，于屋壁得古文，故壁之于文，与有功焉。是以文昌宫有东壁图书府、太微垣中有南斗五星文昌炼魂真君。又有太上九炁文昌宫、文昌上相、次相、上将等星，又有文昌图，流运以生化文物。是故天地之间，生成变化之道，莫大于此。故曰："开明三景，是为天根，无文不光，无文不明，无文不立，无文不成，无文不度，无文不生"。等语，实基于此。《易》曰："物相杂，故曰文"。是以文昌一经，杂纽不贯亦如《易系》云："变动不居，周流六虚，上下无常，惟变所适。"又曰："参伍以变，错综其数，通其变，遂成天地之文。"亦此义也。故文昌之在世者，乃教化之本源。

　　由此解释可知，文昌帝君之名虽来自北斗魁星附近的文昌六星，但实际上早已转化为文理昌盛之意，而不再是星辰信仰了。这个文，包括一切文书、文采、文明、文献、文章、文物而说。文昌在世，又为一切教化之本源。道教之为文字宗教，殆无疑义。后世祈文昌以求开慧、奉文昌以求能文章，不也是前述胡生祈列御寇祠而能作诗文一类故事的典型化吗？

　　道教在民间流传最广、影响最大的经典，就是《文昌帝君阴骘文》《关圣帝君觉世真经》或《魏元帝劝世文》。文昌帝君又有敬惜字纸律。《劝世女》中揭示二十四条，一孝、二慈、三忍，四就是敬惜字纸，可见这种文字崇拜的重要性。配合此一信仰，除文昌帝君之外，另有甚至洞真部谱箓类《清河内传》曾载《劝敬字纸文》说："窃怪今世之人，名为知书而不能惜书。视释老之文，非特万钧之重，其于吾六经之字，有如鸿毛之轻。或以字纸而泥糊，或以背屏，或以裹褙、或以泥窗、践踏脚底、或以拭秽，如此之类，不啻盖覆瓿矣。何释老之重而吾道之轻耶？"所以他希望儒生能效法佛道人士重惜字纸。可见一般社会上的惜字风气，并非受儒家影响而然。

　　因此综合地看来，就像文昌帝君是文章科举的保护神一样，道教不仅本身表现为一种文字宗教，其理论、教相也提供了文最大的保证。文既为体、为用，亦为入道之方。文字、文学、文化，在此中综摄为一，难予析分。道士用文，其本身也常成为文学创作者。

过去，我们往往忽略了历史上极为丰富的道教文学作品，谈中国宗教与文学的关系，通常仅能略论禅宗诗偈之类，很少讨论道教文学。

就是谈佛教与文学之关系，我们也常偏重于就佛教如何影响文学及文学家立论；不晓得是佛教进入中国以后，因受中国文化及道教之影响，才产生了转化，才变成文字的、文献的、文学的宗教。

在思考以上这些文学与宗教的关系时，我们又通常是以两个系统之相互影响关系或互动关系为思考模式，很少注意到文学本身所具的宗教性格。文学不只是可"用来"祈禳、盟祝、颂赞、醮诉，它本身便具有宗教神秘力。不只是宗教界利用文学的感性力量，来引人入信，或文人参与宗教活动，而是本来就可因文字文学的这种宗教性质，形成各种宗教活动。

由于缺乏以上这些考虑，也使得我们无法理解宗教间的差异。例如佛教也有呗梵颂赞，也有宣教诗文，也参公案诗偈文字以开悟，也有石门文字之禅。但道士女冠作诗文，其意义与僧徒为文并不一样。道教是以文为宇宙万物之本体，所以是一种根本义的文字教。一切文学活动，办皆为因体起用，且可以因文见体。

道教所显示的"文字—文学—文化"一体性结构，自然也能提醒我们：要在中国文学传统中，偏执"纯文学"的观念，实无可能。一部文学史，其实也就是摇荡流转于这三者之间的发展。如严羽曾描述宋人是"以文字为诗"，唐朝古文运动，则正面要求"人文化成"，不能仅成为美文。可见文字、文学、文化，既是一体的，其间又有紧张关系，其辩证发展的历程至为迷人。

"文字—文学—文化"的结构关系、文学发展的逻辑，既存在于文学活动文本身，也存在道教这一文化体中。而且由理论上看，道教比一般文学理论家更能深刻地掌握住这个原理，并予以说明之。如前引太极妙化神灵混洞赤文图，或卫琪对文字、文章、文画、文明、文物、文献的系统解说等，可能比一般文家泛言"文原于道""文以达道""文与天地并生"之类，更具理论趣味。欲明中国文化中主文的传统，势不能不对道教多加注意。

道教既以文字为教本，又以文字为教。但就其作为万物本源的文来说，那是自然虚无混沌中忽然创生的，这种真文事实上又具有"超视听之先，在名言之表"的性质。它是自然生成的，是不知其然而然，故薛幽栖谓其奥不可详，"忘言理绝"；又说此非世上常辞，古言无韵丽、曲无华婉。这些玄妙天成、自然而生、作而非作、大巧若拙、忘言理绝云云，其实也就是中国文学创作最高之鹄。文学家总强调"文章本天成""风行文上自成文""天然去雕饰"等等。天书真文，便是这种最高标准的文学作品之典型。然而，强调自然天成的文学创作观，必须迟至宋代，方始蔚成风气。道教之天书信仰，却在汉末即已成形，且在晋宋齐梁间广由各派传播了。

刘勰的家族是奉道的，他本人后来虽入了佛教，但由他与道士的论辩文章，亦可看出他对道教思想之熟稔。且同处一世，道教真文信仰既弥漫于社会，更不容不知。

可是，我不喜欢说无确定关系的"影响"。因此以上所谈，皆不是说刘勰受了当时道教思想之影响才有类似的说法，而是说当时实际存在着一种跟刘勰类似的思路，足堪对照、相与发明。

而且也只有如此对照着看，才能哲学地解释刘勰为何如此说、其说之理据又为何。此间可发展的东西太多了，各位可以去读我的《文化符号学》。过去谈《文心雕龙》的朋友，惜于此皆不能置喙矣！

如果还要从文学方面谈，则建议大家注意空海《文镜秘府论》如何论文。该书论文意，说："文字起于皇道，古人画一之后方有也。先君传之，不言而天下自理，不教而天下自然，此谓皇道。道合气性，性合天理，于是万物禀焉、苍生理焉。"他讲自然之道、讲文字出于道，与刘勰多么像呀！其书又曾说：

> 夫大仙利物，名教为基；君子济时，文章是本也。故能空中尘中，开本有之字；龟上龙上，演自然之文。至如观时变于三曜，察化成于九州，金玉笙簧，烂其文而抚黔首，郁乎焕乎，灿其章而驭苍生。……然则文章者，所以经理邦国、烛畅幽遐，达于鬼神之情，交于上下之际，功成作乐，非文不宣。理定制礼，非文不载。与星辰而等焕，随橐籥而俱隆。

文，同样是周布流转于天地人之间的，是可以人文化成又达于鬼神的。礼乐文章，不一而一；道气名教，自然而然。跟刘勰的原道，岂非笙簧竞奏、异曲同工哉？空海乃日本佛教真言宗开宗大师，此处说的"空中尘中，开本有之字；龟上龙上，演自然之文"云云，若各位认真研读了我上文所述，应该会明白他用的也是道教无中生有、气化成字的那套讲法。

《文心雕龙》文体论

> 《文心雕龙》是以人的才性定文体吗？不，文类是客观的作品语言结构，可以跟作者个人因素无关。早先《说文》云，"体，总十二属也"，指顶面颐肩脊尻肱臂手股胫足。后来将文体比拟于人体，亦指语言文字所构成之结构与辞采样式。每个文体传统，都有它类型上的规范及流变，故文体的正变，不仅可作为文学史的观念，也是创作时的准则和批评时的依据。

《文心雕龙》的文体论是个极复杂的话题，请让我用一篇旧文来开始。

1978年12月11至13日，我在台湾报纸上发表了《〈文心雕龙〉的文体论》。那时我正担任中国古典文学学会秘书长，举办国际《文心雕龙》研讨会。为了办会热闹、激扬议论，所以写了这文，痛批前辈徐复观先生。

如此不逊，当然立刻使群情激愤了起来。友人赖丽蓉马上撰文斥责我是"开倒车的革命家"；同时也让大会热闹地吵了好几天。大家论辩不尽兴，还借到"清华大学"月涵堂去加开了一场专题讨论，继续争辩。颜昆阳亦为此写了一篇长文分别批判我与徐先生，主张刘勰的文体论是辩证的，认为我们各持一端，故不能辩证综合。

一、《文心雕龙》的文体论

（一）从"异端"到"正宗"

《文心雕龙》上篇论文体，下篇论文术。早期研究者多把论文术这一部分称为创作论或修辞论。从日人青木正儿、铃木虎雄到范文澜、郭绍虞等，都是如此。

徐复观先生独持异议，认为《文心》全书都是文体论，上篇谈历史性的文体，下篇论普遍的文体，所以下篇才是文体论的基础，也是文体论的重心。而下篇里的《体性》篇又是《文心雕龙》文体论的核心，因为文体论最中心的问题就是人与文体的关系。

依此，他大批古来言文体者都弄错了，都把文体与文类混为一谈。不知道文类是客观的作品语言结构，可以跟作者个人因素无关；文体则必有人的因素在内，故"章表宜雅"，章表是类，典雅是体。这体，有三方面的意义，一是体制、二是体要、三是体貌。体要来自五经系统，以事义为主；体貌来自楚辞系统，以感情为主。一指文学之实用性，一指文学之艺术性。《文心》之文体论即是要从体制向体要、体貌升华，而归结于体貌。(《文心雕龙的文体论》)

徐氏此文纵横博辩，影响很大，并由异端逐渐成为正宗。但我以为他的论点根本就是错的。依他的讲法，不但《文心》的文体观念更难理解，中国文评理论的纠葛藤蔓也会更趋繁多。

不谈别的，一是刘勰自己说他这本书："上篇以上，纲领明矣；下篇以下，毛目举矣。"怎么能倒过来说下篇才是重心？

二是若照徐氏说，《体性》篇是整个《文心》文体论的核心，那么又为什么不把这篇放在"文之枢纽，亦云极矣"的前五篇呢？

三是《文心》宗经征圣的立场如此鲜明，自云："《文心》之作也，本乎道，师乎圣，体乎经，酌乎纬，变乎骚。"骚的地位与经自不可同日而语。所以才会有人把《辨骚》也划入文体论范围，而不放在文之枢纽论。所谓"楚艳汉侈，流弊不还，正末归本，不其懿欤？"（《宗经》）"楚辞者，体慢于三代，而风雅于战国"（《辨骚》）"楚辞辞楚，故讹韵实繁。……衔灵均之声余，失黄钟之正响"（《声律》），经正而骚变，无可置疑。现在徐氏却说其文体论是要归结到楚辞系统的体貌，岂不谬哉？

四是以事义言体要、以作者才性生命特质论文体，果合《文心》之意乎？《镕裁》篇："草创鸿笔，先标三准：履端于始，则设情以位体；举正于中，则酌事以取类；归余于终，则撮辞以举要。"设情以位体，体怎么能说是"情志、事义、辞采、宫商四部分的统一"？撮辞以举要，跟酌事以取类，是不同的"准"，又岂能说体要是以事义为主？何况，《征圣》篇明明说："正言所以立辩，体要所以成辞……精义曲隐，无伤其正言；微辞婉晦，不害其体要。体要与微辞偕通，正言共精义并用。"体要专就辞言，正言才关涉到命义的问题，所以才一再说"辞尚体要"（《征圣》）、"周书论辞，贵乎体要"（《序志》）。徐氏硬要把体要解说为指理或事，实在是与刘勰本衷大相违逆的。

五是徐氏说《文心雕龙》文体观念的三个方面，是由体裁之体向体貌与体要升华，排列成三次元的系列，体裁或体制之体是最低次元的。然而，《文心》又尝言："才童学文，宜正体制：必以情志为神明、事义为骨髓、辞采为肌肤、宫商为声气，然后品藻玄黄、摛振金玉，献可替否，以裁厥中。斯缀思之恒数也。"（《附会》）其所谓体制与体裁，均不是徐氏所说的意思。

诸如此类，小则对于局部观念、个别术语的理解，大则对《文心雕龙》全书性质及组织关系的掌握，利用徐氏的看法来看，恐怕都会造成误解。到现在，《文心雕龙》的文体观念仍然混淆不清，根据徐氏论点而持续研究仍无太多进展，我想徐氏这篇文章应该负很大的责任。

（二）关于形体

首先，将文类与文体区分开来，是否真能得六朝文体论之真相呢？萧子显《南齐书·文学传》论"仲洽之区判文体"，钟嵘《诗品·序》："陆机《文赋》，通而无贬；李充《翰林》，疏而不切；王微《鸿宝》，密而无裁；颜延论文，精而难晓；挚虞文志，详而博赡，颇曰知言。观斯数家，皆就谈文体。"《文赋》《翰林论》《文章流别论》等，特别是评价最高的《文章流别论》，依徐氏说，乃文类区分而已，何以六朝人谓其为谈文体？

赖丽蓉《从思维形式探究六朝文体论》（台湾师范大学国文研究所硕士论文，1987年）一文，循徐氏之说，而变本加厉，竟将挚虞、李充划出文体论范围，说挚李之所谓文体系指文章类型，不能以此一文体义去诠释六朝文论中之"文体"二字。

其说甚为离奇。挚李皆六朝文论家，其所谓文体，亦为萧子显、钟嵘等人承认的意义，《文心雕龙》也在《才略》《序志》等篇中称扬挚虞的《文章流别论》，说它精、有条理。能把它划出文体论之外，说它与《文心》所谈的文体观念是两回事吗？

至于徐氏引《文心雕龙·颂赞》篇"纪传后评，亦同其（赞）名；而仲洽《流别》，谬称为述，失之远矣"，来证明《流别》系指文章之类而非文章之体。更是有意漠视《文心》对《流别》的称述，把它对挚虞一个文体解说的辨析商榷，夸大成为文体与文类两种观念的对诤了。

其实古来对文体的解释并无错误，文体本来就是如挚虞《文章流别论》所说的，指语言文字的形式结构，是客观存在，不与作者个人因素相关涉之语言样式。

何以知之？请看《文心雕龙·乐府》篇："故知诗为乐心，声为乐体；乐体在声，瞽师务调其器；乐心在诗，君子宜正其文。"文体专指声辞曲调而说，不涉及作者心志内容，至为明显，所以文末赞曰："八音摛文，树辞为体。"这是以"心/迹""道/器""情/文"关系来讨论文学。固然因文可以明道，披文可以入情，所谓即器见道；文之创作也是原道心以敷章，必须设情以位体；但道器毕竟不能混为一谈，器只是器、是迹，不是心，更不是道。

所以文体一辞即是"神/形"关系的类拟。文体一如人体，虽以情志为神明，但神毕竟非形，而是使其形者。形体必专指人的血肉形貌，此即所谓体貌。《汉书·车千秋传》"千秋长八尺余，体貌甚丽";《后汉书·吴汉传》"斤斤谨质，形于体貌"，《祭肜传》"体貌绝众";《文心雕龙·原道》"龙图献体，龟书呈貌"，《诠赋》"述主客以首引，极声貌以成文"等，都明白地以体貌为形体义，指人的长相美丑、文的辞采样态。

文体论，所讨论的就是这有关"形"的知识。《文心雕龙》上篇专力于此，下篇才谈人怎么样去面对这个形，如何设情以位体、明理以立体，所以下篇是创作论。

然而，因它的思考是以文体为中心的，并不是由创作者或读者为理论核心，所以它跟后代（例如宋朝）论创作时之偏于剖析情志内容、讨论创作者主体修养问题，又不太一样，显得较为偏重文辞一面，故一般又认为它的下篇是修辞论。

（三）六朝人对"体"的看法

研究《文心雕龙》的人，因受后来偏重主体问题的批评传统影响，觉得修辞只是枝节问题，常不愿承认《文心》这一部分只是修辞论。其实《文心》之文体观念根本就是要专门谈文章的辞采，所谓言为文之用心，而文则"以雕缛成体"也（见《序志》篇）。试观其文体说，如：

潘尼《乘舆》，义正而体芜。（《铭箴》篇）

傅毅所制，文体伦序……观其序事如传，辞靡律调，固诔之才也。（《诔碑》篇）

延年以曼声协律，朱马以骚体制歌。（《乐府》篇）

属碑之体，资乎史才，其序则传，其文则铭。(《诔碑》篇)

奢体为辞，则虽丽不哀。(《哀吊》篇)

张衡讥世，韵似俳说……曹植《辨道》，体同书抄。(《论说》篇)

法家辞气，体乏弘润。然疏而能壮，亦彼时之绝采也。(《封禅》篇)

人之禀才，迟速异分；文之制体，大小殊功。(《神思》篇)

情与气偕，辞共体并。(《风骨》篇)

精论要语，极略之体；游心窜句，极繁之体。(《镕裁》篇)

章句在篇，如茧之抽绪；原始要终，体必鳞次。……巧者回运，弥缝文体，将令数句之外，得一字之助矣。(《章句》篇)

丽辞之体，凡有四对(言对、事对、反对、正对)……体植必两，辞动有配。(《丽辞》篇)

刘向之奏议，旨切而调缓；赵壹之辞赋，意繁而体疏。(《才略》篇)

作者之才情，在于控驭文体。但文体并不包括情才，也不太管文章的义旨，尽有旨切意繁，却义正而体芜者。体，依《文心》，是指文章的辞采、声调、叙事述情之能力、章句对偶等问题的。这种"性/体""情/辞""气/体"的区分，不仅在全书中明晰而一贯，大概也是六朝文体论的通义。

早先《说文》释"体"，已云"总十二属也"，据段注云，十二属即顶面颐肩脊尻肱臂手股胫足。后来将文体比拟于人体，亦仍指这种形质体相，如《诗品》所云"情兼雅怨，体被文质"，体固专就文字表现言，不涉及情志问题也。卷中"（张协诗）其言出于王粲，文体华净，少病累，又巧构形似之言，雄于潘岳，靡于太冲""郭璞诗，宪章潘岳，文体相辉，彪炳可玩""彦伯咏史，虽文体未遒，而鲜明紧健，去凡俗远矣""（陶潜）文体省净，殆无长语"，都将文体与情意断然分开，单指言之华靡或者省净。又沈约《宋书·谢灵运传论》云"自灵均以来，多历年代，虽文体稍精，而此秘未睹"，文体之精，当然也是从修辞摘藻这方面说的。

而就书法艺术说，如传蔡邕《笔论》云"为书之体，须入其形……纵横有可象者，方得谓之书矣"、成公绥《隶书体》"彪焕碟硌，形体抑扬""缱绻结体，剟衫夺节"、卫恒《草书势》"杜氏杀字甚安，而书体微瘦"、宋明帝《文章志》"献之变右军法为今体"、庾元威《论书》"晚途别法，贪省爱异。点画失体，深成怪也"、索靖《草书势》"守道兼权，触类生变，离析八体，靡形不判"，体也都是指字的结构形质。六朝书法与文学关系最为紧密，文以雕缛成体，书法也是"繁缛成文"（成公绥语），依线条及字形之疏密、欹侧、断续、轻重，构成字之体。这个体固然是书法家心手达情所创造的，但却仅指形质，不涉作者之神采，为一独立且可作为书者与读者沟通之中介的存在。

（四）文体的规范与流变

这种讨论语言文字所构成之语言结构与辞采样式的学问，本来就是可以客观化的。我们可以谈它的结构关系、句法语式而成为如《章句》《丽辞》《练字》《声律》之类的修辞论；也可以谈这语言结构所展现的美感辞采样态，一如可以从人的长相谈其美丑以及什么样的美；更可以谈某一语式所形成的一个"类"、一个传统及规范，而成为如刘勰上篇所论的诗赋诏诔等各种文体。

这些文体，《文心》径称为骚体、颂体、传体、碑体、论体等等，如"诗序则同义，传说则异体"（《诠赋》），"谜也者……荀卿蚕赋，已兆其体"（《谐讔》），"丘明……创为传体"（《史传》），"诔之为制，盖选言录行，传体而颂文"（《诔碑》），"哀策……义同于诔，而文实告神，诔首而哀末，颂体而祝仪"（《祝盟》），"文景以前，诏体浮杂"（《诏策》），"扬雄《剧秦》，班固《典引》，事非镌石，而体因纪禅"（《封禅》），等等。

每一文体，是以其语言样式之特色而存在的。相同的语言样式即成为同一类文体，彼此呼应、关联，而构成一文体传统，成为一文学类型。

这个文体传统，有它类型上的规范及流变，《文心雕龙·明诗》所谓"四言正体，则雅润为本；五言流调，则清丽居宗"及《文章流别论》所说"古诗率以四言为体……雅音之韵，四言为正"，即指其流变言。变体，是指该体虽流而变，却仍保有该体之内在规律，尚未失体成怪；如果变而戾体，则便不予承认，要称之为"谬体"了。《颂赞》篇："虽浅深不同，详略各异，其褒德显容，典章一也。至于班、傅之《北征》《西征》，变为序引，岂不褒过而谬体哉……陈思所缀，以《皇子》为标，陆机积篇，惟《功臣》最显。其褒贬杂居，固末代之讹体也。"《定势》篇："近代辞人，率好诡巧。原其为体，讹势所变，厌黩旧式，故穿凿取新……苟异者以失体成怪。旧练之才，则执正以驭奇；新学之锐，则逐奇而失正：势流不反，则文体遂弊。"文体的正变，在此不仅可作为文学史的观念，也可以作为创作时的准则和批评时的依据。

但正不正的判断是怎么来的？这就涉及所谓文体之意义了。由于《文心》论每一文体皆原始以表末，故论者又或以为他谈的是历史性的文体；由于《文心》常指明每一文体的功能作用，所以论者又或以为它分类的主要根据是"题材在实用上的性质"（徐复观语）。但是，历史起源式的解说，不足以定事物之本质，刘勰亦不曾以时代先后论正变，否则他就成了地道的崇古派。同时，每一文体固然都有它实际功能和意义上的指向性，可是体与用不能混淆，《檄移》篇说移与檄"意用小异，而体义大同，与檄参伍，故不重论"，最能显示体不是因题材在实用上的性质来定的。在此，我们必须注意刘勰对每一文体解说时必先"释名以彰义"的体义问题。

释名以彰义，是循文体之所以名为某一文体而追究其得名的本质性原因，例如人之所以为人、牛之所以为牛。人可以因他是人而再依其表现，分为各种人，但人总是人。人也可以在历史的过程中，被批评为某些是真人正人、某些则不像人。文体之义，正是如此，《论说》篇曰，详观论体，条流多品：陈政则与议说合契，释经则与传注参体，辨史则与赞评齐行，诠文则与叙引共纪。故议者宜言，说者说语，传者传师，注者主解，赞者明意，评者平理，序者次事，引者胤辞：八名区分，一揆宗论。论者也，弥纶群言，而研精一理者也。是（齐物论等）论家之正体也。乃是上述说法的最佳注脚。

不过，因为刘勰认为一切意义都当归本于经，所以文体之本质必然是合乎经义的（这也就是经之所以为经的缘故）。任何文体，"若禀经以制式，酌雅以富言"，其言式必能呈现该文体最圆满的形相，充分发挥其体义："文能宗经，体有六义：一则情深而不诡、二则风清而不杂、三则事信而不诞、四则义直而不回、五则体约而不芜，六则文丽而不淫"（《宗经》）。此文体论之宗经说，固与后世古文家论宗经大相径庭也。

（五）文情、文体与文术

因为刘勰谈文体，是采用这种本质性的规定，所以语言结构一方面呈现了自我合目的统一完整性，一方面又规范了作品的内涵与风格。

《镕裁》篇曾提到"百节成体，共资荣卫"，文体自身为一统一且完整的有机结构，一切创作，皆以符应这一自身结构原理为依归，这就称为"镕"，"规范本体谓之镕"。

本体为其文之本质本性，一切个别的文都是依这个本质本性创造出来的。犹如解析几何里的椭圆形。椭圆的方程式以准确的形式指出了椭圆之所以为椭圆的律则，我们随时可以由这个公式构作出任何不同形态的椭圆形、圆形，此即所谓"立本有体，趋时无方"。但无论如何总不能违背此一律则，否则就是失体或解体了。《附会》篇要作者注意"首尾周密，表里一体"，《总术》篇说"文体多术，共相弥纶，一物携贰，莫不解体"，都指出了文体结构内在的圆整性。

至于所谓表里一体，尤堪玩味。文体论是以语言形式为中心的，但语言必有意义，依缘情理论和言志传统的讲法，是心中有情意志虑，借语言表现或表达出来，文体纯为人格内在情志生命的外显，很多人也用这种想法去解释《文心》。这是不了解何谓文体使然。文体，如前所述，专就语言样式说。由文体论创作，自然也就显示了：一切情志意念都在此语言形式中表现，语言形式可以规范并导引情感内容的立场。或者，更直接地说，每一文体都有其成素与常规，无从逃避；每一形式也都表征出一种意义，而该意义就彻底展现在语文的表现模式及其美学目的上。

请看，《文心雕龙·镕裁》篇说刚开笔为文时，即须"履端于始，则设情以位体"，设情与酌事、撮辞同义，表示作者应斟酌其情以置于文体之中。同理，《章句》篇又说："设情有宅，置言有位；宅情曰章，位言曰句。故章者，明也；句者，局也。局言者联字以分疆，明情者总义以包体。"章句是语言格局，也是情之安宅，更是所以明情的唯一依据，所以后文又说句司数字，章总一义，"其控引情理，送迎际会，譬舞容回环，而有缀兆之位；歌声靡曼，而有抗坠之节也"，抗坠之节、舞踏之位，不是用来"表现"情理，而是"控引"情理的。

文体如此，文术亦然。《总术》篇说晓得文术之后，即能"控引情源，制胜文苑"，因为"术有恒数"，可以"按部整伍，以待情会"。一般人只看到它"缀文者情动而辞发"的讲法，却忘了观文者披文以入情时的六观、作者草创鸿笔时的三准，第一条都是位体。一切情理，都须收束骧括在语言形式中，一切语言形式也规定、控引了情理的生发与表现。

正因文须"设情以位体",不是朴素地感物吟志而已,所以才要强调文术。一切才气才力都得纳入术的考虑之中,所谓"弃术任心,如博塞之邀遇",故"才之能通,必资晓术"(《总术》篇)。

文术观念的提出,乃是在文体论思考下,由文气论那种"引气不齐,巧拙有素,虽在父兄,不能以移子弟"的天才说脱化转出的制衡观点。一方面具体指出术有恒数,可以制巧拙;一方面借此将文气论消融于文体论中,承认才气是创作者最主要的动力,但才气须依文术之运作,体现于文体之中,乃能有所表现。这里便出现了"学"的问题。

《体性》篇集中讨论的就是这个问题。这篇一开始就说情理形见于言文,但"才有庸俊、气有刚柔、学有浅深、习有雅郑",辞理与风趣的优劣,属于才气的影响;事义浅深和体式雅郑,则属于学习的效果。底下接着谈"若总其归途,则数穷八体(典雅、远奥、精约、显附、繁缛、壮丽、新奇、轻靡)",然后说"若夫八体屡迁,功以学成,才力居中,肇自血气"。结论是"才有天资,学慎始习。……故童子雕琢,必先雅制,沿根讨叶,思转自圆,八体虽殊,会通合数。……故宜摹体以定习,因性以练才,文之司南,用此道也"。

换言之,本篇全文,皆以"体/性"对扬,而归结于创作者须在学上用功,通过对体的摹习,甚至可因性以练才。《定势》篇亦云:"模经为式者,自入典雅之懿;效骚命篇者,必归艳逸之华。"典雅艳逸是《体性》篇所谓的体。这种体,不来自才气,而是由模效法式学习来,故云:"八体屡迁,功以学成。"论者皆以为体性云者,系由才性之殊故有八体之异,实在是完全搞错了。

事实上，这八体，即是因语言形式而表征出的美学趣味，具有风格意义，所以又称为体式。刘勰屡次谈到这样的文体观念，如《定势》篇说你只要效拟了经骚的篇式，自然就会典雅或艳逸；《宗经》篇说文能宗经"体有六义"，要人禀经制式、酌雅富言。这都显示他深信一种语言形式必有与之相应的审美目的和美的范畴，也因此，他才可以说某一种才气所展现的风姿与美感，即与某一文体所显示者相吻合，情与体正可安位，"表里必符"，以此消融了文气论。

　　《定势》篇所说"因情立体，即体成势"，就是如此。因情之性质而选立文体，依文体之审美目的发展出每篇文章不同的势。势是文体规律自身产生的变化（如体圆则势转，方则势安），也是创作者能够自出手眼创新出奇之处。但一切创新，均须"即体成势""循体成势"，以"本采为地"；否则便会"势流不反，文体遂弊"。刘勰说："括囊杂体，功在铨别，宫商朱紫，随势各配。章、表、奏、议，则准的乎典雅，赋、颂、歌、诗，则羽仪乎清丽；符、檄、书、移，则楷式于明断；史、论、序、注，则师范于核要……此循体而成势，随变而立功者也。"一切章表奏议，作者可以不同，表现也各有巧妙，但其体式仍当归本于该体原有和应有的审美目的和美的范畴，变而不离其宗。

　　当然，情与文的问题，非常复杂，非此处所能尽论；但就文体论说，刘勰绝对不是由才性规定文体，实可断言。自徐复观以降，将文体与文类分开，说桓范《世要论》、挚虞《文章流别论》、李充《翰林论》、萧统《文选》跟所谓刘勰的"体性论"分属两种观念；说文体出于情性，文体即是人；说文体之典雅轻靡等是由人物品鉴来的……均已成为讨论六朝文论的基本常识，大家也照这种意见开展了许多"研究"。但是，文字理解错了、观念理解错了、对《文心雕龙》全书的理论结构和体系也都理解错了、对六朝文论的整体掌握更是触处多谬，这样的研究，还不该改弦更张吗？

二、研究《文心雕龙》的故事与启示

好了，旧时引起大争论的文章各位看完了。现在还要讲另一篇旧作。这是2006年我去四川参加纪念杨明照先生的《文心雕龙》研讨会时写的。沧海回眸，20年矣，故隐栝旧事，略有申明，如今也不妨看看：

（一）故事之发端

《文心雕龙研究史》（北京大学出版社，2001年）第四章第五节，论述台湾八九十年代《文心雕龙》研究时，以这样几句话作结：

从上面对台湾八九十年代《文心雕龙》研究情况的概述来看，是以王更生为代表的老一辈《文心雕龙》研究专家总结和深化自己研究成果的时代，也是由他们所培养的青年研究者比较活跃的时代。我们高兴地看到台湾一大批研究《文心雕龙》的青年学者的茁壮成长，他们的研究虽然还不是太深入，但正在逐渐走向成熟，并不断地扩大研究的深度和广度。我们预祝他们在老一辈专

第十一讲 《文心雕龙》文体论

329

家的指引下取得更大的成绩。

我看了这样的描述，不觉莞尔。两岸睽隔，大陆人士对台湾的学术发展情况不熟悉，正如台湾之不了解大陆学术状况一般。只从有限的资料和少数人士之交往来略窥大势，其不能符合实况，何待言乎？

即以这段评价语来说，我就以为恰恰相反。在八九十年代，王更生先生等老辈，其实是作为批判或超越对象而存在的。当时年轻一辈（亦就是现在已垂老的我这一辈），只是以前辈先生尊敬之。那是人情上的尊敬，也尊重他们在开拓时期的辛劳。但在关于《文心雕龙》的研究上，对其业绩其实并看不上眼。我们的研究，正是为了超越他们而展开的。

所以根本不是在老一辈专家指引下，循其道路而行。我们只是"温柔的反叛者"，对于我们的研究，我们也不以为还不太深入，相反，我们觉得是远胜于老辈的，否则我们根本就不会去谈《文心雕龙》这个论题。

为什么这样说呢？争论谁的研究较高明，本来是无聊的事，但我愿就此说明一种研究《文心雕龙》的方法或途径。

（二）台湾《文心雕龙》之研究

在大陆，《文心雕龙》的研究，号称"龙学"。顾名思义，乃是对这本书的研究。因此，讨论这本书的作者（身世、生平），作时，作品之性质、体例、结构，作品之内涵（文体论、创作论、批评论、作家论）等，便为应有之义。从这个角度来看，台湾那些对《文心雕龙》校勘、注释、音注、训诂之作，以及论其版本与流传端绪之篇，当然就是主要的。对作者刘勰的生平、身世考证，也非常必要。

这些研究在七十年代中期以后，台湾固然仍有不少人在做，但意义实已不大，因为整个《文心雕龙》的研究进入了一个新的视域。

这个新视域，首先是从中外文论对比的架构来看，中国的文学批评与理论，似乎不如外国发达。因为那些诗话词语，片言只语、模糊影响，看起来都只像"印象批评"。不似西方文评，有清晰明确的术语、完整的体系。当时新批评健将颜元叔等人对中国文评的看法可为此代表。

不服气外文系和比较文学学界对中国文评的贬视，中文学界便从几方面来反应：一是努力找出较系统的文评著作来，用以证明中国也有类似或足以与西方媲美的文评，例如《文心雕龙》就是；二是企图整理、重建中国文学批评的体系，以与西方文论文评做对比。当时台大主编《中国文学批评资料汇编》（成文出版社，1979年）、《百种诗话类编》（艺文印书馆，1974年），沈谦出版《期待批评时代的来临》（时报文化，1979年）等，就属于这方面的表现。

在《文心雕龙》方面，主要是将它与新批评联系起来，如黄维樑在《重新发现中国古代文化的作用——用〈文心雕龙〉"六观"法评析白先勇的〈骨灰〉》一文中，联系新批评派的文学批评理论来分析刘勰的"六观"说，并运用"六观"说来分析白先勇的作品。

又在《现代实际批评的雏型——〈文心雕龙·辨骚〉今读》一文中，认为《文心雕龙·辨骚》和一般的印象式批评不同，是一篇接近现代实际批评的重要批评论著，"很有现代学术论文的精神"，是"现代实际批评的雏型"。

在《精雕龙与精工瓮——刘勰和"新批评家"对结构的看法》一文中，他又把刘勰的《文心雕龙》和新批评派的理论比较，发现他们有许多很接近的地方。新批评派理论重视作品的艺术性，重视作品的艺术结构，而刘勰在《文心雕龙》中也十分重视文学作品的结构。他指出，布鲁克斯（Cleanth Brooks）的《精致的瓮：诗歌结构研究》一书是新批评派的代表作之一。说：笔者当年阅读布氏这本书的时候，常常联想到刘勰《文心雕龙》中的种种见解。布氏和其他新批评家的一些理论，和刘勰的不少观点不谋而合。二十世纪西方的这些批评家，和五世纪中国的这位文论家，似乎可归为一派。新批评家注重对作品的实际析评（practical criticism），而其剖情析采的方法，有时简直就是刘勰理论之付诸实践。

黄维樑于七十年代就在台湾出版《中国诗学纵横论》（台湾洪范书店，1977年），他的这类讲法即显示了七十至八十年代台湾文学评论界的焦虑和关切所在。

当然，后来把《文心雕龙》关联于西洋文论的层面和做法，越来越广泛，并不限于新批评，但问题意识是一贯的。例如我在1978出版《春夏秋冬——中国古典诗歌中的季节》（故乡出版社）时，以弗莱的神话原型理论去谈《文心雕龙·物色》，后来黄维樑也做过同样的尝试。

换言之，在这个新视域中，《文心雕龙》是作为中国文评之代表，被用来与西洋文论对照着看的。研究者关心的，是《文心雕龙》可以提供什么资源来"建立"中国文学批评。

这时，老式的版本、流传、校勘、注释、辑佚、篇章真伪考证等工作，显然就不再能满足这个需求了。刘勰的身世研究、古人如何整理《文心雕龙》、外国人如何评介此书……亦均不在视野中，也与此毫不相干。

李曰刚、潘重规、王礼卿、王更生诸先生那些卷帙浩繁的《文心雕龙》解诠、通解、合校、研究之所以不再重要，原因在此。像李先生之书，1982年出版，达190万字；王礼卿先生书，1986年出版两大册。若在早年，都是震动学林的大事；可是它们出版以后，却可说几乎连一篇正式书评都没有。研究《文心雕龙》者，甚至连案头也未必备有此等书。

像我自己，就连王更生先生的一本著作也无。王先生被大陆同行评为"台湾《文心雕龙》研究史上贡献最大的学者"，但其著作竟几乎可以不用参考。此非我个人之狂悖，而适足以显示学术变迁的态势。

八十年代，各大专院校讲授《文心雕龙》，所采用的注释本，比较通行的，也不是王先生、李先生那些书，而是我与王文进、李正治、蔡英俊等人就大陆周振甫《文心雕龙选译》增补的本子。这个本子非常简略，析义亦不深入，甚至还颇有"错误"，但便于教学。因为教这书时，大家都着重在对理论的阐述与发挥，并不太针对这本书做细致的文献钻研。

就算对《文心雕龙》本身的研究，如沈谦研究其批评论、黄春贵研究其创作论等，也与从前廖蔚卿等人有些不同。虽然大家都在分析刘勰此书的概念、理论系统，但其实有着不同的企图。

以王金凌的《文心雕龙文论术语析论》来说，该书分论风骨、才、气等几十个术语，看来与廖蔚卿、王更生无异，但这种建立中国文评术语系统的工作，乃是受稍前《西洋文学批评术语》(黎明书局)的影响或启发。稍后我与颜昆阳、蔡英俊等人也同样在《文讯月刊》开辟文学批评术语专栏，逐期解释中国文评术语。英俊更主编了幼狮出版公司的《西方观念史大辞典》。后来，我还为学生书局企划了《文学批评术语丛刊》，2004年刊出了黄景进的《意境论的形成》，2006年再出了我的一册《才》。

《文心雕龙》的批评论、创作论或什么论，这时也不再是就《文心雕龙》讲，而是将之放于整个批评史中去看。而且主要不是站在"龙学"的角度，说《文心雕龙》的影响多么大；而是由整个批评史的发展与变动，看《文心雕龙》在其中的地位。这个地位，其实就是谈它的限制。

早先，大家对此书都是一片赞誉，但王梦鸥早于1970发表了《〈文心雕龙〉质疑》，已在"文辞上的陷阱"和"理论上的穷巷"两方面谈到了《文心雕龙》的不足之处。可那都是它本身的问题，例如词意不稳定、界说不分明、引用语句常变更其含义，或譬喻太多之类。这都是指它本身用语及理论不严密。放在整个批评史上看，则我们不是要谈这些。

例如我在1986年出版的《诗史本色与妙悟》(台湾学生书局)一书中，就谈道：中唐的"哲学突破"，使得知识阶层更深刻地体认到文与道的关系，而有文以贯道、文以明道、文以载道、文以达道、作文播道、因文明道、见文见道、文本于道、文原于道、文道并重等各种讲法；但另一方面，"小诗妨学道"的体认、理学家跟文学家的长期争执，也在这个时候出现。这种情况，显示了文与道的问题，已不再是《文心雕龙》式的问题了，他们对这一问题的处理，也不再是《文心雕龙》的延伸或发展，而实在是面临着一个新处境与新问题。因此唐宋以后对《文心雕龙》往往不甚重视：

或议其引证疏略，如晁公武云其《论说》篇不知书有"论道经邦"之言（《郡斋读书志》卷四上）；或疑其囿于时代风气，非果能论议文事者，如唐卢照邻云其"质谢南金，徒辩荆蓬之妙。拔十得五，虽曰肩随，闻一知二，犹为臆说"（《幽忧子集》卷六《南阳公集序》）、宋黄庭坚谓其"所论未极高"（《与王立之书·尺牍》卷一）、明徐祯卿云"刘勰绪论，亦略而未备"（《谈艺录》）、清叶燮云"刘勰其言不过抑扬吞吐，不能持论"（《原诗》外篇上）、陈广宁云其"不过备文章、详体例，从未有钩玄摘要"（《四六丛话跋》）等。然此皆泛斥其非，未尝明言《文心雕龙》究竟何处立言不当、所论未高，故不免启人疑窦也。以余度之，此盖时世迁移，凡六朝时刘勰所面对之问题，唐宋以后多已不复存在或早经解决，遂觉其所论未极高明耳。如汪师韩云"魏文帝《典论》曰：诗赋欲丽，陆士衡文赋曰：诗缘情而绮靡，刘彦和明诗亦曰：五言流调，清丽居宗。以绮丽说诗，后之君子所斥为不知理义之归也"（《诗学纂闻》）、李扶中云"蒙不解夫刘彦和之此著，胡为亘六代三唐之久，而余艳仍留也？彼其词纤体缛，气靡骨柔，毋变于齐梁之习，特重为容止之修。五十篇目虽肩列，三万言思比丝抽，实艺苑之莫贵，何撰述之能俦？……居然价重儒林，言语欲齐从游夏，毋亦名成广武，英雄同致慨曹刘乎？"（《沅湘通艺录》卷七），要皆指此而言。大抵诗自陈子昂李太白、文自古文运动以后，《文心雕龙》有关声律、文法等语言修辞层面之讨论，后出转精，已同刍狗（纪昀即谓其论章法句法"无所发明，殊无可采"）；流连物色、巧构形似之创作方式，亦皆转趋于讲求神似、无意于文，而自然高古；故谓刘勰以流丽说诗，不免不知理义之所归。

《文心雕龙》之局限，以及它不足以代表整个中国文论内涵，正是要放入这样一个批评史的变迁中才能看得清楚的。

也就是说，二十世纪七十年代，主要是想以《文心雕龙》为中国文论之代表，以与西方文论相衡相较，并以此为基础"重建"中国文学批评体系。八十年代以后，由于对中国文学批评史有了较多的研究，故开始可以跳脱《文心雕龙》原有的格局，同时也就从较开阔的格局去看《文心雕龙》，从而辨析《文心雕龙》与其后文论之差异。

当时我认为：文学评论与文学创作不同，文学作品可以万古而常新，理论则必与时推移。依一理论之起源说，每一理论必针对一问题情境。为解决这个理论本身或现实的问题，才需要提出一理论；时移世异，问题或不存在、或早已解决、或更有推展，原先的理论便不再重要，而需有新的理论来替代。再从理论本身说，每一理论必以论理的逻辑来构作，前行的理论只是后来理论思考的基础，必须在该基础上更予拓衍或深入，理论才有发展可言。

这当然不是说早期的理论都是已陈之刍狗，可以用过即丢。因为如果该理论涉及的是某一范畴中的基本问题，则任何理论皆须以其所已思考者为基点而展开，即成为经典，成为"整个西洋哲学，可以说都是柏拉图的注解"这样的意义。

可是经典如果把它看成是对闭的，是体大虑周、尽善尽美，那又糟了。固然整个西洋哲学都可视为柏拉图的注解，但后来诸家之闳识博辩、恢诡无端，又岂柏拉图著作中所能有？同理，《文心雕龙》是我国文学批评必宗之经，然唐宋元明清文学发展与文论之变化，又岂刘彦和所梦见？后期理论之精微，又岂《文心雕龙》所能范限？

《文心雕龙》全书的体例，前五篇一般称为文之枢纽论，谈文学原理；第六篇到第二十五篇，是文体论，分文与笔讨论文学类型；下篇前二十篇文术论剖情析采，谈文章的构思、用字、造句、谋篇、用典、写景等；最后五篇则论文学与时代、作家个性、读者、世俗评价之关系等。

以文体论来说，刘勰面对的是个文笔分立的时代，"宋以后不复分别此体"（阮元《研经室集》）。文与笔的区分，在后人看来根本没有意义，在《文心》却是个主要课题。它之所以要宗经征圣，原因之一，即是为了打通文笔之分的时代问题，故《总术》篇云：

颜延年以为："笔"之为体，"言"之文也；经典则"言"而非"笔"、传记则"笔"而非"言"。请夺彼矛，还攻其盾矣。何者？《易》之《文言》，岂非"言"文！若"笔"不"言"文，不得云经典非"笔"矣。将以立论，未见其论立也。

《文言》乃经典而有文采，可见经典不必即是直言事理之言，黄侃据此谓刘勰不坚守文笔之辨，甚是。但在《文心》的体例方面，刘勰终究没有突破文笔之辨，文类论前十篇论文、后十篇论笔，二者畛域仍在。后世则根本无此分判，故亦无此困惑；而经典为文章之奥府，也早已成为共识信念了。

文类之区分，刘勰分二十种，在当时固已甚为详备，后世视之，乃亦颇觉疏略。故黄侃《札记》云刘氏："言陆氏《文赋》所举文体未尽，而自言圆鉴区域大判条例之超绝于陆氏。案：《文赋》以辞赋之故，举体未能详备；彦和拓之，所载文体，几于网罗无遗。然经传子史，笔札杂文，难于罗缕。视其经略，诚恢廓于平原，至其诋陆氏非知言之选，则亦尚待商兑也。"

事实上，与后世《文章辨体》《文体明辨》一类书比，后代文体之分还较细致、也有许多新兴文体是刘勰所不及见的。他对于每一体的解说，有时也不尽惬人意，如纪昀就说："彦和妙解文理，而史事非其当行。此篇（指《史传》）文句特烦，而约略依稀，无甚高论，特敷衍以足数耳。"盖文类繁杂，不可能各体兼善，所以有些解说就难免因较少心得而略显减色。

文术论方面，刘勰所论声律、练字、章句及《附会》篇谈的章法问题，六辔椎轮，弥足珍贵，然皆远逊于后世之精密。纪昀评其《章句》篇，说此篇论章法句法"但考字数，无所发明，殊无可采，论语助亦无高论"，可谓知言。《丽辞》篇论对仗，在后世骈文衰微的情况下，后来的文论虽然并未发挥这一点；可是《文心》只论四种对，跟后代研究近体诗对仗的诗论比，也是瞠乎其后的。《事类》论用典、《指瑕》言文病，亦复如此。至于《比兴》《物色》，要窥情风景之上、钻貌草木之中，巧构形似，移情体物，境界思致均远不及宋朝以后发展出来的"情景交融"理论。所以这一部分也只有历史意义和理论的先导意义，非可以牢笼百代者也。

同理，《神思》篇论构思、《风骨》篇论文气，析理虽精，谈的只是原则；对创作时治心养气的修养问题和文章命意修辞的文气问题，后世有更多剖析。像宋朝人谈"妙悟"和"无意于文"的创作方式，去除创作时对于外境、自我和文字之执着的修养工夫，虽然都跟刘勰所说"陶钧文思，贵在虚静，疏瀹五藏，澡雪精神"有关，却不是讲情采丽辞的刘勰所能想得到的。其理论的复杂度，要超过《文心雕龙》甚多。可见它虽言为文之用心，对"心"的理解，仍未穷极精微。故《情采》诸篇讨论文情，只能说心术既形、华采乃瞻，却未能深入到情与理相辩证的层次。而情与理相辩证、主客相辩证，则是后来文学理论所擅长的论题。甚至《比兴》所说之比兴，在宋明清朝也有新的发展，非《文心》的理论所能解决。汪师韩曾批评刘勰："以绮丽说诗，后之君子所斥为不知理义之归也。"（《诗学纂闻》）这就是因为刘勰并没有触及情理辩证的问题，以致引起不满的例子。

至于原道，"是彦和吃紧为人处"，为其理论之中枢。后世论文与道的关系，较此复杂得多，诸如文以达道、文以贯道、文以明道、文者道之器……各种争辩，可谓洋洋大观。

且刘勰所谓因文明道，仍是六朝"瞻形得神"的格局；中唐古文运动以后，殊不尔尔。如独孤及《赵郡李公中集序》说："志非言不形，言非文不彰，是三者相为用，亦犹涉川者假舟楫而后济"（《毗陵集》卷十三），言文只是指意的符号，示意既达，言语当弃，犹既渡者去舟楫，既获者舍筌蹄。"文以载道"说也是这个主张。但这就不是巧构形似的立场了，而是要观者"但见情性，不睹文字"，真意既得，遂竟忘言。以至出现司空图所说"不著一字，尽得风流"，或欧阳修所说的"忘形得意"，讲味外之味、象外之象、言外之言，要人离形得似，不再是瞻形而得神、即言以会意的路数了。换言之，执定《文心雕龙》，以《文心》的理论来理解唐宋以后的文评，可能还会造成根本的误解。

我并不是贬低《文心雕龙》的地位。它是一部无可置疑的中国文学批评经典。但经典的价值，一方面是历万古而常新，一方面又是具有开展性。依其本身理论结构的圆满性说，我们可以说它是体大虑周，包罗万象；但若就中国文学的理论来看，怎么能说《文心雕龙》就足以代表中国文学批评？怎么能抱住这本书而不问后来的开展如何？

从前，我们之所以把《文心雕龙》视为空前绝后的伟构，有一个主要原因就是后代并没有像《文心》这样体例详明的文学批评专著。

以篇帙及内容组织论，确实《文心雕龙》是只此一家、别无分号。但是，文学批评是否一定要构成一系统性的论叙架构？在刘勰那时，因有企图建立评论文学之规范与标准的要求，所以写出《文心雕龙》。后代是否仍以此作为主要重点？

例如宋代诗学，主要想探讨的，就不是刘勰之"六观"，而是学诗者及审美者的美感经验，并追问：什么样的经验性质、什么样的心灵才能创作出真正而且好的诗来。这就是为什么宋人不喜欢诗格诗例及句图之类客观美学形态之作，而多采用诗话。现在，我们根本不管各代文论的发展与形态，不问它们探索的重点何在，一味要求大家都得搞出另一本《文心雕龙》，岂非莫名其妙？

何况，理论的结构是严格的，但其表现却可以有各种方式。许多哲学家都擅长用语录、札记甚或文学语句表现其哲理；然体系哲学家与非体系哲人之间，并不能以是否有体系来断判高下，文学批评又何尝不是如此？唯一的问题是，面对非体系文评，我们必须具有更多建构性的解释（Constructive Interpretation）能力，许多人懒惰或无此能力，遂痛诉《文心雕龙》以后的文评无系统、不成理论。不知理论并不一定表现出一系统样式，而在于它具有一理论的内在论理结构。

因此，我不太赞成把《文心雕龙》说成什么"钩深穷高、鉴周识圆，在我国古今文学名著里，还找不出第二部来"的"牢笼百代的巨典"（王更生《文心雕龙研究》）。《文心》在中国文学批评领域里，乃草创时期的"英雄"，非穷深极高的"伟人"。正如纪昀说它《正纬》一类见解"在后世为不足辨论之事，而在当日则为特识"，它所讲的，大概只能算是中国文学批评的基本常识。后世推高极深，恐已远远超出它的理论水平及范畴。所以，不懂《文心雕龙》，不可以论中国的文评；只知《文心雕龙》，也不足以论中国文学批评！

三、《文心雕龙》为何走上建构体系之路

由于早期把《文心雕龙》视为"空前绝后的一本中国文学论"（王梦鸥"历代经典宝库"本《文心雕龙》），所以，大家又常追问一个问题：何以在刘勰之前之后，中国并无此类组织严明、体例详瞻，如明乐应奎序所说"思致备而品式昭"的作品？

于是，这就导出了一个离奇的推断。说《文心雕龙》乃中国文学乃至文化发展中的异葩，系受佛教影响而然者；中国人的头脑原不可能有此想法，是因为受了佛教的洗礼，故能大判条例、圆鉴区域，而撰成此一伟构。

这个推断是完全不能成立的。因为在方法上，持此意见者大概都是采用模拟法。但无共同基点的平行模拟，根本不具任何意义。现在却更要用这样模拟出来的结果，反过来证明一方受另一方影响，焉有是理？

同时，用以模拟的项例，可以说是任意撷取的，不拘宗派、不论经传，随意选择以供比类，毫无标准可言。如范文澜说《文心》论文体各篇，"即所谓界品也"。界品，乃《俱舍论》一部九品之第一品，明诸法之体性，《俱舍光记》一说："界者性也，性之言体也。此品明诸法体性，以界标名。"姑不论佛家所说诸法之体性，与文体的含义大有区别；界品仅为《俱舍论》一部九品之一，其他还有论系属欲界色界诸法等问题，能不能以此论《文心》全书文体论二十篇的结构呢？又如饶宗颐说佛家喜欢以心为书名，以心为众法之原、臧否之根，所以刘书"取名文心，殆用此义"；《文心》论心甚为透彻，"可见他是取佛教唯心论以立说，这是本

书命名文心的理由"(《〈文心雕龙〉与佛教》)，盖然的前提，居然推出肯定的结论，又以此结论，证明了前提。这还不打紧，更要命的是，佛家言心，刘书也题名为《文心》，是否即能以之类比，并依此类比说其影响关系呢？这中间纯是方法运作上的模糊与跳跃。且佛家所言者，是心；《文心雕龙》谈的是"言为文之用心"，两者根本不同。前者言心体与心之作用；后者谈撰文者如何用其心以写作，是《文赋》所谓"每观才士之所作，窃有以得其用心"的那个用心。怎么能跟佛家的心混为一谈？类似这样的胡乱拟似，"证据"再多，也没有意义。

其次，在推论方面，如"取释书法式为而之，故能条理明晰若此"或杨明照所说"《文心》全书，持论精深，组织严密，则非长于佛理者，不能载笔"，更是不知所云的推论方式。把精通佛理视为写作《文心雕龙》的充要条件了。

作这一判断的前提是：中国人好像并不擅长逻辑的思考与系统性的论述，在《文心雕龙》以后，好像也没有这一类的东西。刚好刘勰活在佛教传入的时代，他又曾依僧祐居定林寺撰集经藏目录，后来甚至祝发出家。所以我们便联想到佛教的因明之类学问，想从他的佛教背景中，去寻找这个问题的答案。

其实这个解答，不须如此迂曲，索《文心》于域外文化之影响，殊未搔着痒处。何以故？这可以分两方面来说明，一是刘勰所继承的大传统，二是刘勰写作《文心雕龙》的美学取向。

单就文学批评来看，诚然如《文心》之体系严谨者不多。但我们不要忘了，刘勰写《文心雕龙》时，并未以他以前的论文之作（如《典论·论文》《文赋》等）为写作典范。据《序志》篇说，

他乃是以两汉经学为其位置之地的:

> 自生人以来，未有如夫子者也。敷赞圣旨，莫若注经。而马、
> 郑诸儒，弘之已精，就有深解，未足立家。唯文章之用，实经典
> 枝条，……详其本源，莫非经典！而去圣久远，文体解散，辞人
> 爱奇，言贵浮诡，饰羽尚画，文绣鞶帨，离本弥甚，将遂讹滥。
> 盖《周书》论辞，贵乎"体要"，尼父陈训，恶夫"异端"。辞训
> 之异，宜体于要，于是搦笔和墨，乃始论文。

以经典为文之本源；以论文之作为训释经典；且认为自己的
工作与马郑诸儒之解经并无不同。这里便提供给我们一条线索：
其辞尚体要者，乃以汉人训释经义之书为写作模型者也。

我曾在《论法》一文中指出：刘勰撰《文心雕龙》，大判条例；
所谓条例即是汉人治经的办法。如杜预《春秋释例》、刘寔《春
秋条例》、郑众《春秋左氏传条例》、何休《春秋公羊条例》等均
是。刘勰说："自非圆鉴区域，大判条例，岂能引控情源，制胜文
苑哉？"(《总术》)批注刘氏书者多矣，可是以往各家注，都不了
解条例即经学家故技，因此也就都忽略了他仿经学条例以作论文
条例的用心。

但我们若比较一下汉晋儒者之条例与《文心》的体制，我们
就可知道，要说"非长于佛理者不能载笔"是很可笑的。今传汉
人经训之书，凡非章句注解，而系附经典以旁行者，无不自成条
贯，法式昭然。如《说文解字》是"其建首也，立一为端，方以
类聚，物以群分。同条牵属，共理相贯，杂而不越。据形系联，

引而申之，以究万原，毕终于亥"，《释名》是"撰天地、阴阳、四时、邦国、都鄙、车服、丧纪，下及民庶应用之器，论叙指归"，其他如《白虎通义》《方言》《广雅》等，体例虽各不同，却都是组织结构自成体系的，《文心》的结构设计，可说是其来有自。而且，我们若详细勘验《文心》释名以彰义的手法，我们就更能了解它与汉人释训之学的关系密切到什么地步了。

由这个脉络看，则魏晋间人之谈论，亦不能不说是汉代这种传统的发展，而对刘勰影响甚深。如《晋书·嵇康传》说康"作《声无哀乐论》，甚有条理"，有条理，是说嵇康《养生论》《释弘论》《明胆论》等，每论开篇即标宗综述、提纲挈领，再"顺端极末"，往复思辨。刘勰之条理明晰，正与其身处之时代论风有关（《论说》篇尝言：嵇康之辨声，师心独见，锋颖精密）。因此，无论从刘勰所继承的传统及他所处的时代，甚或他自言之志看，《文心雕龙》的体制结构，其出现都不是偶然的，与佛教更不必有任何关系。

但这并不重要。《文心雕龙》是论文之书，论文之书有什么内在的理由，必须采取这样的体系组织吗？这才是问题的关键，而这又是历来论者所未及处理的。

在此，我想借用蔡英俊一篇文章来说明。在其《知音说探源——试论中国文学批评的基本理念》（台湾清华大学，第一届中国文学批评讨论会论文）中，他首先如本文一样，指出汉魏文评活动与先前的思想文化脉络有密切关系，并从音乐与文学的关联上解释了这一论断。然后，他发现刘勰的《知音》篇里面存在着一个问题：由钟子期、伯牙知音的故事所引发的"知音"，与知人知己知言相同，都涉及两个主体间的理解；音乐乃是用以达成这种理解的中介。而这种理解，是两个主体间相互了解、相互感通的融洽状态，似乎不必诉诸言语，即可莫逆于心，双方都在内心世界沉静地进行着理解的活动。但《文心雕龙·知音》篇却不是这样，刘勰企图建立一套理解的法则与客观批评的标准。

譬如他提出"博观"以增加读者的鉴赏能力，而达到"目了""心敏"的境地，并提出"六观"以提供读者进行鉴识活动的步骤程序与分判优劣的标准。而他之所以会意识到有建立客观批评标准的必要，则是因为他认识到创作者与批评者之间，有一个客观的作品文理组织。故"六观"不再是观人，不再是相悦以解的沟通，而是具体地观作品之位体、置辞、通变、奇正、事义与宫商。把作品的文理组织看作一个独立自足的领域。

这是个接近形构主义把作品视为客观对象的立场。蔡英俊发现魏晋时期这一立场，似乎已形成了某一趋势。如左思《三都赋序》标示的征验写实理念；嵇康《声无哀乐论》强调音乐所构筑的客观"和声"世界，可以与人情无关。都显示了他们重视客观精神的一面。

我想这个说法是对的。自汉朝刘熙《释名》、蔡邕《独断》开始作文体分类以来，文体论一直是文学理论的重心，如《典论·论文》《文赋》《文章流别论》《翰林论》《文章原始》乃至桓范《世要论》中《序作》《赞象》《铭诔》诸篇……几乎全是对于文章体式、各体之风格规范、修辞写作方式、历史发展的讨论。各类文学作品，即是一个个客观的、可分析的对象；作者也必须"程才效技"，将自己没入文类规范之中，依其客观规律及风格要求去写作。虽然这里面也会有文气论的问题、有对创作者个人情性的考虑，但那都常附着于文体论之下，由人的才气问题，转入对文章气势风骨的讨论。因此这时的确有一种浓厚的客观精神弥漫。

在西方，整个启蒙运动带来的古典美学与美之客观性的批评理念，大约也有类似的情况。他们固然相信"真正的诗人是天生的，非后天造成"，但激发且支持创造历程的行动是一回事，由这历程所产生的作品却又是另一回事。神思诚然灵妙，然统辖艺术之律则非出于想象，而为纯粹客观的规律（如刘勰之"文术"、陆机之"文律"）。

在布瓦洛（Boileau）《诗的艺术》之中，他也企图完成一套关于诗歌之类型（genres）的一般理论。卡西勒（Cassirer Ernst）说："他设法在实际已有的各种形式中发现'可能的'形式，正如数学家希望就其'可能性'（即就其所以产生的结构的律则 constructive law）去认识圆形、椭圆形与抛物线。悲剧、喜剧、挽歌、史诗、讽刺诗、机智短诗，各有它们明确的律则，为任何个别的创作所不能忽略者。类型并不是有待艺术家去制造的东西，也不是让艺术家去采用的创作媒介和工具。它毋宁是既定的与自制的。艺术之类型与风格，相当于自然物之类与种，具有不变的、恒常的形式，也有其种属之外形与功能。"（《启蒙哲学》第七章）这与陆机"诗缘情而绮靡，赋体物而浏亮"等十种文类的规定，刘勰自《明诗》篇到《书记》篇的企图，确实是不谋而合的。

既然如此，则启蒙运动以后，深受莱布尼兹"成体系的精神"（Systematic Spirit）影响而建构的体系美学，似乎也可以帮助我们了解《文心雕龙》为什么会走上建构体系之路。

启蒙运动的美学思考，是由其理性哲学与数学学说之发展来，刘勰等人的客观美学态度，也是顺着两汉经学中蕴涵的理性精神而导出。启蒙运动时期的古典美学将文类的"本性"视为普遍的规律，刘勰也将文类归本于经，要人"禀经以制式"。而在这文类思考的同时，美学家们也致力于将作品客观化，讨论其美的元素，正如卡西勒所说："古典美学的注意力主要是摆在艺术品上，它老是想像处理自然客体那样来处理艺术作品，要用同样的方法去研究它。它总想为艺术品下一个如逻辑界说般的界说。这个界说，一如逻辑界说，目的是要依据作品的类、种与特殊差异（specific difference）等，来确定作品的内涵。"刘勰他们也是如此，不但将文类客观化，更要依其文类规定，找出优劣判断的客观标准。

不仅刘勰的"六观"属于这类批评理路，沈约、钟嵘亦皆如此。沈约论四声，认为他所发现的，是诗文本身内在的规律，而非经验上对前人作品的归纳，且"自灵均以来，此秘未睹"，历来创作者都只能自以为自由地在规律中表现自己，冥契于此一规律。钟嵘则认为"诗之为技，较尔可知"，所以他要写《诗品》，较评诗家。

为什么诗技高下是可以客观比较的呢？《抱朴子》曰："妍媸有定矣。"（《塞难》篇）这是美的客观论的立场，若是宋黄庭坚则要说"文章大概亦如女色，好恶止系于人"（《林和靖集》卷二六《书林和靖诗》）了。从诗之比较可知，起码他们不像晋宋间人那么有信心。所以钟嵘会把诗比喻为棋。棋下下来，是可以纯客观化的，诗则牵涉读者的感通、语言之歧义等问题。但钟嵘并不理会这些，与他同时的人也不思考这些问题，故除《诗品》之外，别有《书品》《棋品》等。把艺术品看成一个独立自足的客观世界。

在这种风气下，晋宋之际的文学批评很自然地有成体系的倾向。钟嵘、刘勰即其代表。降至后代，凡走客观美学道路的，系统性都比较强，如《文镜秘府论》及诸诗格诗例等皆是。反之，宋朝以后，文学批评并不以客观作品为主，并不想建立一套客观的评价标准与修辞法则。反而强调主体，强调"默会致知"，以至形成如蔡英俊所言，《文心雕龙》"六观"说在后代并无影响的结果。

因此，我们可以说：由于两汉的经学传统、学术思维、刘勰本人的志趣和他所处那个时代的美学课题与美学方向，使得他努力建构了这一"圆鉴区域、大判条例"的系统规模。此一规模在后代，并未获得青睐，亦少继承者，乃是美学思考路向及形态产生变化使然。

四、文体须与情志相结合？

我以上这些见解，大抵见于1987年《书目季刊》二十卷三期。那一期我策划了一个《文心雕龙》的论著目录及座谈会，其实就是总结旧时代之意。当时我又因负责中国古典文学研究会，故配合办了个"以《文心雕龙》为中心的中国文学批评研讨会"，后编为论文集《文心雕龙综论》。但会议题目较能显示我和我们一批友人的态度：《文心雕龙》乃是一个中心或起点，目的是以此去画一个圆，而不是"龙学"式地为这本书、这个作者去服务。

前面我曾介绍过这次争论。在那次会议同时，我还另写了一篇《〈文心雕龙〉的文体论》刊在报上，在会议期间引起重大争议。随后颜昆阳写了《论文心雕龙"辩证性的文体观念架构"——兼辨徐复观、龚鹏程"文心雕龙的文体论"》，认为徐先生说文体偏于主体性情，我又偏于客观形式结构，而《文心雕龙》应该是辩证的，我们两人各得一偏。

昆阳这篇文章，迄今我尚未答辩，但我是不赞成的。因为辩证性的文体观非刘勰那个时代的思想。不过，爬梳文献，重新确定刘勰说了什么、他那些术语与概念又是什么意思，就又退回老的研究路子上去了。我那篇文章，看起来亦是如此，实则非是，故亦无须再回到《文心雕龙》去争辩了。

那么，我那篇批评徐复观文体论的文章，用意为何？

在七十年代开始探索中国文学批评是什么，与西方文论又有何不同时，我们逐渐发展出了一个有关"抒情传统"的论述。这个讲法，主要是关注中国文学中强烈的抒情特质，认为抒情的、表现的中国文学，与模仿的西方传统恰成对比。这种内在的抒情性质，不只通贯历史上整个"诗言志"的脉络，文人内在之情志更显示着生命的形态，表现了生命意识。其生命意识则体现着中国文化的内涵。因此，抒情传统云云，不仅是西方抒情诗意义的一般抒情，更关联着对于何谓"中国性"之探讨、也关联着对中国人心灵意识内容的鉴定。二十世纪七十年代中期以后，台湾当代新儒家之兴盛，与透过文学批评寻找中国性、建立中国人的价值体系、发展生命美学的趋向，于焉结合。

发展成这样一种论述，许多人都有功劳，如陈世骧、徐复观、高友工等导其先路。1981年由蔡英俊主编的《抒情的传统》《意象的流变》(《中国文化新论》，联经公司）更集中了一批人来发展此一论述。

可是抒情传统对整个中国文学的解释，我们也很快就发现了它的局限性。高友工后来把抒情传统历史化，说先秦两汉以音乐美典为中心，六朝以文学理论为中心，隋唐以诗论及书法为主，宋元则综合于书论中。这些都属于抒情美典，是抒情传统在不同阶段之发展。到明清以后，抒情传统式微，"叙述美典"继起，表现于戏剧小说之中。这样，抒情传统就不再能统括地解释整个中国文学或文化了，它只是传统之一。此种说法，意味着对抒情传统这一论述已开始反省超越了。

同类的工作，即为当年的文评动向之一。参加过蔡英俊《抒情的传统》编写工作的吕正惠，就认为宋词代表抒情传统的巅峰，但也是它的死亡。其说类似高友工，但添上了马克思主义学派对中国社会的解释。

我也参加了《抒情的传统》的编写，然而在该书中那篇论宋诗美感形态的论文《知性的反省》中，我就企图从唐诗与宋诗的对比中去找到一种知性反省的美感类型，以与抒情的表现类型相颉颃。换言之，我觉得若真有一个抒情传统，则这个传统在中晚唐就开始出现转变，逐渐开展了一个不同的传统，并在此后以唐宋之争的方式与抒情传统相抗争，互有起伏，也相互影响[1]。

其次，我发现因整个文学传统并不只是抒情的，仅以抒情言志的解析角度去看，常会遇到解释上的困难，例如李商隐诗的笺

---

1 相关的讨论，可见我《唐代思潮》第五卷，佛光人文社会学院，2001年。

注诠释史，便是如此。一些并不以抒情为主的诗，如咏物、交际，亦即诗"可以观、可以群"的部分，过去大家均不重视，只说得一个"诗可以兴"及"诗可以怨"。我1988年出版的《文化、文学与美学》(时报文化公司)中收的《另一种诗》，论杂事诗；在1990年出版的《文学批评的视野》第二卷《抒情传统的辩证》，第三卷《诠释与方法》中收的一些文章，如论李商隐诗的诠释，论如何解无题诗，论假拟、戏谑诗体与抒情传统间的纠葛（大安出版社），都在反省这些问题。颜昆阳于1990年出版《李商隐诗笺释方法论》，也同样显示了这种思考方向。

讨论《文心雕龙》的文体论，就是在这个脉络中进行的，否则何必忽然去批评我所敬重的徐复观先生？

当时我觉得：台湾那几十年间，大家受了抒情美典的影响，接纳徐复观等人的见解，不但从人物品鉴去观察六朝文论，着重说明风格即人格，并企图说文体就是人之性情的体现。如徐先生即认为《文心》全书都是文体论，上篇谈历史性的文体，下篇论普遍的文体，所以下篇才是文体论的基础，也是文体论的重心。而下篇里的《体性》篇又是《文心雕龙》文体论的核心，因为文体论最中心的问题就是人与文体的关系。依此，他大骂古来言文体者都弄错了，都把文体与文类混为一谈，不晓得文体必有人的因素在内。

可是，自汉朝人开始作文体分类以来，文体论几乎全是对于文章体式及各体之风格规范、修辞写作方式、历史发展的讨论。各类文学作品，即是一个个客观的、可分析的对象。只因文体论虽以语言形式为中心，可是语言必有意义，依缘情理论和言志传统的讲法，是心中有情意志虑，故用语言表现或表达出来，文体纯为人格内在情志生命的外观，故很多人也用这种想法去解释《文心》。但这是不了解何谓文体使然。文体，如前所述，系就语言样式说。每一形式也都表现出一种意义，而该意义就彻底展现在语文的表现模式及其美学目的上。因此，《文心·镕裁》篇说刚开笔为文时，即须"履端于始，则设情以位体"。《总术》篇也说晓得文术之后，即能"控引情源，制胜文苑"。

所以我才会说徐先生弄错了，《文心》的文体论不能从主体性情这一面去解释。可是我的那些讲法，在当时不仅是冲撞了权威，也挑战着信仰。因为在中国文学批评界，大家都认为文学作品并不只是文字游戏，它必须"其中有人""其中有我"；整个文学创作活动也应发乎情志、本于胸臆。因此对于我这类讲法，殊觉逆耳。

而事实上，早先王梦鸥先生写《文学概论》时，揭言诗为语言的艺术之义，大家也不觉得有什么不妥，只认为他是延续了克罗齐以迄新批评形式分析之类说法而已。可是王先生为时报公司写历代经典宝库版《文心雕龙》时，以语言艺术界定刘勰论文之旨，便引起徐复观先生严重的非难，徐撰文大力批驳，主张文体本于情性，不能只从语言面去论文体。我既论《文心》，又直攻徐先生，当然也引发了很大的争论。

这些争论，其实不只是在争论谁解释《文心雕龙》解释得对，更是在争论那个文体必须与情志结合的信仰是否可以放弃。我看起来是放弃了，颜昆阳看起来没放弃，所以他用"辩证性的文体观"来说。可是我其实也同样甚或更常用辩证性这个观念，所以在我上文所举《文学批评的视野》那本书中，即以"抒情的辩证"为题。另外，早在1986年出版的《诗史本色与妙悟》（学生书局）一书中，我亦已广泛使用"超越辩证"这一讲法去描述中国文学批评中对才与学、法与悟、性情与文体、知性与感性诸矛盾的处理了。因此，昆阳与我的思路并不冲突，只是他认为刘勰已能辩证性地处理这些问题，我觉得恐怕要迟至宋代而已。

五、对学术史研究之启发

我在前面引了大陆同行批评我们当年研究"还不太深入"的话，然后对自己的研究夸夸其谈，介绍了这么一大通，或将予人一种自我辩护、王婆卖瓜之印象。但这其实非我本意。我以该书之评述为一发端，要谈的乃是以下内容：

做学术史研究，除了文献分析之外，必须同时要做处境分析。观察历史上那些行动者，他们身处的环境与行为，找出试验性或推测性的解释。这样的历史解释，必须解说一个观念的某种结构是如何形成、为何形成的。即使创造性的活动本不可能有完满的解释，仍然可以用推测的方式提出解释，尝试重建行动者身处的问题环境，并使这个行动达到"可予了解"的地步。

过去的研究者，往往未告诉我们文学批评家提出一个理论、一个观念、一个术语，为的是要解决什么样的理论难题，他们遭遇到什么文化的、历史的，抑或是美学的、创作经验的困难？想要如何面对它、处理它？为何如此处理？有什么特殊的好处，使得他们采用了这样的观点或理论？因此我们需要综合语文分析与处境分析，才能构成较完整的语言性理解。

上文所举那本《文心雕龙研究史》便只是罗列不同时代、不同地区，宋金元明清近现代当代、大陆海外港澳台，各有些什么《文心雕龙》研究论著，然后一一介绍其大要。这只是文献介绍，处境分析付之阙如了。

近代科学的《文心雕龙》研究，为何兴起？其研究者之问题意识为何？当代的《文心雕龙》研究，在性质上又有何异于近现代之处？这些研究与整个批评史、文学理论界之关系为何？是孤立的书斋工程，抑或具有推动学界议题化之作用？……这些东西，在该书中并未谈到。

可是没有这些处境分析，我们就很难了解一本《文心雕龙》为何某甲注了，某乙又要注一遍。对该书批评论创作论作家论等的分析，老实说，也是大同小异、陈陈相因的，徒令人觉得学者们无聊，争辩一字一句之微，考释辑佚校诠至贪多斗富之境，为何要如此不惮烦呢？只是文献式的学究工作，还是另有其关怀？其工作又各解决了什么层次的问题？

我在上文，回忆昔年研究《文心雕龙》的一些往事时，其实就是在做处境分析。说明在那个时代，为什么要研究《文心雕龙》，又为什么那样研究；不同的时代研究课题之变动，又为了什么缘故；研究《文心雕龙》帮我们弄清了什么问题，或带来了什么样的争论。看起来我是在讲故事，实则我是在介绍一种研究方法。

纵然如此，仍是不够的。处境分析，除了针对历史上那些行动者，分析其处境之外，还必须注意诠释者本身的处境。前者可称为"历史处境"，后者可称为"存在处境"。例如我读《文心雕龙》而有所理解、有所感会，此一理解本身就跟我自己的存在处境是相关的。同样，黄侃所理解的或所叙述的刘彦和也必与他的存在处境相关，非客观之历史。

透过诠释史的梳理，我们自会发现每一时期甚或每一史家，对《文心雕龙》的诠释，都有他特殊的理论背景及意义关怀，时代感受在支配、影响他。每个人都有他的存在处境以及对此处境而生的存在感受。在他诠释历史时，乃是以这种感受去理解历史，历史也回应其感受，对他形成意义。

了解到这一点，所以自己在从事《文心雕龙》的诠释时，也才能自觉到：我乃是在一存在处境中进行诠释的。对自己的存在处境有了自觉的认识后，不但不再会自以为客观，自以为所解即是定解或本义，亦更能让自己的研究工作与存在处境结合起来，在具有清楚的问题意识中研究、诠释对象。并经此自觉的诠释活动，而与生命的存在关联起来，变成属于自己的生命的学问，非只注虫鱼、考文献、述古忆往而已。

《文心雕龙》文势论
—— 兼论书法与文学的关系

"势"字在先秦已经是重要的观念词，道家、法家、兵家都论势。东汉，则开始以势论艺，以此掌握书法这门艺术而通用于文学。刘勰之定势说，延续汉魏以来的书势理论，且有发展。可惜从黄侃以来，皆不知此理，遂把定势宗旨全讲错了。

一、书法与"势"

书法与文学的关系十分复杂，许多书法名迹本身就是美好的文学作品，如王羲之《兰亭集序》、苏东坡《赤壁赋》之类；许多文学名篇也都有书家乐于去写它，如《洛神赋》《归去来兮辞》《赤壁赋》等就有无数书家写过；至于诗文与书艺结合，更是中国书法主要的表现方式，书法作品很少单独写字，通常总是抄写诗文。诸如此类，过去我已写过不少文章讨论了，收入《有文化的文学课》和《墨林云叶》等书中。现在换个方式谈，以《文心雕龙》为例。

刘勰《文心雕龙·定势》篇是文论史上的重要篇章，罗宗强先生《读文心雕龙手记》中即曾高度赞扬之，很能代表龙学界普遍的看法。他说："刘勰论体貌而涉及'势'，把'势'这一概念引入文论中，把它与'体'联系起来，这又是在中国古代文论史上开出一全新之境界。"

对此，我却有些不相同的意见。因为，把"势"引入文论中，且把它和"体"联系起来，早在汉末已然，不始于刘勰。《文心雕龙·定势》篇自己说得很清楚：

桓谭称："文家各有所慕，或好浮华而不知实核，或美众多而不见要约。"陈思亦云："世之作者，或好烦文博采，深沉其旨者；或好离言辨白，分毫析厘者。所习不同，所务各异。"言势殊也。刘桢云："文之体势实有强弱，使其辞已尽而势有余，天下一人耳，不可得也。"……又陆云自称："往日论文，先辞而后情，尚势而不取悦泽……"

可见在汉晋之际，以势论文，或言"体势"者实已甚多，非刘勰始发明之。而且，专家常是狭士，不太熟悉其他领域的情况。而我们若把视野稍稍再放大些，不只盯着《文心》，或只在所谓文学领域里看问题；我们便又会发现另一种当时热门的文字艺术——书法，在汉魏晋之间即早已大谈特谈"势"与"体势"了。

最早的书势论著，是崔瑗的《草书势》。论草书而以势去掌握，为什么？底下会谈。只是此篇一出，风气即成，一时竟有蔡邕《篆势》《隶势》《笔论》《九势》、卫恒《四体书势》、索靖《草书势》、成公绥《隶势》、王珉《行书状》、杨泉《草书赋》等接踵继出。王羲之亦传有《笔势论》(《书苑菁华》本十二章,《书谱》云十章)。乃是汉魏晋宋齐梁间绵亘不衰之话题,也是书法艺术的核心理论。后来宋陈思《书苑菁华》卷三已专收书势类文献,有晋卫恒《四体书传并书势》、索靖《草书势》等,而其实文献尚多,远不止此,因为《书赋》之类,一般也都视为笔势论。

崔瑗《草书势》:书契之兴,始自颉皇;写彼鸟迹,以定文章。爰暨末叶、典籍弥繁;时之多僻,政之多权。官事荒芜,剿其墨翰;惟多佐隶,旧字是删。草书之法,盖又简略;应时谕指,用于卒迫。兼功并用,爱日省力;纯俭之变,岂必古式。观其法象,俯仰有仪;方不中矩,圆不中规。抑左扬右,望之若欹。兽跂鸟跱,志在飞移;狡兔暴骇,将奔未驰。或黝黔点黯,状似连珠;绝而不离。畜怒怫郁,放逸后奇。或凌邃惴栗,若据高临危,旁点邪附,似螳螂而抱枝。绝笔收势,余绖纠结;若山峰施毒,看隙缘蠍;腾蛇赴穴,头没尾垂。是故远而望之,漼焉若注岸奔涯;就而察之,一画不可移。几微要妙,临时从宜。略举大较,仿佛若斯。

索靖《草书势》:圣皇御世,随时之宜,仓颉既生,书契是为。科斗鸟篆,类物象形,睿哲变通,意巧滋生。损之隶草,以崇简易,百官毕修,事业并丽。盖草书之为状也,婉若银钩,漂若惊鸾,舒翼未发,若举复安。虫蛇虬蟉,或往或还,类婀娜以赢赢,欸奋暨而桓桓。及其逸游盼向,乍正乍邪,骐骥暴怒逼其辔,海水窳窿扬其波。芝草蒲陶还相继,棠棣融融载其华;玄熊对踞于山岳，飞燕相追而差池。举而察之，以似乎和风吹林，偃草扇树，枝条顺气，转相比附，窈娆廉苫，随体散布。纷扰扰以猗靡，中持疑而犹豫。玄螭狡兽嬉其间，腾猿飞鼬相奔趣。凌鱼奋尾，骇龙反据，投空自窜，张设牙距。或者登高望其类，或若既往而中顾，或若倜傥而不群，或若自检于常度。于是多才之英，笃艺之彦，役心精微，耽此文宪。守道兼权，触类生变，离析八体，靡形不判。去繁存微，大象未乱，上理开元，下周谨案。骋辞放手，雨行冰散，高音翰厉，溢越流漫。忽班班而成章，信奇妙之焕烂，体磊落而壮丽，姿光润以璀璨。命杜度运其指，使伯英回其腕，著绝势于纨素，垂百世之殊观。

王僧虔《书赋》：情凭虚而测有，思沿想而图空。心经于则，目像其容。手以心麾，毫以手从。风摇挺气，妍靡深功。尔其隶明敏婉蠖，绚旧趋将。摛文篪缛，托韵笙簧。仪春等爱，丽景依光。沉若云郁，轻若蝉扬。稠必昂萃，约实箕张。垂端整曲，裁邪制方。或具美于片巧，或双竞于两伤。形绵靡而多态，气陵厉其如芒。故其委貌也必妍，献体也贵壮。迹乘规而骋势，志循检而怀放。

梁武帝《草书状》：疾若惊蛇之失道，迟若渌水之徘徊。缓则鸦行，急则鹊厉，抽如雉啄，点如兔掷。乍驻乍引，任意所为。或粗或细，随态运奇，云集水散，风回电驰。及其成也，粗而有筋，似蒲萄之蔓延，女萝之繁萦，泽蛟之相绞，山熊之对争。若举翅而不飞，欲走而还停，状云山之有玄玉，河汉之有列星。厥体难穷，其类多容，婀娜如削弱柳，耸拔如袅长松；婆娑而飞舞凤，宛转而起蟠龙。纵横如结，联绵如绳，流离似绣，磊落如陵，昳昳晔晔，弈弈翩翩，或卧而似倒，或立而似颠，斜而复正，断而还连。若白水之游群鱼，蒙林之挂腾猿；状众兽之逸原陆，飞鸟之戏晴天；象乌云之罩恒岳，紫雾之出衡山。巍岩若岭，脉脉如泉，文不谢于波澜，义不愧于深渊。

而当时书家与文士本来就是几乎重叠的群体，其间的关系错综复杂。例如王羲之的书法老师是卫夫人，而卫夫人还可能是王羲之的姨母。因为陶宗仪《书史会要》已说"卫与王世为中表"。卫夫人所嫁的江夏李氏，也是书法世家。卫夫人之子名李充，李充的从兄李式、李廞等都有书名。发展至唐代，江夏李氏更出现了李邕那样的书法大家。李充本人则与王羲之关系甚密，《晋书·王羲之传》说："孙绰、李充、许询、支遁皆以文义冠世。并筑室东土，与羲之同好。"而这位李充，也就是在文学界赫赫有名、写过《翰林论》的那位，刘勰非常佩服他。

既然如此，书家所谈的这些体势论，自然也深为文士所熟悉。像鲍照虽不以书艺名，却也有《飞白书势铭》这类文章深刻阐述飞白书体的体势美。至于文章好书法也好的梁武帝，当然也有《草书状》这种探论书势之作。

风气如此，文士论文，籀言体势，殆亦同风。如陆厥与沈约论声韵书即已云："自魏文属论，深以清浊为言；刘桢奏书，大明体势之致。"故《文心雕龙》论势，本非独得之秘，亦非首倡之音，乃是随顺风气，承声嗣响，与这一大批书法体势论有着"接腔"和"对话"的关系。

二、各家"定势论"之争议

明晰整体情况后，再来看《文心雕龙》专家们对"定势论"的许多争议就好懂了。

罗先生曾感慨道："《文心雕龙·定势》的势究何所指，学界有各种各样的解释。它与'风骨'范畴一样，同是《文心雕龙》中最难解也是歧义最多的范畴。"之所以争议那么大、之所以感到难解，我认为都是因为不知上述文艺理论之大势使然。

于是首先在词源上就乱解一气。始作俑者便是黄侃先生。黄先生《文心雕龙札记》说"势"，非常迂曲，曰：

《考工记》曰："审曲面势。"郑司农以为审查五材曲直、方面、形势之宜，是以曲、面、势为三，于词不顺。盖匠人置槷以县，其形如柱，傳之乎地，其长八尺以日景。故势当为槷。槷者臬之假借，《说文》："臬，射埻的也。"其字通作艺。《上林赋》："弦矢分，艺殪仆。"是也。本为射的，以其端正有法度，则引申为凡法度之称。……

言形势者，原于臬之测远近。视朝夕者，苟无其形，则臬无所加，是故势不得离形而成用；言气势者，原于用臬者之辨趣向、决从违，苟无其臬，则无所奉以为准，是故气势亦不能离形而不独立。文之有势，盖兼二者之义而用之。

经过黄氏这么迂曲纠缭的解释后，范文澜注及郭绍虞《中国古典文学理论批评史》都把"势"解作"标准"。刘永济《校释》

则不同意，谓黄说"虽合雅诂，非舍人之旨也"，因此把"势"解为"姿势"。王元化、王金凌、涂光社、寇效信等人又将"势"解释为"风格"。詹锳《文心雕龙义证》乃另出机杼，找上《孙子兵法》，认为孙子对形、势的分析才是《文心》之主要来源。

桓晓虹《〈文心雕龙·定势〉之"势"与古代医论》更有趣，他认为"势"是在类比思维基础上借助医论建构了生命体之"势"。指由情、辞、气、意、宫商、朱紫等构成的生命体所显示出的一种整体效应、状况或特征，一种和谐健康之美以及在此基础上产生的活力、感染力、生新潜力等等。故有刚柔、奇正、雅郑之势，有总一之势、兼势，有离势、讹势、怪势。鉴"势"之法则是从望闻问切四诊法类比性发展而来的"六观"。（收入《河南社会科学》2013第3期）

由于众说纷纭，所以台湾王梦鸥先生《文心雕龙》干脆跳开来，主张《定势》篇以上均论"心"之问题，此篇以下均论"文"之问题。所以《体性》篇讲因性成体，本篇讲文章之构成与表达方式。他所说，完全不涉及以上诸家所谈的问题，不再讨论什么叫作"势"了。

刘永济先生不赞成黄侃之说，是对的。黄说迂谬，本非雅诂。因为"势"字并不生僻，不须先把"势"说成是"埶"之误，再把"埶"说成是"臬"之假借。

"势"字在先秦已用得很普遍了，更已经是学术思想上重要的观念词。《老子》已说过："道生之，德畜之，物形之，势成之。"《管子》且有《形势》篇，故刘勰不可能反而要像创造个新术语那样吃力且勉强地去讲"势"。刘永济先生说"势"即姿势，詹锳先生说刘勰论“势”本于孙子，也都是不知古人论理之脉络使然。

案：“势”字含义丰富，论者各有发挥，老子、管子是一路，孙子是一路，另外韩非还有一路。

老子与管子讲的“势”，都是由天道说，《管子·形势》开篇即讲“天不变其常，地不易其则，春冬秋夏不更其节，古今一也”。后来《淮南子·原道》篇说：“萍树根于水，木树根于土，鸟排虚而飞，兽蹠实而走，蛟龙水居，虎豹山处，天地之性也。两木相摩而燃，金火相守而流，员者常转，窾者主浮，自然之势也。”这里的“势”，都是指符合道之原理、天地之性而呈现出的一种态势、状态。

《庄子·秋水》篇说“当尧舜而天下无穷人，非知得也；当桀纣而天下无通人，非知失也，时势然也”，也是如此。“势”，犹言状态。这种用法，早在《易经》中便已如此。如《坤》之《象传》曰“地势坤，君子以厚德载物”，地的状态是坤，此为自然之形势、状况，人则只能遵循这种态势而行动之。

兵家论“势”，却颇不同。詹锳以为孙子论形势，乃《文心》之源，殊不知兵家说的形是形，势是势，《孙子》分别有《形篇》和《势篇》，与管子合言形势者不同。

《形篇》讲的也不是一般谈《孙子兵法》的专家说的什么兵阵、形势和地形，它讲的乃是一种状态。亦即作战时先得把自己变成一种状态，创造出一种优势的条件，先为不可胜（别人不可能打败你），然后待敌人之可胜。等到敌人有可攻之机了，再一举摧毁之。这是原则（道），其“法”则是由度（土地幅员）、量（物资）、数（兵员众寡）、称（军力比较）、胜（胜负情况）五方面去计算。

计算出来有绝对优势了，打起来当然就像在山顶上开了水库闸一般，一下就能把敌人淹没了。

如此"善用兵者，修道而保法"，即是《形篇》的大旨。《势篇》呢?《形篇》偏重于从客观条件说，《势篇》就侧重主观面，譬如人有强有弱，国也一样。但小国弱国，若斗志高、战术巧，就绝无取胜之机会吗?《势篇》要谈的就是这个问题，像昆阳之战、赤壁之战、淝水之战，均是如此。故孙子曰:"勇怯，势也;强弱，形也。"本篇谈的，恰是《形篇》之反面。

勇怯，只是心理上的势;奇正，则是战术上的势:"五味之变，不可胜尝也。战势不过奇正。奇正之变，不可胜穷也。奇正相生，如循环之无端，孰能穷之?"

这是孙子论"势"两个重点，另一重点在于由力量说"势"。

"势"字的字形中就藏有一个力字，可见"势"字本身含有"力量"这一意思。但这个意思是后起的，《说文解字》即讲过"经典通用执"，段玉裁注:"《说文》无势字，盖古用执为之。"古无"势"字，只写成"执"。

后来对"势"的力量含义越来越强调了，才加上力。孙子就是强调"势"之力量义的人之一，所以他说"激水之疾，至于漂石者，势也"，又说"势如弩"。善于用势的人，就须善用这种力量，方能以弱胜强。后来《李卫公兵法》说"以弱胜强，必因势也"，即承此一路思想而来。

这一路，与上述将"势"看成自然之形势、状态者迥异。他们比较接近孙子所说的"形"。如庄子说的"时势"，孟子说的"虽有智慧，不如乘势;虽有镃基，不如待时"，都是指客观存在的形势、时势；孙子则是要靠自己的勇力与智巧去突破它的，自己造势。

法家亦喜言势，而着眼点又不同于上述二路。

一般说法家三派，商鞅重法、申不害重术、慎到重势，韩非综合之。"势"，在这里主要是权力概念，指君主的权位、权柄、权力。

这里，"势"字自然也有强烈的力量义，也是操之在我的，要人能善用这个势去驾驭臣民。所以《韩非子·八经》篇说："凡明主之治国也，任其势。"这"任"字，不是放任之任，而是依凭，故曰："君持柄以处势，故令行禁止。柄者，杀生之治也；势者，胜众之资也。"

法家把统治看成是君王一个人对治无数臣民的较量。靠的不是智慧、德行与才能；而是占妥位置、掌握权势，然后利用赏罚二柄、法律制度和一些手段来统治。一旦失势，就一切都完了。

他讲的得势和失势，是"势"的另一义。男人的阳具就叫势。有这个，男人才能纵欲、任性；一旦失势，把儿被人抓住了，甚或阉了割了，那还能干吗？古代五刑，确立甚早，其中宫刑便称为去势，《周礼·秋官·司刑》注即说宫刑乃"丈夫割其势"。此乃"势"字之另一义，一切雄性都适用，例如《释文》解释"豮"字时就说："猪去势曰豮。"

政治主要是男人的权力游戏，故法家即借用了这个概念，以得势失势来讨论君王的统治技术。

以上这些，是古代论势之基本路数，刘勰像哪一路？他谁也不像！因为他根本不源于兵家，也非道家之言道势、时势，更非韩非慎到之言法术。我们做学问，须"辨章学术，考镜源流"，同一个"势"字，在不同的思想流脉中会有完全不同的含义，故不能只看到字词之同或似，便随意说渊源论影响。

三、刘勰文势论之主张

书法之以势论艺，又与上述各路思想不同，且是中国艺术理论真正的起源。

早期所谓艺术理论，其实大抵只是论音乐的一些言论。音乐当然可说是艺术门类中的一种，也是六艺之一，但毕竟只是之一，且谈乐的这些言论还不能说就是针对"艺术"这件事的讨论。这就好像我们讲文学批评史时，总会说曹丕的《典论·论文》是第一篇论文之作。不是说它之前就没有人论文，而是他才专门写一篇文章来论文，且文章就叫《论文》。汉人的书势，情况相似。原因在于他们创造性地用了这个"势"字。

前文已引过《说文》，说古代并无"势"字，经典均用"执"字代替。而"执"字，许慎就解释为"种"也，指种植。这个字，事实上也即是"艺"的本字。换言之，古代"势"与"艺"原本就是互用相通之字。

可是老子、孙子、孟子、管子、庄子、韩非子等上面提过的那些人都不看重这一点，也从未想由此去论势谈艺。直到东汉，才开始以势论艺，由势这个角度来描述或掌握书法这门艺术。

反过来说，书写由来已久，但把它看作艺术性的存在，或成为一种社会活动及审美追求，则始于东汉。这一点，看看赵壹的

《非草书》便可理解。也就是说，直到东汉，书法才被人们由艺术这个角度去审视、去追求。而如何由艺术这角度去掌握书法呢？由崔瑗开始的各种《书势》便可证明。

书法是写字，但写字主要是指物、叙事、通情、达意之类的实用功能。若能在这功能之上，再加以美感之追求，它就有艺术性了。选择"势"，也就是艺这个字来讲"艺"，再恰当不过。写字之艺术化，也由此时才正式发端。

由势论艺、以艺求势，遂因此是这批书势著作共同的方向与内涵。其论势，均是分体说之，篆势、隶势、草势、各不相同，对每一体的艺术美各有不同的规范。

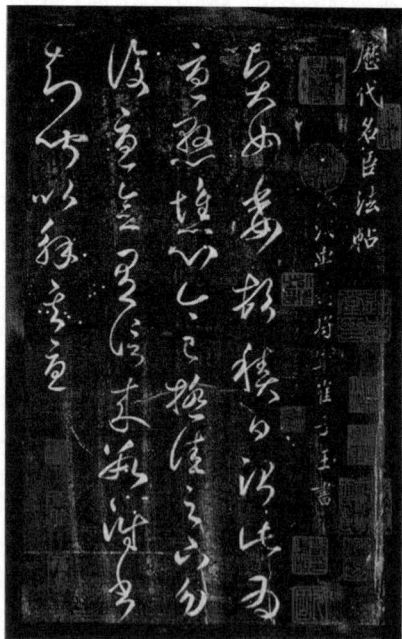

例如卫恒说隶书之势是"何草篆之足算"，与草书篆书都不同。因为隶书有"砥平绳直"者，有"似崇台重宇，层云冠山"者，草或篆就不会有这种平衡的或堆积的美感。

反之，草书"方不中矩，圆不副规，抑左扬右，望之若欹"，这种不平衡的美感，或"兽跂鸟跱，志在飞移；

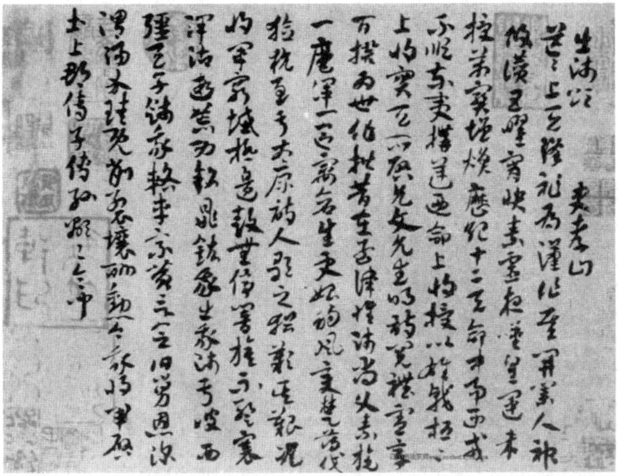

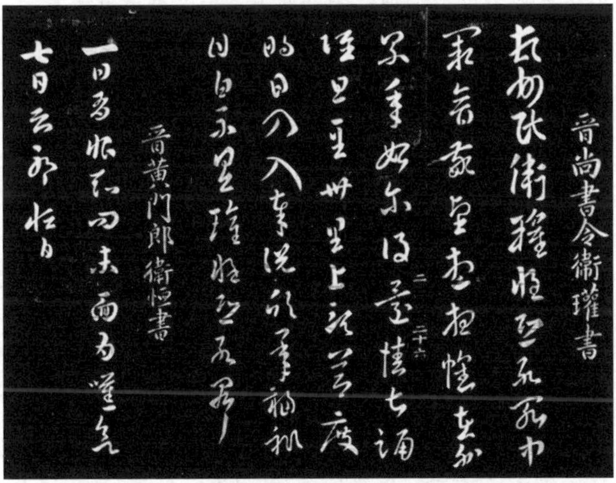
晋尚書令衛瓘書
晋黄門郎衛恒書

付與高堂三大畸　明王行篆體歌曰李斯小篆類玉
筯鐘鼎魚蟲分泉手碧霄鸞鳳浸迴翔蒼海蛟螭互蟠
紐有如垂露楊柳葉或似委蛇銜環首
原賦晉楊泉草書賦曰惟六書之為體美草法之最奇
杜垂名於古昔皇著法乎今斯宇要妙而有好勢奇綺
而紛馳解隸體之細微散委曲而得宜下楊柳而奮發
似龍鳳之騰儀應神靈之變化象日月之盈虧書縱球
而直立衡平體而均施或斂束而相抱或婆娑而四垂

章章草之法蓋又簡畧應時諭指周旋卒迫烕功并用
愛日省力絕險之變豈必古式觀其法象俯仰有儀方
不中矩圓不副規抑左揚右望之若崎企鳥峙志意
飛移狡獸暴駿將奔未馳似速珠絕而不離富怒怫
鬱放逸生奇騰蛇赴穴頭沒尾垂機要微妙臨時從宜
原晉索靖書勢曰蓋草書之為狀也婉若銀鈎漂若
驚鸞舒翼未發若舉安蟲虬蠕力或住或還頼
阿那以贏贏欵奮置而桓桓若其逸游眄崿乍正乍邪

狡兔暴骇，将奔未驰"的动态美，也不是隶书能有的。

后来刘勰谈文章，渊源显然在此。他同样由体讲势，谓"章表奏议，则准的乎典雅；赋颂歌诗，则羽仪乎清丽；符檄书移，则楷式明断；史论序注，则师范于核要"；"圆者规体，其势也自转；方者矩形，其势也自安。文章体势，如斯而已"；"是以模经为式者，自入典雅之懿；效《骚》命篇者，必归艳逸之华"。什么文体，会形成什么样的美感，这就叫作"势"，是势必如此的。故凡作文作字，无不即体成势或循体成势，逆势则乖体、失体，刘勰称为"失体成怪"或"讹势"。

由这方面看，每一体之势是固定的，刘勰因而把他的篇章称为《定势》篇，希望写作者都能依循此种定体定势。如此立论，

当然是有针对性的，因为他那时的作者都乱搞一气："近代辞人，率好诡巧。原其为体，讹势所变。厌黩旧式，故穿凿取新。"所以他希望能予矫正。《定势》之定，宗旨斯在。

若以孙子所说"奇正"来衡量，刘勰的主张是正，反对奇。认为文人好奇之结果只是"文反正为乏，辞反正为奇。效奇之法，必颠倒文句，上字而抑下；中辞而出外，回互不常，则新色耳"。大路不走，只想抄捷径；可以说得明白的不说，却常要反着讲，都非正道。因此他主张"执正以驭奇"。

这是顺着各种书势论讲下来的文势论之当然主张。

不料如此明白之理，许多《文心雕龙》的研究大家竟看不懂，竟理解成相反的东西了。例如黄侃说："吾尝取刘舍人之言，审思而熟察之矣。彼标其篇曰《定势》，而篇中所言，皆言势之无定也。"文势怎么能又怎么会无定呢？什么文体就该有什么势，否则该如何说正？又如何批评别人"讹势"？

原来黄侃把刘勰"循体成势，因变立巧"，理解为不能用一定的势去写各种不同的体，所以说势无定。这是黄先生对宋明以后论文势者生出的心理反感在起作用，跟刘勰无关，刘勰自是主张文势应定的。

四、刘勰定势说的发展与启示

但刘勰之定势说，较诸汉魏以来的书势理论，仍是有发展的。

发展在哪呢？在于体势虽然已定，却不妨兼通，只不过兼通也有兼通的原则，不能乱来。也就是，兼体杂势也仍是有定、有原则原理的：

> 熔范所拟，各有司匠，虽无严郛，难得逾越。然渊乎文者，并总群势：奇正虽反，必兼解以俱通；刚柔虽殊，必随时而适用。若爱典而恶华，则兼通之理偏；似夏人争弓矢，执一不可以独射也；若雅郑而共篇，则总一之势离；是楚人鬻矛誉楯，两难得而俱售也。是以括囊杂体，功在铨别；宫商朱紫，随势各配。章、表、奏、议，则准的乎典雅；赋、颂、歌、诗，则羽仪乎清丽；符、檄、书、移，则楷式于明断；史、论、序、注，则师范于核要；箴、铭、碑、诔，则体制于宏深；连珠、七辞，则从事于巧艳。此循体而成势，随变而立功者也。虽复契会相参，节文互杂，譬五色之锦，各以本采为地矣。

第一段说体有定势。第二段说大才则可兼通。第三段说不能乱通。第四段说兼通的原则仍是循体成势。第五段再强调一次，说兼通镕铸应"以本采为地",是在本来该有的势上做变化。

这个讲法,在书法理论中或许要到孙过庭《书谱》才得到呼应,主张兼体异势熔铸为一。孙氏说:

> 趋变适时,行书为要;题勒方幅,真乃居先。草不兼真,殆于专谨;真不通草,殊非翰札。……回互虽殊,大体相涉。故亦傍通二篆,俯贯八分,包括篇章,涵泳飞白。若毫厘不察,则胡越殊风者焉。至如钟繇隶奇,张芝草圣,此乃专精一体,以致绝伦。伯英不真,而点画狼藉;元常不草,使转纵横。自兹已降,不能兼善者,有所不逮,非专精也。

强调通体、兼善,正是刘勰的呼应者。至于如何兼通之细节,后世书法理论于此则大有驰骋的空间。当时之所以能有此种观念,可能与《裴将军诗》这类作品有关。《裴将军诗》传为颜真卿书,现有墨迹本和刻本。刻本较好。清宫旧藏墨迹本则伪劣不堪,为后世按刻本伪造。明人王世贞曾评它:"书兼正行体,拙古处几若篆籀,而笔势雄强健逸,有一擎万钧之力。"正是兼体的范例。

其实,在此之前也有篆隶杂糅,以追求文字的装饰意味和审美效果的作品,以墓志为多。这类墓志多出现于隋末唐初,以《祎士华墓志铭》《顺节夫人李氏墓志》为代表,书体多掺杂篆隶,或直接三体杂糅,初唐大书法家欧阳询所书《房彦谦碑》亦与此接近。

于隶书中掺入楷法,起笔往往直笔一顿而下,捺笔重按迅起,有魏碑笔意。转折与钩法，隶、楷兼施。欧氏传世隶书极少，故本碑十分可贵。但纯就书艺看，不免呆板，有时还显得怪，所以后世学欧阳询字的人固然千千万，却几乎没人练他这一路。兼通之途，似乎还得等到唐代中期以后。

由书法理论发展出来的文势论重新启沃书法理论，这或许也是件非常有趣的事吧！

而这又可以给我们什么启示呢？

文学与书法，都是文字的艺术，因此其关系异常紧密。而且这种关系不是两类事物间的关系，有内在之共同性和通贯的理路。文势论与书势论，就是一个开端，预告了后世中国书法史和文学史的命运。

后世文论与书学，似此者不胜枚举，乃是理解文学史和书法史的关键及大脉络。例如书势、文势之外，笔法结构与诗法文法、书象理论与诗文意象说、书家凝神释虑说与诗人治心养气说等等，都可像我这篇文章这样，一一考论下去，而明其相通相衍、回环转注之迹，把书论史和文论史都好好重讲一番。

可惜近代学科分化，治文学之专家跟讨论书学的朋友均昧此大势，未甚憭然。反而是有《文心雕龙与六朝画论在"形神论"意义上的美学比较研究》《漫谈文心雕龙和南朝画论》《中国古代乐论画论对文心雕龙的影响》等一大堆攀扯画论的文章，令人不知说什么好，伤哉！

《文心雕龙》与《文选》

　　过去研究《文选》跟《文心雕龙》的人都说这两本书是相同的、相为辅翼的、相互印证的。殊不知两书之文体分类、观念等等，差异极大，应仔细分辨。

一、《文选》及其价值

　　《文选》三十卷，共收录作家一百三十家，上起子夏（《文选》所署《毛诗序》的作者）、屈原，下迄南北朝近时之人，不录尚在世者。书中所收的作家，最晚的陆倕，卒于普通七年（526），而萧统卒于中大通三年（531），所以《文选》的编成当在普通七年以后的几年间，然后追题萧统为主编者。全书收录作品五百一十四题，是刘勰同时而稍后的一部大书，地位非常崇高，想必各位皆早已知晓，毋庸多做介绍。

　　在谈《文心雕龙》与《昭明文选》的关系之前，要请各位特别注意：《文选》这书在当时并不是特别稀罕的，因为这类书非常多。第一，它的篇幅并不特别宏伟；第二，其选择亦未必是当时最精的，所以此书在当时的名望也不见得超过其他选本。从晋朝以来，就编辑了许多文章志，如《江左文章志》这一类选集是很多的。即使昭明太子本人所编，也不只这一部，他还编了五言诗的《英华》，还将历代帝王的诏命，类似《尚书》那样，编成了一部《正序》。

也就是说，昭明太子本身所编的书就很多，《文选》只是其中之一。类似《文选》这样的书，也只是当时许多文章选集之一。只不过到了现在，其他的书都亡逸了，留下来的只有这一部，而从中可见当时文章总集之体式，因此《文选》就显得非常重要。

同时，如果《诗经》《楚辞》《尚书》这一类不算的话，它也是我们留下来的第一部文章总集，所以它占据了整个文章总集的历史地位。诗方面，有同样地位的便是《玉台新咏》。这两者，在文献学上皆有其地位，不可抹杀。

其次，因为六朝人所编的各种文选现在多不可见，故六朝及其前的文章，很多也都亡逸了，我们只能从《文选》中查看，故《文选》就显得特别珍贵。包括我们现在讲到"惊心动魄、一字千金"的《古诗十九首》，最早也是收录在《文选》中。所以大家后来都读《古诗十九首》，并认为它很重要。《古诗十九首》是因《文选》才得以流传，其他很多文章也都是如此，否则根本传不下来。我们现在知道的古代好文章，特别是魏晋南北朝这一段的，基本上都是收在《文选》里的。其他的好文章，留下来的并不太多。这是它文献上重要的价值。

《文选》虽珍贵，但并不表示其中入选的东西就特别精、特别好。《文选》这部书在编辑上有很多可商榷之处。后人讲《文选》，将它愈讲愈高，跟讲《文心雕龙》差不多，遂不能见其瑕疵而已。

但无论如何，它在文献学上非常重要，也代表了整个汉魏南北朝期间的文章写作状况[1]，是非常有代表性的。

另外，《文选》在理论上也有重要价值。《文选·序》即代表了其选文观念，我们一段段看：

> 式观元始，眇觌玄风，冬穴夏巢之时，茹毛饮血之世，世质民淳，斯文未作。逮乎伏羲氏之王天下也，始画八卦、造书契，以代结绳之政，由是文籍生焉。《易》曰："观乎天文，以察时变；观乎人文，以化成天下。"文之时义远矣哉！

上古还很纯朴，没有所谓文学。人文的创造始于伏羲"画八卦、造书契，以代结绳之政，于是文籍生焉"，才慢慢地出现了文章典籍。于天文之外，得见人文。这是第一段，讲文章、文籍的来历。

注意它这里讲的"文"，与《文心雕龙》讲的不太一样，但是异曲同工。《文心雕龙》讲"文"，是上溯到人文之始，所以文章之"文"上推黄帝，从黄帝讲下来，乃是从"人文"讲"文"。这一篇也一样，先讲伏羲画卦，事实上就是讲伏羲创造人文。早期人类住在树上，冬天住在山洞里，这时没什么人文。到伏羲画卦以后，人文才创造了。我常说，在中国，文字、文学、文化的概

---

1 当然，《文选》之后的南朝还有一大段时间，因为《文选》的收录在梁朝前期，梁朝后期与陈朝的文章状况都没有机会在《文选》里表现。不过，大体上仍可以算得上是汉魏六朝以来文章的总集。

念是相互滑动的，有时分开讲，但经常混着讲，因为都是文。所以前面讲人文，马上又转到讲文籍（文章典籍），这些是文字写下来的；然后从文章典籍又讲到"观乎天文，以察时变；观乎人文，以化成天下"，文之辞义大矣哉！接着就讲文章。

这与刘勰《原道》时，把文章推到天文、地文、人文，道理是一样的，文章的源头，都是由天文、地文、人文往下说。

若夫椎轮为大辂之始，大辂宁有椎轮之质？增冰为积水所成，积水曾微增冰之凛。何哉？盖踵其事而增华，变其本而加厉。物既有之，文亦宜然；随时变改，难可详悉。

前面一段是说人文创造了，第二段是说文的发展是愈来愈文，"椎轮为大辂之始，大辂宁有椎轮之质"，文明的发展跟文学的发展都一样，都是由质到文。刚开始非常简单、简陋，后来慢慢踵事增华，甚至于变本加厉。

踵事增华，是顺着原来的情况继续增加它的修饰；变本加厉，是慢慢发展以后，它竟跟原来不一样了，这叫变本，犹如马克思说的"异化"。但两种都一样，原先是质朴的，后来慢慢增加了它的华采，愈来愈文。"随时变改，难可详悉"，不断改变，以致"难可详悉"，随时而变，使得我们不是很能了解。

当然，如果文章只写到这里，那就不用再讲了，但下面恰好不是，所以要继续谈：

尝试论之曰：《诗序》云："诗有六义焉：一曰风，二曰赋，三曰比，四曰兴，五曰雅，六曰颂。"

我试着来讨论一下历代之变。根据《诗序》说，《诗》有六义，风、雅、颂、赋、比、兴，不过"至于今之作者，异乎古昔"，现在的人写东西跟古人不一样。就是说，前面是汉朝人对于诗的分类，但后来者所写都跟古人不同。"古诗之体，今则全取赋名"，古代本来是指赋比兴各体之一叫作赋，但现在赋已经不是诗体，诗、赋分开了。

注意，这边所引《诗大序》，讲的风、雅、颂、赋、比、兴，其实颇与大序不同。

诗之六义，原来在《周礼》中都是诗体，但《毛诗》在解释六诗时，把风雅颂与赋比兴分开了；风雅颂还是诗体，赋比兴却指诗的作法。这与原来把风雅颂赋比兴都当成诗体是不同的。为什么呢？是因为那时对于赋比兴那些诗体已经不熟悉了。

《毛诗》在解释赋比兴时，特别是解释比兴，还想勉强去解释，说明它们原是一种诗体，所以在很多诗的后面会注明这诗是赋体、比体，或是比兼兴，或是赋兼比。也就是说《毛诗》尝试去解释，可是仍然一直解释不清楚。而昭明太子这边所讲，赋，古代是诗体之一，但现在已经变成了一种文体，这不就是"古今之变"吗？

至于今之作者，异乎古昔。古诗之体，今则全取赋名。荀、宋表之于前，贾、马继之于末。自兹以降，源流实繁。述邑居，则有《凭虚》《亡是》之作。戒畋游，则有《长杨》《羽猎》之制。

若其纪一事、咏一物，风云草木之兴，鱼虫禽兽之流，推而广之，不可胜载矣。

赋是古诗之一，但后人所作已经诗赋异体，独立发展了。"荀、宋表之于前，贾、马继之于末"，荀卿、宋玉、贾谊、司马相如之后还有很多发展；有"述邑居"，讲都市的；有"长杨羽猎"，记田猎的；还有"纪一事，咏一物，风云草木之兴，鱼虫禽兽之流，推而广之，不可胜载矣"，体类非常繁复；有讲公事的，有讲田猎的，有咏风云草木鸟兽虫鱼的。从这里开始，论历史流变的同时，又分体论文，以上论的是赋体。

又楚人屈原，含忠履洁，君匪从流，臣进逆耳，深思远虑，遂放湘南。耿介之意既伤，壹郁之怀靡愬。临渊有怀沙之志，吟泽有憔悴之容。骚人之文，自兹而作。

底下论什么呢？"又"字是古人用来分段的字，古代不用标点符号，是因文字使用本身就带有标点符号的功能，像前面一段的"若夫"，就是起头。现在是另起一段，这个"又"即是另起一段。这一段是讲楚骚。前面讲赋，现在讲从屈原来的楚骚。

要注意：昭明太子是把赋跟骚分开的。班固曾把楚辞视为赋的三大来源之一，现代人论汉赋，更倾向于把楚辞当作它的最大渊源，可是《文选》都不是这种态度。

诗者，盖志之所之也。情动于中而形于言：《关雎》《麟趾》，正始之道著；《桑间》《濮上》，亡国之音表。故风雅之道，粲然可观。自炎汉中叶，厥途渐异，退傅有《在邹》之作，降将著"河梁"之篇。四言五言，区以别矣。又少则三字，多则九言，各体互兴，分镳并驱。

谈完赋，再回头说诗，"《关雎》《麟趾》，正始之道著。《桑间》《濮上》，亡国之音表。故风雅之道，粲然可观"，这一段讲的是《诗经》。

汉代中叶以后，作诗的方向开始产生了些变化。《诗经》以四言为主，汉代出现了五言诗，也有杂言，"少则三字，多则九言，各体互兴，分镳并驱"，这是诗与诗体本身的变化。

《文选》论文有个特点，就是不谈作品的内涵、意识，例如论诗是不是该讲正变、盛衰、风教等等？但它基本不谈。古人常讲赋要有诗人讽兴之意，这些，《文选》都没有谈到。骚从楚辞讲下来，当然得讲到屈原。可是昭明太子对屈原之志，也依然不著一辞。讲诗，只讲诗体的变化，不涉及情志方面的问题，正是此书此文特殊之处，不可不留意。

颂者，所以游扬德业，褒赞成功。吉甫有"穆若"之谈，季子有"至矣"之叹。舒布为诗，既言如彼；总成为颂，又亦若此。

接着讲颂。颂也从诗发展而来，但跟诗体已经不同了，变成独立的文体——颂赞。

次则箴兴于补阙，戒出于弼匡，论则析理精微，铭则序事清润，美终则诔发，图像则赞兴。又诏诰教令之流，表奏笺记之列，书誓符檄之品，吊祭悲哀之作，答客指事之制，三言八字之文，篇辞引序，碑碣志状，众制锋起，源流间出。譬陶匏异器，并为入耳之娱；黼黻不同，俱为悦目之玩。作者之致，盖云备矣！

再来就是箴、戒、论、铭、诔、赞、诏诰教令、表奏笺记、书誓符檄、吊祭悲哀、答客指事、篇辞引序、碑碣志状等各种文体。

可是无论文体多么不同，它们的功能都是耳目之娱。所以说："陶匏异器，并为入耳之娱。黼黻不同，俱为悦目之玩。"到这儿，又是一大段，总结上文。上面分论各体，而总结说它们就像各种乐器，有陶做的、有葫芦瓜做的，但是吹奏起来都很好听；"黼黻"是指服装，服装上的锦缎刺绣很漂亮，花纹皆不一样，但都好看。

它讲文章，这是重点。很多人谈《文选》没有注意到这一点，不知《文选》论文章主要是赏其文采、观其文体。所以才会说文章的功能就像音乐和美丽的图案，赏心悦目，入耳好听、于目好看。上文已叙，《文选》不太谈文章的情志、意识内容问题，主要看其文采、形式。

二、《文选》选文

余监抚余闲，居多暇日。历观文囿，泛览辞林，未尝不心游目想，移晷忘倦。自姬、汉以来，眇焉悠邈。时更七代，数逾千祀。词人才子，则名溢于缥囊；飞文染翰，则卷盈乎缃帙。自非略其芜秽，集其清英，盖欲兼功，太半难矣！

以上是讲文章从古代发展至今，文体上的变化很多。下面讲我平常闲着没事干的时候，就喜欢读读这些文章。但从周朝以来，已千年有余，词人才子不可胜数，写的东西也多，我们需要"略其芜秽，集其清英"，这样才能将好文章收录其中。这就开始讲到编《文选》的目的，即要对作品进行过滤，编成一部总集。

若夫姬公之籍，孔父之书，与日月俱悬，鬼神争奥，孝敬之准式，人伦之师友，岂可重以芟夷，加之剪截？

上面这些话最重要，讲的就是怎么编。而其讲法却不是正面表列，说我要选哪些，而是倒过来说哪些东西是我不要的。像周公、孔子他们的书，太重要了，与日月俱悬、与鬼神争奥，是孝敬之准式、人伦之师友。既然这么重要，我们怎么可以再加以剪裁呢？所谓"曾经圣人手，议论不敢到"。换言之，我这里就不收经典了。用一套恭敬的语词，说小庙容不了大神，把经典排除了。

老、庄之作，管、孟之流，盖以立意为宗，不以能文为本，今之所撰，又以略诸。

上面讲的是经，这里讲的是子。子学著作以立意为宗，不以能文为本，所以"今之所撰，又以略诸"。这一部分也可以忽略不计。我前面已经说了，它强调文采，是以能文为本的，不重视内容，故不收诸子百家。

> 若贤人之美辞，忠臣之抗直，谋夫之话，辨士之端，冰释泉涌，金相玉振。所谓坐狙丘，议稷下，仲连之却秦军，食其之下齐国，留侯之发八难，曲逆之吐六奇，盖乃事美一时，语流千载，概见坟籍，旁出子史。若斯之流，又亦繁博。虽传之简牍，而事异篇章，今之所集，亦所不取。

这里讲什么呢？讲的是目前我们不太注意到的"说"，即"口说"之问题。

文学史中本来就有些属于口说的传统，近代我们的文学史观更强调这个部分，如小说就是口说的传统，戏剧中的说唱也是，大部分俗文学更是口说传统跟文字传统相杂的东西。在古代，口说的传统更甚，即使写成了文字，它原先也常是口说；譬如诏告就是王言，王在说话。本来是言。就像传记的"记"，后来史书里面都写成"纪"，像本纪。"记"与"纪"本是同一个字，但是细分却不一样，记是传记、记录、记述，都是言说；纪则是竹简编起来的书，是文字而不是口说。我在《文化符号学》中即有一章专门谈这个历史、传奇、传记的演变，从口说到文字的变化。

然而这个口说的传统，在《文选》里头却是不论的，这一段就专门讲这个问题。像现在，《战国策》我们都收到《古文观止》一类书里去当文章模范了，但是从昭明太子的角度来看，那些战国谋士的言辩只是口谈，口说不是文章，所以是他不论的。

要特别注意这一点。因为这关联着六朝时期的说林传统。当时有说林、有语林、有笑林，如《世说新语》《语林》等就是。那时不是有清谈吗？我们现在讲文学史的人常有一种观点，从刘师培以来就这样讲，说六朝文学的文采非常好，原因是清谈的谈辩之辞，本来就词藻华美，故当时写文章颇受清谈风气之影响，文辞遂也像语言一样华美。他们常征引刘义庆《世说新语》、裴启《语林》这类的言说纪录来论证六朝时人言辞华靡，故其文章亦甚华侈。

讲得很热闹，可惜完全颠倒了：六朝时期言、文分途，言与文是分开的。口说之记录虽有《世说新语》《语林》《启颜录》《笑林》等等，但这些都不是文。文是什么呢？当时不是有"文笔之辨"吗？语言经过修饰、记录了，才能成为文；然后在"文"这个大类里，又区分成较质实的笔和较华丽的文两类。语的层级，显然要低得多。

理论上是如此，实际评价时亦然。像挚虞的同时有位擅长言辞的名人乐广，当时就有评论说：这两个人谈论时乐广很厉害，讲得好；但是退而著论，那乐广就不行了。等到后人再来看，论两人的优劣，则一个只是口说，没法留下来；一个是有文章。有文章的当然就赢了。当时人于是认为两君"优劣从此定矣"。

同理，《文选》录文，就不取口说，这一大段讲的即是这件事。说贤人之辞、谋夫之话、辨士之端，金声玉振，话都讲得极好，而且也曾记录在书籍上，但是"虽传之简牍，而事异章；今之所集，亦所不取"。他们的言词虽然也留下来了，像《世说新语》，那些语词不是已记录成了文字吗？昭明太子说：是的，没错，但这只是语林系统的纪录,它依旧不是文章,不属文章的体系,所以这个部分也不收录。

这是个很重要的观点,跟我以前讲的"诗乐分途"有点类似,各位要详细体会,找些资料来了解。

至于记事之史,系年之书,所以褒贬是非,纪别异同,方之篇翰,亦已不同。若其赞论之综缉辞采,序述之错比文华,事出于沉思,义归乎翰藻,故与夫篇什,杂而集之。

此外还有史书。史书是要褒贬是非、纪别异同的,功能与性质均不同于篇翰,所以也是不收的。不过史书中某些部分,像它的赞论就充满了文学性,能够"综缉辞采",序述也能"错比文华"。这些,虽"事出于沉思,但义归乎翰藻",跟文章一样,所以我也选了一些。

远自周室,迄于圣代,都为三十卷,名曰《文选》云耳。凡次文之体,各以汇聚。诗赋体既不一,又以类分;类分之中,各以时代相次。

以上是说体例。从周朝到现代,共收文三十卷,名叫《文选》,以文类区分,类分之中又各以时代相次。这是讲它具体的篇章分布,前面讲的则是它的标准。

现在许多谈《文选》的先生,都把"事出于沉思,义归乎翰藻"这两句摘出来,认为这即是整个《文选》的选文标准。实际上这不是全书的标准，只是说史书中某些合乎这个标准的，我们可以摘出来，编在书里。若从整本书看，"事出于沉思"这部分实际并不重要。因为这两句话本来是说：史书的目的跟功能原不是写文章，而是述事情、寓褒贬的；只不过，其中有一部分虽然"事出于沉思"，但仍可"义归乎翰藻"，这些我们就可以收入书里。

现在我们一般在讨论文学时，常把文（文辞藻采、形式）当作外表，把意义当作内涵。这个观念与讲法是唐宋以后才有的，文以载道就是这个观念。譬如一辆车子，车子是一个工具、形式，要载的则是意义内容。《文选》可不能这样来看。《文选》说的"义"是什么？并没有一个在文采之外的"义"，"义"就是辞藻的表现，所以说"义归乎翰藻"，"翰藻"就是它的"义"。

三、《文选》分类及特点

《文选·序》第一个重点就是它表达了这样一个特殊观念；其次就是谈它的文章分类。

前面讲了，诗赋分体，然后再作小的分类。具体的分法，是从赋讲起。我们刚刚看前面的《序》也看出来了，他最先讲的就是赋。赋又先讲《京都》，而且篇幅非常大，有上、中、下；再来是郊祀、耕籍、畋猎、纪行、游览、宫殿、江海、物色、鸟兽、志、哀伤、论文、音乐、情。

这是赋的分类，底下讲诗。诗第一叫补亡，补亡就是补《诗经》之亡。当时人相信《诗经》有好几首是亡佚了文词，只剩下标题。不晓得这是没配上词的乐曲。故不少人纷纷替《诗经》

补亡。

其次是述德。述德不是述我的德，是述先祖之德。此体亦原本于《诗经》,《诗经》的《颂》就都是述祖德的。底下是劝励，劝励自己。然后是献诗，向上位者献诗。

公讌，朝廷君臣或同僚的宴会，这也是延续自《诗经》的《雅》。不是私下的聚餐，祖饯是另一种公讌。有个人被派出去做官，要出行了，大家来举行送别的仪式，祖道饯行。在道路边祭祀道路的神，喝酒，当然也还要赋诗送别。

再来才是咏史诗与百一诗。咏史是对历史的感叹，百一是对现世的批评。

接着是游仙诗。现世多不称意，人自然会有超越之想，所以接之以游仙，游仙之后则是招隐与反招隐。这等于是游仙的同调与反抗。

这里要特别做个说明，就是"招隐"这一母题，最早出现在《楚辞》。但《楚辞》中的《招隐士》是呼唤隐士出山做官。这种诗体，到六朝却完全颠倒过来，招隐是指山中的隐者呼唤山外的人入山隐居；反招隐，则反之，呼唤隐士出山做官。各位要特别注意这个历史的变动。

下面是游览。前面游仙和招隐皆与山水有关，故接之以游览。

到此为止，他选的诗可说都是以公共生活、社会性的为主；然后是对这个社会的超越，所以有游仙、有招隐、有山水游览。自我抒情的作品则皆放在后面。我们现在谈文学史的朋友常说汉代是个集体、社会性思维的时代，魏晋以降则以个体抒情为主。看看《文选》这种分类，便知其说之大谬不然。

个体抒情部分，分咏怀、哀伤两类。两者差不多，大抵偏于内省的收入咏怀，偏于对具体事情伤感的归入哀伤，如悼亡、哭墓、吊丧、哀乱离、悲沦没等等。哀伤多是因人事而生，非一人独我自悼，故下面又转入人际交往，如赠答、行旅、军戎。这一部分篇幅也远多于咏怀，像赠答就分一二三四，行旅也分上下。

诗选完了，接着是乐歌，显示诗乐分途。歌以郊庙为先，道理跟诗先述祖德一样，郊谓祀天、庙谓祭祖。然后是乐府、挽歌。

挽歌单独一类，可征时代风气。古人重丧祭，这是各民族共同的。现在壮族还习惯请民间歌师二人来哭丧。扮成舅甥，一问一答，唱歌彻夜，赞颂祖先业绩，劝导后辈不忘祖恩。彝族人称此为"跳脚"，由四人手持八卦在尸体旁跳，边跳边唱孝歌，据说这样可以为死者踩平通往阴间的荆棘之路。景颇人称此为"布滚戈"，邀请附近各寨的青年男女同跳，通宵达旦。哭丧之歌即是挽歌，历来倍受重视，而且这不是仪式性地看重，更是艺术上的重视和喜爱。汉代庙堂和一些典礼上就经常唱挽歌，不限于丧祭。例如婚礼就是如此。魏晋以来，此风不衰，甚至还有每天出门唱挽歌，被人讥为"道上行殡"的。直到唐代，《李娃传》中乃有描写郑元和因嫖妓沦落市井，以替殡仪社唱挽歌为生，而社会上大家争听唱挽歌比赛的情景，就可明白其中大概了。

乐府之后附录杂歌、杂诗以及杂拟。我们所知道的《古诗十九首》，就是放在杂诗类里，地位本来未必甚高。李善注，说杂诗之杂是因"不拘流例，遇物即言，故云杂也"。我则感觉这批诗多有乐府气息，因此若由诗体看，颇觉不纯，故称其为杂。

诗歌都选完了才是骚，骚独立一类。我已讲过这是《文选》

第十三讲 《文心雕龙》与《文选》

极可注意之处。再是七，七也独立一类，指七发这种文体。皆文而有诗歌之感者，古人有时也把这些都归入"赋"中，即因它们毕竟都跟底下的文体不同。

底下是诏、册、令、教、文、表、上书、启、弹事、笺、奏记、书。书，指给君王上位者的信或朋友之间的来往函札。再是檄文，乃打仗时质问对方的文体。接着是对问、设论，这也属于对答论难的。

还有辞，收武帝《秋风辞》、陶渊明《归去来兮辞》。序，分书序和志序。颂、赞、符命。符命一体，后世少见，也是很能显示时代气息的。接着是史论、史述赞。我们刚刚讲到，凡史书中"错比文华""义归乎翰藻"的，萧统都收，此即是也。

另外就是论。论很不少，凡五部分。我曾说魏晋以来议论文大盛，这就可为例证。再则是连珠。连珠也是论的一支。此外则为箴、铭。箴劝诫，铭记事。最后是诔、哀、碑文、墓志、行状、吊文、祭文。这些都是哀逝者之文。

以上是《文选》的分类，其中颇有特点。

第一是赋跟骚分开。这点后人多不认同，如吴子良《林下偶谈》说《文选》不把楚辞归到赋体，却独立一门叫作骚，是"无异偏题，名义尚且不知，况文乎？"依他看，骚不能作为一种文体。"离骚"是"遭忧"的意思，"骚"是指牢骚、悲苦、碰到了麻烦事。怎么能把烦恼、牢骚当作一个文体呢？[1]"离骚"作为一个篇名是可以的，但把它视为一类文体则不通。像这样的情况还有不少。因此，姚鼐《古文辞类纂》论赋时就说它："分体碎杂，其立名多有可笑者。"并说其后编辑文章的人常常不懂，"不知其陋"，不晓得它是个缺点，却"而因仍之"，仍然沿续它的错误，这是不对的。

但是昭明太子为什么要这样分呢？我们读了他的序，应该可以替他想出理由来，因为他对赋的观念，跟后世大部分讲赋的人观念不同。他认为赋的源头是从诗、从荀子下来，宋玉也被他归在荀子后面。他不像我们现在把屈原、宋玉挂在一起说。而且我们讲赋的源流时，屈原比荀子重要，我们会强调《楚辞》的影响力，把《楚辞》地位抬得很高，荀子反而不重要，谈的人很少。但《文选》完全相反，讲赋，单一源头就是荀子；楚辞之流另归一类，就叫作骚，两者是分开的。

由荀子赋这种传统看，赋就是以铺陈物象为主的，所以开篇就是京都，文字数量最多，因为篇幅大嘛，一收就是三卷。然后一路写郊祀、耕籍、畋猎、纪行、游览、宫殿，一直到江海、物色、鸟兽，都是铺陈物象。铺陈物象的赋放在前头，写感情的则

---

1 "离骚"，根据班固的解释即是"遭忧"，离者罹也。离别的"离"，其实也是罹患的"罹"，指碰到。分离怎么就是碰到呢？我讲过，中国文字有正反合义的现象。例如"闲"，陶渊明的《闲情赋》是什么意思呢？我们看其字面，闲情好像是指很悠散的情绪。但不是的，这个闲不是放松的意思，而是指管束，闲情就是说你要控制你的感情不要乱来。昭明太子曾说陶渊明"白璧微瑕"，像白玉上面有块污点，这污点就是他写的《闲情赋》。因为陶渊明虽想闲情却没掌握好，感情还是写得太放纵了，没有真正收束回来。这个闲，就是管束的意思。

放在很后面，"情"是最后一类。观《文选》本文可知，"情"只选了《宋玉答楚王问》一篇，可见这个"情"讲的是很狭隘的情，专指男女感情。所以整个赋体可以说基本上就是铺陈物象的。

这是《文选》对赋的基本看法，这个看法比《汉书·艺文志》还要极端。《汉书·艺文志》认为赋有三个源头，一是荀子，一是陆贾，一是屈原，再则是杂赋。但《文选》论赋只有一个源头，就是荀子。屈原那种写法则另归一类，称为骚，发牢骚的，所以独立为一体，这是很特别的做法。

另外，他所分史论、史述赞这两类，后人也有不满之处，像章学诚就说史论不是论吗？为什么史论又独立为一类呢？而史述赞，或班固的《汉书自序》，又怎么能独立为一类？章学诚对他这些分法都是有意见的。

有些文体本来并没有论的名称，像我们现在所熟知的《过秦论》，原来就只叫《过秦》，过是动词，指对秦的批评。《文选》把它归到论体，且加上一个"论"字。这也是被批评的。

还有，有些部分《文选》收的文章也很奇怪，像耕籍只收了一篇潘安仁的《籍田赋》；论文这一类也只收了陆机《文赋》一篇；情这一类，同样只收了宋玉一篇。

这不但是有些收得多，有些收得少，差距太大的问题；而且像论文这样独立作一类，当然可以说是选一篇有代表性的，可实际上除了这一篇之外，世上并没有别的文章叫作论文，因此这怎么能独立为一类呢？

《文选》的辑编跟分类，在萧统写序时看起来是有一个整体想法的。但这个想法跟编出的来颇有落差，这应是当时杂出众手，好多人一起编的缘故。后人对其分类有时觉得太过零碎，有些地方又似乎可以合并，像史论跟论看起来就可以合；有些不必分得这么细，像诏、册、令、教这些即不一定要分这么细。

不过不管怎么样，分类便显示了昭明太子的一些想法。

四、《文选》与《文心雕龙》的对比

下面将《文选》与《文心雕龙》对比后看看。

第一，在大结构上，其分体显然跟《文心雕龙》不一样。《文心雕龙》论文叙笔，前面先谈文，后面谈笔，前面主要是韵文，后面是散体。文跟笔是分开的。而《文选》并没有文笔之分。每一类中，韵文散文皆不甚分。如吊祭，虽多半是散文，但《吊屈原文》这些并不是散文。箴、铭、哀、诔这些也都是散文、韵文编次杂出的，所以它在大结构上并不像《文心雕龙》那样，看不出文笔之辨的痕迹。

第二，《文选》的编次不如《文心雕龙》严谨。可能因为《文选》杂出众手，所以编次有不合理之处。像骚跟赋分开固然有他的道理，但骚跟辞的关系那么密切，是否真能分开呢？辞，原先就由《楚辞》的"辞"字而来。若要把它们分开也不是不行，但不能分得太远，否则就看不出他们之间的渊源了。

还有，赋的大类中，情感的部分先是哀伤，最后才是情。照道理，情应该大，哀伤只是情中的一类，所以应是情在哀伤之前，或者把情放在志前，下面再论文、论音乐，这样就比较合理。志跟哀伤或跟情并，或者志后面是哀伤，然后再论情也可以；或者志后面是情或哀伤，论完以后再收论文跟音乐；或者把论文跟音乐全部调上去，前面物色、鸟兽、草木、虫鱼，谈的是自然的东西，下面论音乐、论文学等人文创造的东西，这都是咏物、论物，论完以后再论情，这样可能也比较有条理。还有《宫殿》理应放在《京都》后面，或在郊祀、耕籍后面。周朝以来的都城，皆不只是人住的地方，更是神的居所，是宗庙所在，是人神沟通之地。至今北京仍有天坛、地坛、日坛、月坛就是这个道理。郊祀指祭天，耕籍指天子要耕田以象征他与民同甘共苦，这些都是天子之事，下面接着谈《宫殿》，谈完之后是《畋猎》，以上讲的都是京城的事，接着才从京城往外走，是纪行、游览、江海。看到江湖河海，然后才观鸟兽草木虫鱼，是由大入细，这样的分类才比较有条理。

另外《杂诗》的分类也不甚合理，我们由前序了解到他是要把不重要的归到后面，但是以分类学的角度来看，应该把杂诗放到乐府之前。以上都是诗，后面才是乐府，最后放杂拟。不然就应把杂诗、杂拟都归到乐府上面，下面再谈乐府。

《文心雕龙》不像《文选》，是一个人做的，分类比较严谨，对每一类的每一个分体，说明也比较清楚。原始以表末、释名以章义、选文以定篇，敷理以举统，对每一类的掌握较清楚。《文选》的分类也不如《文心雕龙》严密。

《文选》跟《文心雕龙》的分类还有许多不同：如《文心雕龙》是明诗、乐府、诠赋；《文选》颠倒过来，赋在前，诗在后，再来是乐府。排序不同。像"七"跟"连珠"在《文选》中是独立的，《文心雕龙》中"七"并没有独立，而是将之并到杂文类；包括"连珠"也是，可见轻重不同。《文选》特别提到了"弹事"跟"序"，而《文心雕龙》对这两种文体没有讨论。"弹事"就是上表弹劾其他官员。《文选》有的，像"表上""表下"，《文心雕龙》并为"章表"。书、启、奏，启归到"奏启篇"；笺归到"书记篇"；行状也归到"书记篇"等等。《文心雕龙》通常分类比较宽，《文选》比较琐碎。

第三，《文选》更重视"群"。如果我们用孔子所说的"诗可以兴、观、群、怨"这个标准来看，可以发现《文选》比较重视的是群，所以赋从《京都》讲下来，诗则从《补亡》《述德》讲，这两者是相互呼应的，一是讲德行不要有亏欠，一是讲我的祖先非常好。在传统上来说，这两者是一体两面的，"毋忝尔所生"，要经常注意自己的言行，勿玷污了父母，这是人跟宗族上下的关系。底下是劝励，自我劝勉。再来仍是群，就是献诗、公讌、祖饯等等，这些都是群，讲的都是君臣之际的事。诗赋都是以群居前，接着是观，像记行、游览、江海、物色、鸟兽等都是观。怨在很后面。

文章也是一样，先诏、册、教、令，再来是臣子的表、上书、奏启、弹事，最后是问答、设论等等，这些都是群。着重的是君臣、朋友等人伦关系。要到最后才收那些个人感情性的诔、哀、碑文、吊文、祭文等。吊祭文最能显示个人情感，虽然这类文体原本皆出于交际应酬，但我们仍可勉强算它是怨。

因此，"诗可以兴、观、群、怨"，那些可以怨的部分大概都被它放在了后面，这是《文选》的特征。《文心雕龙》不然。《文心》重兴、重才情，强调个人情动，文章皆情动而发，故由"物色"

感人说起。

第四，《文心雕龙》讲"物色"也跟《文选》完全不一样。《文选》的"物色"，是人出去游历以后看到的江海、鸟兽、风花雪月。《文心雕龙》讲的"物色"却讲物能感人，人是能感，物感动了我，所以事事兴感，所以情动了。情动于衷以后，这个不得已之情，必须发出来，所以"在心为志，发言为诗"。这是从个体说，不是从群说。从个体说，而且从情说，则观山情满于山、观海情满于海。这是《文选》跟《文心雕龙》不同之处，一个重群、重君臣；一个重个人的才、个人的情，重兴。

我写过一篇文章谈中国的饮食文化，用《文选》的分类来做说明。因为通过《文选》的分类，我们可以注意到有一个跟我们现在习惯从抒情、言志谈文学的不同角度：它不是从个体抒情、言志来讲，而是从君臣朋友怎么在一起玩、吃，来谈诗可以群、可以观。观是观风俗、游览、物色等等。

这个是两个体系的不同，以至于一切具体说明也就不相同，所以虽然表面上看来好像名词颇为类似。例如两者都讲"物色"，然而《文选》将"物色"作为文类之一颇受人批评，人们认为"物色"是泛称一切风物名色，怎么能作为一个文类呢？有人替它辩护说："这不妨，因为'物色'是六朝的通称、俗语，这像《文心雕龙》不也讲'物色'吗？所以应该没有问题。"殊不知《文心雕龙》的"物色"跟《文选》所讲的"物色"并不一样。因为它们体系不同，一个强调个体的情志，一个强调群的一面。

第五，刘勰宗经，论文体均推源于五经，《文选》却不然。以论为例，《文选》论有一、二、三、四、五。论一是《过秦论》、东方朔的《非有先生论》、王褒的《四子讲德论》。论二是班彪的《王命论》、魏文帝的《典论·论文》、曹元首《六代论》、韦弘嗣《博弈论》。论三是嵇康《养生论》、李萧远《运命论》、陆士衡《辨亡论》上下两篇。论四是陆机《五等诸侯论》、刘孝标《辩命论》。论五是刘孝标《广绝交论》。《文心雕龙》在讨论"论"的时候，这种论人、论事、论政的论，其实都没有谈到，像《养生论》《博弈论》都是《文心雕龙》所没有涉及的，这点对照《文心雕龙》中有关"论"的那篇便可知晓。

也就是说，两者在具体讨论论体时，所选的文章跟所谈的内容，差异极大。《文心雕龙》把"论"当成一种论述经义之体，所以把解经的文字也放到论体里面去谈，而不是像《文选》所列都是一些政论、人物论、命运论。所以同样有"论"这个文体，但所谈具体内容并不相同。

第六，还有史传、诸子、议对，皆是《文心雕龙》有而《文选》没有的。《文选》没有的道理很简单，《文选·序》已经说过，诸子"以立意为宗，不以能文为本"，所以诸子之文它是不收的。议对是口谈，机锋对话，故《文选》也不收；史传，《文选》也不收。我们后代人当然会觉得《信陵君列传》《项羽本纪》的文采不错，但古人并非这样认为。

后来人的观点是什么呢？我曾跟各位在前文中讲过经学怎么变成文学，同理，史书在后世也被当成文学作品看。后人看《史记》，觉得很多篇章本身就是非常精美的文学作品；但《文选》不这样看，当时认为史书里写的东西都是叙事的、是褒贬人物的，重点不在文采上，只有后面独立的赞与论才是作者表现自己文采的部分，所以《文选》只选这部分。

第七，刘勰论及的作者，六朝的不多，具体评论到的六朝作家一共五十七人，还不到《文选》的一半，《文选》则有一百三十多人。也就是说，整个六朝序列的作家，《文选》比较多，《文心雕龙》则比较少。

为何如此？原因是《文心雕龙》重前轻后，它以汉代为楷模，魏晋就差了，东晋以后更差，所以它谈的六朝作家不但少，且主要还集中在魏晋这一段。《文选》相反，后面收得多，因为《文选》的历史观不一样，觉得文章是愈华美愈好，所以后面收的远多于前面。

多到什么地步？《文选》跟刘勰一样，所录的作者都是已逝的。但虽如此，所谈的当代人，特别是齐、梁之间的作者非常多。而且建安以下、大同以前的文人基本上是全的，所以何义门《读书记》说此书"建安以降、大同以前，众论之所推服，时世之所钻仰，盖无遗憾焉"，只要是当时有名的文人、重要文章大概都收在这儿了。所以它的文章，两汉非常少，任彦升以下却非常多。像启、弹事、墓志、行状、祭文，这些收得最多的是谁呢？是任彦升，任昉。其他像沈约、颜延之、谢灵运这些人的文章也收得很多。而刚刚提到的这些人，在《文心雕龙》中却一个名字也没有。任昉的文章，《文心》谈都不谈；它谈到颜延之，也只是要批评颜氏说的"文笔之辨"是不对的。所以两者所选的文章，详略有很大的差别。《文选》详近略远，《文心》反是。

第八，再来看选文的问题。《文心雕龙》谈到"古诗佳丽或称枚叔"，讲的就是现在收在《文选》里的《古诗十九首》。可是在

《文心雕龙》中并不叫"古诗十九首"，只叫作"古诗"。这句话是说："古诗中好的，有人认为是枚叔所作。"我们现在一般认为他讲的就是《古诗十九首》，但到底是不是，我们也不知道，《文心雕龙》对此也没有细谈。反之，张衡的《怨歌》《同声歌》是《文心雕龙》提到且称赞的，可是《文选》没有收；何晏的诗，在刘勰的讨论中是曾谈到的，在《文选》中也没有收。前面提到《文选》收了一大堆六朝作品，《文心雕龙》收得很少，但《文心》所欣赏、所提到的东西，也有若干是《文选》没涉及的。

另外，《文选》选的文章，后来有一百二十多篇被收录到正史中了，可见《文选》的文章很重要，具有"正典化"的作用。而《文心雕龙》虽也选文以定篇，但它所选的文章，后来被大家所肯定的却没有《文选》那么多，这是需要注意的。

《文心雕龙》本来跟《文选》一样具有选文的功能，我们若把它选的文章摘出来，完全可以编成跟《文心》相辅而行的另外一部《雕龙文选》，这样来看也会很有意思，但是后人从来不会这样做。因为《文心雕龙》的选文功能一向不被认为特别重要，不像《文选》。这是两书很不同的地方。

第九，两者在论赋方面又有不同。《文心雕龙》谈赋时说：铺采摛文，体物写志，为古诗之流。又认为赋出于屈原，所以说："受命于诗人，拓宇于楚辞。"说"受命于诗人"，是指它原是从诗来的，但"拓宇于楚辞"，屈原以后，这个疆域才开拓了。荀子即是放在这个脉络里面来说的，所以讲怎样写赋，是从睹物兴感说，说物以情观，从感物而动来讲，这都跟《文选》不一样。

《文选》把赋放在诗之前，又以《京都》居首，跟《楚辞》距离很远，体物写志亦是一直要到十三、十四卷才开始出现，把情放在最后面，而且只收了《高唐赋》《神女赋》《登徒子好色赋》《洛神赋》，所以《文选》的"情"只是指"男女之情"。"志"，也不像"诗言志"中的"志"那么宽泛，这个"志"是有专指的。"志"收了张衡的《思玄赋》《归田赋》，班固的《幽通赋》，潘安仁的《闲居赋》，这些赋的"志"是什么呢？汉代的文人，喜欢说士不遇，这些"志"所指的正是这个。不是"感物吟志""诗言志"的那个"志"，而是专指"士不遇"的那种"志"，是"有志难伸"的"志"。因为有志难伸，所以它同时带出来的情绪，叫作"不如归去"，所以才有《归田赋》《思玄赋》《幽通赋》这一类赋，抒发了人在不得志时的抑郁与自遣。像潘安仁的《闲居赋》，此"闲"不是前面所讲的《闲情赋》中的"闲"（管束），而是悠闲的"闲"，就跟《归田赋》的主旨一样：意为不如回家闲居算了。这类言情述志的赋篇，《文选》都将它们放在很后面，因为《文选》是依据荀子赋的源流来讲赋的。

《文心雕龙》论赋，又强调什么呢？汉代，它认为最好的是枚乘、司马相如、贾谊、王褒、班固、张衡、扬雄、王延寿，这是汉代的（汉以前还有荀况、宋玉）。而《文选》论赋，并不推崇这些人，这是它们的具体区分。

第十，两者在郊庙和乐府的收录情况中又有不同。《文选》中郊庙跟乐府是分开的。《文心雕龙》则是从雅乐讲下来，所以《文心雕龙》的乐府篇，绝不能把郊庙跟乐府分开。把郊庙跟乐府分开，有点像现代人的做法，现代人是把乐府分成文人的（或朝廷的）与民间的。《文心雕龙》不是，是从古代的宗庙、祭祀、郊庙、雅乐的传承上来讲乐府诗。所以《文心雕龙》认为乐府写得好不好，重点在于适不适礼，所以说魏之三祖的乐府虽然音乐很好，但是相对于古代来讲，古代的是正曲、正风、正声，魏则流靡了。曹植陆机以后，整个乐府诗的发展，《文心雕龙》一个字都没有谈。

我已经说过，乐府在六朝时很兴盛、很重要，像近体绝句的发展就跟吴歌、西曲关系很密切，这些也不宜忽视。可是《文心雕龙》对陆机以后的乐府诗，完全没有谈到，《文选》就收录很多。而且《文选》不但重视诗，也重视歌，像挽歌、杂歌都是歌，且挽歌独立一类，《文心雕龙》就没这样做。《文心雕龙》把所有的歌归到乐府，而且一笔带过。在《文选》里诗跟歌则没有完全分开，它只是前后分，但是综合起来它还是放在诗的大类里的。

第十一，除了具体的文类区分之外，两人的文学史观也不一样，《文选》论文从伏羲讲下来，与时为变，比较强调文章的新变，有愈来愈趋新、愈来愈重文的倾向，而不像《文心雕龙》有复古的意思。《宗经》《征圣》即是复古，所以认为文学愈来愈差。《文选》近详远略，愈早的谈得愈少，愈后期的文章收得愈多；《文心雕龙》则相反，前面谈得多，后面谈得少，乃至于不谈或是批评地谈。

第十二，《文选》所收乃姬汉以来之文，不录口说；《文心雕龙》对口说跟文笔却没太大的区分，我们可以从《论说》的说来看。它从《易经》的兑卦讲起。各位记得《论语》的第一句："学而时习之，不亦说乎！""说乎"，我们都读成"悦乎"，因为"说"跟"悦"两字原先是同一个字，本字都是这个"兑"。所以《易经》这个卦，既讲喜悦又讲言说，而《文心雕龙》的《论说》篇，就是往上推，谓论说之说出于《易经》的兑卦。兑是西方之卦，也

第十三讲 《文心雕龙》与《文选》

是水泽滋润之卦。大学的宿舍，很多都叫丽泽楼，用的就是这个意思，乃朋友讲习、相互润泽之意。故孔子说："有朋自远方来，不亦说乎！"这句话其实是用典，用的就是兑卦的卦辞，说朋友讲习说话很快乐。《文心雕龙》论"论说"而推源于"言说"，可见刘勰其实并没分"言说"跟"文笔"，不像《文选》把言说排开了不录。

第十三，《文选》比《文心雕龙》更重辞采，甚至可以说《文选》只重辞采，没有什么义理可说。古人批评《文选》选文，常会特别谈到这一点，说它里面收录的有些文章只是无足轻重之文，义理上所云无甚分量或论说有问题，像封禅、符命这一类文章，大家都知道写作者多半是言不由衷的。所以古人曾说收《封禅书》，不如收《天人三策》；《剧秦美新》《魏公九锡文》等文，其实也不该收；而《出师表》的后表，则不应删去。这些都是《文选》选文不重义理所出现的问题。

黄季刚先生的学生骆鸿凯曾写过一本《文选学》，其中专门有一节，收录了古人批评《文选》的意见，例如有人评《文选》所选的文章有些是善言德行，道理很足的，这个叫作有道理之文；还有一种讲事理的文章，是达于时务的，批评时务甚为通达，像《出师表》《陈情表》这些，好文章很多。但也有一些，如司马相如的《难蜀父老》、枚乘的《上书谏吴王》、班彪的《王命论》，却都是事理不足、不达时务的；崔子玉的《座右铭》、韦弘嗣的《博弈论》、张茂先的《励志诗》《女史箴》，则是不善讲道理的文章，所以许多人觉得《文选》还不如真德秀选的《文章正宗》呢！

真德秀的书，是宋明理学家选文的代表。理学家选文，义理当然高。但《文选》的文章本来就不以义理见长，乃是以文采取胜的。我们在看《文选》时要特别注意这一点，如用《文心雕龙》的批评术语来说，便叫作"忽情重采"，即使谈情也多半不是个人的感情，而是群体性的，如公燕、祖饯等。这些都是我们从"诗言志"这种自我抒情角度来说的应酬诗。这类诗一般都是大家喝酒时作作诗，或去送个朋友，每人写首诗或联句、联章，大家玩玩。或谁过生日，大家来吃一顿，然后作作诗，等等。这种诗在后来中国的文评中，常是被批评的，可是《文选》恰就把这种应酬诗放在最前面，比自我抒情的诗更重要、更多。

五、前人观点之辨

以上是《文选》跟《文心雕龙》的大体比较。《文选》的分类、观念，与《文心雕龙》的差异，我想应该已经讲得很清楚了。

可是，过去研究《文选》的朋友不知道为什么，却开口闭口说这两本书是相同的、相为辅翼的、相互印证的。这种风气，或许来自黄侃先生的误导。黄先生读《文选》极为用功，批校不已，丹黄殆遍，可惜整体认识是错的。其门下，都讲文选学，而也都没发现这个错误。

像骆鸿凯就说："《文选》分体凡三十有八，七代文体，甄录略备，而持较《文心》，篇目虽小有出入，大体实相符合。精熟选理，津逮在斯。"（《文选学》）其大意为：要了解《文选》道理的途径就在《文心雕龙》。因为《文心》确论文体有四意：原始以表末、释名以章义、选文以定篇、敷理以举统。而其选文定篇，如何去取，实与昭明"同其藻镜"，跟昭明太子的评鉴标准是一样的。因此他认为历代人都觉得人无异论，都说这两本书应该合起来看。

这真是谬论呀。这两本书南辕北辙，选文的标准、具体的分析、内容的讨论，完全是两回事。可是不知道怎么了，过去研究《文选》的朋友，尤其是黄先生的弟子却都这般指鹿为马，认为两者一样。代表性著作就是骆鸿凯的《文选学》。

在台湾，章黄学派影响很大，所以我们过去读书时必读《文选学》。一本《文心雕龙》，一本《文选》，我们台湾师大研究所也都是必开的，且师友都根据骆先生的说法在讲。但是我怎么看都觉得《文选》跟《文心雕龙》根本是两个不同思路构造出来的东西。

这是刚刚上面的总结。但是还要补充一点：因为现在没有太多的研究材料能够表明《文选》为昭明太子一人所编，所以上文我们所讲的某某是昭明太子的观念这类的表述并不准确。其次，《文选》乃杂出众手之书，故而这篇序文是否为昭明太子所作也仍不能确定。为什么？因为昭明太子同时有好多面貌。

他的《正序》与《英华》，我们已不可见，但我们现在仍可以看到昭明太子非常喜欢陶渊明诗，因而编了《陶渊明集》。他喜欢陶诗的原因是可"想见其人德"。因为陶渊明诗呈现的这个人的德行特别好，让他觉得非常喜欢，所以读陶诗可以让人们贪婪、弊吝的个性得以消除。他是历史上第一个为陶渊明编纂集子的人，还写了一篇序文收在集中。

钟嵘《诗品》里只将陶渊明列于中品，所以我们据此都说陶渊明在当时诗坛的地位不高。但这样认为的人其实都忘了，昭明太子就编有《陶渊明集》，且极为推崇。他说"余爱嗜其文，不能释手"，读了爱不释手；"尚想其德，恨不同时"，恨自己没有跟陶渊明同时代；"能读陶渊明之文者"，如果能够读他的文章；"驰竞之情遣"，奔走于仕途之中追逐名利之心自然就会消除；"弊吝之意祛"，贪婪与吝啬的想法自然也消除了；"此亦有助于风教尔"，这也是有助于风俗教化的。

这个观点跟《文选·序》可以说是南辕北辙，是从内容、德行论文学，不是从文采，而且谈的是风俗教化，又言明自己对陶渊明诗文爱不释手等。

到底哪个才是真正的昭明太子呢？我们并不知道。

因为两本书可能都出自众手。《文选》当然出自众手，但题为昭明太子编；《陶渊明集》就一定是他自己编的吗？这也不能确定。他还有另外一本五言诗诗集《英华》。当时湘东王曾对昭明太子说："你编的这个集子可不可以送给我？"后来昭明太子送书时，还附了一封信，强调写文章要"立而不浮，典而不野，文质彬彬"。既然要文质彬彬，那就跟《文选·序》不重立意而重文之立场也不一样。所以我才说昭明太子其实很复杂，一是他留下来的文献有限，二是以上所论的几个方面他现存文献中都有，只是在不同的文献中，各自呈现了不同的内容。三是并无任何确证能够证明其文献是他自己一人独立编纂还是杂出众人之手。

《文心雕龙》与《诗品》

　　《文心雕龙》跟钟嵘《诗品》可算是同一时代的作品。同一时代，有两部体系完整的文学批评史论著，史上并不多见，所以大家喜欢把它们拿来对比。这是批评史上重要的论题，相关的论述也很多，都可参看，这里只就几个问题做些与众不同的说明。

一、两书之区别

　　谈文学批评史，大家都会注意到刘勰的《文心雕龙》跟钟嵘的《诗品》，它们几乎是同一时代的作品——钟嵘《诗品》略晚，但是从漫长的文学史来看，几乎可算作是同一时代的。

　　在这么短的时段中，有这两部体系完整的文学批评史论著，史上是不多见的，所以大家自然也喜欢把它们拿来做对比。这是文学批评史上很重要的论题，相关的论文很多，都可参看，这里我只就几个问题做点说明。

　　《诗品》与刘勰的《文心雕龙》最明显的区别是，前者单独论诗，后者则是备论诸体。这两者，从表面上看只是范围广狭的不同，一专门论诗，一论整体的文学。但实际上里面有各自的价值判断。

结合当时的文笔之辨可知，刘勰备论诸体是因为他明确反对颜延年分文、笔、言。他不赞成文笔区分，所以《文心雕龙》里面有文有笔，即使大家不认为是文的笔，他也要纳入到"文学"中去讨论。

钟嵘则不然，相反，他是文笔之辨的极端。他只论韵文，而且只论韵文中的诗。在《诗品·序》的第一段就讲："气之动物，物之感人，故摇荡性情，形诸舞咏。照烛三才，晖丽万有，灵祇待之以致飨，幽微藉之以昭告。动天地，感鬼神，莫近于诗。"即，诗是所有文体中最重要、地位最高的。

钟嵘的这种讲法，在中西文学批评史上并不罕见。在西方，从来都认为诗的地位和其他的技艺不一样。诗人拥有神性的能力，而且这种能力不来自于学习，所以诗歌常跟神的指示、预言相联系。在中国，这叫诗谶（前面论文源出于道时，已谈了很多）。史书常叙述道：某某时候，朝中混乱，奸佞横行，于是市井中就有童谣传唱，后来果真应验了。这种歌谣会泄露天机的想法，中外皆然。神谕，即神的指示，常常都是通过诗歌来表达的，现在也仍是如此。我们去庙里抽签，签上即用诗来告诉你命运，而不是用散文或其他文体。诗签就是诗谶的体制化[1]。

诗不但可以预言整个国家社会大的形势、发展，你看传记，

---

1 刘再复去美国后，有段时间很犹豫是否要回国。有次在马来西亚槟城开会，和我谈起这事，我就陪他出去散心。到了一座庙里，我让他抽签看看。于是他摇了一个签，诗意很隐晦，但很符合他当时的心情，大意是还让他继续留在国外，但不要参加政治活动了。他大喜，尔后大体也即是如此。

往往也会说某人作诗时诗语不祥，后来果然就死了的这类故事。比如写《文心雕龙札记》的黄季刚先生，过五十岁大寿时，他老师章太炎为他写了一副对联："韦编三绝方知命；黄绢初裁可著书。"因黄侃之前虽写了很多札记，但有"述而不作"之风，正式著作还没动笔。故章太炎劝黄侃著书，说现在过了五十，可以开始写书了。可是没想到过不久他就死了。大家都说这个对联不祥，上句暗藏绝命两字，下句"裁"字也是断头、截断之意。

这类诗谶掌故不少，所以还有人将诗谶辑为专书的。诗歌跟一般文字产品不一样，常因为是天籁，故能预示天机，具有神圣性，所以大家常觉得诗人与别的文学家不同。诗人被特别赋予了神性，别的文学可以通过学习来从事创作，但诗人只来自天才。是以后来才有"诗有别材，非关书也"之说。这种理论背后的思想渊源，就是与此相关的。认为诗是所有文学创作中最特殊、最高的，和神性有关联。钟嵘这句"动天地，感鬼神，莫近于诗"，讲得再明确不过了。

可是刘勰讲《明诗》篇，只是从人讲，而不是从天地讲。诗也没有讲到可以"动天地，感鬼神"的地步。诗文直接跟存有相通，只有在刘勰的《原道》篇才谈及。但是整个的"文"与天地合一，而不是单独某个文体。所以，《文心雕龙》和《诗品》表面上看起来只是范围的广狭不同，实际上是总体理论的不同，里面有复杂的理论问题。

其不同，可能还与诗歌在文学体裁中地位的变动有关。《史记》《汉书》都没有仅因诗歌著名而被立传的文学家，相反，擅长辞赋的司马相如、扬雄等人才会被单独列传。到了《后汉书·文苑列传》才有郦炎是仅因诗作得好，便被列入的。《文苑列传》一共收录诗歌三首，其中两首就是郦炎的作品。而等到《南齐书》再列《文学传》时，诗就更重要了。《文学传》不遗余力地穿插文士的好句好诗，对诗人才能的描写，也更为精细。例如，《陆厥传》的言辞就特意标明"五言诗体甚新奇"。《文学传》的结尾，还有一段文章论，但其中有相当大的部分涉及了诗歌，甚至评价五言"独秀众品"：

> 文章者，盖情性之风标，神明之律吕也。……俱五声之音响，而出言异句；等万物之情状，而下笔殊形。吟咏规范，本之雅什，流分条散，各以言区。若陈思《代马》群章，王粲《飞鸾》诸制，四言之美，前超后绝。少卿离辞，五言才骨，难与争骛。桂林湘水，平子之华篇，飞馆玉池，魏文之丽篆，七言之作，非此谁先？……五言之制，独秀众品。习玩为理，事久则渎，在乎文章，弥患凡旧。若无新变，不能代雄。……

结合《诗品》对五言诗的推崇来看，这绝非偶然。同时也可以说，五言诗甚或整个诗歌这种文体越来越被高看，正是钟嵘、萧子显一辈人之杰作。在此之前，诗的地位并不特别高。而刘勰对魏晋宋齐的诗，本来也无甚好感，自然不会特为诗捧场。

二、两书之共同理论及来源之辨

不过，虽然《文心雕龙》没有把诗歌这一文体推到"动天地，感鬼神"的地步，但是刘勰讲的"文"仍涉及形上之源，跟整个存有结合。所以，把文学通贯到存有的源头，两者基本仍是一样的。而且这两人理论的底子又很像。不同之中有相同处，都是从天地气化来谈。

天地宇宙以气来化生万物，然后气鼓动了万物，人又被万物感动，所以"摇荡性情，形诸舞咏"。文学创作的源头是人与外物的相互感应，从感动得来。所以文学创作的源头与存有的活动状态是一致的，存有是道，其活动靠气。因此，整个文学创作就跟道、气相呼应，"照烛三才，晖丽万有，灵祇待之以致飨，幽微藉之以昭告"，文学作品可以达成的功能，即是彰显天地，让天地晖丽。这种说法和《文心雕龙·原道》篇非常类似。

他们讲文学创作之源，都推到"气之动物，物之感人"。《文心雕龙·物色》说："春秋代序，阴阳惨舒，物色之动，心亦摇焉。""春秋代序"是四时变化，"阴阳惨舒"，是气之推移，是气之动物。因为推移，"物色之动"，所以产生了不同的物色。因为有不同的物色，"心亦摇焉"，产生了性情的摇荡，所以叫作"摇荡性情"，讲的文学创作的源头。其实不是只有《物色》篇才这样，《明诗》篇也是如此。人的创作是"人禀七情，应物斯感"，人有七情，和外物感应，"感物吟志，莫非自然"，外物感动我，我就自然会创造诗歌。这里的"自然"就是《原道》所讲的"自然之道"的"自然"。这个很自然的活动，是道的运化。

很多解《文心雕龙》的前辈，看到"自然"两字就联想到魏晋时期的玄学，说是受到老庄的影响，纠缠于《原道》中的"道"是否是老庄之道的问题上。其实这种讲法是先秦普遍的思路，刘勰之直接渊源则是《礼记·乐记》。《乐记》就是这样说人与宇宙的关系及创作的关系。人因为有情，情又受到外物鼓荡，所以才产生了创作，这是文学创作的本源。钟嵘与刘勰两人在此是一致的。

这个理论的来源非常早，从战国末期到汉代越来越盛，影响到魏晋，钟嵘、刘勰都延续着这个思路。

这个理论是怎么来的呢？过去的文学史、批评史都告诉我们，先秦没有独立的文学批评，两汉经学家把文学的价值依附在政治、道德、功利的角度下，以政教目的扭曲文学，直到魏晋，才经由个人意识的醒觉，用文学表现自我情谊的价值。晋陆机《文赋》说"诗缘情而绮靡"，假如魏晋是"缘情"的诗观，那么两汉就是"言志"的诗观。一个讲情，一个讲志。志是关联到大的社会、国家；情则是个人化的。将两者如此对比起来，朱自清、鲁迅以来都是这样。

但是这个讲法，我反复说过是有问题的。由刘勰的《序志》《宗经》《征圣》等各篇的态度看，说"缘情"诗观起于对两汉经学、儒学的反动，实在荒谬。

因为刘勰虽宗经征圣，可是他论文学创作，本源一直在情。我们却把缘情与言志对立起来看，这不是很荒唐吗？起码在刘勰，缘情跟言志是分不开的，他正是从缘情来讲宗经征圣的呀！

而且《文心雕龙》说"人禀七情，应物斯感，感物吟志，莫非自然"，又说"物色之动，心亦摇焉"。这种自然气感说，一直没有被研究者所注意，所以才会认为缘情是言志的对立。假如我们深入研究"感物吟志"的问题，就会有全然不同的看法。

缘情诗观很复杂，但理论重点有三：

第一，强调情以及重视情的作用，即把情的作用抬高，而且强调情在文学作品中的重要性，因为整个文学创作来自一个情感的主体，不是道德主体，也不是知性主体，而是感性主体。人被认为是感性的人，是可以被万物所感动的人，而不是对外物产生认知的人。

第二，如果说物来而知应，接触万物，知识能力产生辨析、认知，这就是知性主体。何谓道德主体？"仁者乐山，智者乐水"，这就是道德主体。其审美活动是从道德感中带出来的，所以子在川上，"逝者如斯夫，不舍昼夜"，这不是纯粹的感性主体，这句话本来可以解释成比较感性的，感叹时间过得很快。但所有解释《论语》的著作，都将其解释成跟大化流行、道德修养有关。夫子为什么观水而叹呢？孟子就解释说是因"水就下""不舍昼夜，盈科而进"，表示人做事要踏实，一步一步的。这是道德解释，叫作道德主体。文学创作是要"感物而动"的，这时讲的就只是感性主体。感性主体来作为文学创作的本源，就要凸显情感的价值，以及情的作用。

第三，人是能感，物是感人。人跟外在事物是一个感应关系，所以叫作"应物斯感"。整个缘情理论重点即在此。这几点都是汉代发展出来的，不是魏晋才有，《礼记》《春秋繁露》等书都是明证。

《物色》篇有云"四时之动物深矣"；"是以诗人感物，联类不穷"。四时跟人的感情有关，而四季的运行是因阴阳之运化，它的渊源和《吕氏春秋》有密切关系。《吕氏春秋》以十二季为骨干，吸收《夏小正》跟《逸周书·时训》等等，再加上阴阳四序的观念，组成的一个同气的结构。

这个宇宙观所显示的重点，第一当然是政教。帝王施政，要与天地同气，法天而行。人的生活也有春夏秋冬，安排在十二个月里。这样的配置当然有些牵强，但是讲天跟人的配合，人的生命就显示了天地四时之象，所以《吕氏春秋》会发展出本生、贵生、全生的观念，强调人要养生，养生重己，这就非政治所能限了。

《吕氏春秋》特别的地方，在于它还有《情欲》篇，指耳目之欲，圣人皆同。欲望及感情，人皆有之，但情是要有节制的，"圣人唯能得其情，故不过其情"，圣人跟其他人一样，也有七情六欲，但是和一般人不同在于他的情欲是有节制的，不过分放纵感情、不过度，所以能得其情。亦因如此，所以天子要帮助老百姓全生、贵生。

这是以前没有提出过的观念。《吕氏春秋》第一次肯定情欲："耳之欲五声，目之欲五色，口之欲五味，情也。"这都是人情所不能免的。

在《吕氏春秋》以前，孔孟皆言性不言情，荀子才论情性。但是荀子所论的情性是"性之好恶喜怒哀乐谓之情"（《荀子·正名》），这是后来所有人都赞成的。情是性的发动状态，人生而有性，性未发，就没有善恶是非可说，这是荀子的讲法。发动了就有情，情会逐物，根据外物而滚动发展。譬如说吃，被饮食的欲望所带动，欲望越来越厉害，所以性恶。性恶不是大家常理解为的人性本恶，荀子讲的是人性，生之谓性，性发动为情，情未矫正、节制，顺着情的发展，则"顺人之情，必出于争夺，合于犯分乱理而归于暴"(《荀子·性恶》)，这即叫作性恶。我们要矫正性恶，则须化性起伪，用人为的方式来改变，需要老师或父兄的教导，所以师导或者圣人之教训很重要。[1]

庄子也说人要无情，无情才能"不以好恶内伤其生"。荀子论情，不同于庄子，主要不是"无"而是"制"，要以心制情，或以性、以礼制情。这些是我们讲中国哲学及文学批评时必须知道的基本常识。

例如很多诗家都讲"诗本性情"，但你要注意是谁在讲。像袁枚也说诗本性情，但袁枚的重点在情，不在性。沈德潜《说诗晬语》也讲诗本性情，但他的重点又在性不在情。性跟情是两个力量、两个概念。情是我们现在所讲的七情六欲，攀缘于外物。性则不是完全只像告子说的生之谓性，人性和动物性是不一样的。儒家讲性本善，性有着跟天连贯的力量，在《礼记》中称为天理，人跟天是连接的。人性不管受外物如何鼓荡，良知终是不泯。其清明本于哪呢？孟子说是"性本善"的性。荀子另外讲了"心"，心是虚静的，不会被外物所杂染。人做再多的坏事，良心仍是在的。例如跟人嘀咕说坏话时，一定会压低声音，而且面貌也变得猥琐起来。只有内心坦荡，讲起话来才能大声。所谓理直故气壮，内在有一个良知的自我价值。孟子、荀子主要从这个方面来讲，心能制情。性善的性，可以拉住情，则叫作以性制情。在讲诗本性情的时候，要注意他的着重点在哪里，有些着重在性，有些着重在情。

---

1 后人常误以为荀子说人的本性恶，大谬。

所以，我们不泛泛地说中国诗歌理论都是缘情的，也就是这个道理。在中国，"情"的问题很复杂，跟哲学中的"心""性"一样。与西方的抒情诗不是同一个概念。

《吕氏春秋》也认为情欲不可以放纵，应该有所节制。但节制情欲的目的，不是回归到本心、良知，而是为了生命能够享受情欲，所以"由贵生动，则得其情矣；不由贵生动，则失其情矣"。譬如好吃是人的情欲，但是如果没有节制，导致吃得太多而伤身就不行；只有适度地吃，才能享受吃的乐趣。这个理论很简单，叫作"顺欲以制欲"，调节、克制并非压制，反而是让欲望得到满足。这不是诉诸理性的力量，而是以情欲来节制情欲本身。为什么儒家不赞成这个理论，因为这个理论在哲学上是不通的。情欲本身没有办法作为调节情欲的力量，节制的力量不是情欲本身，应是另一种理性的力量，《吕氏春秋》的理论并不深入。

另外，同类相感的原则虽不由《吕氏春秋》开始，但是它强调天人感应，强调同类相感的观念。这个类，依宇宙气化的观点讲，叫作气类相感。这类观点，在汉代都有继承和发展，譬如《淮南子》讲感应、讲尊生等等。

这些，透露了一个讯息：先秦的人性论重点，重在辨性，讨论人的本质和存在的根据。人为天地人三才之一，万物之灵，灵在哪里呢？所以我们就要探寻人之所以为人之处，这是先秦论性的重点。汉人论性，如扬雄、董仲舒等，和先秦比起来，都不深刻、不精微。因此很多人都说中国哲学到了汉代就是个堕落，特别是从新儒家的角度看，他们都不喜欢汉代。先秦的人性论已经讲得那么高明了，到了汉代却不行了，宇宙论也是，层次降低了。其实不应该这样看，不同的时代有不同的重点。汉人要处理的问题，恰好是先秦没处理的。先秦精微的是论性，汉代要处理的则是先秦所没有谈的情的问题，所以两汉人性论的重点正是对情的重视。

由两汉学术性格说，先秦讨论道的时候重在知天知道，两汉却重视道的活动状态。也就是说，不单是要重视形上的道体，更要根据"道生一、一生二、二生三、三生万物"这样的方式去构成宇宙论意义浓厚的哲学倾向。所以，一是讨论道的本体，一是讨论道的活动，这是不同的。

同样，论性时，先秦主要讨论的是性本身，两汉讨论的是性的活动状态，就是情。人在实践性活动中，情欲问题永远是道德实践所必须面对的。先秦已立道德实践之大本、大原则，凡事回到良知、本心去判断，但人在道德实践上困难在哪里？在于我们会被自己的欲望所牵动，这个部分才是道德实践所要正视的，所以两汉人性论是围绕情而展开的。

三、汉代的情性论

围绕情而展开的人性论，主要包含了两个部分：一是如何面对情、情的属性为何；二是对感性主体的认识。

第一，情是何物。顺天地阴阳气化以言性，为两汉通义。然天有阴阳刚柔，人也自然有了性情贪任。天有阴阳之气，我们的人性中也有阳面与阴面，光明面是仁，阴暗面是贪。光明面我们可以称之为性，阴暗面称之为情。这是汉人的讲法。董仲舒《春秋繁露·深察名号》篇："性情相与为一瞑，情亦性也。"天不能有阳而无阴，所以人不能有性而无情，这是董仲舒不接受孟子性善论的缘故。孟子的性善论是去除人的情欲面而说的，此处则以情欲为生之所固有，故须正面它，以心去教化、调节情欲的流荡。相关言论很多，例如：

情性者，何谓也？性者，阳之施；情者，阴之化也。……故情有利欲，性有仁也。……喜、怒、哀、乐、爱、恶谓之六情，所以扶成五性。(《白虎通义》卷八《情性》)

总之，他们都是把情跟性关联起来说，用礼乐去调节。情为阴、为贪、为恶、为鄙，但又不能有性而无情。人唯有正视生命中的情欲问题，才能修其善、存其仁、养其心、葆其性。如《礼记·乐记》说：

人生而静，天之性也。感于物而动，性之欲也。……夫物之感人无穷。而人之好恶无节，则是物至而人化物也。人化物也者，灭天理而穷人欲者也。……故先王之制礼乐人为之节。

先王制礼乐，使君子能"反情以和其志"，使情反过来可以和志结合起来。这样子才可以顺情以理情：情有喜怒哀乐，那么鼓舞其"欣喜欢爱"，则可使"兴于乐"。这是第一部分，区分情性。

第二，感性主体的强调。正视情的态度，使得汉儒论礼乐跟先秦不同，汉儒认为它"本于情性"（《乐记》），而不是像荀子要"矫饰其情性"（《儒效》）。荀子讲的化性起伪，是要将性改造。先秦儒家只有荀子讨论情性问题，而荀子论情，不是从阴阳气运方面论；以气论情欲的《吕氏春秋》又论情不论性。所以真正深入探讨性情关系的，乃是汉儒。在这种理论的推展上，因性阳情阴、性静情动的区分，又自然在先秦所认识到的道德主体、认知主体之外，认识到感性主体的问题。

所以凡从《礼记·乐记》讲，都强调感，"人心之动，物使之然也。感于物而动，故形于声"。强调感，《孝经》里面有《感应章》，董仲舒《春秋繁露》更是此中巨擘。天地同气、气类感应。情是感物而动，是人跟万物相感应的根据。感物而动之心，就是感性主体，所以又说"民有血气心知之性，而无哀乐喜怒之常，应感起物而动"；"凡音者，生人心者也，情动于中，故形于声"。

两汉人性论的表面语言是性、礼义、道德教化，但其基本问题是围绕"情"而展开。特别是情作为一个感性活动的认识，使得传统儒家坚持性命大本的立场松动了，对人感性活动重视，所以才会包括像《论衡》所讲的这些，到最后，荀悦的《申鉴》说情不只是恶，情总摄一切活动：

> 好恶者，性之取舍也，实见于外，故谓之情尔。必本乎性矣。（卷五《杂言》）
>
> 君子以情用，小人以刑用。（卷一《政体》）
>
> 观其所感，而天地万物之情可见矣。是言情者应感而动者也。（《杂言》下）

说由昆虫到人，都是感物而动的。情意心志，均是性动之别名，也就都是情。整个人性论发展到这里，可以发现，不仅是重视人的活动，而且人逐渐地被简化成一个感性主体，这其中的道德、知性等等，其实都没有谈，主要只从感性上来说。所以刘向、荀悦的性阴情阳、性不尽善、情不尽恶之说，虽与董仲舒相反，但其理论脉络是从董仲舒之论气化发展而来的。故"情"发展到东汉，已不一定恶，而是性的整体发动，所以情不一定都是不好的。因此就形成了人感物而动，外在的世界是有情世界的认识。这样一种天人感应观会逼出人对于自然的美感体会。人在四时之中，天有春夏秋冬，万物有悲有喜，所以人所感应的即是这样一种情。人有情，外在世界也是有情的。

这种相互感应的世界可以从几方面来看：

第一，流连光景：自然美的发现。"风景"一词起于晋代，六朝诗里面"景"的含义都跟光有关，"风景"的"风"则和气有关，所以光景又称风物、景气，还有用气言景的，例如《淮南子》《大戴礼记》等等，都说"景"是从气上来讲。金、木、水、火与天、地、日、月、星辰都是景气，人可以因气相感，构成一个"情—景"关系的体察。后来所形成的情景交融的问题都是从这个部分发展出来的。

第二，吐属悲愁：抒情传统的起点。流连光景，就自然也会流连哀思。根据小川环树的研究，说汉人的感伤态度跟《诗经》时代迥然不同。例如云，《诗经》里云就是云，汉人则或因白云而思亲，或仰观"浮"云而念人生奄忽，所谓"欢乐极兮哀情多"，充满了感伤的调子。汉人伤春悲秋，一般都认为是受到《楚辞》的影响，《淮南子》也有"春女思，秋士悲"。汉人的辞赋当然受《楚辞》影响很深，但是汉人的世界观跟《楚辞》并不相同。汉人主要是在"春女思，秋士悲"这种四季气化运行之中，提供一个人情思感发的场域，所以"方格四乳叶文镜"的铭文说：

> 道路远，侍前希，昔同起，予志悲
> 心与心，亦诚亲，终不去，子从他人，所与子言不可不信
> 久不见，侍前希，秋风起，予志悲

这就是秋士悲。汉代的镜铭，大量出现的不是先秦道德性的铭文，而是这一类，充满了人间的欲望、哀思。

第三，发言为诗：情与艺术创造。流连光景、吐属悲愁，然后发言为诗。《诗大序》表现说，"情动于中，而形于言"，所以"动天地，感鬼神，莫近于诗"。钟嵘《诗品序》的那段话源头就在《诗大序》。因为他们的哲学底子都一样，所以讲到最后，都是"动天地，感鬼神"。

《诗大序》的这段话解释了诗歌既有抒情性又兼具政教功能。我们现在一般讲到《诗大序》，就说它是政教观点，不是从个人抒情上讲。这种说法完全弄错了。汉人的哲学观，就很自然地从一个抒情的、感性的自我，讲到天地、万物。同样地，一个国家的施政教化也是如此，景物是风景，政治是风化，在气化里面，两者是统一的。汉人的情跟志两者根本混为一谈，"在己为情，情动为志，情、志一也"，或者汉代通说，"以情为志"。在这个里面，

政治民风，每个人都有所感，"物之感人"，包括了天地万物一切东西，当然也包括政治教化。所以，这叫作情有感动，创造了诗；诗形成了，又能感动天地与主政者。钟嵘《诗品序》说："气之动物，物之感人，故摇荡性灵，形诸舞咏，照烛三才，晖丽万有。……动天地，感鬼神，莫近于诗。"都是从这里发挥的。

第四，感动天地：美的神圣经验。人可以与自我内在相互交流，情感是美的觉知中最根本的因素，人唯有以情感与万物"交会感通"，才能感悟自然。美感经验是借一种"同一关系"来综合万物。我们感觉到万物与我同一，才能够形成一个物我交融、物我合一、天人感应的社会。所以汉人把同一关系建立在同气上，显然跟审美意识的形成有密切关联。

如果从这个角度来观察，汉人天人感应说中所经常受人诟病的宗教气息，也会有全然不同的意义。因为审美经验基本上是依感应而成的，汉人说天人感应，就在本质上成为一种神圣的、美感的经验。

所谓神圣经验，含有超越理解，并能给予人一种独特的、了解人类情境的启示与赞颂等含义。汉人的天人感应说，盖即有此类经验。春气暖、秋气清，人仰观天地生物之意，切感万物同气相依之情，直契天心，若可知其灾异变化之意。其实就是让人在美的觉知里，达到宗教性神交的感悟。这种启悟也是诗人之情。这叫作美感的神圣经验。

第五，由这种美感的神圣经验就可以达到美善合一，这叫作自然之道。所以道德和美感，不是如德国形式美学所主张的断然区分。由神圣经验的事实，我们知道，只有在美感经验中才能够体验到一种道德理想。举个最明显的例子，当我们走进教堂，所有宗教在传教时，重要的方式就是音乐。很多老百姓根本不懂教义，但是无论是佛教的梵唱还是基督教的合唱，念诵之中便会令很多人感动，教堂里的建筑、音乐，也带动你产生这种神圣性的宗教体验。不是道德言语的教训，是美善合一。通过美结合善，将善带出来，这里面充满圣灵，会感觉到上帝与我同在。人同时即是一种道德性的存在。《春秋繁露·立元神》篇描述人君立元神，应"志如死灰，形如委衣，安精养神，寂寞无为"；《通国身》篇又说人应"形静志虚……执虚静以致精"，都是人消解、消除我执以后，才能寂而有感，感而遂通。所以道德世界跟艺术世界在这里可以共通为一，而人在这里面，要通过虚静才可以达到这样的一种状态。

依气类感通的宗教情怀，可以凸显道德与美感两端，使两端合一。《文心雕龙·神思》篇讲说，如何达到神思，就是虚静。很多人都从《老子》《庄子》中去找答案，这是错的。董仲舒在《春秋繁露》中就讲到如何由心如死灰与虚静的功夫，贯通到道德和审美这样一种境界。其实汉人早就讲过了，他们却以为这是《文心雕龙》的创造，而《文心雕龙》又是受到魏晋玄学的影响，这些错误的认知都是没读过汉人书的缘故。

偏于情，或者偏于政教解释，都不能得其正解。《文心雕龙》一方面说"感物吟志，莫非自然"，一方面又要宗经征圣。其所以能如此的关键，即在原道。道在自然，"言立而闻名，自然之道也""察其为才，自然而至矣"，这些"自然"都是指构成自然物的根源与本质，跟董仲舒的讲法相同。董仲舒说："莫之危而自危，莫之丧而自亡，是谓自然之罚。自然之罚至，襄袭石室，分障险阻，犹不能逃也。"（《春秋繁露·立元神》第十九）自然之罚，就是人在同气的宇宙中，循感通原则，向上追索终极实在问题时所得的体会。这跟《文心雕龙》归于道、归于文也是一样的，属于同一的活动。这种自然，根据《淮南子》说，一定要专精励志，委物积神，上通九天，激厉至精，方能知之，《文心雕龙》所谓"陶钧文思，贵在虚静，疏瀹五藏，澡雪精神"，仿佛相似。依嵇康《释私论》中所说"夫气静神虚者，心不存于矜尚；体亮心达者，情不系于所欲。矜尚不存乎心，故能越名教而任自然；情不系于所欲，故能审贵贱而通物情"，魏晋尚自然而越名教之风，也是由儒家汉代这个讲法慢慢讲下来的。

第六，反情和性：由有情到无情。就是顺着情走，最后回到性。情就是欲，但要通于自然，就得"情不系于所欲"。这跟董仲舒认为要"寂寞无情"才能执虚至精、以立元神，其实是同样的问题。也即是诗歌要"发乎情，止乎礼义"的问题。"发乎情，止乎礼义"，最后的目的是要化消情欲或超越情欲面，此即所谓反，顺着情欲之感发，最后走到情的反面。

《淮南子·本经》篇"心反其初，而民性善""修身审己，明善心以反道者也""极理以尽情性之宜"等等，这些讲法都是一样的。魏晋时期"圣人有情无情"的争论，就是从这里衍发出来的。最后的境界是无情，所以何晏说圣人无喜怒哀乐，王弼则认为这种尤情的尤，不是没有情，而是"以情从理"，所以情同于性、合于理、反于道，故曰无，无是一种功夫，所以主张圣人"不能无哀乐以应物，然则圣人之情，应物而无累于物者也"。这就是"性其情"，所以后来王戎就说"圣人忘情"。忘情的忘，就如嵇康所说的，情不系于所欲的那个忘。

以上是整个汉代的情性论，或者同气理论的内在结构。它的内在结构很复杂，一步一步推，从这个理论里面如何发展出重视情的理论，如何从重视情的理论再发展到跟天地万物同气，互相感动。诗从情感发而来，写出来后情又可以动天地万物。所以从个人的感性主体，发展到一种美的神圣经验。神圣经验带有一种宗教性，从宗教性中得到一种美善同一，美和善结合，倒过来对于情的偏执有所衡定，最终得到至真至善的美。这是整体的理论进展。

四、两书论诗之区别

另一个重点，《诗品》论诗，独尊诗体，又独尊五言。《诗品序》中"文约意广，取效风骚，便可多得。每苦文繁而意少，故世罕习焉"。自诗、骚以来，诗歌的体制基本上是四言，但现在主要是五言。"五言居文词之要"，五言诗现在兴起，大家都喜欢，"是众作之有滋味者也"，因为五言诗"指事造形，穷情写物"，最为详切。

在钟嵘的时代，四言诗的作者还挺多，作品也不少，比如陶渊明就是。但钟嵘不看重四言，在诗体中独尊五言。这也不是刘勰的态度，刘勰是论各种诗体。《章句》说："四字密而不促，六字格而非缓，或变之以三五，盖应机之权节也。"这其实就是骈文的写法，以后就成为四六，因骈文以四字、六字为基本句式，用三个字、五个字去调节。刘勰的立场比较接近挚虞的《文章流别论》。

再者，解释比兴。《诗品序》讲完四言五言的区分之后，说："诗有三义焉：一曰兴，二曰比，三曰赋。""文已尽而意有余"，叫兴；"因物喻志"，叫比；"直书其事，寓言写物"，叫作赋。这个讲法也与刘勰不一样，以为文意有余，为兴。后来更多的讲法是把"文意有余"作为韵，而非兴。兴，通常被作为兴发，或者是强调开端，而不是强调诗的结尾。钟嵘的讲法跟刘勰尤其不同，刘勰是以"起情为兴"。

又，《诗品序》中，"若乃春风春鸟，秋月秋蝉，夏云暑雨，冬月祁寒，斯四候之感诸诗者也"，因四季感动而作诗的人，很像《文心雕龙》的《物色》。"嘉会寄诗以亲，离群托诗以怨。至于楚臣去境，汉妾辞宫，或骨横朔野，魂逐飞蓬；或负戈外戍，杀气雄边；塞客衣单，孀闺泪尽；或士有解佩出朝，一去忘返。女有扬蛾入宠，再盼倾国。"前面几句讲的是四季景物变化对人产生的感应，后面是讲人事代谢、四时变迁所产生的情感变化。人事代谢、四时变迁，都对我们心里产生了刺激。所以"非陈诗何以展其义？非长歌何以骋其情？"上面这些都是在阐发诗歌是出自感情，补充说明情之所感这个理论。正因为这样，"可以群，可以怨"，所以词人作者罔不爱好，大家都做得很好，"今之士俗，斯风炽矣。才能胜衣，甫就小学"，就开始作诗，看不起古人，认为自己的文章非常好了。这是讲当时的写作风气。

整个文学创作是出自情性。"至乎吟咏情性，亦何贵于用事？"就是不要用典。"'思君如流水'，既是即目；'高台多悲风'，亦惟所见；'清晨登陇首'，羌无故实；'明月照积雪'，讵出经史"，都是即目所见，当场所感。可是如今诗坛风气不对，像颜延年、谢庄这些人尤为繁密，用典很多，他们造成了很不好的影响，"故大明、泰始中，文章殆同书抄"。现在的任昉、王元长等，"辞不贵奇，竞须新事"。他所讲的是当时的风气，当时文人常常比赛，看谁记关于一件事的典故最多。类书的大量出现，就跟这个风气有关。一种是记得的抄下来，一种是集合很多人的，然后整理出来。变成了一种风气后，"遂乃句无虚语，语无虚字"，抄到最后，"自然英旨，罕值其人"，文章真正能够打动人的东西很少见到了。这都是对此风气的批评。接着稍事缓颊，说才华较差的诗人作诗只好用典："词既失高，则宜加事义。虽谢天才，且表学问，亦一理乎！"

"自然英旨，罕值其人"以上的大段，讲得好像清朝洪北江嘲笑翁方纲"可惜公少性灵诗"；袁枚也嘲笑过翁方纲，说"错把抄书当作诗"。

钟嵘这个理论后来影响很大。严羽《沧浪诗话》里讲过，"诗有别材，非关书也；诗有别趣，非关理也"，学和理，有时候分，有时候合，理主要指道学家"太极圈儿大，先生帽子高"一类诗。道学家的诗未必都差，如邵雍的《伊川击壤集》，陈白沙、王阳明的诗都有理趣。但作得不好的，就会如刚才那一类，所以说"诗有别趣，非关理也"。还有一种人以学问为诗，以书卷、议论为诗。议论即是说理，在宋代、清朝就有大量才人之诗。"才人之诗"这个"才"，在明清是以性灵来解释的，谓其才性特别灵慧，一般人没有。但是光有才，未辅之学，诗就可能显得有点单薄。所以又有人主张作诗必须要有学问，如老杜这般"读书破万卷，下笔如有神",很多人是服膺这一套的。认为只有多读书,肚子里墨水多了才有东西可写。

这个争论的开端即是钟嵘,他强调性情。诗本性情,情就是感物而动,这是比较极端的理论。但钟嵘不是没有一个尾巴,后面四句话:"词既失高,则宜加事义。虽谢天才,且表学问,亦一理乎。"假如文辞并不高妙,就得有一个勤能补拙的办法。既不是天才,"且表学问",就要靠学问。这也算是一个道理、一个方法。这句话,其实有点半反讽的味道。"亦一理乎"的乎字,可以读成惊叹号,也可以读成问号。这句话附在后面,表示对于当时文风是不满的,反对贵用事。

《文心雕龙》不同,其《事类》,就是教你怎么用典。用典很重要。因为它们两人谈的范畴不一样,《文心雕龙》谈的是各种文体,自己写的又是骈文,怎么可能不用典呢?它靠着典故来推动文章的义理、思想。跟钟嵘纯粹的吟咏情性当然不同。

下面还有一大段讲宫商,讲诗的声律。"昔曹、刘殆文章之圣,陆、谢为体贰之才,锐精研思,千百年中,而不闻宫商之辨,四声之论",从曹刘以来没有讨论四声的。"或谓前达偶然不见,岂其然乎?"沈约说自屈原以来这个奥秘都没有被发现,而我发现了。钟嵘却认为:"尝试言之:古曰诗颂,皆被之金竹,故非调五音,无以谐会。若'置酒高堂上','明月照高楼'为韵之首。故三祖之词,文或不工,而韵入歌唱,此重音韵之义也,与世之言宫商异矣。今既不被管弦,亦何取于声律耶?"

之前我曾给大家讲过诗跟乐怎么分途。诗本来是跟音乐结合的,但后来诗与乐分开已成趋势,这个趋势在齐梁年间十分明显。

钟嵘就是在这个趋势上讲的。说现在我们的诗既然不被管弦，那还去管声律做什么呢？

他不重视声律，所以反对沈约。"齐有王元长者，尝谓余云：'宫商与二仪俱生（二仪指阴阳），自古词人不知之，唯颜宪子乃云律吕音调，而其实大谬；唯见范晔、谢庄颇识之耳。尝欲进《知音论》，未就而卒。'王元长创其首，谢朓、沈约扬其波。三贤或贵公子孙，幼有文辩。于是士流景慕，务为精密。"根据钟嵘的讲法，文章声律，并不是沈约首悟，而是从王元长开始的。王元长想写《知音论》，但没写成。后来谢朓、沈约继续研究此音律问题，扩大其影响，以至后来越来越多人都讲这个。"故使文多拘忌，伤其真美"。其实，文章读起来通顺就好了，没有必要去讲什么蜂腰、鹤膝。

这一大段是对当时文风的批评。前面批评事类，后面批评的是像《文心雕龙·声律》讲的宫商。刘勰强调声音之美，与钟嵘不同。

五、两书之文学史观

下面综合讲文学史观。

我们之前已说过，刘勰的文学史观是有源有流。钟嵘的流却与刘勰不一样。刘勰认为源是好的、是创造性的最高典范，发展下去则是末流、有流弊。钟嵘没有这种观点，他把所有的诗人归于三个源头，这三个源头反而是虚说，后面才是实论。所以整个《诗品》，其实是从魏晋划开，魏晋以前存而不论。《文心雕龙》则相反，是前面谈的多，魏晋以后常常存而不论。

为什么？因为钟嵘是论五言诗的，在此之前的《诗经》《楚辞》与汉人诗都不重要，重要的是魏晋以后的部分，所以从魏晋讲起。认为"曹、刘殆文章之圣"，曹植、刘祯是文章之圣；"陆、谢为体贰之才"，陆机、谢灵运也是很不错的。讲的都是魏晋以后的人。

他将这批人分成了三个脉络：

国风　古诗——刘祯、左思、陆机、颜延之
　　　曹植——谢灵运

小雅　阮籍

楚辞　班姬
　　　王粲——潘岳、郭璞、张华、鲍照、谢朓、江淹
　　　曹丕——刘琨、应璩、嵇康、陶潜

这种评论方式，我们称为体源论，归各体于三个源头，分别是《国风》《小雅》和《楚辞》。这个分法中最特别处在于《小雅》只有一个人，就是阮籍。《国风》，分两系，古诗一系、曹植一系。曹植、谢灵运这两个人都很重要。《楚辞》分三系，一是班姬，但是没有讲班姬后面是谁，另一个是王粲，三则为曹丕。王粲后面是张华、潘岳、鲍照等，曹丕之流是刘琨、应璩、嵇康、陶潜等。

这个体系特别在哪？为什么分三系？何以《诗经》独举国风、小雅，大雅、颂却没有列？其实这里用的是《淮南王》称赞屈原

的那段话:"《国风》好色而不淫,《小雅》怨诽而不乱,若《离骚》者,可谓兼之。"《楚辞》两者兼有。所以将《国风》《小雅》《楚辞》并为三源。这里显然钟嵘对《楚辞》的评价在《文心雕龙》之上,认为《楚辞》影响深远,地位很高。故虽三系,实只两源,即《国风》和《楚辞》。《国风》这条线他称之为"雅",《楚辞》叫作"怨"。它的最高标准,是"情兼雅怨"。而情兼雅怨的典范便是曹植。这个判断跟《文心雕龙》大异其趣。《文心雕龙》不喜曹植,抬高曹丕,常拿曹植的缺点来说嘴。另外,钟嵘的体源观,虽也讲源流,但是流并没有流弊义,所以他并不采本末观。与《文心雕龙》完全不同。

钟嵘的三系说,跟当时习惯的评论方式有关。《诗品》对当时文风是不满的,但他恰好就是用当时流行的方式。如沈约《宋书·谢灵运传论》论当时的文风,即分三系:班固一系,司马相如一系,还有曹植一系。萧子显《南齐书·文学传》也分三系:一系是谢灵运,一系是鲍照,另外一系出自应璩和傅咸。这种三分,是当时习惯的方法。所以它看起来是反时代的,可实际上颇为趋俗。

另外一个跟时代最有关系的,是钟嵘认为诗的优劣可有客观标准来判断:"至若诗之为技,较尔可知,以类推知,殆均博弈。"大家都说《诗品》的"品"是从九品论人发展出来。实则它最直接的模仿对象是当时的《棋品》。认为诗跟下棋一样,可客观评量,这是艺术上的客观论。创作是主观的、感性的,"感物而动",但诗写来之后,就如下棋一般,优劣是可以判断的。所以钟嵘完全模仿当时之棋品,分上中下三品来论诗。

这也是时代风气所染。南齐是历史上罕见的对下棋狂热之时代。《南齐书·王谌传》记载："明帝好围棋，置围棋州邑，以建安王休仁为围棋州都大中正；谌与太子右率沈勃、尚书水部郎庾珪之、彭城丞王抗四人为小中正，朝请褚思庄、傅楚之为清定访问。"在萧道成叛变时，军队攻进皇宫，皇帝还在下棋。每下一手还要赞叹一声，坚持把棋下完。而且《南齐书》记载："当时能棋人，琅琊王抗第一品，吴郡褚思庄、会稽夏赤松并第二品。赤松思速，善于大行；思庄思迟，巧于斗棋。"所以，"永明中，敕抗品棋，竟陵王子良使惠基掌其事"。文学史上的竟陵八友，都喜欢下棋。皇室也没有不爱棋的，故常命官员品棋。钟嵘《诗品》就是模仿品棋的方式进行品评的。

文心余论

　　本讲补谈若干问题。例如《文心雕龙》专家对校勘和版本的处理各有意见。结构方面，或认为它体大思精、结构完密，或对它的组织结构不满意。评价呢？文学理论是要解决时代问题的。问题解决了，后人就不需要再处理，故对后代人来讲，它便没价值了。时代变迁，问题也可能消失或转移了，后人亦不需要再面对它。所以适当的评价也很必要。

一、版本问题

　　《文心雕龙》在历史上流传虽不算很广，但它的版本状况也是非常复杂的。虽相对于《红楼梦》《水浒传》简单很多，但也有几十种不同的版本。假如我们把《文心雕龙》当作一门专门学问来研究的话，第一就该谈它的版本问题。只因我们的重点仍在文学理论方面，因此在这里遂不便深究，只做一点解释；而且也不能详细谈它的版本状况，只是简单做一个说明。诸位如果要查资料，我这里提供一些线索。

　　《文心雕龙》大量流传是在明代末期，虽然我们现在可以查到一个元代的版本，但实际上古人很少见过，宋代《文心雕龙》的版本也没有流传。明朝最先整理出来的是梅庆生的本子，而梅本本来也就是经过整理的。后来用得比较多的，是清朝黄叔琳的本子。此本尤其重要，因为它是清朝大多数人读到的版本，基本上也是我们现在读的本子。这本也是校对过的，后来纪晓岚的《文心雕龙》评论即是根据这个本子而作。

现在我们的见解比黄叔琳他们高明的地方在哪呢？主要是有些他们没见过的材料，其中最重要的当然是敦煌所出的唐写本。因此《文心雕龙》的研究中有个重点与热点，就是有关《文心雕龙》的校勘。

比如用唐写本来和现在的版本互校，或与其他版本作对校。近代有许多《文心雕龙》名家，主要的工作，就是校对。像王利器、杨明照诸先生，他们的贡献都在校勘上，而非理论。王利器《文心雕龙校证》、杨明照《文心雕龙校注拾遗》都属于这一类。我们现在用的，大多是范文澜的本子，其长处也在校订，他们对于确定《文心雕龙》的文本贡献很大。目前《文心雕龙》版本上的问题不是很多，就是因为前辈先生们在校订上花了很多的力气。

这其中，有许多的细节可说。比如之前我们介绍过近代可能是最先讲《文心雕龙》的章太炎先生的讲记，其中也有很多是文字的校定。例如《原道》篇"故形立则章成矣，声发则文生矣"，从未有人指出这两句有问题，但章先生说："文、章二字，当互置。当云：形立则文成，声发则章生。"依据是《说文》云："文，错画也，象交文……章，乐竟为一章。"他的《文学总略》也曾说："言其采色发扬谓之彣；以作乐有阕，施之笔札谓之章。"

又《史传》篇"荀况称：录远略近"，语出《荀子·非相》篇"传者久则论略，近则论详"。但刘勰的意思正与荀子相反。所以一直引起后人的疑问。清人浦起龙《史通通释》就说这句有误，应是"远略近详"。杨明照则依据《韩诗外传》三认为是"夫传者久则愈略，近则愈详"，校正说："'录远略近'四字之淆次甚明，当乙作'录近略远'或'略远录近'始合。"章太炎早在1906年也已经如此说了。

日本也有许多校订《文心雕龙》的名家，如户田浩晓、斯波六郎等，他们也对《文心雕龙》校勘做了很多工作，台湾则有潘重规、李立斋、李曰刚等先生们在文字校订上花了很多功夫。现在《文心雕龙》校订上的问题基本可以说是解决了，年轻一代学者很少需要花力气在文字上。

囿于篇幅，下面我举例简单说明《文心雕龙》校勘上的状况。

第一个例子，第三篇《宗经》"四则义贞而不回"，"贞"字，早期的本子作"直"，我们现在是根据考证以后校改的。不过"贞"跟"直"的意思差不多，所以这个字改不改，差别不大，不影响我们对于文意的理解。文献上的校勘在意义的理解上差异不大。

但第二个例子，第三十篇《定势》"然密会者以新意得巧，苟异者以失体成怪"，原本是"以意新得巧"，现在改成"以新意得巧"，这主要是因为对仗，后面是"失体"，前面对"新意"比较好，骈文是讲对仗的，虽然意思也没有太大的变化，但感觉上文从字顺，看起来比较工整。

接下来的例子又有些不同：第三十六篇《比兴》"岂不以风通而赋同"，"风通"的"通"字是黄叔琳定的，但黄氏说当时还有另外一个本子写成"异"，而梅庆生的本子正是写成"异"。黄叔琳说的另一本也许即是梅庆生本，也许是别的本子，总之，"风通而赋同"跟"风异而赋同"，文意完全相反。这两个本子都是古本，明朝版本上同时存在着这两种写法，一种是"风通而赋同"，一种是"风异而赋同"。只是黄叔琳在校订时，认为应该是"风通而赋同"罢了。

换言之，所谓校勘，可能同时存在几种不同的版本，校勘者其实是在做一个选择。因此校勘学并不是单纯的比对异文。如果只是比对异文，谁都会做；学者的功夫在于判断。而正因为是判断，故我们就不能相信清朝人所宣称的：朴学是一套客观的方法。朴学什么时候是一套客观方法了？朴学从来都不是客观的。版本上的不同，需要做判断，判断是选择，选择中即有自己的看法。一般都说判断的根据是文献，但文献其实并没有办法提供人这样判断，因为这两种情况都是明代的本子。《文心雕龙》的校勘中大都属于这类，而且它们的含义不是相通、相近而是相反。

另外，"物以貌求，心以理应"，这个"应"字，古代的版本有九种写成"胜"字，有十三种版本写成"应"，《四库全书》的文津阁本则写成"媵"。从版本上看它是少数派，而且很怪，是指古代女人出嫁时以另一个女人陪嫁，所以这个字就有"送"的意思。《说文解字》说它是"媵，物相增加也，一曰送也"。杨明照先生的校订，却认为应该是这个字。理由是什么呢？它不如"胜""应"常用，但杨先生说刘勰其实常用到这个字，如《章句》篇"追媵前言之旨"、《附会》篇"首唱荣华，而媵句憔悴"中都用到这字，都是表示"引来"或者"送去"。可见刘勰其实常用它，不像我们现在会觉得它比较罕见。而这两句，"心"和"理"是相互呼应的，所以他认为用这个字比较恰当。这是杨先生的主张。

清朝有位何焯（号义门），校过很多的书，他则认为应该是"剩"。"心以理应"，是指心和理相呼应；"心以理剩"，则是说理要比情多。这个主张比较难懂，不知他取义为何。

但无论如何，这些校订者各有主张，方法也不一样。后两种情况，在校雠学上叫作理校，不是文校。根据文字上确实的证据，说在某个版本上其文字如何而作的校订，称为文校。但另外有些校订的人是根据他们对《文心雕龙》全书的理解或字句文意的理解，从理解上判断，属于理校。理校也是合法的，但只是推理，并无文献上的依据。我们在看《文心雕龙》诸家校订时，要特别注意这个问题。

最麻烦的是《原道》篇"为五行之秀，人实天地之心生"。黄叔琳本把它改成"为五行之秀，实天地之心"。因为《文心雕龙》是骈文，骈文的句法应该是相符合的，"为五行之秀，人实天地之心生"，这个句子与上一句不合，所以他改成"为五行之秀，实天地之心"。把"人"和"生"两字去掉了。杨明照、王利器找到了古代十几个版本，都不能支持黄叔琳的校订，因为所有的古本都采用的是前一种写法。

梅庆生的本子也很特别，他把"人"和"生"两字也挖掉了，变成两个空格，表示他不能判断那是什么字，不过可以看出他也觉得这里是有问题的。

其他的本子则都是原文这样。只有杨明照认为"人"应该是"气"字，所以就改成为"五行之秀气，实天地之心生"。台湾李曰刚先生认为这样也不对，应是"为五行之秀，实天地之心"。他比较接近黄叔琳。

在这儿我们可以看到：他们的处理，实际上是不符合版本状况的，所有古代的版本都不是这样，他们乃是根据自己的判断，或者把字挖掉，或者认为字是多余的便把它删掉，或者改动它的文字，把"人"改成"气"字。《文心雕龙》各种注校本，很多名家校来校去，其中有一些当然是因从前校的人没看清楚，有遗漏，所以后人要重校。"校书如扫落叶"嘛，不容易校干净，但大部分情况不是这样。大部分是对《文心雕龙》另有理解，所以才需要重校，重新确定它的文字。

所以清代的朴学并不如我们现在所了解的或如胡适所说的，是一种科学的方法、客观的研究。人文学从来就不客观也不能客观，没有"训诂明而后义理明"这回事，自来都是"义理明而后训诂明"的。从以上列举的例子就可以看出这一点。每位校勘者对《文心雕龙》都有一套想法，影响了校者在校订时选择什么样的字；碰到版本不能支持其想法时，校者就会另立一说。

以上是关于《文心雕龙》的校勘和版本问题。

二、结构问题

《文心雕龙》还有一个大问题，不是字句而是结构上的。大家都说《文心雕龙》体大思精，结构严密，但是认为《文心雕龙》结构有问题的人其实也有很多，这些问题所指主要集中在下半部。

在《文心雕龙》的篇目中，下半部的编排体系是从《神思》《体性》《风骨》《通变》等讲下来，王梦鸥先生曾认为，如果根据《文心雕龙·序志》的说法，下编"剖情析采，笼圈条贯"，讨论文章写作时的感情跟文采，"摛神性、图风势、苞会通、阅声字"。摛神性，所以第一篇是《神思》，第二篇是《体性》，这是没问题的。接着讲"图风势"，应该是讲《风骨》与《定势》，但《风骨》《定势》之间，目前却加了一篇《通变》，不像《神思》《体性》两篇是连在一起的。接着"苞会通"，就应该是《通变》跟《附会》，这才叫"会通"，可是《通变》却塞在《风骨》《定势》之间，《附会》篇又在后面的第四十三章，这样"苞会通"就不太好说了。现在《附会》跟《通变》竟隔了十一篇呢！

再来，"阅声字"，就是说看声音跟文字。这样，《章句》《丽辞》两篇当然跟声字有关，但是《练字》篇也应该是有关的，《章句》勉强可以归到有关声音跟文字的讨论上去。但《比兴》《夸饰》跟《事类》，就不属于声音跟文字的问题，跟它们不连贯，不应该属于"阅声字"的部分。

再看"崇替于《时序》，褒贬于《才略》，怊怅于《知音》，耿介于《程器》，长怀《序志》"，这几篇既然连在一起讲，则这五篇也应当连在一起，可是中间却加了一篇《物色》。这看起来也很怪，与《序志》篇自叙的次序也不太一样。

所以王梦鸥先生把它重新排了。他的次序是《神思》《养气》《体性》居先，这三篇他认为都是谈创作的，是作者在写作时本身的修养问题，才、气、思。第二部分是《风骨》《情采》《定势》，他把这三篇合在一起，认为这是剖情析采，属于文章的情采部分。再接着是《通变》《镕裁》《附会》，这三篇是讲创作者跟前行者的关系。第四个部分是《声律》《练字》《章句》《丽辞》《比兴》《夸饰》《隐秀》《事类》《指瑕》《物色》《总术》等具体的文章写作的方法。最后五篇是《时序》《才略》《知音》《程器》《序志》。

李曰刚先生也认为刘勰原书有问题，他另外定的情况是这样：《神思》《体性》《风骨》《养气》《附会》算第一组，《通变》《附会》《情采》《镕裁》《章句》为第二组，《声律》《丽辞》《比兴》《夸饰》《事类》为第三组，《练字》《隐秀》《物色》《指瑕》《总术》为第四组，《时序》《才略》《知音》《程器》《序志》为第五组。这也是重新打散，重新编织。

类似这样，把《文心雕龙》的结构打散了重新处理，是很多谈《文心雕龙》的人都做的工作。他们当然都依据《文心雕龙》的《序志》篇，但我们可以看到，他们的分法也跟《序志》篇不完全一样。也就是说，我们一方面认为《文心雕龙》"体大思精，结构完密"，但是我们又对它的组织结构不满意。

文体部分为什么大家却又很少讨论，不去重组它呢？是因为第一，近代人不重视文体，第二是大家认为文体部分好像本来就没什么结构，只是一个体接一个体的谈下去。《文心雕龙》基本上是"论文叙笔"，这个大框架没有违背，大家就不觉得它有什么问题，哪一篇该在哪一篇前面，好像也没啥分别，因此这一部分大家没太多意见。

但是下编涉及创作者、创作方法，大家意见就很多了。对每篇应该在哪儿，《文心雕龙》理论的结构到底该是什么样，意见不完全一致，就要替《文心雕龙》重组了。

其实这不稀奇，随便打开一本谈中国哲学的书，你都可以发现，比如《老子》，大家都早已习惯地大谈老子的政治学、老子的伦理学、老子的形上学、老子的知识论等等。老子那一条一条、一章一章的言论，在我们手上，早已习惯把它们重新组织成一个体系。孔子的言论也一样，我们将孔子的政治学、伦理学、经济思想等等，重新组织一通。你会说这是因为老子、孔子都没体系，所以要我们来替他们重组。可是《文心雕龙》本身有组织，我们还会觉得这个组织不够完善，想要重新组织一下。

这其实也是我们近代人常做的事、常有的一种病：系统病。而且自以为高明，忍不住就要越俎代庖，替大匠斫，认为我们比老子更懂老子。

不过这些编次、结构的重新拟定，也是近代谈《文心雕龙》很重要的一个热点，各家为何这样做，各有主张，不可不知。

三、评价问题

接着要谈《文心雕龙》的评价问题。大家都说它体大思精，是中国文学批评史上最重要的文献，有些人当然把它推崇得非常非常高，说"体大虑周，识采丰美，是评藻之圭臬，文章之冠冕"，是文学批评的最高典范。

然而，《文心雕龙》所谈，当然有他时代的局限。文学创作跟文学理论不一样，创作，像李白、杜甫的诗，现在读还是很好。可是理论不一样，理论是要解决它的时代所面临的问题。那个问题可能经过处理，解决了，后来的人就不需要再处理。所以对后代人来讲，它反而没价值了。这种情况是常有的。例如古代讲孝，主要是对鬼神的，《论语》还提到大禹善于"致孝乎鬼神"，这些鬼神其实就是死去的祖先。孔子时代才以孝来处理子女和活着的父母关系。此后也就不再谈"致孝乎鬼神"的问题了。另一些，是它所要处理的问题不是因为解决了，而是因时代变迁以后，问题消失了或转移了，后人觉得不需要再面对它，这种情况也非常多。

以文类论来说，刘勰的时代是个文笔分离的时代，有文笔之辨的问题，可是唐宋以后这个问题就消失了，文笔之辨没有人再谈。论文叙笔，有韵为文、无韵为笔，古文运动以后的文通通是无韵的，哪还会这样谈"文"呢？所以文跟笔的区分，在后人看来根本没有意义，在《文心雕龙》中却是个重要的问题。

《文心雕龙》之所以要宗经、征圣，就是要处理这样的问题，打通文笔之分。所以《总术》篇说颜延年以为："笔之为体，言之为文也；经典则言而非笔，传记则笔而非言。请夺彼矛，还攻其盾矣"。刘勰要"以子之矛攻子之盾"，"《易》之《文言》，岂非言文？若笔不言文，不得云经典非笔也矣。将以立论，未见其论立也"，颜延年把言、笔、文分开，从《文心雕龙》的理论来看是分错了，像《易经》的《文言传》既是经典又是有文采的，所以经典也不是必然直陈其事的。黄侃认为刘勰并不坚持文笔之辨，因而反对颜延年那样坚持文笔之辨。没错，但是在体例上，刘勰并没有突破文笔之分。不仅理论上以《宗经》《征圣》来打通文笔之分，而且在全书体例上，刘勰仍然是论文与叙笔分论，前十篇论文，后十篇叙笔，两者的界限仍是存在的。后代则因根本没有这样的区分，所以也没有文笔之分的困惑。

至于把经典作为文章的源头、说写文章要学经典，在唐宋以后根本就是常识。可是在刘勰那个时代，这个观点是要大声疾呼的，乃是要以此来改善他时代的问题。所以刘勰最大的贡献就是：宗经、征圣。但是这点对后人来讲，不但只是常识，甚至还会觉得他讲得太浅太简单了。

因为刘勰虽讲宗经、征圣，却并没有太多谈孔孟之道、圣贤义理。后人讲宗经、原道，就会觉得刘勰所说都是文字上的功夫，没有真正得到孔孟之道。后人讲文以载道，载的是孔孟之道，而这一点刘勰并没有阐发。孔孟之道的内容到底是什么，刘勰也没谈。刘勰只是说我们要宗经、征圣，宗经、征圣以后就可以"义贞而不回"；另外又讲我们若在文体上学经典可以有哪些好处。这些从后人角度来看，实在太浅了，也没搔着痒处。

刘勰讲的后面二十篇，文术论，相对于之前《文赋》等谈文章创作方法的篇章，当然是详备得多，我们现在研究《文心雕龙》的人也认为他对各种文学创作的道理都讲到了。但我们看中国文论的历史并深入进去，就知道刘勰的讲法都比较粗略。

近代大部分文论家，又都只会论文，创作经验不足，看刘勰所说，就以为很了不得了。其实刘说与陆机《文赋》都很肤廓，未极精微。至于文体论部分，从后代的观点看，《文心雕龙》也显得简陋。后世辨体，比刘勰细腻得多，而且还有很多新文体是刘勰没见过的。

刘勰对于个别文体的解说也不尽如人意，比如纪晓岚就曾批评其中的《史传》篇没写好，谓"刘勰妙解文理，可是史事非其当行"，论历史写作不行。这一篇，文句特繁，啰嗦了很多，但内容只是讲了个粗略的轮廓，没什么太精妙的理论。"特敷衍以足数耳"，只不过是因为每一体都要谈，故不得不凑数。

一位作者不是每一种文体都能真有心得的，某些讲起来会比较吃力。这是很容易体谅的。再说，纪晓岚所处的清朝，写文章的人学《左传》、学《史记》，早成风气。史传传统变成了文章典范，已经有几百年的大发展了。从这个角度看刘勰之论史传，当然会觉得很粗糙或简略。史学后来的发展、在文章上的表现，主要是在明代发展的，从这点看刘勰，自是有所不足的。

还有，像刘勰所谈的《声律》《练字》《章句》跟《附会》。《附会》篇讲的是章法问题，《章句》篇的"章"，有动词义，是安章宅句的意思，把意思与感情安顿在句子里。我们现在讲章句会想到章法，但刘勰讲章法的部分实际上是在《附会》篇，不在《章句》。故曰："设情有宅，置言有位；宅情曰章，位言曰句。故章者，明也；句者，局也。局言者，联字以分疆；明情者，总义以包体。""章"主要是彰明的意思，指对情感跟意义的处理。"句"才是对文字的连缀问题。所以说"句司数字，待相接以为用；章总一义，须意穷而成体。其控引情理，送迎际会，譬舞容回环，而有缀兆之位；歌声靡曼，而有抗坠之节也"。黄侃《文心雕龙札记》把《章句》勾联到《礼记·学记》的"离经辨志"去说，再扯上汉儒的章句训诂，把研究章句讲成钻研小学，根本就是胡说八道。陆侃如、牟世金《文心雕龙译注》说"章"犹如乐章，指文章一个段落；句还有句读之分，也不确。

《章句》《练字》《丽辞》《声律》等都是具体谈文字句法声律等

问题的。这些问题他当然谈得很不错，但这是以六朝的标准来看的，若以后代的标准看，后代可就要比他精密得多。

如纪晓岚评论他的《章句》篇，就说他这篇讲句法，"但考字数，无所发明，殊无可采"，而且"论语助亦无高论"。

论句法、论声律，在永明、刘勰的时代皆只是椎轮大辂，刚刚开端。可是从刘勰到唐代，近体诗格律完善以后，老杜继之，诗律更细；至宋又更细，极其复杂，再加上词曲等一些声律的讨论。这时再回头看刘勰的《声律》，当然会觉得太简单了。刘勰讲对仗只讲了四种，唐朝人至少讲三十六种对。可见对仗之法，刘勰的四种实在太简。唐人的诗格、宋朝人的句法，当然也比刘勰繁复得多。这时候看刘勰的创作论，就会觉得殊无可采。

语助问题也一样。语助，即中国写文章里面的"之乎者也""若夫岂但"等等。这元朝以后已有专书讨论，清朝朴学大盛，《助字辨略》等专论语助词者，慢慢变成一专门学问，蔚为大观，因此纪晓岚认为刘勰谈语助甚差。

本来在我国，文章的写法中助词很重要，有很多的功能，刘勰能强调这一点，可算特识。只是他谈得较简单，所以清人说他没有高论。

《事类》篇谈用典，亦复如此。刘勰时代之骈文用典，还没有那么多，后来才越来越多；如宋四六不但用典多，还几乎看不出来，因为它就像散文一样，但是既对仗又多用典。像汪藻《代隆祐太后告天下手书》："汉家之厄十世，宜光武之中兴；献公之子九人，惟重耳之尚在。"宋朝自太祖到高宗，正好传接十代，高宗又是徽宗第九子，用典恰切不可移。周必大《答胡邦衡启》表示思亲之情的："某窃维三有乐之君子，俱存为先；四无告之穷民，幼孤为重。自怜命薄，实感格言；每值生朝，不知死所。"运用《孟子》成语成文，对偶巧妙，且富凄恻感情。杨万里《贺周子充参政启》："顾其道显晦之如何，岂其身淹速之是计？故莘渭布衣而涉三事，莫之或诽；若夷蒉终身而效一官，则又谁怨？季世浸薄，古风不归。至于一游说之间，便萌取卿相之意。岂有平日不为当世之所许，乃欲任人之事权；彼其初心惟以无位而为忧，不思既得之愧怍。今执事致身于台斗，而旷怀寄梦于江湖。半生两禁之徘徊，五载六官之濡滞。逮其望磅礴郁积而极其盛，维岳峻天；举斯民咨嗟叹息而屈其淹，如防制水。上心雪释，涣号雷行。酌彼公言，置诸近弼。然后谈者，罔不翕如。"极尽长短句的盘旋恢展之致。如《除吏部侍郎谢宰相启》："搔白首以重来，问青绫之无恙。玄都之桃千树，花复荡然；金城之柳十围，木犹如此。慨其顾影于朝迹，从此寄身于化工。"也用典不僻，感慨中又复风神摇曳。刘勰时的用典，还不能如此。

《指瑕》篇谈文病当然也是这样。

还有《比兴》跟《物色》，当然也很重要，但这个理论跟宋代发展出来的"情景交融"理论相比，则后者更精密。刘勰那时候讲物色，其实还是很简单的，说物能感人，人被物所感动，所以情发动而已。这时候写物，乃是摹情体貌地去写景物，跟后人强调要与物交感，浑然一体的境界相比，六朝人还没有这种想法。

讨论《文心雕龙》的人一般都比较重视下半编，实则在整个中国文学理论的发展史上，下半编多只有历史意义跟理论的先导意义。若就理论本身来说，后世的理论比它精密多了。

像《神思》篇谈构思，说要虚静、澡雪精神，但如何虚静呢？《文心雕龙》并没有教人虚静的方法，它只讲了一个原则，叫作"陶钧文思，贵在虚静，疏瀹五藏，澡雪精神"。但如何"疏瀹五藏"呢？他根本没说。只说要"积学以储宝，酌理以富才，研阅以穷照，驯致以怿辞。然后使玄解之宰，寻声律而定墨；独照之匠，窥意象而运斤"。

积学、酌理能不能获得神思，其实乃是大有问题的。宋代严羽不就说过"诗有别材，非关理也。诗有别趣，非关学也"吗？神思如若能以积学、酌理获得，根本就不须疏瀹五藏、澡雪精神，费虚静心的工夫。因此刘勰在这里所谈，不但理论浅，也根本不通。研究刘勰的前辈们对此篇大夸特赞，其实都是因缺乏理论素养之故。

又比如《风骨》谈文气，但养气的功夫在治心，而怎样治心养气是门修身养性的功夫，跟文章本身的文气（即文章的命意、修辞所构成的文气）关系不大，后人对此就有比《文心雕龙》更多的讨论。像宋人所谈的"妙悟""无意于文"，或说文章写作到最后应是"风行水上自成文"。好像风吹过去，水上自然起了涟漪。文章的创作就是这样，不是自己在这边养气、写作的。因为文章不是你写出来的，"文章本天成，妙手偶得之"。这些就都已经脱离了刘勰的思考范围。

刘勰的思考范围是什么呢？他是"总术"。认为写文章不能靠赌徒等机会那样等待灵感、等待天机，要靠具体的方法。跟打仗一样，不要李广式的天才，而是用程不识那样的做法，一步一步运用方法，故曰"百战百胜，必资晓术"，要懂得术、要懂得方法。刘勰讨论文章的形态属于这一类。

宋人讲妙悟、讲无意于文、讲诗不可学，说人要怎样以自身养气的功夫去上合天机，最后变成从胸中自然流出，文章不是写出来的，不是什么创作方法，而是从心田中自然流出，或者是"文章本天成，妙手偶得之"，不是我写的，是天创造的，我偶然抓到而已。这些，都不是刘勰理论所能触及的。

像东坡说，作诗是"兔起鹘落"。秋天草原上草枯了，兔子出来时，老鹰哗地就扑下来了。这个时机，一失就没了，因此"作诗火急追亡逋"。他到杭州孤山去看了两个和尚——惠勤、惠施，回来诗兴充盈，这时作诗火急，好像追一个逃犯，生怕他丢失了。"清景一失后难摹"，心中诗景一旦消失，就再也追不回来了。诸如此类，创作中人跟天结合的部分，是宋人谈得最多的。而人与天合，如何获得天机，却是刘勰没有处理的。

刘勰的理论，还有个该注意之处：情的部分，其实是虚说，重点其实是讲理、讲思致。所以他讲术、讲方法、讲宗经、讲向典范学习等，比较接近古典主义式的学习理论。有学习的典范、学习的方法，有学习的每个模型，用这些去掌握文学。

所以，讲情景交融、人与天合，人怎样才能当机，兴来不可扼时如何抓住天机，妙手偶得，风行水上自成文，无意于文，不是我要创作，是偶然率性而成，非有意而为。这些理论，就都不是刘勰那时候有的。他们讲创作时要消除对外境的执着以及对自我的执着，还有文字的执着，虽与刘勰讲的"陶钧文思，贵在虚静"有关，可不是重视情采、丽辞的刘勰所能想到的，理论的复杂度都要超过《文心雕龙》很多。

刘勰的《文心雕龙》虽然强调论为文之用心，但实际上它对心的了解也没有穷极精微。《情采》各篇讨论文情，大部分只能说心术已经表现出来了，文采就能看得出来，没有讨论到情跟理相辩证的问题。情理相辩证、主客相辩证，是后来谈的问题。

　　他讲的比兴，在宋元明清也有新的发展，不是《文心雕龙》理论所能解决的。

　　因此后人看《文心雕龙》就会觉得它要么太浅，要么跟后代讲的有差距。像汪师韩就批评刘勰《明诗》篇说"五言流调，则清丽居宗"，认为层次太低。刘勰那个时代是强调"丽"，绮丽或清丽的，刘勰论文章之"丽"很多、很重要。但"丽"在后代文学评论里面不是个好词，后代常认为诗文都应"宁拙勿巧"，宁愿看起来枯澹或古拙，不要华丽。所以他说"五言流调，则清丽居宗"，汪氏便批评"以绮丽说诗，后之君子耻为不知理义之所归矣"，丽是很浅的东西呀！

　　刘勰讲《原道》，当然很好，但只说了文源于道。后代讲的文道的关系复杂得多，而且刘勰讲的"因文明道"，跟古文运动以后的讲法是不一样的。古文运动以后，大抵认为言跟文只是个符号、工具，通过这个工具得到道以后，就像渡过河后，就没有人会再背着船走路的，一定把船丢了。这时候文跟道的关系就跟刘勰那时不一样了，"观者但见情性，不睹文字"。所以后世文论常有司空图"不著一字尽得风流"这一类讲法，或者像欧阳修所说的"忘形得意"，而非"瞻形得神"。

　　因此我们用《文心雕龙》的理论来理解唐宋以后的文论就很可能走错路子，因为它们是很不同的东西，这是我们读《文心雕龙》要注意的地方。

四、与大陆研究者评价之区别

但是以上我说的这些《文心雕龙》理论上的局限问题，与大陆上一些朋友所讲略有区别。

大陆研究《文心雕龙》的学者，讨论《文心雕龙》的局限有几种说法，如缪俊杰先生《文心雕龙美学》说：《文心雕龙》这部文学理论跟美学著作也存在着严重的历史和阶级局限性。首先在文学起源跟文学的社会关系上，刘勰一方面看到了文变染乎世情、歌谣文理以世推移，但是他没有而且也不可能揭示社会生活是唯一泉源这个唯物主义的命题。他说文学创作，社会生活是它的唯一源泉，所以刘勰认为文是源于道，第一篇叫作《原道》篇。这就根本大错了，文怎么会源于道呢，文应该源于社会生活。

这是许多人主张的第一点，涉及根本的问题，说《文心雕龙》不是唯物主义。

第二，缪氏还批评他尊孔，认为他对于文学理论和对作品的评论存在着儒家的偏见。他说：刘勰把孔丘的话奉为典范，"圣人之雅丽，固衔华而佩实者也"，他对别人批评孔丘很不满意，动不动就给人扣上非圣的帽子，他是以孔丘的是非标准为标准的，不符合孔孟之道的就是异端了，这是一种僵死的教条。根据这个教条办，文学也不必发展了，也不可能发展了，所以他给自己画了一些框框，不能越他的雷池一步，使他自己陷入自我矛盾的地步。

第三，因为刘勰强调圣贤，所以，他就轻视民间文学，无视人民群众在文学创作中的贡献，在《乐府》篇里，他只论文人的《乐府》，对于作为《乐府》精华的民间乐府避而不谈，他一方面

第
十
五
讲

文
心
余
论

称赞"魏之三祖，气爽才丽"，但又批评他们的作品"虽三调之正声，实《韶》《夏》之郑曲也"。郑曲是一种贬词，他们认为这是不正派的。这种评价当然是不公平的，从这些方面来看，刘勰的尊孔崇儒思想给他的文学理论、美学思想、美学鉴赏带来重大的偏见和局限性。

这些批判文章读起来都气势轩昂，可是他们没弄清楚刘勰批评曹操、曹丕、曹植的乐府既是三调之正声，又是《韶》《夏》之郑曲，并不是批评民间乐府。刘勰讲的是他们的写作跟《诗经》相比，已经不像《诗经》那般典正了。像这样的批评，皆可谓胡乱放箭，无的放矢。

还有一种批评是说，刘勰的全部文学主张是从有利于整个封建政教出发，而不是为腐朽的士族政治服务的。这是刘勰对现实社会有不满的一面，有要求改变的一面，这是他值得肯定的地方。刘勰虽然不可能提出揭露、批判当时黑暗腐败的仕途政治，但是他对这类文学作品是反对的。垄断文坛的士族文人从享乐主义出发，形式主义、唯美主义的创作方式都是刘勰所大力反对的，这是刘勰具有进步性的一部分。正因为他具有这个方面，所以他对人民群众的创作虽然重视不够，但却不一概反对，多少还有点注意，甚至作了某些肯定。譬如说《乐府》篇里面讲到"匹夫庶妇，讴吟土风"但"志感丝篁，气变金石"。

这讲法跟前面的讲法刚好相反，说刘勰因为反对当时的士族，所以对民间的文学还是颇有肯定的。但是刘勰对于民间文学的肯定还是有一个限度的，总的来说就是要有利于封建制。不符合原则的作品，即使是帝王的御笔，刘勰也要加以指责，所以说刘勰的基本主张是从有利于封建统治的政教立场出发的。

还有人说：刘勰谈论为情造文跟为文造情，他说为情而造文这个路为什么是正确的呢，就是因为作者有满腔愤怒之情，而用文学创作来表达这种愤怒之情，来讽刺统治者，所以这个道路是对的。相反，为文而造情，作者内心并没有忧愤，只是为了写作而矫揉造作，所以这个不对，因此刘勰的讨论具有一定的现实意义。——这是针对批评刘勰没有现实意义的说法，来替刘勰辩护的。这辩护，提了一个主张：《文心雕龙》之可贵在于，它建立了以唯物主义思想为主的文学理论体系。前面不是说有人批评刘勰不是唯物主义吗？这又认为他是。

另外则有人说：我们要判断《文心雕龙》是倾向于唯心还是唯物，不能只从片言只语中去讨论，而要考察它整个文学创作理论、文学批评观点。像认为刘勰思想是以唯心为主的，或是一个彻底唯心主义的人，主要是根据《原道》篇。认为刘勰根源原道，不是根源于社会生活，这就错了，所以他是唯心主义的。何况刘勰又是个佛教徒，佛教徒三界唯心、万法为识，更证明了他所说是唯心。所以他们批评说《文心雕龙》是反动的、极端唯心的，刘勰所说的道就是统治阶级压迫人民，剥削人民天经地义之道。

可是有些辩护者又认为《文心雕龙》其实不是唯心的，乃是唯物主义：《文心雕龙》谈到物以情观，感物吟志，创作实际上是在很多历史事情中发展出来的，所以是要忠于现实的，"物以情观"，还是要注意到社会现实。《文心雕龙》的观点是可以接近唯物主义的，忠于实际创作经验的评论家同样有可能接近唯物主义，我们不能孤立地看他一两句话，我们要整体地看。《文心雕龙》是实际上从物来看，所以虽然不能说它就是唯物主义，但它起码接近唯物主义。这是另一种讲法。

还有一种观点认为《文心雕龙》存在很多问题，问题在哪呢？一是刘勰袭用声训的方法。

中国文字因声得意，一种声音往往指向某一种意思，因此汉朝人在解字时，《说文解字》是一个系统，从字形的结构上来解字。我们现在讲文字学时，比较习惯或在学院中占主流势力的即是这个体系。但汉人在《说文》之外同时还有另一部书也很重要：刘熙的《释名》。《释名》解释文字，主要用声训，就是寻找字跟字之间声音的关系，用声音来解释。比如"天"，什么叫天，颠也，"天"跟"颠"，声音相同，所以用"颠"来解释"天"，颠是最顶端，最顶端就是天，这便是声训。刘勰的很多解释都用声训，如《论说》篇讲"说者，兑也"，兑与说这两个字古代是同音的，"说"就是"兑"。

批评者则认为：用一个同音字或音近字来释名彰义，十分不妥，因为在我国文字中很多音同未必义近，义近也未必同音。而且只用一个字来释名，也很难完全反映出这个文体的特征。像"赋"跟诗六艺中的"赋"，其实是不相干的，汉儒因为宗经的缘故把它们硬扯在一起，因此《文心雕龙》就说"诗有六义，其二曰赋，赋者，铺也"等等。

这是蒋祖诒先生《文心雕龙论丛》的观点，他说汉代的赋多半是奉命写作的，都是奉命文学。这跟诗不一样，汉赋很少有文学的价值，它堆砌辞藻，缺乏感情，还是魏晋的小赋比较能抒发作者的情思。像王粲的《登楼赋》、鲍照的《芜城赋》等等。刘勰论赋的源流应该要突出这些小赋，谈赋的特色也应以小赋为标准，不但因为它们在文学史上较为重要，而且因为他们是刘勰时代的新兴产物。

他所讲第一部分，是反对刘勰采用汉人的声训法来进行文体说明，第二部分是他反对将汉代的声训法具体用在对汉赋的解释上，并以汉赋为标准来定义赋体。他认为汉赋本身就烂、没价值，魏晋以后的赋才好。刘勰不但在声训的方法上依从汉人，整个宗经、征圣以及对赋的评价也附和汉代，所以搞错了。

此外，《文心雕龙》中对丽辞、声律、事类等均有专论，这些跟骈文有关的修辞手法有何值得特别看重的呢？骈文本来就是没价值的东西，讨论这些跟骈文有关的写作术，看来也没什么价值。

这些主张没有一条不是错的。其错误，在于总体上搞不清楚刘勰的主张，居然认为刘勰是重今、重视现在的。重视现在、重文崇今，所以才谈了许多骈文这类的东西。但是，既然重文崇今，就不应该又崇古、重视汉人，所以他认为刘勰在这些地方都是错误或混乱的。

这些是过去大陆朋友在讨论《文心雕龙》时常见的说法。要么论刘勰的阶级，要么讨论他是唯心抑或唯物，要么对儒家怀抱深仇大恨，一谈到儒家就认为是腐朽的。

我前面谈《文心雕龙》的局限，却不是从这些地方讲，而是放在整个中国文学发展史上看。

刘勰的理论和他面对的问题，有些重要性后来消失了，有些转移了，有些是继续深化了，刘勰之说反而就显得比较原始、粗糙。在这里，我们并不是要贬低《文心雕龙》，而是说《文心雕龙》

是文学理论的经典，但理论是有发展性的，经典的重要就在于它能开启后人很多想法，它是有开展性的，所以后面会有很多新的发展。这些新的发展当然就溢出了刘勰所论之范围。

我希望各位能注意这种讨论问题的方法。我们的课，虽然以《文心雕龙》为具体讨论对象，但并不限于这本书。我更想以如何研究这本书为例，谈一些治学方法。书中一些细节，或其理论跟文学史上的另一些关系，各位可以自己去找书看。

对当前文学理论研究的反省

一、整体的困境及回归作品的呼声

我于1988年开始参与大陆的学术活动，迄今已20年；而参加的第一个研讨会，就是谈文学理论。当时，大陆的文学理论界正可谓意气风发，不仅论议颇动视听，更成为大陆文化热的推手、整体社会改革的动源。端的是风起云涌，百家争鸣。但如今，凡参加这类会议，听到的却多是对文学理论研究的困惑与质疑。甚至不少人开始呼吁放弃"文艺学"这个学科；不要文学理论，只要有文学批评就可以了。传统上文学研究三分（文学理论、文学史、文学批评）的格局，几乎就要为之瓦解了。

这样的转变，其实亦非大陆独然，在台湾地区，甚至在欧美国家也都有类似的情况。

台湾于七十年代兴起比较文学热潮，推动了中外文系对文学理论的研究兴趣。一时之间，许多人都兴奋地认为"批评的时代来临了"（沈谦先生《期待批评时代的来临》一书的书名）。各式理论的宣传与口号，高响入云；著作与译介，亦争奇而斗艳。但这样的热潮，到九十年代以后却逐渐退烧，比较文学几乎偃旗息鼓，中文系之文学理论研究也日益萧条，没有太多亮眼的成果。倒是实证性的台湾文学研究、现代文学史料发掘，以及后现代思潮影响下的文化研究，引领风骚，占尽风华。

欧洲的文学理论热潮退烧，更是明显，文论健将伊格尔顿（Terry Eagleton）甚至写了本《理论之后：文化理论的当下与未来》。

美国的例子，则不妨看看曾任哈佛讲座教授的布鲁姆（Harold Bloom）出版的《西方正典》（The Western Canon）。此书选了贵族制时期的莎士比亚、但丁、乔叟、塞万提斯、蒙田、莫里哀、弥尔顿、约翰逊博士、歌德；民主制时期的华兹华斯、简·奥斯汀、惠特曼、狄金森、狄更斯、普鲁斯特、乔伊斯、伍尔夫、卡夫卡、波赫士、聂鲁达、佩索阿等二十六家之作，谓其为西方文化中之"正典"（the canonical），认为现今我们对语言比喻之驾驭、原创性、认知力、知识、词汇均来自它们。

其书出版后，在学界褒贬不一。主要原因在于西方近年学院中流行的思潮，恰是要质疑并颠覆正典的。布鲁姆本来亦被视为其间一员大将，如今入室操戈，忽尔现出原形，赫然乃是这等强悍的传统论者，不禁令时髦论者大吃一惊。

其次，他不仅力陈经典的价值，更把矛头指向正流行当今的女性主义、马克思主义、拉康学派、新历史主义、符号学、多元文化论等，合称为憎恨学派（School of Resentment）。谓此类人皆憎恨正典之地位及其代表之价值，故欲推翻之，以便遂行其社会改造计划。打着转型正义、创造社会和谐、破除历史不公之名义，将所有美学标准与大多数知识标准都抛弃了。可是被他们揭举出来的女性、非裔、拉丁美裔、亚裔作家，也并不见得就多么优秀；其本领只不过是培养一种憎恨的情绪，顺便打造其身份认同感而已。此等言论，逆转了攻守位置。让一向善于借着批判传统、颠覆这颠覆那以获得名位者有些错愕。

这些学派自然也立刻反唇相讥，说布鲁姆所称道的正典，只是欧洲男性白人的东西，并且只是英美文化中惯例认可者，并不适用于女性、多元文化者或亚裔非裔等等。

但此类反击，除了再一次诉诸身份、阶级、意识形态之外，毕竟没有说出：为什么正典必须扩充或改造？其美感价值与认知，为什么不值得再珍惜？因为此类文论家原本就不太读也不能读原典，文本分析恰好就是他们的弱点；舍却文学的艺术价值不谈，正是其习惯。如此而欲反正典说，岂非妄谈？读者根本不晓得何以必须放弃莎士比亚而偏要去读一些烂作品，只因它们是女人或黑人写的，或据说其中有反帝反封建的抗议精神？过去，读者基于道德感正义感，以社会意义替代了审美判断，跟着此类文论家摇旗呐喊，如今一经戳破，乃始恍然。故"憎恨学派"之反驳，非未将布鲁姆消灭，反而令质疑文化研究者越来越多。

当然，此亦由于布鲁姆善立巧说。以往，倡言读经者，辄采精粹论立场，不是说经典为文化之核心精粹，就是说经典之价值观可放诸四海、质诸百代，乃万古之常经、今世之权衡云云。布鲁姆却不如此。

他本以《影响的焦虑》一书饮誉学林，论正典亦采此说。经典之所以为经典，自然是因它们影响深远，但所谓影响，并非只

附录一　对当前文学理论研究的反省

457

是后人信仰它、钦服它、效法它、依循它，而是后代在面对经典之巨大影响时存在着严重的焦虑，故借由反抗、嫉妒、压抑去"误读"经典，对它修正、漠视、否定、依赖或崇拜，这些创造性的矫正，也是影响下的表现，因此后代纵使修正或摆脱经典，仍可以看出经典的价值与作用。同时，正典亦因是在影响的焦虑中形成的，所以它们都是在相互且持续竞争中存留下来的，文本相互激荡，读者视野不断调整，正典本质上就永远不是封闭的，一直是"互为正典"（the inter canonical）的。简单说，反对经典，正是因为经典重要、影响大。而反对者对经典之误读或创造性矫正，又扩大了它的影响、丰富了它的意涵，故经典永不封闭。

由这样动态的关系去看经典，才可以避免反对者所持的各种理由：什么古典不适今用、不须贵古贱今、经典只代表某一阶层之观念与价值、文艺贵乎创新等等。

但不论布鲁姆或任何提倡读经典文本的人，也都无法说服那些反对的朋友。盖此非口舌所能争。经典的意义固然永不封闭，但它得有人去读，其意义是由阅读生出来的。倘若士不悦学，大家都不爱阅读，视阅读文本为畏途或鄙视之，仅以谈作者身份、肤色、性别、阶级、国别为乐；或废书不观，徒逞游谈，则正典之生命便将告终。

而学院正是这般可能埋葬经典的地方。学者要著书立说、要升职称等级、要申请项目经费，自须别出心裁，立异以鸣高。今日创一新派，明日成一理论，乃是生存之需。乖乖读点正经的正典，既无暇为之、不屑为之，亦无力为之。如今大学讲堂中，高谈多元文化、女性主义、后殖民、拉康、福柯者，车载斗量；可是能好好阅读并讲说莎士比亚、塞万提斯、弥尔顿、狄更斯的，却着实稀罕。博士硕士们，背些理论、找点论文、上网抓点资料，手脚倒也勤快，作品却没读过多少，更莫说那些不厌百回读的经典了。对于这些人或这样的机构来说，提倡读经，不是有违伦常吗？布鲁姆之类正典论者，显然意在针砭时局，但正典论因与目前体制、风气扞格，所以也未能扳倒新的文化研究者。

质疑目前文学理论走向的，并不只正典论一支。归纳起来还有好几派，一种是延续着老话题，例如说：理论并不能创造出作品来，作品靠的是作家的创作而非理论的规定，因此文学研究首先是面对作家与作品，理论只是对作家与作品的诠释，是从属于作品的等等。

但也有几种是新的批判，例如说现在的理论多半艰涩难懂，文章似通非通，宛若翻译得很烂的译文，满纸夹损，不知所云。或说如今之文学理论不断翻新，一套套出台，仿佛时装表演，令人眼花缭乱；它仿若时尚流行，但又转瞬退出流行，使人对它更没信心。再者，也有不少人认为目前文学理论已走上歧途，越来越跟文学无关了，成天讲什么后现代、后殖民、全球化、女性主义、东方主义、身份认同之类，奢谈文化研究，文学审美研究遂付之阙如，文学仅成为说明文化现象的材料而已。

第五种态度则是：因对文学理论已如此不信任、不耐烦，故提倡重新回到文本，回归作品本身者，大有人在。欲以比较细致而实在的阅读，来替代那些夸夸其谈的理论。此种回归，也是为了适应文学科系教学的实际需要，因为一个学系并不需有一堆搞理论的人，而需有人能好好带着学生读点作品，甚或批改习作。

那些高谈文化研究、套理论的人，通常无实际创作经验，作品也都读得少，更不注重审美解析。

但平心而论，回归作品云云，在教学上虽确实能稍抑浮嚣之风，然于理据上站不住脚。因为事实上并无纯然客观的文本，"细读作品"本身就是一种理论立场，或运用新批评、考证训诂学派之方法。何况，文学理论的功能并不只是对作品的解读，它所要谈的，包括文学与语言、与社会、与人生、与历史的关系等等，远超出对一篇篇作品的解析。而文学，无论它在生产那时，还是阅读这时，又都与其社会文化有关，研究者也不能假装没看见，只注目于作品本身便自以为得计。关联于文化的文学理论，亦因此而终不可废。

正因为如此，故近年文学界便又有一种把文学审美研究和文化研究重新结合起来的呼声。并把这种方向称为"文化诗学"。

二、文化诗学的路向

文化诗学，本来是美国格林布莱特（Stephen Greenblatt）等人所倡言的，此派又称为新历史主义。其出现的理论背景是：自二十世纪二十年代以来，欧美文学研究的总体方向，其实就是去历史化。如形式主义、结构主义、符号学等等，均重形式与结构，而脱离历史社会语境。但物极必反，某些人乃重提马克思主义的历史意识，以资平衡。某些文评则着眼于经济社会环境，以说明文学之发展。后现代思潮带动的文化研究，某些时候也代表着对社会语境的重视。只不过，后现代思想大多质疑历史大叙事，亦即重视社会语境而未必注目历史，新历史主义则有些不同。

新历史主义，主张在历史情境中去理解文化文本及文化语码的现实意义。格林布莱特在《文艺复兴时期的自我塑造：从莫尔到莎士比亚》中即以莎士比亚、斯宾塞、莫尔、马洛、魏阿特等作家为例，揭示他们在表达观念、感情时所涉及的社会条件、文化成就、自我塑造过程和表达方式，并讨论"历史中的文本"跟"文本中的历史"里权力运作的机制。它对文学文本形成的社会文化之重新思考，对那个时代主要政治、心理、文化符码进行破解与修正，使得新历史主义对历史记载中之零散插曲、逸文遗闻、偶然事件特感兴趣，很有些"边缘战斗"的意味。

1987年格林布莱特《通向一种文化诗学》则说他是要描述官方文件、私人文书、报章剪辑之类材料如何转移成另一种话语，而成为审美财产。次年的《莎士比亚的商讨》亦说文化诗学是要研究各种社会生产的文化实践间之关联，追问集体信念如何形成，如何由一种媒介转移到另种媒介，又如何凝形于审美形式以供人消费。

但新历史主义也反对大叙事与主流话语，强调边缘化和多元价值，重视异端与个性。因此在方法上，它削平文化的历史一致性，而代之以共时性结构。这是它跟过去把文本看作是自足性文学史文本极为不同之处。

它所谓的语言，也不同于过去只指文学语言，一切人文成就都可算在内。研究各话语间的关系，并讨论意义如何生成于其间，即其主要工作。故它谈的并非艺术品的审美价值，乃是艺术话语跟其他社会话语间的转换及关联性。

总之，这一派重点有三：一是它主要谈的只是文学文本的生产；二是同时重视历史的文本与文本的历史。也就是把文本视为历史上集体信念与经验之创造物，去观察文本与历史上各种同时代文化系统之关系。但它跟从前那些历史实证研究的不同之处是：文本只是共时性的文化系统文本，而非历史上的历时性文学史文本。第三，这一派也因这类研究而导生了对历史的反省。它大量利用私人文书等过去不注意的材料，观察它们如何转化到文学话语中，描述各文化表现领域间的关系，论证美学成品乃一社会产物。在此同时，便也对主流大叙事形成了质疑、对历史提供了再解释。

大陆于1993年便有张京媛的《新历史主义与文学批评》（北京大学出版社），引介了这一路思潮。到2001年童庆炳主编的《文化与诗学丛书》更是把这种风气推上了高峰。童先生《新理性精神与文化诗学》（《东南学术》2000年第2期）、程正民《巴赫金的文化诗学》（北京师范大学出版社，2001年）、李青春《诗与意识形态》（北京大学出版社，2005年）等均为此类研究之著名著作。漳州师院刘庆璋教授则在该校成立了一个文化诗学研究所。

据童先生说，他们的文化诗学既是广义的诗学，又是文化的。因是诗学，所以应保持并发展审美的批评；因是文化的，所以又要从跨学科的文化视野去把"外部研究"和"内部研究"贯通起来，把文学现象放在具体的文化语境中去阐释，并看到不同文化领域间的相关性。

在具体操作中，他们强调诗学形式的历史意识建构。认为文学的体裁、形式、词藻、典故、平仄，要放在历史的坐标中看，才能明白其奇正、通变为何，也才能对之有所评价。而且此类形式存在于它流行的时代，也形成了观察和思考世界的特定方式，值得重视。其次，他们认为文章之位体、置辞、宫商等形式，本身就具有本民族的传统，不可忽视。再者，作家本人之个性、心理、兴趣，也具有历史性。第四，审美者当下的文化语境，亦当留意。例如目前童先生等人之所以提倡文化诗学，乃是自觉要继八十年代以来文学主体性思考等热潮之后，发展新的时代论述。他说：

> 当我们厌倦了文学批评的政治意识形态维度之后，当我们批评界进行"审美狂欢""主体狂欢"和"语言狂欢"时……文学的定位，在解构了经济基础和上层建筑之间关系的"二元对应"思维模式之后，陷入了孤立和孤独的自我诠释局面。人们用文学文本自身的审美特性、主体性和语言存在论来诠释文学文本。而实际上，文学文本在很大程度上不能满足于自我解释。作为人类宝贵的精神文化现象，它必须在更大的人文时空中得到确认。

大陆的文学研究，在八十年代以前是政治意识形态宰制的局面，八十年代以后，文学界才以强调文学审美价值及文学主体挣脱了牢笼。但由现代主义、新批评，逐渐进入后现代，只在文学审美和语言形式上着力的文学批评，亦遭到质疑。故文化诗学者，就是企图再将文学放到大文化环境中的努力。

正因如此，文化诗学便成为政治意识形态消解之后，对民族精神的再造工程。这也是大陆现今整体文化气氛的显现，欲借文学的民族文化传统，建构新时代的宏大叙事。这跟西方文化诗学恰好是截然异趣的，二者名称相同，可是内涵迥异，不可不察。

这宏大的新时代叙事，目前仍以理论呼吁为主，代表远大的企图，而尚未能回到理论本身去解决那些难以解决的问题。如"外部研究"与"内部研究"既已区分，能贯通之依据及可能性在哪儿？其贯通，要在什么条件下才能达成？而无论是美国式的文化诗学抑或是大陆的，他们欲寻求文学跟其他文化话语间之关联的努力，看来也仍不脱近代西方把文学视为一种独立文化体之后，再去找它跟其他文化体之关系的办法。若由中国文化内部看，文学什么时候不与其他东西相关呢？文学、文字、文化，三者彼此联通相贯，故文家宗经、征圣、言志、明道，乃是常态，岂能割裂了再来求弥合？况且，目前的文化诗学，对中国文化本身的理解，恐怕也还大有问题，未必能真正掌握中国文化的特性与内涵呢！

三、汉语诗学的研究

关联着文化来讨论文学的，还有"汉语诗学"一路。此说是由文化语言学发展而来。

文化语言学乃是社会语言学之一部分，但文化语言学也可仅从哲学、文学、语言、宗教、艺术方面进行语言研究，此即非社会语言学所能限。不过两者间颇有交涉及关联性，则是非常明确的。

文化语言学虽然1950年即有罗常培的《语言与文化》，但语言学界并无继声。二十世纪八十年代中期以后，大陆兴起文化热，语言学界逐渐从社会文化角度去看语言。1989年上海教育出版社出版《语言文化社会新探》，第一章就是"文化语言学的建立"，1990年邢福义主编了《文化语言学》（湖北教育出版社），1993年申小龙出版《文化语言学》（江西教育出版社）。1992年第三届社会语言学学术研讨会以"语言与文化多学科"为主题。同年亦召开了第一届全国文化语言学研讨会。文化语言学显然已正式成为一门学科，在大陆已形成热烈的讨论。

但若观察大陆之相关研究，可说基本上仍不脱罗常培的路子。罗氏《语言与文化》下分六章，分别从词语的语源和演变看过去文化的遗迹、从造词心理看民族的文化程度、从借字看文化的接触、从地名看民族迁徙的踪迹、从姓氏和别号看民族来源和宗教信仰、从亲属称谓看婚姻制度。这六章也就是六个方向，若再加上方言、俗语、行业语、秘密语（黑话）、性别语等特殊用语的文化考察，差不多也就涵盖了今天大陆有关文化语言学的各种研究了。但文化语言学焉能仅限于此？我觉得它仍大有开拓范围之必要。而且老实说，他们谈文化也都谈得很浅，缺乏哲学意蕴和文化理论训练。看起来，虽然增广了不少见闻、增加了不少谈助，却不甚过瘾。

何况，要从语言分析去谈文化，有许多方法学的基本问题要处理。不从严格的方法学意义去从事这样的文化说解，其实只是扯淡。例如把人名拿来讲中华文化，人名有名为立德、敦义、志诚、志强者，也有水扁、添财、查某、罔舍之类，任意说之，何所断限？或把古代词书《说文》《尔雅》找来，就其所释文字，指说名物，介绍古人称名用物之风俗仪制，而即以此为文化诠释，斯亦仅为《诗经》草木鸟兽疏之类，非诠释学，亦非文化研究。从语言去谈文化，不是可以这样漫衍无端的。否则语文既为最主要的人文活动，什么东西都可以从语言去扯。随便一句骂人的话"龟儿子"，也可以从古神话、四灵崇拜，讲到妓院文化、社会风俗以及相关骂人俚语、语用心理等等。如此扯淡，固然不乏趣味，实乃学术清谈，徒费纸张，无益环保。

语言的文化诠释还涉及语言逻辑中的"意义"和"理解"问题，也涉及符号解释的主体问题，以及"符号解释共同体"的问题。这些问题在语言哲学中均有繁复之争论，不能不有进一步的讨论。如陈原《社会语言学专题四讲》就不赞成语言的结构真能决定或者制约文化与思维的方式（语文出版社，1988 年）。语言结构倘与文化或思维方式无关，那么申小龙等人一系列由汉语语法句型特色来申论中华文化特点的论著，岂不根本动摇？而语言结构与文化有关的讲法，事实上洪堡特（Wilhelm von Humboldt，1767—1835）《论人类语言结构的差异及其对人类精神发展的影响》即曾倡言之。洪堡特继承者施坦塔尔（Heymann Steinthal，1823—1899）主张透过语言类型去了解民族精神，包括思维与心理等，甚至想把语言学建设为民族心理学。现在我们由语言分析去申论文化特征者，是要重回洪堡特、施坦塔尔的老路吗？抑或别有所图？我们的方法论、语言与文化联系的观点为何？

洪堡特的路子其实也不是不能发展的。在台湾，我看过关子尹先生《从哲学的观点看》（东大图书股份有限公司，1994 年）里两篇很精彩的论文:《洪堡特〈人类语言结构〉中的意义理论:语音与意义建构》《从洪堡特语言哲学看汉语和汉字的问题》。他敏锐地抓住洪堡特对汉语与汉字特性（汉字为"思想的文字"、汉语为"文字的模拟"）的分析，结合胡朴安的语音构义理论和孙长雍的转注理论，讨论汉语语法之特性在精神而不在形式、意义孳乳之关键则在汉字，颇有见地。

然而，所谓意义孳乳之关键在汉字、汉文为思想之文字云云类似的观念，在大陆某些朋友们手中，却做了太多的推论。如石虎《论字思维》(《诗探索》1996年第2期）、王岳川《汉字文化与汉语思想：兼论"字思维"理论》(《诗探索》1997年第2期，收入《文化话语与意义踪迹》，四川人民出版社，1997年），认为汉字是汉语文化的诗性本源，而汉字之思维是"字象"式的，具有意象的诗性特质，由本象、此象、意象、象征，而至无形大象，故诗意本身具有不可言说性。因为这种思维及汉语文化具有自身的逻辑开展方式，我们应强化说明此一特色，以与西方文化"强势话语"区别开来。这民族主义的气魄诚然令人尊敬，但这种特色既然是从汉诗上发现的，谓其具有诗性、为字象思维，岂非废话？

且一个汉字接着一个汉字，构成"意象并置"之美感形态，在台湾，叶维廉先生早已谈过，而且谈得更深入、更好。而即使是叶维廉式的讲法，也仅能解释一小部分（王孟、神韵派或道家式）的诗作，对许多中国诗来说，并不完全适用。字象说、诗意不可说理论，能解释杜甫、韩愈和宋诗一类作品吗？此又能作为汉字及汉语文化之一般特色吗？论理及叙事文字也是如此吗？在国外，如（美）陈汉生（Chad Hansen）《中国古代的语言和逻辑》（周云之等译，社会科学文献出版社，1998年）也从汉语本身的特点来谈中国哲学，但他却反对说中国人的心理特殊以及认为我们有特殊的逻辑，他认为过去用直观、感性、诗意、非理性等所谓"汉语逻辑"诸假说来解释中国哲学，其实均无根据。汉语最多只是由于它以一种隐含逻辑（implicit logic，或称意向性涵义）的方式来表达，与印欧语系有些不同罢了，这并不能说它即属于另一种不合逻辑或特殊逻辑的东西。他的看法固然也未必对，可是关于这类的论述，似乎都仍要谨慎点才好。

另外，王宾在《汉语思潮／审美问题的语言学研究》中还提到几种流行的研究法：一是汉语优越论。例如大陆社科基金资助出版的郑敏《传统智慧的再发现》，引述索绪尔、乔姆斯基、皮尔士诸人言论之余，竟大谈诸君所绝不会同意的如"汉语是世上最进步的语言""世上具有表现力最明确而又最简约的文字""与印欧系的西方文字相比，还是一种理性抽象水平高与逻辑性强的文字""二十一世纪还是汉字发挥威力的时代""全世界的人们将必修汉语"等等。她把德希达所批判的语言二元对立等级颠倒过来，以树立汉语的中心位置，鼓吹一种汉语沙文主义式的爱国态度，王宾认为这是极不可取的。

另一种是汉字形构分析。以分析字形来代替理论语言学的形式（form）分析。例如男字，是田+力，亦即在田里干活的劳动者就是男。由看见男人在田里工作的形象性感性认知，直接导出男人这个抽象概念，这种汉字特性，使得"拼音文字在传达与感受知识方面均不如汉字"。此说亦不足为训。因为人不是从田与力读出男这个意思，而是先认得了男这个字，才领会到它是田与力的构成。亦即接受了符号和指称对象之间在历史及社会约定俗成中造成的关系，方能引生相关的感性认识。道理非常简单：两个部件拼成一个新字,不只在汉字中有,其他文字中也有。如chairman(主席)是chair(椅子)+man(男人)合成的。不懂英文的人能由chair、man、chairman诸字中发现什么感性直观或抽象概念吗?

相对于以上两种说法,王宾提出了一种阴阳耦合论,他说:

> 声调/表意/单音节的汉语,基本特征是活跃于该系统内的阴阳耦合运动,而不是内在于西方或印欧语言系统内的逻辑规范和二元等级结构。阴阳关系是汉语的活的灵魂,它的兼容性和开放性在于:它可以吸收西方语言的句法规范和等级二元结构,在保留自身特质的同时,将两者纳入新的一轮阴阳双向运动。这一过程不会完结。

> 依上,和民族的思维/审美模式也必然是阴阳耦合的。任何一源化简式的知识(包括表述知识的种种概念)一旦进入汉文化圈、进入汉语思维/审美模式,一定会失落一部分、扭曲一部分、消化一部分。同语言模式一样,它的兼容性和开放性在于:能吸收任何西方的知识,在保留本土传统的同时,将两者纳入新的一轮阴阳双向运动。这一过程不会完结。

> 据此,阴阳说就是认识中国文化和中国人的关键。用逻各斯中心观来切割分解并以一系列二元等级来重构重释中国文化,均与事实相悖。受蔽于逻各斯中心观,是各种西化论的公分母——保守的和激进的,启蒙式的和反启蒙式的。(1997年《香港社会科

学学刊》，秋季号，又刊中山大学《论衡丛刊》第一辑，1999年）

此说兼顾了语言思维和审美模式，确有见地。但问题是：阴阳耦合的审美模式究竟为何，仍说不清楚。我们不能把汉语之通性直接视为文学审美特性，因为一般语言成品显然不等于文学。而且，中国文化内部，畸阴畸阳之现象也十分普遍。故天人合一、阴阳耦合到底是始境还是终境，或许该先讨论讨论。

王宾同时还根据阴阳耦合的这套理论，认为汉语研究要以直觉把握，不必做语法分析。他举了李白诗题"静夜思"为例，这三个字，若依西方词性分析来分析，只会徒增困扰。它可以分成五种词性分类及组合：一、思为名词，静夜，是起形容定语作用的组合成词；意思是静夜之思。二、思也可视为动词，表示方式的状语"静"和表示时间状态的"思"来修饰它。于是，静夜思，就是静思与夜思的合意。三、思为动词，静夜为副词性状语。四、将"夜思"视为具名词性的复合词，"静"为形容词。五、也可以把三个字看成是并列的名词：静、夜、思。这五种组合，都是可以的，但若转译成英文，就无法同时展现这五种意义了。因此汉语是要在语言游戏中直觉把握，而不可做切割式语法分析的。表达和接受它的方式，也就是思维／审美的方式。

这样的研究，当然能体现中文及汉语的特性。但是，直觉把握，不做语法分析，这能作为一种方法吗？又，如此讨论汉语思维和语言美学，跟从前用"理性／直觉"两分法区分西方和东方的东方主义论述又有何不同？我以为目前在这方面的研究，都还不能回答此类方法学上的质问。

四、跨文化的模拟

还有一种文化诠释，并不重在汉字或汉文化之特殊性，而是从比较文化上做类拟。近年"跨文化研究"大行其道，从前做比较文学者，如今大多转而谈跨文化，因此这类研究数量颇多。其常见的问题，可以杨乃乔《儒家诗学的"向日式隐喻"：论隐喻美学作为一种官方的话语权力》为例，略做分析。他认为：

在东方儒家诗学文化传统这里，"经"作为一个本体范畴即是一个隐喻词。在儒家诗学文化传统中，"经"是"缘光—太阳"，儒家诗学批评是在"经"的"向日式隐喻"中指向文学艺术审美的感性大地。儒家诗学对诗的批评是一种在引喻中完成的审美感性的道德理性化过程，所以，儒家诗学在批评中对诗进行阐释而生成的意义，只是本体的理性缘光投射在诗之感性大地上的傀儡影戏。

"六经"正是以"向日式隐喻"的缘光烛照着这个此在世界，"烛照"就是阐释，正是"烛照"的阐释赋予这个世界以意义。

在皈依本体的信仰之下，这个此在的感性审美世界永远是"洞穴"或"幽室"，诗学主体永远是"穴居人"。

此文旁征博引，但诘屈聱牙，堆积术语，遍布引号和夹杠，很能代表新时代的学风。其大意，乃是批判儒家诗学，谓它在文学中显现了官方话语权力。儒家把经典看成像太阳似的照在地上，文学审美就只能躲在洞穴里了，否则就只能被道德理性化地阐释。

熟悉五四运动以来有关"诗言志"或"诗缘情"之讨论的人，大约都会觉得这不免有点陈腔滥调。但加上一堆术语，并用如此诘屈聱牙的方式再说一遍，读来就有些高深莫测了。

而此等"东方儒家诗学文化"，竟又不过是西方的投影而已。怎么说呢？杨先生自己说："在西方诗学文化那里，'逻各斯'是'缘光—太阳'，因此，德里达把逻各斯神话称为'白色神话'，如果说，逻各斯之'向日式隐喻'的内在精神就是向日精神，那么，在东方儒家诗学文化传统中也蔓延着一种'向日精神'。"德里达所说的西方逻各斯精神，不是被他直接等同于东方儒家诗学了吗？

如此论说东方，恐怕是不通的。他又举《隐喻》一书，云：

泰伦斯·霍克斯在《隐喻》一书……认为在中世纪到伊丽莎白时代的英国，"等级"被认做"生命链条"而编织到生活的结构中，"国王是国家的统领，在他之下安排着他的群臣；太阳是行星的统领，在它之下安排着其他的行星；狮子是动物的统领；头是身体的统领……"泰伦斯·霍克斯认为正是这种等级间的模拟关系构成了一种制造隐喻的基础：太阳是帝王般高贵的行星；国王像阳光普照一样君临天下（法语中的隐喻"沐浴皇恩"便是由此而来）；国王还可以被称为"狮心"，是"政治身躯"上的"首脑"等等。儒家诗学隐喻美学的内涵也就在此，我们不妨可以用泰伦斯·霍克斯关于西方诗学隐喻的理论来诠释一下儒家诗学隐喻美学的内涵。

这也一样是直接以西方诗学为儒家诗学之内涵，以致所谓儒家诗学只是西方诗学的模拟。这难道就是东方儒家诗学吗？儒家与英国一样吗？东方与西方一样吗？

再者，在儒家经典中，审美感性若永远只是穴居者，那"子在齐闻韶，三月不知肉味""食不厌精，脍不厌细""春风舞雩"这些经典文句，它们的美感意义为何没有完全被掩盖？朱熹解释《诗经》为何又会主张诗只作诗读?《诗经》对历代诗歌创作及评论为何仍有偌大的影响？孟子论诗，说"知人论世，以意逆志"不也对后世文学审美研究有很大的影响吗？

故知关联着文化的讨论，简单的模拟，或只会套理论、扣大帽子，是不行的，对文化内涵需有切实的了解才行。

五、展望与建议

除以上所述之外，我还有几点建议：

文学理论不应放弃，可是问题在于：现今理论界要响应挑战显然尚感力不从心。为什么？

1.台湾跟大陆一样，文学比经济更深地镶嵌在依赖世界体系的生产与消费关系中，自己根本缺乏生产力，没什么自己的产品，只能做代工、加工、批发、零售、代理，一个只能消费或代理的文论界，能有什么作为？

2.文论工作者从事的是理论思考的工作，按理说应最有思考力，可是恰好相反。大多数人只是学习了一套套的话语，照着那个学派学说的预设、条件、推理、证例去说话。说起来也头头是道，仿佛很有学问、很有思考力一般，其实仅如鹦鹉之学舌，并没有自己讲话的本领。就像某些人教逻辑课，也可以讲得头头是道、井井有条，但平日处事却见得他满脑子浆糊一般。能说一套话的，不见得是有说话的能力，正是我们文论界缺乏生产力的原因之一。

3.文学理论在中国，并不只是理论而已，它其实是具有现实性的。二十世纪八十年代以来，靠着文学理论界炸开了意识形态大山，才能带动大陆的改革。台湾自乡土文学运动以来的发展，也显示了文学理论在社会改革上的作用。可是这种作用是两面刃，既让人觉得文论不可轻弃，十分重要；另一方面又可能让文论步向衰亡。因为文学作用于文化批评及实践，渐渐地必然令人将目光转移到真正待处理之社会文化问题的政治、经济、法律、教育等层面，这些社会学科亦比文学更能切应社会文化改革之需。故文论界放完焰火后，继而登场的就是它们。文论工作者夸谈文化批判，可是在文化批判之后，文论家就逐渐被边缘化，在讨论社会文化发展的领域越来越不重要。大陆文论界的落寞感即来自这种情势。台湾亦是如此。除了搞台湾文学的还能在政治场边分杯羹以外，文论界在社会文化现实、批判实践方面，早已边缘化。

4.更糟的是，文论界在面对现实时，也找不到自己的问题。我们现在做文化批评的朋友，操持着后现代、后殖民、解构、跨文化等理论话语，谈的其实是欧美的问题。那是针对他们社会的资本主义"晚期"现象或什么而发的文化思考，我们径自取来用了，却不管它与我们的社会现实有什么关系，牵强比附一番之后，我们遂也遗忘了该寻找我们自己的问题，并发展足以解释与批判此一社会文化之理论。故吊诡地变成了：强调文学理论的现实实践，却在实践之后被社会遗弃，或在理论中丢掉了现实。

5.文学理论工作者不仅不太了解具体的社会现实，也不太懂文学。台湾的文学理论，因依赖世界体系之故，以裨贩洋货为主，外文系独占优势，古典文学及文论资源，罕所取资，亦不为世所重。这样，文学理论当然不可能做得好。大陆的文学理论学科建置，则主要是与现当代文学相联结的。从事古典文论的是另外一摊子人，彼此毫不相干。但只有现当代文学的知识与经验，文学理论研究怎么可能做得好？

6.迩来两岸又都奢谈跨文化研究，但跨什么呢？莫说伊斯兰文化、印度文化、东南亚文化、日韩文化，做文论研究或文化研究的人大抵一窍不通，就是中国文化、中国文学，亦所知有限。才具如此，如何能使文学理论之发展令人看好呢？要振衰起弊，还得大家伙儿一齐努力！

《文心雕龙·通变》旁征

　　《文心雕龙·通变》篇现在已成了主张文艺创作应该积极求变的旗号。这是处在近百年新变梦魇中无可奈何之事。巨变的时代，随顺时世者就不免也以追逐新潮为时尚，以变为美、以变为高、以变为号召。其实未必知道该如何变。但彷徨迷惘，问道于盲，就又怨恨起不这样仓皇变古的人，厉诟恶声不断。读古人书，由于心有蓬塞，所以也把《文心雕龙·通变》篇解释为是主张文艺创作应该积极求变的号角。

　　我之见解，与俗异趣。今摘取两篇论书法文章的片段以见意。两文都是根据《文心雕龙》而做的引申。在古代，这正是疏通证明之体；在现在，这也是运用古代文论做当代批评的示例。二十世纪八十年代，黄维樑兄等曾主张我们现在从事文艺批评，不但可以援引西方现代文论来解析古代物事，也该参考古代文论以评析当代文艺。我是认同并实践这种主张的。

一、书法如何通变？

书法，在今天还有什么新变的可能性吗？

这是现代人的现代性焦虑之一。古代的、传统的东西再好，也不能算是我们自己这一代人的。人活在当下，只有当下存在的意义，才对我们有意义。所以从事艺术创作，总要问问自己现在还能变出什么花样来。

许多人批评现今书法家大玩其花样，奇形怪状，层出不穷，往往令人瞠目结舌，莫名所以。他们在西方艺术领域中抄抄捡捡，或去社会底层找绿林气、匪气、土气、孩儿气、匠人气，也都令人看不见出路。书法家常被讽刺是卖傻猎名，痰迷心窍。

其实做怪者也不都是名利心作祟或文化浅薄。他们有些人是真心想为中国书法找出路，也为自己找活路的。现代性焦虑把他们害苦了，心中的压力，憋屈令他们左冲右突，兀自困在其中。狂怪的线条与墨块、扭曲颤动的笔画、躁郁狂醉的构图，正显示他们灵魂受到煎熬的状态。

可是世上没有什么东西是真正新的。现代人相信的革命史观，推倒一切，让历史翻开新的一页，永远只是意识形态的迷思，历史的延续性必然大于变革性。其变也，或属于踵事增华，或是积水成冰，延续中就有变化，变迁中又见延续之质素，这才是历史的真相。

准此，孔子乃说变都是在因革损益中形成，"周因于殷礼，所损益，可知也"。因是因袭继承。但人不可能什么都继承，其中就会有挑选，删去一些又添加上一些，这就是损益。历史之所谓发展，基本逻辑即是如此。

可惜现代是个有病的时代，人是平面的、独我的，上不见天，下不见人。无超越性也没有历史性，更没有众生性（孔子所说"兴、观、群、怨"的"群"）。所以以我存在、我创造、我表现，"我"成为思考点，如青春期叛逆的小子，心理上老想破家、出走、弑父、摆脱传统，以证明自我。其变革观乃大异于历史本身变迁的逻辑。

为变而变的结果，如今看来是大成新貌了。但定睛看去，仍是老套，历史上所有胡编乱变的人都是这样的。《文心雕龙·定势》篇早就说过：

> 自近代辞人，率好诡巧。原其为体，讹势所变。厌黩旧式，故穿凿取新。察其讹意，似难而实无他术也，反正而已。故文反"正"为"乏"，辞反正为奇。效奇之法，必颠倒文句，上字而抑下，中辞而出外，回互不常，则新色耳。夫通衢夷坦，而多行捷径者，趋近故也；正文明白，而常务反言者，适俗故也。然密会者以意新得巧，苟异者以失体成怪。旧练之才，则执正以驭奇；新学之锐，则逐奇而失正；势流不反，则文体遂弊。

诡变者有什么秘法呢？不过一切反着来罢了。人都用脚走路，他偏要倒过来用手。古代讲究文雅中和，我就要狂、要怪、要草、要激烈、要矫异、要笨拙；古代推崇文采灿然，我就鄙俚伧俗；古代用笔俱有法度，我就破法、无法、扫之、泼之、拖之、涂之、射之；古人写字，我就不写字，或只写少数字，把字裁边、把形解散、倒置、错综之；古人赋诗作文，篇辞炳耀，我就放弃字义，只有线条墨块。你说我不识字、不通文义？我根本就要打破文字啊！

这么"创造"，其实就是无知妄作。古今妄人，其实都一个样，刘勰当年碰到的也是同样这类人、这类所谓新创。只是现代人加上了现代性的骄矜及西方理论，气势遂更壮旺了。

但不这么变，还有什么方法呢？当然有，前文不是说了"损益"吗？损益是孔子介绍的方法，刘勰依此而说"通变"。通变不是乱变，是要变而能通。

如何才能通？刘勰说首先应认识到"设文之体有常"，不能乱来。想变，也要明白"名理有常，体必资于故实"，依着本体来变。不能只顾着变而忘了常或刻意反常。书法就是书法，不是绘画、不是设计、不是拼贴、不是图案、不是线条、不是抽象。

其次，要想创新，得有创新的本领。比如想走长路，须健强体魄；想推倒万古之豪杰，须有胜过古代豪杰的学问器识："规略文统，宜宏大体，先博览以精阅，总纲纪而摄契，然后拓衢路、置关键，长辔远驭，从容按节。凭情以会通，负气以适变。"

方法呢？具体创作时，须"参古定法"。因为一味"竞今疏古，风味气衰"，故"矫讹翻浅，还宗经诰"。通过多学习古代典范，才能"斟酌乎质文之间，而櫽括乎雅俗之际，可与言通变矣！"

我的意见，大体也是如此。首先应辨明书法的之特点、本性，知道它与其他艺术不同之处。它是文字艺术，立基于文字。外国无此艺术，因为外国无文字，只是拼音记录着语言，故他们只能有字母艺术或美术字，而无书法。用日本人之术语来解释，中文是"真文"，其他日、韩、越、英、法语之拼字均属"假名"。

而真文不只是说它是独立的文字体系，还包括中国人对文字的理解、认知，有其独特性。我们格外重视文字，在音、言、象、数之上。此称为文字崇拜、真文信仰，与文学观、文化观、宗教观有密切的关系，否则古人不可能将书法视为最重要的艺术。因而书法家还须深入书法之精神性中去。

再者，应如刘勰所说，须博览精阅、读书养气，成为一个有文化内涵有文学造诣的人。这是成为"作家"的必要条件，写出来的字才能有学者的风范、文人的气韵。

作家，在中国传统语汇中，并不像今天这样泛指一切写东西的人，是"作者之谓圣"的意思，须有圣人之境界与修养。就算我们现在不能讲得那么高，至少也须是个贤人、文人，方能"不愧作手"。

想"不愧作手"，当然不能眼高手低，所以具体还得练字。修养乃内功，应用之巧、随手之变，则是招式。无招式便不能演示、不能应敌。这些招式运用，俱存于古代书家的墨迹、书帖、碑刻中。都是我们的范例，足供参考，所以刘勰说要"参古定法"。

法是变的基础，而非束缚。能通变，不受束缚的人，一，正是明白了这个道理，不把法与自由对立起来。二，是对法真正熟稔了，法才能为我所用。三，是"转法华，而不为法华转"之关键在心，心活则法活。吕本中曰："笔头传活法，胸次即圆成。"（《别后寄舍弟三十韵》）活人，怎有死法？宋代理学家总教人要"活泼泼地，鸢飞鱼跃"，便是此理。今人每斥法为死法，殊不知自己才早已不活。

何况，世变以来，传统已断，今人所知所见之法，其实已甚狭隘枯浅，故目前法不是太多，而是太少：

一则，古人名迹，多已散佚。犹如韩愈说张籍诗虽然多，但"仙官敕六丁，雷电下取将。流落人间者，太山一毫芒"（《调张籍》），现在能看到的典范已然太少。苏黄米蔡，当时千纸万纸，如今不过数十张。

二者，字体仅限于真草隶篆，其他鸟书、虫书、殳书、云书等尚有数十种书体乏人问津。篆书中除了大小篆之外，战国不同地区的金文、缪篆等其他篆书，草书中之章草，隶书中之唐朝、明朝隶书，也都很少人写。此外更有道家符箓、琴谱减字、西夏文、契丹文等，都还未能如吴昌硕开发石鼓文那样去钻研，参古定法。

三者，笔墨纸砚愈趋单调。许多笔已失传或不流行做。南北笔行，大同小异，六朝唐宋笔式基本失传，想找鸡距、竹笔用用，都不知去哪里买。墨，古用漆、用墨丸。清朝金农还曾恢复漆书，今亦罕用。纸更是越来越糟，几乎要大大落后于日本、韩国了。砚呢？渐仅成为摆设，或琢为茶桌、餐台，与书法无甚关系。凡古人所云纸墨相发、砚云润心、手笔调适等，均只能依凭想象。工欲善其事，必先利其器，现在只能将就将就。

因此，字法、笔法、工具各方面，可说都是法式残缺的。法渐不存矣，何待破乎？这才是今天的危机，而不是法太多了，学不来，束缚了人。倡言破法者，大抵对法根本不熟悉，所以误以为法甚多、障甚厚，以致搞错了时代的问题。无怪其掷气力于虚牝，不能被社会所认同了。

所以，回归中国书法之正道才是未来的坦途。我近年提倡的"文士书"，正是指向当代、开展未来的，岂仅复古也哉？

二、写在"我襟怀古——鲍贤伦书法展"前

鲍贤伦先生，是我所见时贤中格外好古的一位。他过去的展览即尝明揭"梦想秦汉"或"我襟怀古"以为标目；其中有一次虽称为"崇善守正"，其实也仍是怀古昔、守矩矱之意。这在现今一片喧嚣然倡新言变的风气中，确是异数。

古，作为一种风格描述语，并进而成为创作之追求，始于六朝。《文心雕龙》论九代文风之变，说："黄唐淳而质，虞夏质而辨，商周丽而雅，楚汉侈而艳，魏晋浅而绮，宋初讹而新。"由淳、质、辨、雅逐渐侈、艳、讹、浅，新代表的不是好，而是越趋凉薄了。故曰："从质及讹，弥近弥澹。何则？竞今疏古，风末气衰也。"

文风既然衰末，那么，救济之道，便是"矫讹翻浅，还宗经诰"（《通变》篇）。

这就提出了一种"古"的风格及追求，与古相关的词汇，是古质、古雅、淳古等等。相对于这种风格的，则是"今"，与之相关的词汇，是侈、艳、浅、绮、讹、新，以及诡巧、流俗、流弊等。某些词，虽属今之范畴，但若能与古挂钩，就仍可能还算是好的，如古艳，就比单只是艳好得多。

《文心雕龙》这种风格观及评价体系，与刘宋虞龢《论书表》并不相同。虞曰："夫古质而今妍，数之常也；爱妍而薄质，人之

情也。钟张方之二王，可谓古矣，岂得无妍质之殊？且二王暮年皆胜于年少，父子之间又为古今。子敬穷其妍妙，固其宜也。"此文以古今、质妍论艺，当在刘勰之前。但认为艺术都是由质朴到妍美、由古发展到今的，取向恰好与刘勰相反。

宋齐之间，虞龢这类见解恐怕才是风气时尚，故《南齐书·刘休传》说当时社会上"右军之体微古，不复贵之"。陶弘景与萧衍《论书启》也说："比世皆崇高子敬……海内非惟不复知有元常，于逸少亦然。"

可是，您也许会注意到：这种喜欢今妍而贬薄古质的风气，本身就是流俗时尚的表现，符合人情之常。刘勰所主张的，则是另一种艺术史家的态度，所以有反流俗的倾向。而后世艺术史的走向，事实上也即是这种态度才成为真正的潮流。

例如入唐以后，王羲之的地位就翻转过来了。孙过庭《书谱》于古质与今妍之间，取义中和，谓须"文质彬彬而后君子"，而实崇羲之，在献之之上。张怀瓘更往古靠，说羲之还太妍美了："逸少草有女郎才，无丈夫气。"因为它"圆乎妍美，乃乏神气"，不足贵也。又批评萧子云"妍妙至极，难与比肩，但少乏古风，抑居妙品"；批评庾肩吾"变态殊妍，多渐质素"。(《书议》)凡此之类，都是崇古质而抑今妍的。当然，妍美也不能不要，但先后本末不能颠倒："古质今文。世贱质而贵文，文则易俗，合于情深。识者必考之古，乃先其质而后其文。"(《书议》)

此后书法史的情况，就不消多说了，大局已定，古质胜于、重于、先于今妍。妍媚者最终也必须走到"古"才算是修成了正果，乃是宋元明清书论之共识。学古、法古、识古、入古之声不绝于耳。

历史如此，因而到了清末民国，一转而以今、以变、以新、以创造为时髦，亦可说是十分自然的事。新变虽另有新时代的因缘，但人情爱妍而薄质，厚今而薄古，且久食束脩，转思甘旨，亦属人情之常。

不过，古质与今妍实质上并非平列而相当的两种美的范畴。今妍，打自它的提倡者开始，虞龢就承认它本是一种流俗人情的态度。艺术创作，从本质上看，就有由流俗再往上超拔的性质，或反流俗、批判流俗、反省流俗的倾向或意义。

古质也者，由发生学上说，又是今俗之源头；由意义上说，则是今俗之反省超越者；故由归趣上说，今俗也必以入古为极致之境。因此，只把创新跟法古对举起来看，或竟然扭转过来，以新为贵、以今为美、以矫讹古质为高，终究就只能说是自甘下流，以浅俗自喜，终身安于一般人情的层次，绝不能入艺术之门。

也就是说，无论什么时代，一般世俗人喜欢的，必定是花哨、繁侈、热闹、妍美、丰润、变着花样的，急管繁弦、浓妆艳抹、多买胭脂画牡丹、菊花插得满头归。此所以俗也！文人艺士，是要曲徇其品味，取媚流俗，还是要矫俗自励呢？

鲍贤伦说要崇善守正，就是强调不能媚俗，与傅青主"学书之法，宁拙勿巧、宁丑勿媚、宁支离勿轻滑、宁直率勿安排"云云，意思实是一致的。

而凡不媚俗者，又都是心中另有标准与追求，故又曰"我襟怀古""梦想秦汉"。这种对古的追求，又恰好是雄健积极的，因为它本身就显示了批判流俗的力量。《文心》说"矫讹翻浅，还宗经诰"，鲍氏的做法，适与同符。

文章家的宗经征圣，是要取法六经、折中于孔子。鲍贤伦的书艺创作，所宗之经诰则选择了秦汉。这是篆隶之交、篆由盛而衰、余风渐沫；隶由生到熟，蔚为大观的时代，因此可说是一特殊之古。

前文已然讲过，真正的艺术，必须入古。但入什么古却大有讲究，所择之古不同，结果当然迥异。鲍先生择定这个特殊时期，要的应该就是那一点残留的篆意篆势，以及草创阶段自由生猛、尚未规矩化，还不够妍美的隶法。与过去写隶书的人奉东汉碑刻为圭臬相比，如此取径，自然显得高古。那些新出简牍，其实多是俗书；当代效学简帛书式者，也辄显得俗恶难名。但在他这种取择角度下，化而用之，竟也同样有助于其高古。

隶楷取法于篆字，古已有之，钟繇就是一例。张怀瓘曾说"钟繇法于大篆，措思神妙，得其古风"，但其缺点，在"伤于疏瘦"。(《六体书论》) 这是由于篆笔缺乏锋芒波峻之势，以致隶字显得有骨无肉。在传统的评价体系中，古主要是靠气骨或骨力来表达的，笔画的间架与基本线条称为骨；骨上须有血肉润泽之，才能婉和妍华可观；然后再加上起伏动荡的姿态，才是个活生生的人。血肉与姿态，便是偏于妍的，妍主要靠这些来表达。若仅具骨，便伤于疏瘦干硬；若血肉丰润，近于迟钝，或亦滑腻娈美；若顾盼生姿，腰首垂折，则又姿媚侧艳，可能都不够好，因此古人对此三者，乃是希望能兼美的。

鲍贤伦先生的做法却颇不同，仍由古这方面来。主要靠间架与线条，也就是骨这部分，而放弃了或尽量减少了墨色浓淡枯涨、笔姿之波捺提按、形势之蚕头燕尾等等，一笔一画，略如积薪，情况比伊秉绶更甚。

这本来是极危险的，虽能显骨力雄强之古，却易缺少可供玩味之趣，也就是所谓伤于疏瘦。可是鲍贤伦似乎克服了这一困难，他个别字的间架处理不如伊秉绶，但章法行气，鼓荡开阖之间，亦能见深婉之意。隶书的基本特征，则仍蕴于每一笔画中，配合足以觇文人性情襟怀的文辞、精心撰集的诗文联语，整体构成了不妍美却不乏"刚健含婀娜"的美感效果。这是他积年研练，揣摩出的一条新路子，所以才能在书坛独树一帜，我要恭喜他。